松下村塾の夢　高杉晋作と歌舞く

かぜの風太　著

集合記念似顔絵

集合記念似顔絵

あらすじ

現代の普通の大学生である荒木優太は、ある日から、幕末の長州藩に生きる武家の若者として生活する夢を見始める。それは一度や二度ではなく頻繁に見続け、しかも切れ目なく連続したため、本当に幕末で生きているように錯覚するほどだった。その夢の中の生活は決して楽しいものではなかった。それはその頃、まさに欧米諸国が日本を占領しようと押し寄せていたからだ。

荒木はその対策を考える吉田松陰が主宰する松下村塾で学ぶが、松陰が安政の大獄で処刑された後は塾の筆頭格である久坂玄瑞と行動を共にした。

松陰の死後、しばらく世の動きを静観していた久坂だが、桜田門外の変で時勢が変化し始めるとその波に乗り行動を開始する。

その頃、日本を守るための考え方は大きく次の三派に分かれていた。

①幕府体制の維持が日本の為だと考える佐幕派
②朝廷、幕府、さらに有力な藩が協力して政治を行う体制を創ろうとする公武合体派
③欧米諸国に弱腰な幕府を見限り、天皇を中心とする新しい国家体制を創り、欧米諸国に対抗しようと考える尊王攘夷派

久坂には、佐幕派や公武合体派は日本を守るための思想でありながら、それ以上に幕府や藩の立場を守ることを優先しているように思えた。

そこで久坂は日本全体が欧米諸国が進めようとする日本占領政策の恐ろしさに気づき、本気で日本全体が協力して欧米諸国に対抗する意識を持たせようと尊王攘夷を進めた。

実際に欧米諸国と戦闘しなければ、平和な時代に慣れた日本は目を覚まさないと感じたのだ。もちろん、敗戦により一気に占領されるという危険を承知しながら。

一時は公武合体派に傾いた長州藩を桂などと協力して尊王攘夷派とし、朝廷に働きかけ幕府から攘夷実行の命令を出させることに成功する。

そして、下関で欧米諸国の船舶に対して攻撃を仕掛けた。

だが他藩は攘夷を実行することなく傍観した。そのうちに下関は欧米諸国の反撃に敗戦し長州藩は孤立した。勢いを失った長州藩は、会津藩と薩摩藩の工作により出された朝廷の命令により京から追い出されることとなった。

久坂は何とか朝廷と話をして挽回しようと試みるが、藩内では幕府の強硬姿勢に対抗する為に軍を京へ送るという強硬派が主流となっていた。久坂はそれを抑えることができず、長州藩は京で幕府軍に対し戦闘を仕掛け敗戦する。

そして、望んだ戦いではなかったものの、久坂は尊王攘夷を先導した者として責任を取り自刃する。

欧米諸国だけでなく、幕府を中心とする国内までをも敵に回した長州藩は、久坂と共に松下村塾の双璧と呼ばれた高杉晋作の起用を決めた。

荒木は何とか長州藩の窮地を救おうと奮戦する高杉と共に行動する。

そして荒木は目が覚め現実に戻ると、この夢の中の経験を、興味を持って聞いてくれる同期生のハカセとテル、教官の松井先生や吉川校長、そして主に話の舞台となる居酒屋奇兵隊のスタッフの歳さん、竜《りょう》さん、栞ちゃんという現代の仲間に話をする。

時には感想を言い合いながら、幕末の若者がいかに純粋で必死に生きていたか、その心を学び、いつしかそれぞれが成長していく物語。

○主な登場人物

荒木優太
　環境保全大学校で学ぶ大学生の主人公。環境倫理科に所属し、教官の松井健や同期生の中林博士、鈴木輝元と普通に大学生活を送っていたが、ある日から幕末の武士として生きる夢を頻繁に見るようになる。そして、その夢の話に興味を持った者達が集まった時に夢の話をして、現代人の目線から幕末に生きた人たちの気持ちなどを考えながら成長していく。

中林博士《ひろし》
　環境倫理科に所属する荒木優太の同期生であだ名は『ハカセ』。成績優秀で雑学博士でもあり歴史にも詳しく、時には荒木の夢話の時代背景などを解説することもある。

鈴木輝元
　環境倫理科に所属する荒木優太の同期生であだ名は『テル』。野性的でたくましく、環境倫理科三人の中では好戦的な性格。歴史全般に興味を持ち、荒木の夢話では特に戦闘など激しい場面に興味を示す。少々ドジなところがあり、三人の中ではボケ役になることが多い。

松井健
　環境保全大学校の教官で、いつも『先生』と呼ばれている。荒木優太が所属する環境倫理科を担当し、三人には座学だけではなく、環境調査など体を使った実践的な教育を勧める。荒木の夢に登場した吉田松陰の実践的な学問に共感し、興味を持って夢話を聞く。

吉川敬《きっかわたかし》
　環境保全大学校の校長で、居酒屋奇兵隊の常連。自身が荒木の夢話に登場する毛利家の子孫であることもあり、夢話に興味を持つ。気さくな性格で、環境倫理科の四人と一緒に酒を飲みながら夢話を聞く。

歳さん
　居酒屋奇兵隊の共同オーナーの一人。新撰組の土方歳三が好きなことから、荒木の夢話に興味を持ち、店が片付くと環境倫理科の和に入って話を聞く。ダンディーで客の学生から人気があるが、しつこい性格が玉に瑕。

竜《りょう》さん
　居酒屋奇兵隊の共同オーナーの一人。土佐藩出身の坂本龍馬が好きなことから、荒木の夢話に興味を持ち、店が片付くと環境倫理科の和に入って話を聞く。気さくな性格で誰とでも仲良くなる。

栞ちゃん

居酒屋奇兵隊の店員。店員及び客層の大半が男性である居酒屋奇兵隊の紅一点。特に歴史が好きという訳ではなかったが、荒木の物語のような夢話に興味を持ち、女性目線のコメントや質問をするようになる。

福井さん

環境保全大学校環境科学科《かがくか》の学生。荒木より二学年上で世話役。要領と人付き合いがよく、荒木たちを助けてくれる。

藤田さん

環境保全大学校環境科学科の学生。荒木より二学年上で世話役。体格がよく寮の中では乱暴者として一目置かれており、時には上級生から荒木たちを助けてくれる。

○用語説明

環境保全大学校

荒木優太が学ぶ環境省所管の大学校。

経済的な利益に影響されず、持続可能な社会を創るために公平な立場で研究及び人材教育を行う機関。全寮制で人格教育にも力を入れている。

不景気の影響から予算的には苦しいが、職員及び学生の志は高く、地元の瀬戸内周辺では期待が高い。

カンキチ

観測船基地の愛称。大学所有の観測船の整備を目的として建てられ、観測船利用者の休憩所でもある。大きな建物で、大学校の倉庫としても利用されている。

やまと丸

二十トンのプレジャーボート型の小型船舶。寝室やトイレが備わっているなど居住性はいいが、燃費や操縦性の関係で日帰りの調査ではあまり使われない。

むさし丸

五トンのプレジャーボート型の小型船舶。居住性はないが扱いやすく、普段の調査でよく使われる。

居酒屋奇兵隊

環境保全大学校推薦の居酒屋兼宿泊施設。外泊を許可された大学校の学生がよく宿泊する。店員が荒木の夢話に興味を持ったことから、夢話の舞台は主に営業が終わった深夜のこの居酒屋となっている。

松下村塾の夢　高杉晋作と歌舞く◎目次

目次

松下村塾の夢　高杉晋作と歌舞く

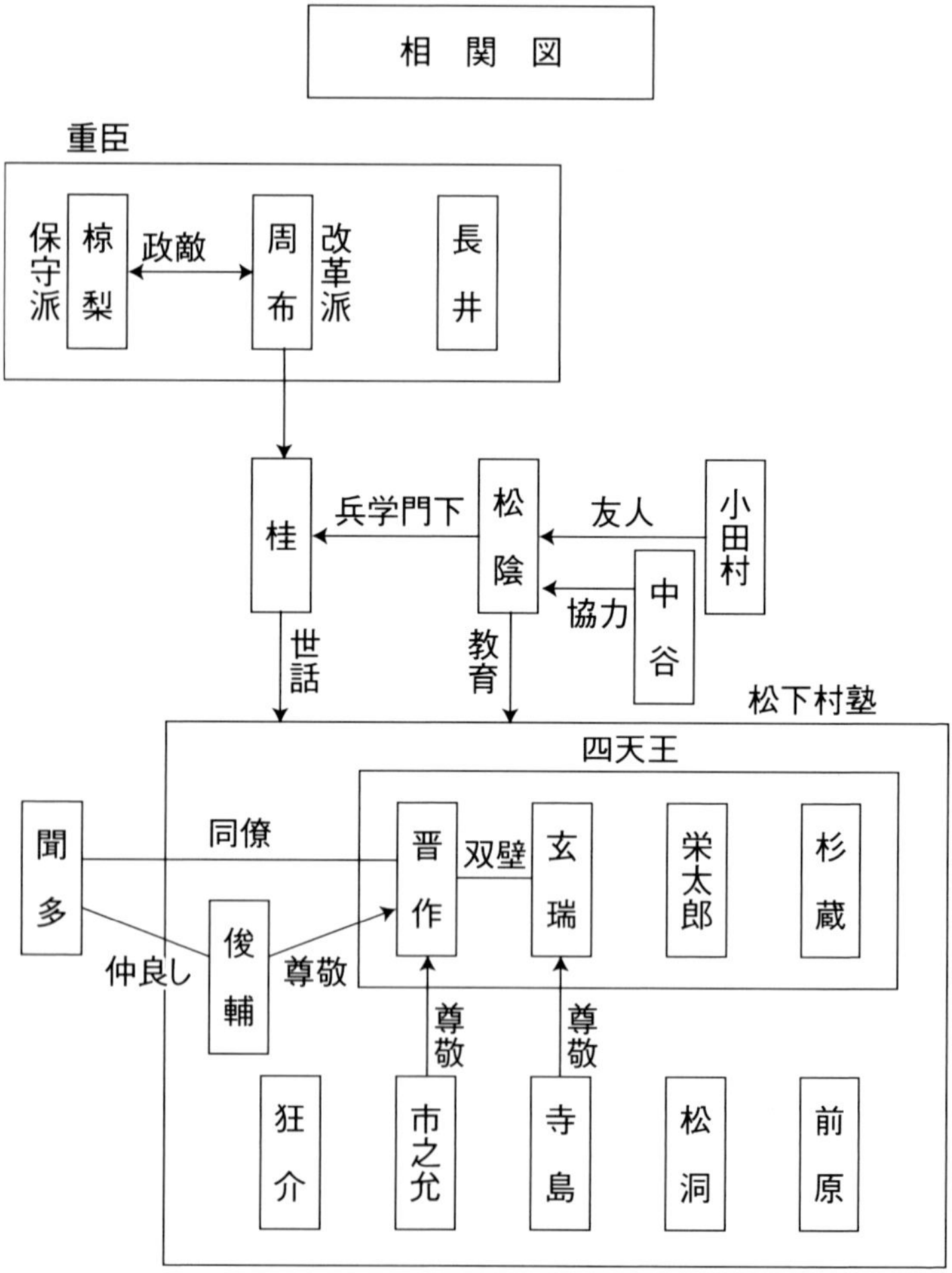
相　関　図
重臣
保守派
椋梨
政敵
周布
改革派
長井
桂
兵学門下
松陰
友人
小田村
協力
中谷
世話
教育
松下村塾
四天王
聞多
同僚
晋作
双壁
玄瑞
栄太郎
杉蔵
俊輔
仲良し
尊敬
尊敬
尊敬
狂介
市之允
寺島
松洞
前原

相関図

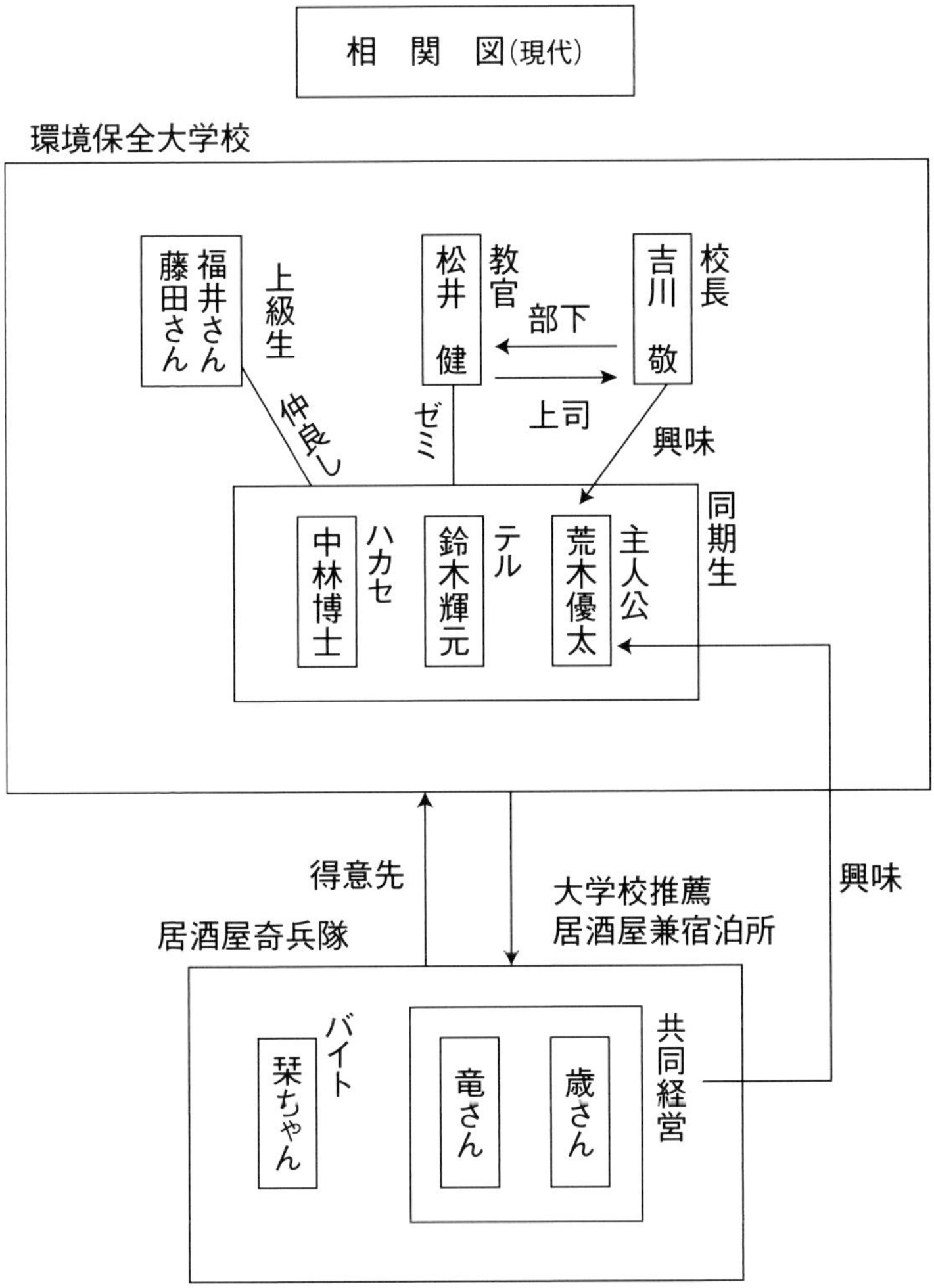
相　関　図（現代）
環境保全大学校
福井さん
藤田さん
上級生
松井
健
教官
吉川
敬
校長
部下
上司
仲良し
ゼミ
興味
中林博士
ハカセ
鈴木輝元
テル
荒木優太
主人公
同期生
得意先
大学校推薦
居酒屋兼宿泊所
興味
居酒屋奇兵隊
栞ちゃん
バイト
竜さん
歳さん
共同経営

● 高杉晋作

色白で細身、身長は並以下なので少し離れると優男のように見えるが、剣術に打ち込んだためだろう、体は引き締まっている。顔の形は馬のように細長く頬はこけ、目はやや細くつり上がり狐のようだ。

普段は胸を張り口元を引き締め、その目は睨むようにしているので、不機嫌そうで近づきにくい雰囲気を醸《かも》し出している。上級武士の誇りがそうさせているのだろう。

しかし仲間に会えば、その緊張を解き、微笑む顔は妙に色っぽい。教養としての詩歌はもちろん、三味線や酒、色も好み、武士と風流人を兼ね備えた彼を僕は傾奇者《かぶきもの》と呼ぶ。

久坂玄瑞のように論理的に話すことは得意と言えないが、このような枠にとらわれない彼には次元の違った説得力があり、仲間だけではなく藩の重臣にさえ『高杉晋作なら何とかしてくれる』と期待させる。

藩の要《かなめ》である桂小五郎が失跡し、後に松下村塾四天王と呼ばれる『久坂玄端』『入江九一』『吉田稔磨』が志半ばで倒れた今、四天王最後の一人である彼が最後の希望となった。

長州藩の危機を全て背負うこととなる彼を、僕は間近で見る機会を得た。

幕末きっての傾奇者であるその彼の笑顔を夢に見ながら目を覚ましたのは、秋風の清々しい朝のことだった。

平成二十八年十月一日。

●研修生

「久しぶりにそろったわね！」

奇兵隊スタッフが上機嫌で迎えてくれた。

「最近の若いやつは気合が足りねー、たまには朝まで飲めってな！」

歳さんはいきなり愚痴だ。

僕たちの頃までは、一年生から四年生まで同じ給料であるにもかかわらず、上級生が下級生を飲みに連れ出し、安酒ではあるが好きなだけ飲ませるという習慣があった。

それによって上下関係が確立され、寮内の秩序が保たれていたというメリットは確かにあったのだが、最近はそれに批判的な意見が多く『上級生は休憩時間や休日に下級生を誘うな』という指導が上から出ている。

それが原因かどうかは分からないが、実際に上級生を敬う意識は薄れ、それに伴い教官さえ軽く見る学生が増え、さらに奇兵隊の売り上げが下がっているという。

「これが世知辛い世の中ってやつか？」

「歳さん、オヤジっぽいよ」

琹ちゃんがため息をつくと歳さんがムキになった。

「お前に色気があればもっと学生が集まるんだよ！」

「わっ、セクハラ！」

客の入りは知らないが、にぎやかなスタッフで楽しい。

「こっちは始めましょうか」

今日は校長も最初から参加してくれている。

「では、二人が乗船履歴を取得したことを祝して、かんぱ〜い！」

「え！　勝手に始めないでよ！」

「そっちは喧嘩してろ！」

テルが意地悪っぽく言うと琹ちゃんが怒る。

「歳さん、今日のサービス、テルちゃんだけなしで」

「だな！」

「……」

先生が慌てた。

「おいおい、今日の主役にそんなこと言うなよ」

今日は土曜日。昨日で僕とテルの乗船履歴が一年となったお祝いをしてもらっている。

海技免状を取るには筆記試験と口述試験合格のほかに乗船履歴が必要となる。僕たちは筆記試験は合格しているので、これで三月までに口述試験をクリアすれば予定通り四月から乗船勤務ができる。

「ハカセ君が研修に加わると、ますます学生気分になるのではないですか？」

「そうですね」

　校長の言う通りだ。ハカセは四月から東京の霞が関で働いているが、明日から一か月間は一緒に研修を受けることになっている。

「ハカセ、霞が関ってどう？」

　テルが聞くとハカセは苦笑いをした。

「言われたことをこなすだけ」

「それだけ？」

「ただ仕事量がすごい。朝九時から夜十二時まで仕事漬け。しかも通勤時間が片道一時間半以上」

「想像がつかない」

「毎日テスト勉強している感じかな？　時々、終電に間に合わずに床で寝たりとか」

「……」

テルが静かになった。

「休日は本当に体を休めるだけ。全然、遊びに行ってない」

「ちゃんと食べてる？」

栞ちゃんが入ってきた。

「泊まりも想定しているのかな？　コンビニもレストランも庁舎の中に入っているんだ。あと、クリーニング店や診療所もある。守衛室に連絡しておくとシャワーも使わせてもらえたり」

生活の心配はないようだが大変なのだろう。

「ハカセは一か月だけなの？」

「また機会はあると思うけど、決まっているのはこの一か月だけ」

今月は武器研修だ。拳銃から小銃、船の備砲まで。

すでに座学は終了しているが、月曜日からは警察や自衛隊、また武器製造会社から講師を船に招き、他の船の航行が少ない海域で実射する予定になっている。

「私も参加しますよ」

「ええ！」

校長がそう言うと、スタッフが驚いた。

「体がもたないよ！」

竜さんが目を丸くして心配している。

「私は見学だけです」

一瞬ホッとしたようだが、それでも心配している。

「まだ五十五で体も鍛えてますよ、これでも」

周囲があまりにも心配したためか、校長が少しムキになってきた。

「でも何で校長まで？」

歳さんが尋ねた。

「言ってませんでしたね？　私は今日から環境沿岸警備隊本部の本部長です。まだ準備段階ですがね。だから現場の様子を見ることも必要かと思いまして」

「聞いてないし！」

僕たちのお祝いというより、校長の本部長就任祝いになりそうだ。

「実際には彼らの研修課程の責任者になるというだけで、来年の四月までは校長業務の仕事と大きな変化がないから、その時に言えばいいかなと」

「じゃあ、今日の鯛料理は二人じゃなくて校長のために出さないとな」

「三人のためにでいいじゃないですか！」

歳さんの冗談にテルが言い返した。こうして、三人のお祝いで夜が更けた。

「荒木君、私は気になって仕方がないのです。早く続きを聞きたいのですが」

「いい話はできませんが」

夢の話の続きはあるが、最近は暗いことばかりなので気が進まない。

「いいですよ、暗い話でも学ぶことが多いので、私は楽しみにしているのです」

みんなも頷くので僕は久しぶりに夢の話を始めた。

帰藩（一）

文久四年（一八六四年）七月二十八日に下関に着いた。

「多田さん、ありがとうございました」

四面楚歌の京から助け出してもらえたことには感謝のしようがない。

「本当は力になりたいのですが、我が藩は小藩。これくらいしかできず……」

「いえ、厳しい幕府の目の中、ここまでしていただいたことは忘れません」

「御武運を」

長居ができるわけもなく、対馬藩の船は下関を去り、僕たちは白石邸へ向かった。

「幾松さんは今後のこと、桂さんから聞いているのですか？」

熱はまだ高めだが何とか日常生活はできそうだ。

「荒木様、『幾松さん』だなんて？　身分も歳も上のお方が」

「桂さんの奥さんなら、目上になりますよ」

「奥さんって、まだ」

桂さんを心配して暗かった幾松さんが笑ってくれた。

「白石様の所で今後のことを聞きます。荒木様は私のこと、気にしないでくださいね」

「分かりました」

白石邸に着くと主人の白石正一郎さんが迎えてくれた。

「よくぞ御無事で帰られました。奇兵隊に連絡しておきます」

「部屋を借りてもいいですか？」

「もちろんです」

急で申し訳ないが、旅の疲れがあったため休ませてもらうことにした。

「ここは長州藩士をはじめ、他藩の志士までをも全面的に支援してくれている豪商の家だ。自由に使わせてもらうといい」

「こんな立派なお屋敷、いいのですか？」

お凛ちゃんがオドオドしている。下関は京や江戸から見れば片田舎かもしれないが、この白石邸は別格だから仕方がない。

「お凛ちゃん、お風呂に行きましょう」

華やかな世界にいた幾松さんは立派な建物がよく似合う。

「荒木様もきれいにしてくださいね」

「……」

（そんなに汚いかな？）

ドタドタドタ！

「風太！」

赤根と狂介だ。

「生きていたか！」

抱きつかれると、まだ体が痛い。

一瞬大騒ぎをしたが、今度は逆に暗い話になる。

「真木和泉さんも逃げ切れず、天王山で責任を取るかたちで自刃した」

赤根が禁門の変の話をしてくれた。さらに、長州藩が朝敵とされ、幕府から諸藩に対して長州征伐の命令が出たこと、四か国連合艦隊が下関を攻撃しようとしていることを聞かされた。

「敵ばっかりだな」

狂介がため息をついた。

喜平のオヤジには見栄を張ったが、ここから長州藩が挽回できるとは思えない。

「奇兵隊の訓練があるから僕たちは行く。夜、一杯やろう！」

赤根や狂介が頼もしく見えた。

（長州藩が焦土になるまで戦うと言っていたんだ。そして、こうして戦う意志のある者がいる。長州はまだ死んでいない！）

必死に自分を励ました。そうでもしないと久坂さんや九一、忠三郎の死で心が潰れそうになる。

「立派なお風呂でした」

二人が戻ってきた。

「無理言って沸かしてもらったのですから、荒木様も」

幾松さんがしつこい。

「そんなに汚いか？」

「ええ」

お凛ちゃんにまで言われたので仕方がない。

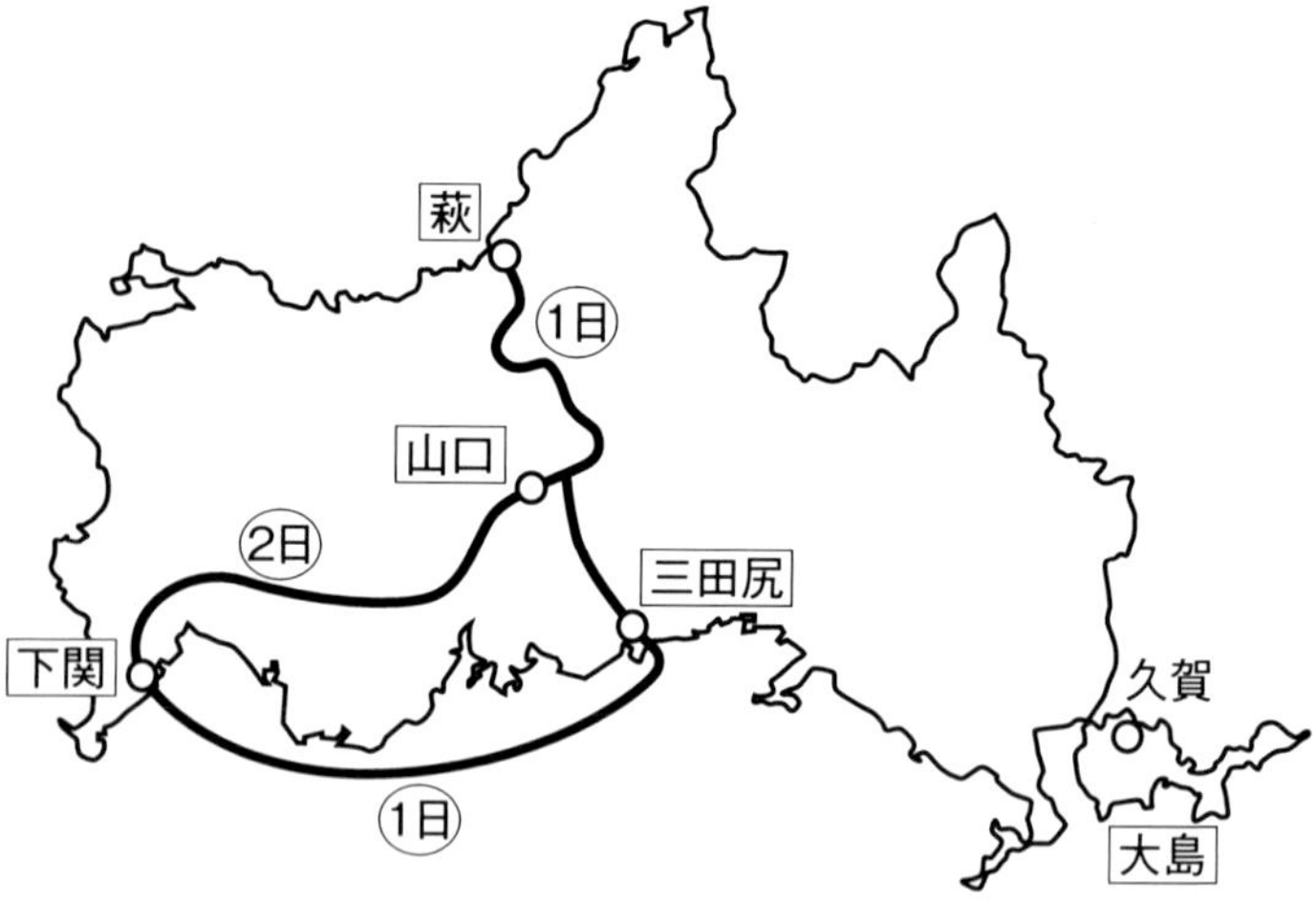

長州藩内行程略図

帰宅準備

「明日、萩へ行きます」

夕方、落ち着いたところで白石さんに話した。すると白石さんが駕籠の手配をしてくれると言う。確かにまだ本調子ではないので歩いて帰る自信がない。

「お凛ちゃんはどうするのですか？」

幾松さんが驚いた顔をしている。

「一緒に萩へ行くけど」

「そんな簡単に！」

幾松さんとかみ合わない会話をしていると、訓練を終えた赤根と狂介が来た。

「禁門の変以降、長州の立場は悪くなる一方で、藩庁は欧米と戦う気はないようだ」

赤根が不安そうな顔をしていると狂介が続ける。

「しかし欧米諸国との交渉が上手くいかなければ、結局また下関は戦場になる。しかも前回よりも激しいだろう」

下関が米仏の攻撃を受けた時、僕は久坂さんと一緒に京に居たので実感がないが、この二人は外国の軍事力を肌で感じている。

「だが、今度はもう少し上手に戦ってみせる」

それでも士気を保っていることには感服した。

「いつ頃か分かるか？」

「来月、八月に入ってからという噂だ」

「僕は明日、萩へ行く」

「それなら早い方がいいな」

悪ければ欧米諸国と幕府が同時に敵となる。

「まあ、ここで議論しても仕方がない。飲みましょう！」

赤根がそう言うので時間は早かったが飲み始めた。幾松さんを見ると京を思い出す。長州藩が順風に乗っていた頃の。

「で、荒木様、お凛ちゃんのこと、考えてますか？」

「喜平のオヤジと約束したから、責任を持って連れて行くよ」

「どういう意味か分かってますか？」

「え？」

「荒木様の家に見ず知らずの女性を連れて行って何と言うのですか？」

「お凛を世話してくれと」

「馬鹿！」

幾松さんに怒鳴られた。

「将来妻にするとか、家の手伝いをしてもらうとか言えば大丈夫だろ」

幾松さんがため息をついている。二人も事情に気づいたようだ。

「風太、それははっきりしておかないと、萩に着いてから考えることではないぞ」

赤根も狂介も目を丸くしている。

「以前から荒木の家に勤めている者がいる中で、急に外から人を招くというのはもめる原因になるぞ。しかも藩が把握していない者など」

（そういうものなのか？）

「うるさいな、妻だと言うからいいよ」

赤根も呆れたのが分かる。

「お凛さんは町人だろ？　町人と結婚したら、風太はどうなる？　荒木の家にはいられないぞ」

「お前、町人になる気か？」

「……」

狂介に言われてドキッとした。

（武士身分は失わないだろうが禄のない僕は浪人扱いになるのか？）

「大丈夫。しばらくは実家の世話になり、僕が働きを認められて、新たに知行を頂けばいいのだ！」

「……」

全員が黙った。

「そうだな、何とかなるか！」

松陰先生に関わった二人にはこの気持ちが分かったようだが幾松さんが納得していない。

「長州藩の仕組みはよく分からないけど、女性の立場を考えなさいよ！　家に置いてもらうために女中にするとか妻にするとかなんて、失礼よ！」

そうだった。今まで寂しい思いをしてきたお凜ちゃんを助けたかったんだ。

「お凜ちゃんも何とか言ってやりなさいよ！　こういう話は相手が武士だろうが関係ないよ！」

（さすが幾松さん。言いたいことはっきり言うな）

「私は大丈夫です」

自分が我慢すればいいという心境になったのかと思って心配したが笑っている。

「私、長州の若い人の、こういうノリ好きです」

幾松さんが驚いている。

「今まで一人で知らない家を渡り歩いてきたのですから、荒木様が一緒というだけで安心です。私は桂さんを残してきた幾松さんの方が心配です」

「ごめんなさい、私、あなたを子供みたいに扱ってしまって。本当は強い大人の女性なのね」

何とか気まずい雰囲気は解消できたようだ。

「それに比べて荒木様は……」

(何が言いたいんだ?)

「お凛ちゃん、奥さんになる予定なら『風太』って呼べばいいよ」

「いいのですか?」

お凛ちゃんが僕を見たので思わず頷いた。

「風太様」

違和感があるが幸せを感じた。

「待って！　荒木様の母上がいらっしゃるのよ。少しでも波風が立たないように『優太様』と呼ぶべきよ」

確かにそうだが、この話は面倒だな。

「そうですね。優太さん、もうこの話は終わりにして飲んでください」

（この娘、心が読めるのか？）

このあと、幾松さんも諦めてくれたようで、みんなで楽しく飲んだ。

まだ残暑は厳しいが、秋の虫たちの鳴き声が心地のいい夜のことだった。

●帰宅

八月二日午後、一年半ぶりに萩へ戻った。山から見た城下町となっている三角洲は絶景だ。

「ただ今戻りました」

門をたたくと母上が出迎えてくれた。

「お疲れ様でした」

遊学から戻った時よりも落ち着いて見えた。

「優太！」

兄上二人が出てきて揉みくちゃにされた。

「よくやった」

「何もできませんでしたが」

「お前の無事は一昨日知った。それまで、この家は葬式みたいだったんだぞ！」

僕の安否は対馬藩に迷惑をかけないように秘密にされていたのかもしれない。下関に入るまでは京で行方不明ということになっていたようだ。

後から出てきた父上も微笑んでいる。和気あいあいとした雰囲気となって、禁門の変以来、やっと生きていることに感謝できた。

「お凛さんですね」

母上がそう言うと男全員が静かになった。

「この家に住みたいとか？」

「いえ、僕が無理言って」

「女の話に口を挟まないでください」

「……」

戦の前よりドキドキしてきた。

「長州藩は存亡の危機にありますが、それは分かっていますか？」

「は、はい」

母上は頷くとやさしく声をかけた。

「知らせでは優太を看病してくれたそうですね。ありがとう」

「いえ、そんな」

「どうせ優太は萩に来てからどうすればいいかなど話していないでしょう」

「……、はい」

「この時勢、すぐ先のことも分かりませんが、この家に来たからには優太の婚約者として扱います。いいですか？」

「え？」

「では、中に入りましょう」

何やら家族会議が始まった。

「私は武家の出でもありませんし、家族もいません」

お凛ちゃんがうつむいた。

「大変でしたね。でも、それは問題ではありませんよ」

「ええ！　いつも家柄が大事だと言ってませんでしたか？」

兄上が思わず叫んだ。

「あなたは長男なので別です。お凛さんにその気があれば、萩の武家の養女となってもらえばいいのです。言葉は悪いかもしれませんが、下級武士の家であれば藩庁もうるさく言わないでしょう。

そうなれば、家の格に違いはありますが同じ武士として生きていけます。大組士には手柄を立ててなればいいことです」

母上はそう言って父上を見ると

「そうだな、何とでもなる」

慌てて返事をした。おそらく根回しが大変なのだろう。

「ただし、これだけは覚悟してください」

今度は厳しい表情になった。

(家事の話かな?)

「優太には藩のため、日本のために、荒木家を代表して最前線で命を懸けて働いてもらっています。優太は、いつ死ぬか分からない身ということを」

(いきなりそうきたか)

「京で、けがをした優太さんを見た時に分かった気がします」

「ではいいでしょう。今日から一緒に暮らしましょうね」

また優しい表情になりお凛ちゃんの肩をたたいた。

「優太さん、今日は父上からの褒美として、ごちそうを用意してますから早速召し上がれ」

「まだ昼すぎですよ」

「いいから。お凛ちゃん、手伝ってもらえますか?」

「はい」

行ってしまった。

「母上、元気ですね」

みんなが黙った。

「何か?」

僕が聞くと兄上が答えた。

「欧米諸国の報復や幕府による長州征伐の話は聞いたか?」

「はい」

「久坂玄瑞が死んだ今、藩は高杉晋作やお前を頼りにしている。高杉君はすでに野山獄から出され、明日にも復帰する予定だ。お前にも山口政事堂へ行くように命令が出るはずだ」

「命令がなくてもすぐ山口に行くつもりでした」

「いい覚悟だ。しかし、家にいる時には母上を気遣ってやってほしい。戦地へ行くお前に頼むのもおかしいが」

「分かっていますよ」

僕が簡単に返事をすると二男の秋助兄さんが深刻な顔をした。

「母上は武家の女性として気丈にしている。お前が行方不明になっても平然と振舞っていた。しかし、お前が生きているという知らせがきた日の夜、手紙を握りしめて一晩中泣いていたようだぞ」

「明日、僕が山口に行くことは？」

「知っている」

今度は父上が口を開いた。

「だから、早めに宴会を始めて、明日は気持ちよく出発させたいのだろう」

「分かりました」

大きく頷くと、今度は厳格な顔をした。

「今度は男の話だ。藩には松陰門下を嫌う保守派や、浅い考えの過激な攘夷派もいる。お前たちのやり方をよく思わない者は、萩に残る私を人質のように扱うこともあるだろう。しかし、荒木家は、お前を荒木家の代表として前線に送り出すのだ。お前は遠慮せず、お前の正義を貫きなさい」

僕が呆然としていると兄上が続いた。

「もし、私たちを気遣って正義を行わず、お前がこの家に帰った時には、私たちはそれを恥じて腹を切るつもりでいる。中途半端なことはするな」

言いたいことは分かった。京での政変以降、保守派、長州では俗論党《ぞくろんとう》とも呼ばれている
が、それが周布先生などの改革派を弾圧しようとしている。

前回、俗論党が改革派を弾圧しようとした時は高杉さんが激怒しておさめたらしいが油
断ならない。それに負けるなということだ。

「お待たせしました」

母上とお凛ちゃんだ。

「先にお酒を」

「あ！」

「優太さんが送ってくれた京の浴衣を着てみました」

(よく似合っている)

「お凛ちゃんが選んでくれたのですね」

「はい」

「優太さんにしては気が利くと不思議に思っていました」

「……」

母上とお凛ちゃんは上手くやってくれそうだ。

全員に酒をすすめられ、食事がきた頃にはフラフラしてきた。

「あ、優太さん、昨日まで熱っぽかったんだ。下関でもそんなに飲めませんでしたよね？」

「え？」

慌てたみんなの顔が見えたのが最後で、それから目が回り真っ暗となった。どうやら、こうして久しぶりに帰った実家の夜が終わるようだ。

「もう駄目、飲めん」

「優太！　大丈夫か？」

兄上たちの声が遠くに聞こえた。

出発（一）

「暑い！」

気が付くと朝だった。早く酔いつぶれたので早く起きれたようだ。

「朝食は食べられますか？」

顔を洗っていると母上が声をかけてくれた。

「久しぶりに落ち着いて寝れたのか元気になりました」

「それはよかったですね」

母上の明るい表情を見て安心した。

「お凛ちゃんは？」

「朝食までそっとしておきましょう。かなり疲れているようなので」

僕にとっては帰郷だが、彼女にしてみれば旅の途中のようなものだ。

● 食後

「起こしてくださいよ」

お凛ちゃんは気まずそうにしている。

「優太さん、片づけの間にお城でも見せてあげなさい」

白壁に囲まれたきれいな武家屋敷街を北へ抜けると砂浜に出る。そして左を見ると三角洲から張り出した指月山が見えるが、そこが長州藩三十六万石の本拠地、萩城だ。

「へ〜、何か自然と一体化したような、きれいなお城ですね」

自分が褒められたようにうれしく感じた。

「京とは違って自然を砦にする城もあるんだ。戦には強いが」

「強いが？」

「平和な時代には仕事場に行くのが一苦労なんだ。萩の城は、ふもとで仕事ができるからそうでもないけど」

「松陰先生の家は？」

「反対側。あの川の向こう」

「みんなが勉強した塾を見てみたい」

「ちょっと遠いから今度行こうか」

「ええ？　そんなに遠くないのに」

「まあまあ、とりあえず帰ろうか」

「約束ですよ！」

「ああ」

家に着くと居間にみんなが集まっていた。

父上から声をかけられた。

「優太、聞いてくれ」

「最近はずっと兄に仕事を任せていたが、近いうちに正式に隠居しようと思う」

そんな話は聞いていたが実際に聞くと驚く。

「体が悪いとか？」

「以前よりは動かなくなってきたが、そう気にするな。今の生活と変わらない。ただ手続き上の変更を行うだけだ。今後、戦になるかもしれん。その時には若い兄に任せた方が都合がいいと思ったんだ」

「そうですか」

「はは。三人も息子ができて養子先など探すのが大変だと思ったこともあったが、今となれば良かった。こんな乱世になるのだから。長男が政治、三男が武芸、二男は両方を補佐するという、まさに毛利家の家臣らしい」

「武芸といっても兄上に勝っているわけでもないのですが」

「結果は残念だったがな。しかし大軍に立ち向かい、そして生きて帰ってきたお前には誰もが一目置いている。

毛利家重臣と威張っている者も実戦経験はない。お前が大きな足音を立てて歩けば古株も道をあけるだろう」

「そんなものですかね？」

「確かだ。私も実戦経験はない。お前が偉大に見えて仕方がないよ」

母上が頷くのを見て少し得意気になっていると中間《ちゅうげん》が呼ぶ。

「旦那さま、城からの使いです」

兄上が書類を読み終えると皆に見せながら言った。

「優太。藩庁からの命令だ。戦の準備をして山口へ行け！」

母上が強く頷くのを見て返事をした。

「行ってきます」

お凛ちゃんは固まっている。

「準備ができ次第出発だ。私も城へ行く」

「昨日戻ったばかりなのに？」

お凛ちゃんが泣きだしそうだ。知らない家に一人おいていかれるのだから仕方がない。

「すぐ戻るよ」

「優太！　家族にいい加減なことを言ってはいけません」

母上が怒った。

「正直に言うのです」

「役目を果たす。帰りは分からんが家を頼む」

「お凛ちゃん、刀を渡すのよ。できれば笑顔でね」

（後ろ髪を引かれるとはこういうことか。今までは何も気にせず走り回ってきたが）

「母上、お凛のことを頼みます」

「はい」

兄上と一緒に家を出た。

山口へ

「風太、本当に生きていたんだな」

先に城へ来ていた高杉さんが喜んでくれた。目は寂しそうに見えたが。

「すみません、僕には誰も守ることができませんでした」

すると高杉さんは僕の肩を何回も叩いて言った。

「僕は戦闘に参加さえしていないんだ。何か言う資格などない」

お互いに涙をこらえた。

「僕は玄瑞の尻拭いをしてやると約束したんだ。僕と君、二人で何とかしてやろう。このまま長州が幕府に屈服したら、誠を貫いた先生も玄瑞も逆賊のままだ」

「そうですね。やれることはやらないと」

城では手続きを済ませるだけ。すぐに出発となった。

「兄上、行ってきます」

「頼んだぞ」

残暑の中、一路山口政事堂へ向かった。

調子に乗ったら、またフラフラしてきた。

（ちょっとペースを落としてもらおうかな）

ゴホゴホ！

「ちょっと休んでいいか？」

「もちろん。大丈夫ですか？」

突然、咳き込む高杉さんは僕よりも体調が悪そうだ。

「野山獄の環境が悪かったのか、時々胸が苦しくなる」

「僕も体調が悪いので気にしないでください。現場に行って二人で寝込んでしまっては意味がありませんし」

僕が京の話をしたあと、今度は高杉さんが近況を話してくれた。

「野山獄に入って僕は松陰先生のように学問をしようと思った。もちろん、それなりにしたつもりだが、先生には全く及ばなかった。いくら自由がきくとは言っても、あのような場所であれだけの学問に打ち込んだのはさすがだ」

負けず嫌いの高杉さんも、先生のすごい所を見つけた時にはうれしそうにする。

「僕がだらけだした時に、周布の酔っぱらいオヤジが馬に乗ったまま野山獄の中に入ってきてな」

「それ実話だったんですか？」

「本当だ。僕も驚いて笑えなかったよ」

だが今は笑っている。

「刀を振り回して、僕が傲慢だから投獄されたとか、長州の政治がしたいのなら泣き言を言わずに勉強しろだとか言いたい放題だった。おかげで少しはやる気が出たけどな」

「周布先生は酔うとひどいですからね」

「今も謹慎中だろうな、あれだけの騒ぎを起こしたのだから」

周布先生に感謝しながらも、この大事な時に謹慎していることには残念そうだ。

「あと、聞多《もんた》さんの話を聞いた」

「欧米諸国が下関を攻撃するという話を聞いて、俊輔と留学先から戻っているんですよね？」

「そうだ。すでに欧米諸国の強さを知った今、これ以上戦闘することはない。すれば長州は滅びる。だから何としても次の戦闘は止めなければいけない。聞多さんにそう言われ、僕もその通りだと思った。風太はどう思う？」

「即今攘夷を掲げた手前、申し訳ないのですが、僕もそう思います。久坂さんも欧米諸国の軍事力を実感して、日本中に危機感を持たせればいいと思っていたはずですし」

「そう言ってくれてホッとしたよ。藩士にも浪士にも、長州が滅びるまで攘夷を行うべきという頑固者がたくさんいて、聞多さんも困っているようだ」

「真意を学ばず勢いに乗るだけの連中はどこにでもいますね」

「本当に困ったものだ。やつらには日本を守るという大義は二の次。攘夷をすること自体が目的になっているようだ」

ため息をついた後、また明るい顔をした。

「話は変わるが市には会ったか？」

「いえ。生きているんですね？」

「ああ。引き続き村田さんから欧米の戦い方を学ぶように言ってある。あいつはいい軍師になるぞ。幕府と戦うことになったら必ず役に立つ」

市の元気な姿を思いうかべると目頭が熱くなった。

（久坂さん、市之允は無事、帰藩したそうです！）

このように二人で情報交換をしながら山口へ向かった。

山口政事堂

「今は一旦攘夷をやめ、幕府への対応を優先することにした」

藩庁はそう決断し、高杉さんには欧米諸国との戦争を止めるように指示した。

「聞多さんの主張が取り入れられたか」

高杉さんは満足気だった。

「ただ攘夷を一旦やめるとは、過激な連中に配慮しているのだろう。もう攘夷などしないとはっきり言えばいいのにな」

僕たちは山口に来ていた俊輔と合流してすぐに下関へ向かった。

「藩庁はああ言っていますが、もう止められませんよ。藩庁の決断は遅すぎた」

俊輔が悔しそうに言う。藩庁は欧米諸国と戦うことをやめると決めたが、情報通の俊輔によると、その欧米諸国はすでに下関の攻撃を決めているそうだ。

「諦めるな、やれることをやろう」

三人でやる気を出し下関へ向かう途中で聞多さんに会った。

「聞多さん、どうした?」

高杉さんが聞くと、聞多さんが悲しそうな顔で言った。

「昨日だ。五日午後、四か国連合艦隊の攻撃が始まった。数時間で長州の砲台は破壊され、今は上陸されているかもしれない」

「何だって!」

俊輔の言う通り、すでに遅かった。僕たちは急いで山口へ引き返した。戦闘を止めることはできなかったので、新たな策が必要になる。

「俺が戻ってからずっと欧米とは絶対に戦うなと言っていたのに、禁門の変で敗走するまで藩庁は俺の話を聞かなかった。今さら講和などと言って遅すぎたんだ」

「聞多さん、ではこれからどうする？」

「始まったものは仕方がない。こうなったら欧米諸国の軍事力を本当に感じるまで戦い抜けばいいんだ！」

（そうきたか）

聞多さんの思いにみんな賛同した。

●防衛策

山口へ戻ると藩主親子に呼ばれた。

「高杉晋作。荒木優太。政務座役を命ずる」

改めて重役に就いた。

「高杉はこれまでの脱藩などの数々の罪、そして荒木は京での暴発行為を全て許す。その代わり政務座役として、この窮地に対応すること」

高杉さんは当然だが、僕も俗論党から見れば罪人のようだ。

そのあと聞多さんが下関の状況を報告した。聞多さんの話は上手く、少々誇張されている気もするが危機感が伝わってきたので重臣連中が青ざめた。

「対策はあるか、晋作?」

若殿が高杉さんに尋ねた。厄介者の高杉さんだが、藩庁は困った時に頼るようになってきた。

「下関で惨敗ということは、この次は長州の中心である、ここ山口が狙われる可能性があります」

政事堂が凍りついた。

「海から山口への近道は石州街道《せきしゅうかいどう》。その入り口である小郡《おごおり》で命を懸けて山口を守りたいと思います!」

以前と同じように細かい説明はない。しかし迫力がみんなを納得させる。

「分かった。殿、晋作を小郡代官に命じようと思います」

殿が大きく頷いた。

「うん、そうせい!」

「晋作、すぐに向かってくれ、頼んだぞ!」

「はい!」

僕たちは高杉さんについて山口の南西にある小郡へ急行した。

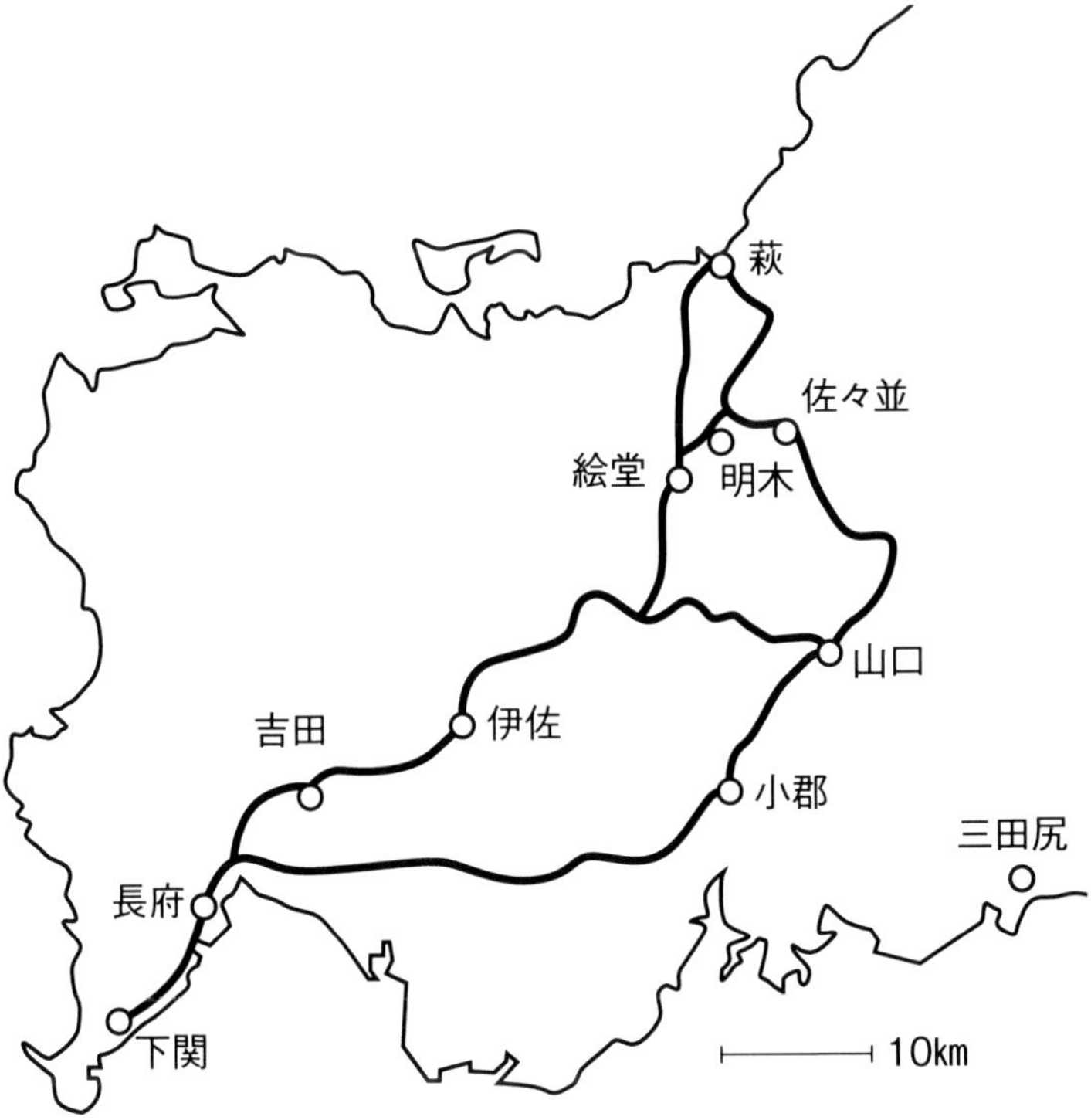

山口・小郡位置関係

小郡会議

小郡に着くと、その日のうちに幹部で会議を開いた。

「長州征伐の準備が進む中、欧米諸国と戦っている余裕はない」

山口からついてきたおじさんが勢いよく話し始めた。

「欧米諸国の脅威を除くため、講和条約を結ぶように進めるべきだ」

「……」

小郡を命がけで守るというのは、ここで戦闘をするという意味だ。それを藩主親子が認めて高杉さんを代官に任命したのに、今さら講和とは。そういう考えであれば政事堂で正々堂々と言えばいいものを。

「今さら何を言っとるんじゃあ～！」

急に叫んだのでドキッとした。聞多さんだ。

「俺が帰国してからずっと欧米とは戦うなと言っていたのに聞かなかったのは、お前たち年配の重臣だろう！」

おじさんたちが目を丸くしている。僕たちにとっては慣れた光景だが。

「藩庁が断固戦うというから俺もそう決心したんだ。一回や二回負けたくらいで降伏とは何事だ！」

（屋敷中に響いているだろうな）

「誰が降伏と言った？　講和だ」

「お前等は馬鹿か？」

「馬鹿とはなんだ！」

「圧倒的に負けている中で対等に和平交渉ができるわけないだろ！　それを降伏というんだ！」

（聞多さんってキレながらよく論理的に話せるな）

「分かった。だが、このまま戦いを続ければ長州は滅ぶ」

「だからそう言ってきただろうが！」

おじさん達がかわいそうになってきた。

「私たちが分かっていなかった。お前の言うようにこれからは戦いを避けようではないか」

「お前らは武士の自覚がない！　覚悟がないんだ！　俺は戦うと覚悟を決めたんだ！」

「聞多、これは私たちだけではなく藩庁にいる重臣全体の意見だ。殿にも若殿にも話はしてきた」

「何？」

「もし和睦に至らない時にはここで戦ってもらいたい」

「……」

そういうことか。聞多さんは武士の自覚が強いから文句を言いながらも藩庁の方針には従うだろう。

「情けない！　三十六万石の大藩がその場しのぎの方針しか立てられんとは情けない！」

「こら聞多！　この話は殿も聞いておられる。情けないとは無礼だぞ！」

「そうだ！　毛利家当主がそのようでは情けない！」

「キサマ！」

（おお、さすがにおじさんたちが怒ったぞ）

「しかしな、殿を支えるお前たちがいかんのだ！　普通の武士なら恥じて腹を切るところだ！」

「何を！　無礼者のお前が自刃せよ！」

「当たり前だ！　俺が切るから、お前たちも切るんだぞ！」

「やれるものならやってみろ！」

（馬鹿！　聞多さんは本当に切るぞ！）

「風太、手伝え！」

高杉さんが代官の上座からすでに止めに入っている。さすが動きが早い。

「放せ晋作！　こいつらは、まだ目を覚ましていない。俺が腹を切ればこいつらも、若殿も目を覚ましてくれる。今は覚悟が必要なことをわかってくれるはずだ！」

「僕が代官を任されたんだ。これくらいでおさめてくれんか」

「高杉さん、刀はとりました」

俊輔も加わって三人。それでもなだめるのに五分はかかった。

「聞多さん、講和はもともと聞多さんが望んでいたことでしょう」

「そうだな。ただ、俺が言いたいのは戦闘を継続するのか講和するのか覚悟を持って決断しなければならないということだ。この敗戦で長州は不利な立場になった。この状況で講和するとなれば、欧米諸国は膨大な賠償金などを要求するはずだ。それを受け入れる覚悟がなければ講和などできんぞ」

連合艦隊との戦闘前であれば、欧米諸国の要求もそれほど厳しいものではなかったかもしれないのだが、それを理解していたのは短期間とはいえイギリス留学をした聞多さんと俊輔しかおらず、戦闘に突入したようだ。

ゴホゴホ！

高杉さんが咳き込むが僕もフラフラして助けられない。聞多さんを抑え込むので体力を消耗したようだ。

「何だ二人とも、体力ないな」

（お前のせいだよ）

喉まで出かかったが、これ以上、聞多さんを刺激したくはない。

振り返るとおじさんたちが冷や汗をかいて黙っている。松下村塾や江戸、そして京のような修羅場をくぐってきた者と、安全な萩で暮らしてきた者との差が出ていることを感じた。

● 人選

欧米諸国と講和談判することと決め、聞多さんの頭が冷えるのを待って使節のメンバーを選ぶことになった。

すでに欧米諸国に対し、長州藩が講和談判の意思があることを伝え、戦闘を止めるために俊輔が下関へ向かった。

「聞多さん、もう落ち着いたか？」

「ああ、落ち着いた。いつでもいい！」

高杉さんが聞くと聞多さんが元気よく答えた。高杉さんは苦笑いをし、おじさんたちはオドオドしている。

「藩の命運がかかっているのだ。若殿に正使となっていただこう！」

第一声は聞多さんだ。

「若殿が戦場へ？　そんなことは許されん！」

おじさんたちが反対する。

「無知だな！　欧米諸国はそれを望むはずだ！」

「欧米の都合など知るか！」

「欧米の常識を知らず無謀な攻撃をしたのは誰だ！」

また喧嘩になりそうだ。

「聞多さん、落ち着いて」

気性の荒い高杉さんがなだめるのがおもしろい。気を抜くと吹き出しそうだ。

「では家老に行ってもらうことになります。これは譲れませんよ！」

聞多さんが腕組みをして伝えるが、おじさんたちは黙り込んだ。欧米のルールも知らず
交渉に行くのが怖いのだろう。

「家老が正使、他に数名の副使。これは決定です！」

「お前は？」

「私と俊輔は通訳で行きますよ！」

「そうか」

しばらく時間が過ぎた。

「もういい、晋作、お前だ！　お前が行け！」

「……」

(正使は家老じゃなかったの？)

「いい考えだ」

おじさんたちが賛同したので、逆に聞多さんが驚いている。

「高杉晋作を家老の養子にすればいい」

「筆頭家老の宍戸《ししど》家だ」

「高杉、宍戸刑馬《ししどけいま》として正使となってくれ」

「ではすぐに山口へ許可を求めよう」

「お前たちは下関へ行く準備をしなさい」

「ここは我々に任せて」

自分たちが交渉の場に行きたくないのだろう、おじさんたちが次々と決めていく。

そして藩の行く末を決めるような重要な会議が終わった。

（高杉、聞多に俊輔のイギリス公使館焼き討ち組で交渉？　これでいいのか、長州藩？）

困難な役を若者に押し付けるような藩庁の決定に僕は不安になった。

「やるしかない」

高杉さんは困りながらも楽しそうだ。

「では家老殿、御武運を！」

僕が見送ろうとすると首を絞められた。

「風太は僕の護衛だろう」

「……。高杉さんは柳生新陰流の免許皆伝でしょう！　自分の身は自分で守ってくださいよ」

「殿や家老を守るのが荒木家の役目だろ！」

「そうだ、風太も来い！」

聞多さんの一言で決まった。

養子に関する手続きなどの詳細は藩庁から直接下関へ伝えるということで、僕たち三人は下関へ向かった。

「久坂さんは人格者で、一緒にいて居心地がよかったな」

つい口にすると

「何か言ったか?」

二人が睨む。戦よりもこの二人の機嫌を取ることの方にストレスを感じる。

また胃が痛む日が続きそうだ。

事前会議

八月八日、下関に入った。

「以前やられた時以上だ」

内陸はそれほどでもないが、砲台は本当の焦土と化していた。

「五日午後、長州砲の射程外から二十隻近い軍艦から次々と砲撃され、二時間ほどでこの通りです」

下関で待機していた俊輔が説明を始めた。

「六日には油断したのか、壇ノ浦で錨泊した軍艦があって、狂介がそれを砲撃しました。砲撃は成功したのですが、それだけでした。

その後、艦砲射撃を援護に欧米の兵隊が波のように押し寄せ上陸してきた。おそらく二千はいたでしょう」

「二千人も?」

二千と言えば、長州藩が下関に配備した兵の総数以上だ。僕は驚いたが高杉さんは平然としている。

「長州にもゲベール銃はあったが、敵兵の銃とは射程距離が全く違ってまともに戦えませんでした。しかもゲベールがない兵は火縄銃どころか弓で戦わなくてはならず、山などに隠れての戦闘でした」

「それにしては奇兵隊はまだ元気そうだな？」

高杉さんが不思議そうな顔をしている。

「藩庁がすぐに休戦を決めてくれてよかった。それに敵は思ったより内陸には攻め込んでこなかったのです」

艦砲射撃は戦意を喪失させるらしいが、その中で奇兵隊はしぶとくゲリラ戦を繰り広げた。

「欧米軍といえど同じ人間。勝ち戦の兵は自分が死傷しないように戦うからそれほど強くないのかもしれませんね。弓矢にやられた仲間を見た敵兵はパニックになったという話も聞きました」

「損害は分かるか？」

「長州側は死者二十人、負傷者三十人ほどです。敵側は死者十人、負傷者五十人だったと聞いています」

「なんだ。砲台は跡形もないが死傷者だけを考えれば大きな差はないな。交渉時のいい材料になりそうだ。それにしてもこの状況でよく敵側のことまで分かったな？」

「アーネスト・サトウが教えてくれました」

「あいつが来ているのか！」

　聞多さんが喜んでいる。

「彼がいるなら少し安心だな」

（佐藤さん？）

「サトウとは特に帰国した頃から、この戦闘について話をしてきました。日本人の事情も知ろうとしてくれる人なので、通訳の時にも信用できます」

「では談判も有利に運ぶか？」

「それは別です。変な通訳はしないというだけですよ。彼はイギリスの通訳官です。意見する立場にありませんし、イギリスが不利になるようなことはしません」

「当然か」

　高杉さんが納得したが僕は気になった。

「サトウって苗字は日本に関係があるのでは？」

聞多さんと俊輔が笑った。

「それが偶然、発音が似ているだけだって」

(佐藤さんではないんだ。不思議な話だ)

「でも日本の勉強をよくしていて、日本では『佐藤』という当て字を使おうと思っているようですよ」

少し親近感がわいた。

この後、談判に行く者が集まり会議をした。

正使の宍戸刑馬《ししどけいま》こと高杉晋作二十五歳、副使は杉孫七郎二十九歳、長峰内蔵太《ながみねくらた》二十八歳、そして通訳の聞多二十八歳、俊輔二十三歳。

杉さんは松陰先生に学んだことがあるし、幕府の使節について欧米を視察したことがある。内蔵太さんはイギリス公使館を焼き討ちした御楯組。

「このメンバーでいいの?」

「……」

お互いの顔を見合わせるほど不安が募った。

「な~に、口うるさい重臣がいない方がやりやすい!」

「そうだな!」

高杉さんがそう言うと、みんなも自分に言い聞かした。

「この講和は実質長州藩の降伏だ」

聞多さんが話し始めた。

「欧米諸国がつくったルールだと、この場合は敗戦国が戦勝国に賠償金を支払うことになる。戦闘に使った費用と損害賠償」

「相場はあるんですか？」

「百万、二百万両かな」

「何だって！」

みんなひっくり返りそうになった。

「長州の年収が十七万両だっけ？　特別会計が百万両？　払えば長州はもう戦えないぞ」

「そんなことを知らずに戦ったのが馬鹿なんだ！」

「聞多さん、抑えて」

「おお、悪い」

かんしゃくを起こしかけた聞多さんを俊輔が止めてくれた。

「あとは交渉次第だ、晋作！」

「高杉！」

「……」

みんなに期待されて困っているようだ。

「俊輔！　奇兵隊は善戦したんだな」

「善戦というほどでは」

「俊輔は交渉しただけで戦ってはいない。私たちから話そう」

赤根と狂介、そして耕太が来た。

「何を！　交渉の方がずっと大変だ！　誰が戦の中、小舟で敵艦に行ったと思っているんだ！」

話に割り込まれ俊輔が怒っている。

（俊輔も怒るんだな）

聞多さんと一緒にいてかんしゃくをうつされたのかもしれない。

「善戦ではありませんが、敵が嫌がっていたのは確かです」

俊輔を無視して赤根が高杉さんに言った。

「奇兵の士気は？」

「黒船は怖いが陸に上がれば、やりようはある。奇兵隊の士気は落ちてはいない！」

「よし、交渉決裂時には内陸で戦争だ！」

全員の意思が固まった。

「ところで、責任者はまだか？」

狂介が尋ねた。

「僕が正使だ」

「……。何？」

赤根たちが目を丸くしている。

「いくら大組士でも講和談判の責任者にはなれないはずだ。家老が来られるんだろう？」

「僕は今、家老なんだぞ、聞いていないのか？」

「本当か？」

「本当だ」

聞多さんが答えると狂介がため息をついた。

「もう長州は終わりだ」

全員で爆笑した。

●居酒屋（一）

「……」

しばらく、みんなの反応がない。

「例えば、この三人が外交交渉する感じ?」

「その通りだね!　しかも戦争を続けるかどうかの交渉」

ハカセが答えると、みんな心配そうな顔をしている。

「それで大丈夫なの?　心配になってきたわ」

「だって誰も行かないというのだから仕方がない」

「ははは。私がイギリス代表でしたら出直させるかもしれないですね」

校長まで馬鹿にする。

「僕たちが悪いのではないですよ!　重臣連中が行かないからいけないのですからね」

少々、長州藩の評価が下がった気がした。

「もういいから続きを話しますよ」

黒船へ

「風太は胴もつけろよ」

「了解」

「高杉さん、その格好で行くんですか?」

俊輔が大声を出すので振り向くと、高杉さんが烏帽子直垂《えぼしひたたれ》を着ている。正装ではあるが、ヒラヒラしているから小舟から軍艦に乗り込む者が着るような服ではない。

「しかも渋めではあるが派手な黄色で」

「また晋作が何かやらかしたか？」

「見てくださいよ」

「はははは！」

聞多さんが爆笑した。

「何だ！　少しでも家老っぽく見えるようにと思ったのに」

「いや、いい！　それで行こう」

聞多さんがまだ笑いこけている。おそらく欧米との交渉の場が想像できるので、その場違いな格好がおもしろいのだろう。

「行くか！」

僕たちは高杉さんを先頭に四か国連合艦隊旗艦、イギリス軍艦ユーライアラス号に向かった。

「でかいな～」

「戦闘中にこんな巨大な船に乗り込めるわけがないいな」

過激な攘夷派は、黒船に決死隊を送り込んで戦うと言う者がいた。

ユーライアラス号に着くと梯子《はしご》を下ろされた。それがなければ舷が高く、とても小船から乗り込めるものではない。

「高杉さん、気をつけてください。裾《すそ》を踏んだら落ちますよ」

「大丈夫だ」

甲板に立った瞬間、高杉さんの表情が変わった。さすがに緊張しているのだろう。

講和談判

全員が甲板に上がるとサトウが船内へ案内する。

「行くぞ！」

さらに緊張したのか、もともとつり上がっている目に、さらに鋭さが増している。

しかも、ゆったりした直垂《ひたたれ》のせいか、小柄な高杉さんの体が二回りは大きく見える。

（これが気迫というものか？）

その気迫に乗るように、僕たちも堂々とイギリス軍艦の中を歩いた。

「この部屋です」

入ると異人が立ち上がった。経験のない僕にも各国の代表がそろっていることが分かった。

「ここに座って」

高杉さんを中心として副使、通訳が座った。僕はその後ろに立ち、その様子を見た。

向こう側の中心に座っている者が何やら話しているが、全く意味が分からない。聞多さんや俊輔を見たが、首をかしげているように見えた。

(数か月留学しただけで通訳など務まるのかな？　しかも講和談判の)

「彼はクーパー。イギリス艦隊の提督で、四か国の代表を務めます」

サトウがそう言うと高杉さんが自己紹介をする。

「私は長州藩首席家老の宍戸家養子、宍戸刑馬です。長州藩を代表して講和談判を行いたい」

高杉さんの言葉を俊輔が必死で伝えるがクーパー提督は難しい顔をして、自分の通訳官に確認している。

(頑張れ、俊輔！)

「あなたは藩主ではないのか？」

「はい。しかし全権を委任されているので問題ない」

クーパーは不満そうな顔をした。

「それなら、そのことを書面で示すのがルールだ」

「これだ」

藩庁から届いた全権委任書を見せた。

「それでは駄目だ。藩主の直筆でなければ意味がない」

俊輔が聞多さんに助けてもらいながら通訳をしているが、もうサトウが両方の通訳をして、それを確認する感じになっている。

「私たちは、あなたを長州藩の代表と認めることができない」

他の国の代表も大きく頷いた。

「日本ではこのように交渉するものだが」

「私たちは国際法に従って交渉しなければならない」

国際法とはよく言う。

（世界の一部の侵略国が決めたルールではないか！）

しばらく間が空いたところでサトウが俊輔に話しかけた。

「国際法は細かいので、今回はその手続きを教えます。次回から正規の手続きで交渉することにしませんか？」

「それでいいのですか？」

「私たちも早く講和条約を結びたいので、私からクーパー提督に提案してみます」

高杉さんが頷いたのを見て俊輔が返事をした。

「ありがたい。お願いします」

サトウの提案をクーパーが了承し話が進んだ。おそらく清国の交渉でも、このようなことがあったのだろう。

「次回の談判をスムーズにするため、こちらからの要求をこの場で伝えます」

「分かった」

サトウが欧米諸国の要求を分かりやすく話してくれた。

欧米諸国の船へ発砲した罪を認め、講和条約を結ぶという藩主が署名捺印《しょめいなついん》した文書を提出すること。

双方の攻撃の中止。

下関砲台の大砲の撤去と砲台の破壊。

捕虜とボートの引き渡し。

食料の提供。

下関海峡の外国船の通航の自由。

これらについて高杉さんは納得した。クーパーの表情が明るくなったように見える。

「晋作、あいつらは長州が言いなりになると、なめ始めるぞ。少しは強気にならないと」

聞多さんが心配し始めた。

「あと、謝罪文書を提出してください」

「謝罪？」

「降伏を認める文書と言えばいいですかね」

何やら嫌な雰囲気になった。

「講和談判に来たのだ。降伏などしていない！」

サトウは当然で、長州側も高杉さんを見た。

「降伏などしていない！　俊輔、言ってやれ！」

「おお！」

クーパーの表情が変わった。

「あなたたちは欧米諸国の船への攻撃の罪を認めるのだろう？」

「認める。しかし長州藩が認めるのではない。すでに提出した通り、それは朝廷や幕府の命令に従ったもので、長州藩に罪はない！」

長州側が降伏しないし罪も認めないというので、四か国の代表が相談し始めた。

「俊輔、分かるか？」

さすがに欧米が不利になるような情報をサトウは通訳してくれない。

「下関海峡の通行の自由が最優先で、他のことは次回の交渉で話し合おうと言っているようです」

俊輔の通訳は正しかったようで、これで今日の談判は終了のようだ。

「今日、教えたことを守ってください」

サトウが念を押すと高杉さんが頷いた。

陸に戻ると若殿が下関と山口の中間に近い、舟木の代官所に来ているということでそこへ向かった。

「お疲れさん」

ここでは松下村塾の大先輩、久保清太郎さんが代官をしている。先輩というより、松陰先生の友人といった方がいいような目上に当たる人だ。

「代官とはすごいですね」

「はは。君たちの政務座役には笑えるがな。こんな乱暴な若造どもを藩の幹部にするとは」

こういうことが言えるのも塾の仲間だからだ。

案内された部屋で若殿に分かりやすく伝えられるように今日の談判の内容をまとめていると、久保さんが来た。慌てている。

「逃げろ！」

（今度は何だ？）

少しはゆっくりさせてほしい。

「晋作、俊輔！　お前たちが殿や若殿をたぶらかして攘夷をやめ、欧米諸国に降伏しようとしていることはけしからんと、過激な攘夷派が君たちの命を狙っているという情報が入った」

（そうきたか！）

「これは重臣と話し合い、藩主親子から了解を得たことだ」

高杉さんがそう言うと、久保さんが続けた。

「重臣連中がしっかり説明せず、講和談判の責任は高杉晋作と伊藤俊輔にあると言ったらしい」

「馬鹿を言うな！」

バーン！

高杉さんが怒って何かを壁に投げつけた。

「あいつら怖がって交渉に行かないばかりか、責任を押し付けるとは。何を考えているのだ！」

「久保さん、代官所が守ってくれるんでしょ？」

僕が聞いたが久保さんは頷かない。

二人を狙っている者は多い。武装した諸隊にいる攘夷派が動けば代官所では守りきれないし、若殿がいるので問題を起こしたくないということだ。若殿に助けてもらえればいいのだが、忠義に厚い高杉さんと聞多さんは決して若殿を巻き込もうとしない。

「分かった。俊輔、隠れるか」

「はい」

俊輔はいつものように迷わず高杉さんに従う。

「何で藩庁は聞多さんの名前は出さなかったのですかね？」

「しっ！　黙っていろ。せっかく俺の名前が出ていないんだから」

「怒らせると面倒だからでしょうね！」

バシッ！

「うるさい！　しばくぞ！」

(もう、しばいてるって)

「この辺りに信用できる農家がある。そこに行くといい」

久保さんが助けてくれるようだ。

「聞多さん、後はよろしく」

「分かったよ」

僕が見送ろうとしていると
「風太は僕の護衛だろう！」

「痛い！　わかりましたよ」

耳たぶを引っ張られ、連れて行かれた。

農村に隠れてしまえば見つかることはないだろうが、身内に狙われるとは高杉さんじゃなくても腹が立つ。

居酒屋（二）

「何で？　みんなが嫌がる仕事を引き受けたのに命を狙われるの？」

みんな不思議そうな顔をしているが、僕自身も理解できない。

「攘夷派の中には、どうして攘夷が必要なのか分かっていない者もいっぱいいるんだ。塾の仲間は日本を守るために行動しているから臨機応変に動くけど、欧米人が嫌いだから攘夷と言っている者には講和談判すること自体が許せないみたい」

「でも、それは藩の方針なんだよね？」

先生が確認してきた。

「上の方針が末端に伝わらないことは現代でもあると思います。しかも、この時は重臣が責任を負いたくないから、僕たちに責任があるように説明したらしいのです」

「重臣は、ことの重要性を理解していないのか？」

「江戸や京で活動してきた人には分かると思いますが、萩で仕事をしてきた人には日本の危機を実感していない人も多いようです。自分が責任を負わなければ、生涯安泰に暮らせると思っているのでしょう。日本が植民地になれば、重臣の特権などどうなるか分からないというのに」

「……」

「日本のために必死に行動した久坂さんや忠三郎、来島さんが死んでいるというのに、保守的な偉い人は自分が助かることしか考えていない。現場を見てきた僕からすれば、そいつらは正常な人間に見えません」

久坂さんたちの最期を思い出したら涙が出そうになった。

「久坂さんや忠さん、かわいそう」

栞ちゃんが悲しんでくれると、僕が夢で幕末を体験している意味があるような気がした。

● 農村

「ここです」

久保さんの使いが連れてきてくれた。

「お願いします」

農民の家に生まれた俊輔は武士になっても腰が低い。あいさつは俊輔に任せて離れに隠れた。

「馬鹿な攘夷派は仕方がない。しかし藩庁は何をやっているんだ！」

身を隠すことには納得したものの、怒りがおさまらない高杉さんは、その気持ちを僕や俊輔にぶつけた。

「大声を出したら見つかりますよ」

「うるさい！」

（うるさいのは、あなたです！）

「誰も談判に行かないというので引き受けたんだ。藩庁がこんなんだったら僕はもう交渉には行かないぞ」

戦であれば、若い僕たちが先頭に立つ覚悟はしている。しかし講和談判は年配者が行けばいい。僕たちが命を狙われながら無理して行くことはない。

「玄瑞の、藩を超えた仲間作りも駄目だったが、僕の長州一藩が富国強兵して戦うという割拠論も駄目か」

この危機に団結できない藩を見ればそう思うのも仕方がないことだ。

「どうしますか？」

俊輔が聞くと高杉さんは不機嫌な顔のまま酒を取り出した。

「久保さんからもらった酒でやるぞ！」

（まあいいか）

自暴自棄になった。

●第二回講和談判

五日すぎた八月十三日の朝。

講和談判に参加する気のなくなった僕たちはどこか別の所へ行こうとも思ったが、結局行き先が決まらず、この農家でダラダラ過ごしていた。

「見慣れない者が！」

この家のオヤジが慌てて異変を伝えてくれた。

「いざという時には山の中に潜むぞ」

山中でじっとしていれば、そうそう見つかることはない。

「すみません、久保様のお使いでした」

刺客かと思って僕と俊輔が刀を抜いていたのでオヤジがひっくり返ってしまった。

「待ってください！」

「申し訳ない。大丈夫ですか？」

俊輔が慌ててオヤジを起こすと後から聞多さんが入ってきた。

「講和談判だ！」

「……」

「何をしている。明日、また講和談判に行くから準備だ！」

「聞多さん、命を狙われているから隠れているんだ」

高杉さんが呆れた顔をした。

「昨日は毛利登人《もうりのぼる》さんが家老役で正使として行ったが、クーパーが前回と正使が違うと不満でな。新たに要求を聞いた程度で終わってしまった。やはり宍戸刑馬、お前でないと駄目だ」

「僕は行かないぞ！」

僕も行きたくない。

「ああ、お前たちを殺そうとしているやつらは黙らせたから大丈夫だ」

「どうやって？」

「きちんと説明したら納得してもらえた」

（絶対に嘘だ！）

僕たちは久保さんの使いから詳細を聞いた。

「講和談判には会議直後から重臣が反対を示し始めて、皆様を狙う者を全く止めようとしなかったということが分かりまして。それを知った井上様が」

聞多さんはイギリス密留学をする前に、養子先の志道《しじ》家に迷惑をかけないようにと井上の姓に戻したため、公式には井上と呼ばれている。

どうやら聞多さんが若殿の前に重臣を集めて怒鳴りつけたらしい。講和を結ぶ方針に変更も異議もないことを確認させたそうだ。

さらに若殿が直々に『講和の目的は、国内問題解決に集中できるようにするため』と重臣に文書で説明し、さらに重臣たちに下関の諸隊を鎮めるように命令したということだ。

家臣とは、藩主親子に責任を負わさないようにするのが役目だと教えられてきたはずなのに、若殿に文書を作成させるとは情けない。

「若殿が覚悟を決めたのであれば、家臣として交渉に行かないとな」

状況を把握した高杉さんは、納得して代官所の若殿にあいさつをして下関へ向かった。

「風太、情報は確認しないとな」

聞多さんが苦笑いしている。

「何のことですか?」

「晋作や俊輔だけではなく俺も狙われていたようだ」

「やっぱり!」

よく堂々と交渉に行って無事だったものだ。強気の門多さんの身が少し心配になった。

そして第三回講和談判に臨んだ。

第三回講和談判

「待っていた」

宍戸備前《ししどびぜん》と毛利出雲《もうりいずも》の家老に毛利登人《もうりのぼる》も参加するようだ。

「僕を正使にするなら、彼らはいないほうがいい」

高杉さんが不満そうに小声で言った。だいたい本物の家老が来たのであれば、彼らが交渉すればいいのだ。

「クーパーはお前を待っているのだし、家老がいれば過激な攘夷派も手を出さないはずだ。我慢しろ」

聞多さんに諭され、本物の家老を随行するというあべこべな状態で交渉を始めた。

「第一回で要求したことは受け入れるのですね？」

「はい。下関海峡は自由に航行してかまわない」

「では、賠償金として三百万ドルの支払いを要求します」

（ドル？）

「俊輔、何両だ？」

「待ってください」

俊輔と聞多さんが慌てている。予想以上に高額だ。

「だいたい二百二十万両」

「……」

長州藩の収入が二十万両以下だから、十年分以上だ。長州側が焦っているとサトウが休憩にしようと言った。

「やつらのルールに従って計算した額だ。でたらめなものではない」

聞多さんはそう言うが、日本人としては理解できない。

「ルール通りといっても物理的に無理なことを言っても仕方がないだろう。あいつらは馬鹿か？」

日本語なら文句を言っても構わない。

しばらくすると、席を外していた俊輔が戻ってきた。サトウと話してきたらしい。

「高杉さん、イギリスは支払いに時間がかかることは承知していて、その代わり支払いが済むまで彦島を租借したいと思っているようです」

「何！」

おそらく高杉さんは欧米諸国に占領された上海の悲惨な情景を思い出したのだろう。ここに初めて来た時のように目がつり上がった。

「それは絶対に許さん」

高杉さんが強く呟いた。

「再開しましょう」

みんな席に着いた。

「最初に提出したように、外国船を砲撃したのは幕府の命令であるから長州藩に責任はない」

「条約に違反して攻撃したのに責任がないとはどういうことだ？」

「長州藩は徳川幕府の家臣である。その幕府が命令したことなので、賠償金を要求するのであれば幕府に要求すべきだ。我が藩に責任はない」

欧米諸国の代表が相談し始めた。このような大事な場面でも家老は座っているだけで何も言わない。

意外に簡単に回答された。すると聞多さんが小声で言った。

「理屈は分かりました」

「やつら、もともと、そう言わせたかったのかもしれない。長州一藩で払えるとは思っていなかったんだろう」

理解したと言いながら、クーパーを中心に向こう側は険しい顔をしている。

「理屈は分かりましたが、あなたたちの態度は敗北した国の態度ではないと、各国の代表が不満を持っています」

すかさず高杉さんが強い口調で言った。

「誰が敗北を認めたと言った！」

するとサトウが目を丸くし、クーパーに伝える前にこちらに確認してきた。

「前回の戦闘で負けを認めて講和を要求したのですよね？」

「下関での負けは認めているが、長州藩が完全に敗北したとは言っていない」

「ですが、あの一方的な敗戦をして今後どうしようというのですか？」

「確かに軍艦の攻撃には完敗した。しかし人員に関してはそちら側にも被害が出ていると聞く。

長州藩に勝ったと言いたいのなら長州全土、内陸まで征服してからにしてもらおう。私たちはあなたたちが攻め込んできたなら、最後の一兵まで戦う覚悟である！」

サトウが悩んでいる。クーパーたちをいたずらに刺激しないように言葉を選んでいるようで少しかわいそうになってきた。

「風太、帰ったらすぐに戦の準備だ」

「主力は小郡《おごおり》ですか？」

「そうだな。敵の兵力も限られていることを考えると、藩庁のある山口を集中して狙う可能性が高いからな」

聞多さんも俊輔も覚悟を決めたように頷くが

「戦を止めに来たのではないのか？」

家老二人が慌てている。

「どうしても受け入れられない要求をされた場合は、拒否して戦闘を続けると殿も覚悟を決めておられる」

「しかし」

「全権を委任された正使は私です」

「……。分かった」

するとサトウが慌てて尋ねた。

「今、何と言ったのですか?」

「こっちの話だ!」

話に割って入られイラついた高杉さんがサトウに対して大声で叫んだ。するとサトウだけではなく四か国の代表も驚いて固まったように見えた。

確かに武器では欧米諸国に劣っているが、人間の迫力では高杉さんの迫力が圧倒している。

(普通の日本人が鬼のようだと恐れる欧米人を威圧するとは)

サトウは一呼吸おいて、再度高杉さんに話しかけた。

「大事なところです。参考にお願いします」

「戦の準備をしろと命じたのだ」

サトウは冷や汗をかきながら提督たちと相談し始めた。長州藩が優勢な状態で講和談判を行なっているかのように見えるほど四か国代表は焦っているようだ。

「高杉さん、やつら海峡の自由航行が認められれば十分ではないかと言っていますよ」

俊輔が微笑んだが、高杉さんは相手を睨み続けている。

しばらくするとサトウが口を開いた。

「長州藩はこちらの要求をすべて受け入れるということなので講和条約を結びたいと思う。賠償金は徳川幕府に要求するが、支払えないということであれば、代わりに下関港の開港を要求するので、その場合の交渉には長州藩に協力してもらいたい」

長州藩は賠償金の支払いを避け、彦島の租借については要求されなかった。俊輔が言うには彦島を租借した場合、どこの国が管理するのか四か国の中で対立が起きるため話に出さなかったらしい。運も味方したようだ。

細かい話をした後、陸に上がった。

「高杉さん、大成功ですよ！」

「おい、飛ぶ鳥を落とす勢いの欧米諸国の四か国を相手によくやった！　長州の実質的な損害はないぞ」

欧米諸国との交渉の難しさを理解する俊輔と聞多さんが興奮して大喜びしている。

「早く藩庁や若殿に知らせよう！」

交渉内容をまとめるとすぐに早馬が出た。

「やっと落ち着けるな、一杯やるか！」

僕たちが頷く中、家老二人がいい顔をしない。

「お前は正使だろ。すぐに山口へ行き、報告せぬか！」

「早馬を出しましたが」

「直接報告するのだ！」

「はいはい」

片づけた後、山口へ向かった。講和談判が無事に終わったので若殿も山口へ向かったと途中で聞いた。何とか問題を一つ解決できた。

●居酒屋（三）

「やったね！」

珍しく明るい話題で、みんなが喜んでくれた。

「外交とは難しいものだが、よく若者だけでやり遂げましたね」

校長もご満悦だ。

「成功したから簡単に話せますが、失敗していたら大変でしたよ。欧米諸国は敗戦国を叩き潰して自分の都合のいいように支配するために多大な賠償金を要求するようで、長州藩を叩きたいと思っていたら交渉は上手くいきませんでしたよ」

「クーパーさんは、そう思っていなかったの？」

「複雑な事情があって。このころ、幕府は開国派の雄藩に主導権を奪われないようにとか、攘夷派に考慮したい思いなどから横浜港を閉鎖しようとしていたんだ」

「え？　幕府は修好通商条約を守りたいのでは？」

先生も驚いている。

「詳細は不明ですが、一橋慶喜と島津久光や松平春嶽などとの争いが原因という噂です。そこで、欧米諸国は横浜の閉港の阻止や下関の開港などを要求するために、下関戦争で勝って幕府から賠償金を取ることにして、開港か賠償金を払うか選ばせる外交交渉をしたかったみたいです」

「じゃあ、長州藩の交渉が良かったわけじゃないの？」

栞ちゃんが残念そうだ。

「そういう要素もあっただけで、長州藩が弱気で全てを受け入れる姿勢だったら、クーパーは長州藩に賠償金を要求して、さらに彦島を租借しようとしたと思うよ」

「やっぱり戦う姿勢が良かったのかな？」

テルが嬉しそうにしている。

「かなり効果があったと思います。欧米諸国が主力を長州藩に向けてきたのなら別ですが、主力は清国などにいて、この時は寄せ集めの連合艦隊です。山口を占領することも難しかったはずだと、僕たちは解釈しています」

「それで賠償金はどうなったの？」

「幕府は下関を開港して長州藩が利益を得るよりも、賠償金を払った方がいいと思ったらしく引き受けました」

「そんな簡単に三百万ドルを？」

「これは噂でしかありませんが、幕府の幹部が下関戦争はイギリスと長州藩のやらせだったのではないかと疑っているとか。下関を開港させるために」

「どうなの？」

「どうなのって。僕は殺されそうになったりしたんですが」

「疑ってごめん」

先生が苦笑いをした。

「でも、疑われるくらい幕府が不利益を被ったのは事実です。薩英戦争で薩摩が頑張ったのも含めて、イギリスは腰の重い幕府よりも機敏な長州藩や薩摩藩と直接交流しようと思い始めたようです」

「昨日の敵は今日の友みたいな？」

「欧米諸国は利益中心に考えますからね」

「ま、難しいことはいいから、とりあえず、おめでとうだな」

いい雰囲気になった。

「ところで、お凛ちゃんに手紙は書いたの？」

痛いところをついてきた。

「いや～報告とか宴会とか忙しくて」

「今度夢見たら、真っ先に書きなさいよ」

「うん」

（どうして楽しい雰囲気で終わらせてくれないのだろう）

訓練海域へ

十月三日には準備や射撃の操法訓練をし、四日火曜日の九時に出港して、午前十時に主な航路から外れた宮島の近くに着いた。

『荒木実習生、艦橋《かんきょう》まで』

これから広島港の近くにある広島へリポートからヘリが飛んでくるのだが、ヘリの発着艦方法は海上保安庁の運用を取り入れるため、その職員を講師として教えてもらうことになっている。

「お願いします」

「マニュアルの通り行うのでよく見ておいてください」

「はい」

「航空機着艦三十分前」

この号令が航空機着艦部署の発令で、航空科職員の準備はもちろん、他科の全職員も着艦失敗を想定し、消火用の放水銃や救助用の搭載艇などの準備を行う。

僕の仕事は船を航空機が離着艦しやすい状態にすることだ。

「最近のヘリは性能がいいから大きな揺れさえなければ特別な操船をしなくても離着艦できるが、少しでも事故などの確率を減らすため、このような操船をします」

そう言うと講師は辺りに船舶がいないことを確認した。

「手動操作に切り替え！　両舷前進六度！」

どんどん減速する。

「速力四ノット」

「この状態で、左右どちらでもいいから船首から三十度方向の風を受けるようにする」

こうすることによって航空機の浮力が増す。離着艦時はどうしてもヘリの操縦が不安定になるため、少しでも浮力を増やしてパイロットの負担を減らすということだ。

「針路・速力が一定になったら、もう一度周囲の確認をしたうえで、航空長に報告する。『針路、速力整定』と」

航空長が艦長の了解を得てから航空機に指示を出す。

「航空機、着艦を許可する。針路零度、速力四ノット、相対で、風向左三十度、風速五ノット」

しばらくすると後方確認用のモニターにヘリの姿が見えた。

「商船の進路は一定だから予想しやすいが、漁船やプレジャーボートは急に向きを変えることがあるから注意して。急にこっちに位置づいてくることもある。

あと、今は水深が増す方へ進んでいるからいいが、浅い所へ向かう時には水深にも注意すること。

いろいろな要素を考慮して針路・速力を一定にするが、航空機の着艦が遅れて予想より前に進むようなことがあるかもしれないし、こっちの事情を考えず接近してくる船舶があるかもしれない。

そのような時、着艦許可中だから言いにくいかもしれないが、事故につながることが最悪なので、危険を感じた時には勇気をもって着艦をやり直してもらうように言うこと」

「マニュアルは読んで理解したつもりでしたが、この雰囲気だと着艦やり直しを要求することは難しいですね」

「そうなんだ。過去には航海士が浅瀬に近づいていることに気づきながらも、周囲の雰囲気に遠慮してしまってね。航空機が着艦してから慌ててUターンさせたんだけど間に合わず、船底が海底にかすって修理をしたという事例がある」

「いくらかかったんですか？」

テルが出てきた。

「一億円とか聞いた気がする」

「一億！」

「驚いたようだが、船底や主機、プロペラ軸など大切なところが損傷した場合の修理費は高いよ。しかも大型船の修理には時間がかかる。その間、他の船でやりくりしないといけない。だから、その時は気まずくても、事故を起こさないように駄目なものは勇気をもって駄目と言うようにね」

そのあと、航空機が着艦し格納庫に収納された。

「航空機着艦部署、わかれ！」

「ありがとうございました」

「することは難しくないから変に緊張しないようにね」

一仕事を終え、今度は艦橋の後部にある、将来、指揮所となる部屋でハカセも含めてミーティングをした。

「結構いい船を作ったよな？」

テルがそう言うとハカセが答えた。

「最近、政府が領海警備に関心があって、自衛艦や巡視船、取締船という名前を出すと予算がつきやすいんだ」

それにしても、初めは中古船で様子を見てもいい気がした。

今は仮の名前で『練習艦よしうら』と呼ばれている。

自衛艦や巡視船と差別化を図ろうとしたらしく、船体は国産であるが、船型はアメリカ沿岸警備隊の大型艦をモデルにしたらしい。

全長百三十メートル、幅十六メートル、喫水六メートルで排水量四千トン。

主機はディーゼル機関が二機で一万馬力、ガスタービン機関が二機で四万四千馬力の異種機関を併用で使用する。

最高速力は三十ノットと、船の性能においては軍艦にも負けていない。ただし、普段は省エネのためディーゼル機関のみの運用で、巡航速力は十六ノットとなっている。

「あとさ、あのヘリが格好いいな！」

先ほど着艦したのはアメリカ製のＨＨ—60Ｊジェイホーク。これは軍用ヘリを救難重視型にした沿岸警備隊仕様で、力も航続距離も優れた頼もしい仲間だ。片道四百八十キロまでの救難作業が可能だと言われている。

さらにもう一機、一緒に沿岸警備隊から購入したヘリがある。そちらは小型のＨＨ—65ドルフィンといって片道二百八十キロの救難作業が可能だ。性能だけ見ればジェイホークが勝っているが、船のような狭いところではドルフィンの方が取り扱いがよく、沿岸警備隊でも重宝されているらしい。

今回は射撃訓練の警戒のため、航続距離の長いジェイホークが選ばれた。

予定通り午後十時に宮崎沖に錨泊をし、明日の午前八時から訓練開始となった。

●射撃訓練

午前八時半、ジェイホークを発艦させてからヘリ甲板で拳銃訓練を行った。

的を五つ、左舷側に並べ五人ずつが撃つことになったが、僕たち三人は船首側の一つを使い、警察から来た講師の指導を受けた。

最初に使用する拳銃は警察官が使うニューナンブ。弾丸を入れる弾倉が回転するタイプ

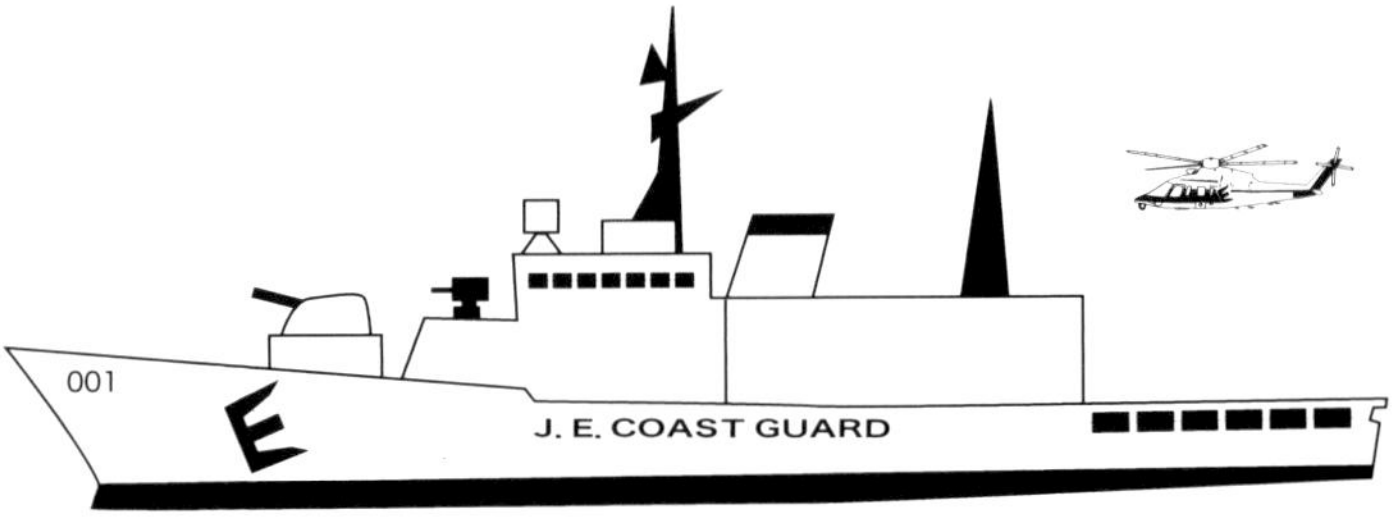
001
E
J. E. COAST GUARD

で、暴発などの危険は少ないが五発しか入らないことと、連射には不向きであり護身用の武器と言える。

「慌てて引き金を引くと、発射時に銃口がずれる。少しずれるだけで十メートル先ではあの大きく見える的にも当たらなくなるんだ」

的の中心より少し下を狙い、引き金をゆっくりゆっくり引く。講師は息を止めた方がいいとアドバイスをくれた。

十発ずつ撃った。テルとハカセは中心に近い黒丸に弾痕が集まったが、僕は少しばらついた。

「じゃあ、次は抜き撃ち！」

「え？」

この基本的な撃ち方を練習するだけだと思っていた。

「実践ではこんなゆっくりと撃つことはできないよ。腰のホルスターから拳銃を抜いてそのまま撃つ練習だ！」

「当たりませんよ」

「そうだった。射撃を専門にする職員は別だが、一般職員は抜き撃ちで十メートル先の的に当てることは求められていない。五メートルでいい」

「西部劇みたいだな」

テルが楽しそうだ。近いという気持ちのせいか、ゆっくり狙っていないものの、今度は思ったより中心付近に当たった。慣れてきたところで、拳銃訓練が終わった。

「次は六四式《ろくよんしき》自動小銃！」

今度の的は海上に浮かべた大きな発泡スチロールだ。

「四百メートル離れた的に当てるのが目標だ」

ここからは自衛隊の講師だ。小銃は銃身が長く狙いやすいことや、肩当てがあり安定することなどから有効射程距離が拳銃とは比べものにならない。

「海上のように揺れる場所からの射撃は単発で的に当てようとは思わなくていい。曳光《えいこう》弾《だん》というピンクに光る弾があるから、その着弾地点を見て修正して何発か当たればＯＫだ」

とは言っても、大きな発泡スチロールも四百メートル離れれば小さな点でしかないし、波で時々見えなくなる。

「大丈夫。あの的は船の中心だと思って、その周辺に当たれば合格」

ホッとした。射撃がこんなに難しいとは思わなかった。

「撃て！」

ドドドド！

連射を続けると銃口が反動で上に向いた。慣れた人でも連射だと四発目からは不安定になり、なかなか当たらないらしい。

「次、八九式《はちきゅうしき》自動小銃」

八九式は六四式より新しい。弾が小さく銃自体もコンパクトで日本人に合っていると言われる。しかも『点射』という三発だけ連射する、弾が無駄にならないように工夫された機能がある。

全部で百発撃つと午前の訓練が終了した。終わっても、訓練時のごう音と強い反動などでまだドキドキしている。

「みんな最低限の能力はあるようなので、あとは慣れですね」

射撃訓練が終わっても緊張は続く。

「この六四式、中で弾がつまっているようです」

「私が見ます」

講師が真剣に確認する。自動小銃や自動拳銃はニューナンブとは違い、一発が銃の奥に装填《そうてん》されると、その弾は外から見えない。講師は弾倉を外して、中を覗き込む。

「あった」

レバーを数回引くと、つまった弾が出てきた。講師はそれを拾うと、すぐに投げ捨てた。

「つまった弾は、いつ暴発するか分からないのですぐに処分します」

しっかり装填されずに暴発したり、引き金を引いた時には発射せず、しばらくしてから爆発する弾もあり、実際に死亡事故の原因になる。

「銃器は相手にも、自分にも危険だという意識を持ち続けてください」

映画で見ていると格好良く見えるが、実際に持つとなると、かなりのストレスを感じるものだということが分かった。

しかしこれで終わりではなく午後からはさらに巨大な、船に備え付けられた『備砲《びほう》』と呼ばれる武器の訓練だ。

「もう疲れた」

射撃訓練を楽しみにしていたテルがそんなことを言うくらいだ。

●備砲訓練（一）

午後一時に燃料補給を終えたジェイホークを飛ばすと、艦首にある備砲周辺に移動した。

「最初に一番威力がある五七《ごじゅうなな》ミリ砲の射撃訓練を行います」

この艦は操縦室である艦橋が船の中央にあり、前部には砲座が縦に二つ並び、後部にヘリ格納庫とヘリ甲板という構造になっている。

その砲座の前側に五七ミリ砲が備え付けられている。

「最近では、このような武器には自動追尾装置が取り付けられ、人間が目で狙うということはありませんが、これは旧式ですので、射手一名が実際に狙い撃ちします。そして弾薬を用意する装填手《そうてんしゅ》二名の計三名で運用します」

これはスウェーデン製のボフォース五七《ごじゅうなな》ミリMk1《マークワン》。アメリカ沿岸警備隊はMk3《マークスリー》という最新型を採用している。もちろん自動追尾装置付きで射手は砲に乗ることはない。

環境省は船と同様に、武器も沿岸警備隊の真似をしようとしたが、自衛隊ではないからそこまでは必要ないということで予算が取れなかったそうだ。

困っているところに、沿岸警備隊の幹部から旧式のものならスウェーデンにあるという話を聞き、交渉してみると何と無償で提供してもらえた。

「旧式ではありますが、基本を学ぶにはいい機会であると言えます。Mk3は有効射程距離が八千メートルと言われていますが、Mk1は射手が目で狙うことになりますので、実際には三千から四千メートルの目標近くに着弾させることができれば合格でしょう」

説明が終わると艦橋から指示がきた。

「目標、左四十五度、距離二千メートルの標的。単射十発独立発射、撃ち方始め！」

するとすると五七ミリ砲が艦首から左四十五度に回転し砲身が上に動いた。その機械音は戦争映画そのままで嫌な緊張感がした。

ドン！

イヤーマフという耳を守る器具は身につけているが、小銃とは比べものにならないごう音がした。いや、音というよりも船自体が強く振動したのが分かった。

ドン！　ドン！

全て曳光弾で弾丸がピンク色に光るため目標近くに着弾していることが分かった。

十発目が撃ち終わると講師の説明が始まる。自衛官は平然としているが、拳銃のプロである警察の講師でさえも驚きのあまり目が点になっている。

「再度注意しますが、必ずイヤーマフや耳栓はすること。衝撃を感じてもらえたと思いますが、それがないと鼓膜が破れます」

「……」

（環境問題を勉強したかっただけなのに、何でこんな恐ろしい目にあわないといけないのか？）

いまさらながら思った。

「陸と違い船や航空機は揺れますので、単射だとなかなか当たりません。しかし、連射にすることにより、その内の何発かは当たります。一発は空へ、一発は海へ飛んでいっても、一発が目標に向かって飛んでいきます。

そして小銃では連射をするとその反動で命中率が悪くなりますが、備砲に関しては船に固定しているので何連射しても構いません」

（単射でもびっくりしたのに）

「連射十発、独立発射、撃ち方始め！」

ドドドドドドドドド！

「……！」

テレビや映画とは全く違う。楽しみではあった射撃訓練だったが、もう帰りたくなってきた。

「Ｍｋ１の弾倉には四十発入ります。今度は残りの二十発を連射してみます」

（もういいっス。分かったっス）

ドドドドドドドドドドドドドドドドドド！

頭を抱えている人もいた。

「衝撃的すぎたようなので、休憩にします。その間に給弾しておきますので、次からは皆さんが撃ってください」

「……」

誰も返事をせず、逃げるように艦内に入っていった。これには講師も苦笑いをしていたので、僕たち三人は勇気をもって質問した。

「これが船に当たったら？」

「昔の軍艦なら鉄板が厚いので平気かもしれません。しかし現代のように鉄板の厚さが二十ミリ程度であれば簡単に貫通します」

「では艦内にいても？」

「安全だという保証はありません。防弾構造というのはせいぜい、小銃くらいを想定しています。これは備砲としては中型ですが、相手が軍艦であっても貫通するはずです」

「人に当たったら？」

「これは対兵器用です。もし人の体に当たれば、その体は粉みじんになるでしょう」

「……」

「自衛隊や外国の軍隊は、現代の兵器は破壊力が大きいため、鉄板の厚さに関わらず一発でも被弾したら戦闘不能になると考えています。だから、当たらないように工夫したり、やられる前に攻撃するのが常識です。

その点では最前線で取締りを行う警察や海上保安庁には頭が下がります。私なら相手の有効射程距離内に入る勇気はありません」

「……」

「はは。でも軍艦と戦うわけではないので安心してください」

「そうですよね」

「ただし、現代は携帯型ミサイルのような兵器が安価に出回っているので相手が軍艦に見えない場合でも油断は禁物ですがね」

「……」

「とりあえず休憩してきてください。私は準備をしますので」

「ありがとうございました」

三人とも無言のままトイレへ向かった。

●備砲訓練（二）

「次はＪＭ六一―Ｍ。日本では製品名の『バルカン』で知られているようです。口径は二十ミリで、先ほどの五七ミリより威力は落ちますが、電気を利用することで弾詰まりなどの不具合が起きる確率をかなり低くしています。また、見ての通り銃身が六本あるので、負担が六分の一となり、他の武器と比べるとたくさん撃ち続けられます」

　これはアメリカ製で、機動力のある航空機対策として連射速度を上げるために開発されたそうだ。ここでは二十ミリ機関砲と呼ぶ予定だ。

　今でも戦闘機に搭載されたり、ミサイルを撃ち落とすために使われているメジャーな兵器で、本来は一分間に四千から六千発という、他の兵器に比べると十倍の連射速度を誇る。

　しかし、戦闘機やミサイルを相手にしないような警備艇用にわざと連射速度を落としたものがこのＪＭ六一－Ｍ。確かに信頼性は高いのだが、連射速度という一番の売りを消してしまっている少々かわいそうな武器のようだ。

「電気は二通りの使われ方をしています。一つは射撃時にモーターを利用して給弾や排弾を強制的に行います。強制というのは、途中に不具合のある弾丸などがあってもモーターの力で外に出してしまうので弾詰まりを起こさせないのです。

　もう一つの利用方法は、電気の力で発砲させることです。通常の弾丸は、後ろの火薬を叩くことによって爆発を起こさせ飛んでいきます。しかし、これは叩く代わりに電気で刺激するのです。

　ですから、私も見たことはありませんが、静電気で暴発する可能性があると言われています。準備の時も、射撃する時にも、必ず静電気除去板にタッチしてください」

「目標、左六十度、距離千メートルの標的。独立発射、撃ち方始め！」

グイーン、ドドドドドドドドド！

船の揺れの具合が影響しているのだろう。目標を中心として、真っ青な海面に、激しい水しぶきが縦線状にあがった。

五七ミリ砲より音や振動が小さいせいか、景色を観察する余裕がある。

「これには欠点もあります。船の電気系統が故障した場合には使えなくなります」

最大四千五百メートル飛ぶようだが、これも人が狙うため、有効射程距離は千五百メートルということだ。

「では、最後です。一二・七《じゅうにてんなな》ミリ重機関銃M2。ここでは一二・七ミリ機銃と呼びます。映画などでもよく出てきますが、実際にたくさんの国で、様々な用途で使われています」

これは、一人では無理だが三人いれば持ち運べる。昔、歩兵が戦車と戦えるようにするために作られたとも言われており、今の船舶の鉄板であれば貫通するそうだ。

また、命中精度がいいのも売りだ。単射だと、八百メートル先の的にも正確に命中すると言われている。過去には二千メートル以上の狙撃に成功したこともあり、有効射程距離が二十ミリ機関砲よりも遠い、二千メートルとなっている。

今回はヘリ格納庫の上に取り付けたが、船の横や、将来はヘリを改造してジェイホークにも取り付けられるようにする予定だ。

「目標、左七十度、距離千メートルの標的。撃ち方始め！」

ドドドドドド！

また海面に水しぶきが上がったが、威力はさらに小さくなっているのでまた冷静に見ることができた。

「慣れてきたけどさ、これは広い海上だからいいけど、街中でやったら大災害レベルになるよ」

ハカセが想像して顔を真っ青にしている。その横でテルは生き生きとしていた。

●ジェイホーク

次の日はヘリの射撃訓練だ。

「軍隊では弾をたくさん用意したいので、ヘリには二十や三十発しか入らないマガジンではなく、一二・七ミリ機銃のようなベルト状で給弾する武器を使います。

しかし、ここでは護身用ということで、昨日使った小銃をそのまま使います。ヘリを改造して六四や八九式小銃を固定できるようにしています。今回は時間があるので二種類の武器を使ってみたいと思います」

ヘリに関しては航空科が準備から全て行うが、見学ということで僕たち三人も順番に乗ることとなった。

ブルブルブル！

ローターが回り始めると緊張感が高まった。

「ジェイホーク、発艦用意よし」

ヘリはごう音を発するため、スピーカー付きのイヤーマフを装着する。これにより、話したことはマイクを使って全員に聞こえるようになっている。

「ジェイホーク、発艦を許可する」

「了解、ジェイホーク発艦する」

キーン！

エンジンのパワーが上がると風を切る音よりも、航空エンジン特有の高音が目立った。

浮いたかと思うとヘリ甲板が下に見えた。すぐに船から離れると、ヘリ甲板と海面の高度差により圧力の急低下が生じてヘリが落ちるという話は授業で聞いたことがある。そのため、機体が安定するまではヘリ甲板の上空で待機するそうだ。

船から離れると高度を上げたため、百三十メートルもある船が手の平くらいに小さく見えた。

「目標発見！」

イヤーマフのスピーカーから報告が聞こえたが、僕には全く見えない。

「ほら、あそこ」

キョロキョロしている僕に気づき、航空整備士が教えてくれたが小さな的は白波と区別がつかなかった。

（この状態でよく要救助者を見つけるものだ）

ガガー！　ヒュー！

突然ドアが開き、風が入ってきた。

「戦闘ヘリじゃあるまいし、窓を閉めたまま射撃なんてできないよ」

機長の声だ。艦上では僕も士官扱いだが、ヘリに乗った時点で僕は完全な学生扱いになっている。急にドアが開いて驚いている僕を見て説明してくれた。

射撃のために高度が下がっているのが僕にも分かった。高い時も怖かったが、高度が下がると海面が近づき、さらに恐怖感が出てきた。

「撃ち方始め！」

機長の命令で射撃が始まった。すぐ横で発砲するため、一瞬目を閉じてしまった。

「ばらけるな、もう少し高度を下げる」

船からの射撃よりもさらに難しいようだ。

ドドド！　ドドドドドド！

射手を替えて三回の射撃後、帰艦することとなった。

「難しいか？」

機長が聞くと射手が順に感想を言った。

「上下左右に揺れるので狙えませんでした」

「俺も安定するように練習しないとな。まあ、何発かが中心に当たればいいんだろ！」

練習は大切だが、実践する機会がないことを強く祈った。

「ジェイホーク、着艦を許可する！」

「了解、ジェイホーク、着艦する」

着艦準備ができたようなので船を見たが小さなものだ。

（よくあんなに小さな船に降りるものだ）

パイロットはいつものことだろうが、初めての僕には恐怖感しかなかった。

（無事、着艦できますように！）

着艦直前に機体が左右に回転するのを機長が調整し着艦した。ヘリのローターは一方向に回転しているため安定させるのが難しい。着艦直前にはその影響が強くなる。

ヘリを降りると格納庫にある椅子に座った。

「どうだった?」

テルだ。

「怖かったよ」

「軟弱な。俺は射撃させてもらえるようにお願いしてきたよ」

頼もしいやつだ。将来、いざという時がきたら全部テルに任せよう。

この後、夜間射撃訓練をして、次の日の夕方に吉浦に戻った。

片づけ

「射後手入れは念入りに行います!」

手抜きがないか講師が目を光らせている。

砲身の中には弾丸のカスが想像以上に付着している。射撃中は高温になるため、鉛ででてきた弾丸の一部が溶けて付着し、射撃後は冷えて中で固まってしまうそうだ。

「荒木君、溝にカスが残っているよ」

僕の掃除の基準では完璧だったのに。

「カスを全て取り除き、その後に油を塗ります。そうしないとすぐ劣化してしまいます」

武器は金属でできているので、もっとツルツルしているのかと思っていたが、渇いた感じはなく、全体的に油でベタベタしていた。

「今回は業者が点検のため持ち帰りますが、今後は自分たちで手入れしなくてはいけません。練習のつもりで頑張ってください」

特に海上では塩の影響で錆びやすいようだ。そのため実際には砲術科が配置され、射撃時だけではなく、日常的に整備をすることになる。

「昔の軍艦であれば同じ型の大砲が何門もあるように、代わりになる武器がありましたが、この艦に備砲は一種類ずつしかありません。それぞれ特性がありますので、いざという時に全ての武器が使えるように訓練と整備はしっかりとやってください」

手入れが終わっても、講師の話はなかなか終わらない。

「今回は武器の扱いを学んでいただきましたが、管理も大切です。どこに何があるか、弾は何発あるのか正確に把握しておかなければなりません。一発でも足りなければ、犯罪に使うために盗まれた可能性があると疑わなくてはなりません。

沖にいれば盗まれることはありませんが、停泊中は関係者以外は乗せない、また使わない武器は武器庫に入れ施錠する。忙しい時、疲れた時でも徹底してください」

今回の訓練で、武器が格好いいものだという意識よりも、面倒なものだという意識の方がはるかに強くなった。確かに盗まれでもしたら一大事だ。

● 居酒屋（四）

八日、土曜日には片づけを済ませ、乗組員や講師たちで打ち上げをして、その後、奇兵隊に帰った。ハカセも泊まっていくことになっている。すでに午後十一時、涼しい潮風が吹いていた。

「もう料理は終わってるよ」

歳さんが疲れた顔をしている。

「今日は食べてきたから大丈夫」

二階の部屋に上がると歳さんが追いかけてきた。

「素通りするなよ、残り物はあるから一緒に飲もうぜ！」

今日は結構客が入ったようで、みんな疲れているようだ。

「射撃ってどんな感じなの？」

竜さんが興味津々だ。

「すごかった！」

テルが興奮している。僕が話すと面倒だった話が中心になりそうなので、テルに任せた方が盛り上がるだろう。

「でも相手が発泡スチロールだと威力は分からないか？」

歳さんもこういう話が好きなようだ。するとハカセが言った。

「今年度中に軍艦を射撃する機会ができそうなんだ」

僕も聞いていない話だ。

「アメリカ軍が廃棄する軍艦を射撃して沈めるという、兵器の威力を確認する訓練があって、それに参加させてもらえそうなんだ」

「マジか？」

テルのテンションがさらに上がっている。

「艦の設計などを沿岸警備隊を参考にしたり、ヘリを二機購入したりとアメリカを頼ったことで、アメリカが環境沿岸警備隊に協力的なんだ」

特にアメリカ製のヘリ、ジェイホークの追加購入を期待されているそうだ。

射撃訓練の話で盛り上がったところで、今度は長州藩の苦労話をすることになった。

●第一次長州征伐

八月十五日の午前中に山口に到着した。講和談判の成功に殿も若殿も大喜びだった。しかし重臣の中には難しい顔をしている者が多い。

「幕府が長州征伐を決定した」

出兵を命じられたのは三十五藩に及び、幕府は大兵力を集めようとしているらしい。

「では、これにて失礼します」

これから話し合いになりそうな雰囲気の中、高杉さんが席を立ったので僕も聞多さんも続いた。

「やつら、自分たちが尻込みしていた難題を解決してやったというのに何だ！　ねぎらいの言葉もなく次は幕府だとか言いやがって！」

感謝もされず、いいように使われていることに腹が立ったらしい。特に俗論党の者は感謝するどころか、僕たちを攘夷に失敗し藩を苦しめる原因を作った者だとみなして、殿の前で責任追及をしたい素振りを見せたのだから当然だ。

「とりあえず若殿から褒美を頂いたから、まずは宴会だ！」

聞多さんは俗論党の態度など無視してノリノリだ。

「店は俊輔が確保している。急ごう！」

（まだ日は高いというのに……）

短期間とはいえイギリス留学をして、そのすごさを実感してきた聞多さん。欧米四か国の代表と対等以上の交渉をした高杉さんの評価を著しく上げている。

「藩の考えはまた二つに分かれたな」

聞多さんが今度はため息をついた。

「幕府は周防国と長門国の二国、つまり今の長州の全領地を没収し、東北方面に移そうとしているらしいぞ。石高は三分の一程の十万石だとか」

俗論党は絶対恭順《ぜったいきょうじゅん》という、幕府の言うことを全て聞き入れる方針だ。

「俺が我慢ならないのは、やつらは藩を守るためなら藩主親子の切腹さえやむを得ないとぬかしている。たとえ藩名が残ったとしても、藩主を切腹させて、俺たち毛利家の家臣は藩を守ったと言えるのか？」

「俗論党は殿を犠牲にしてでも自分が生きていたい、そう思われても仕方がないことを言っていることに気づかないのでしょうかね？」

俊輔も呆れている。

「俺は正義派の武備恭順《ぶびきょうじゅん》に賛成するぞ。京で戦闘を起こした罪は認めるが、幕府の要求が酷ければ戦争だ！」

禁門の変を起こした長州藩が朝敵とされたことは仕方がない。しかし、それ以前に、長州藩に罪があったかと言えばそうでもない。

朝廷に対する工作はしてきたが、公には朝廷や幕府の命令に従ったまで。外国船を積極的に攻撃したことについては、命令書の解釈方法に問題があると指摘されることには理解できる。

しかし、京からいきなり締め出されるような仕打ちを受けるほどではないはずだ。攘夷を実行すると言ったのは幕府なのだから。もし長州藩を罰するのであれば、朝廷のもとで、幕府も一緒に罰せられるのが道理というもの。

それなのに幕府は自分が攘夷実行の命令を出したことを忘れたかのような態度で、長州藩だけに責任を押し付け朝敵とし、それを根拠に攻め込んでくる勢いだ。

武備恭順を唱える正義派は、この長州藩の主張を訴えながら戦い、もし敗北して藩が滅亡しても義を貫いた藩として名は残る。そして、理不尽な攻撃をした幕府の権威を落すという崩壊のきっかけとなり新しい国家体制の礎《いしずえ》になればいいと考えている。

「僕も武備恭順に賛成だ。しかし僕は会議に参加しない方がいいと思う。辞職して萩に帰るつもりだ」

高杉さんが思いつめたように言うと聞多さんが慌てた。

「何でだ？　一緒に頑張ろう、講和談判の時のように」

「僕は禁門の変を止めようとした人間だが、俗論党は僕のことを間違いなく、松下村塾生であり攘夷を進めた久坂玄瑞の仲間としかみないだろう。

さらに政変後に俗論党が出てきた時に反抗し、椋梨に協力した坪井九右衛門《つぼいくえもん》を処刑に追い込んで恨まれてもいる。僕が山口にいては正義派の足を引っ張ることになるだろう」

それに対し聞多さんは、松下村塾の塾生ではなく禁門の変にも関わっていない。しかも最初から四か国連合艦隊との戦いを止めようとしたのだから、山口政事堂で堂々と意見が言えるはずだ。

「じゃあ、風太は？」

「僕は禁門の変に参戦しているので、高杉さんより危ない立場です」

「俊輔は塾生だが？」

珍しく聞多さんが気弱な顔をしている。

「僕はやっと武士になった立場で、俗論党の偉い人からは相手にされていません。発言力はありませんが僕は残って聞多さんの手伝いをします」

「そうか」

少し安心したようだが、俊輔の身分では殿の御前での会議には出席できない。

正義派の家老は禁門の変に参加し肩身が狭いだろうから、結局、武備恭順派は大組士の聞多さんが代表になるだろう。

「主な正義派は周布政之助、毛利登人、前田孫衛門、山田右衛門。俗論党は椋梨藤太、中川宇右衛門、小倉五右衛門、岡本吉之進か。弁舌と覚悟では正義派が有利だが」

高杉さんが言葉に詰まった。周布先生が禁門の変を止めようとしたことは皆が知っている。しかし、正義派の三家老が謹慎中の今、正義派の責任は全て周布先生に向けられてしまっている。

そして三家老の代わりには、正義派というよりも俗論党に近い保守的な家老である毛利出雲が藩庁の代表となっており、正義派には一層不利な状態だ。

そう考えると、高杉さんは山口に残るのと萩へ帰るのとどちらがいいのか分からなくなり迷い始めた。すると
「分かった！　でも戦争になった時には協力しろよ！」

聞多さんは高杉さんが帰郷しやすいように気遣ったのか、急に明るい表情で叫んだ。

高杉さんがホッとしている。

「もちろんだ。それに市之允を忘れるな。市には大村さんのところで勉強させているから戦では役に立つはずだ」

塾生の代表格であった玄瑞、九一、稔麿が死んだ今、残った者でやれることをするしかない。こうして、山口は聞多さんと俊輔に任せ、高杉さんと僕は政治を離れて萩へ帰った。

帰郷

八月十八日の午後、萩に着いた。

「ただいま」

門をたたくと使いの者ではなく、母上とお凛が出迎えてくれた。講和談判の成功ということで、お祝いムードだ。

状況を説明すると父上が大きく頷き感心している。その様子に、実は高杉さんの後ろで立っていただけだったとは言いにくい。

「夕方には健太郎も帰る。また話してやってくれ」

父上はそう言うと自室に戻っていった。

「ちょっと夏バテしてるようです」

母上はそう言うと、お凛と一緒に父上について行った。

「お凛はよく働くよ。今では父上の世話役だ」

秋助兄さんが喜んでいる。

「秋兄《あきにい》、藩庁は上手くいっていませんか」

「分かっている。だから兄上は毎日、城に出て様子をみている。萩では俗論党が強いからな」

「禁門の変での責任追及は？」

「あった。その時は隠居の父上も城に出て行って話をしてきたよ。父上が『荒木家は政治に関心はない。戦があれば戦場に出るだけ。京で戦があったので参加した。それは当家においては当然のこと。もし、あの戦が間違いであったのなら、それを止められなかった重臣にも責任があるということですな。それならば、一同で腹を切りましょうか？』と、こんなことを言ってからは何も言われなくなった」

「寡黙な人だと思っていましたが」

「俺も驚いたよ」

母上とお凛が戻ってきた。

「少しは慣れた？」

お凛に話しかけると困っている。

「二週間ぐらいで慣れたなんて言えないものですよ」

母上が笑っている。

「元気そうで良かった」

言葉を変えると笑って頷いてくれた。

「では、宴の準備をしましょう。耕太さんも呼んでありますよ」

「まだ昼ですよ」

「大役を果たしたのだ、遠慮するな。お前たちが酒好きなのは、お凛からよく聞いている」

「僕はそれほど」

「萩ではお前たちの飲み代のせいで、長州の出費が大幅に増えたと言われているぞ」

(それは久坂さんや高杉さんのせいだろう)

前半は午後五時に終わった。健太郎兄さんが帰ってから後半戦らしい。

(最近、昼から飲むことが多いな)

耕太は仕えていた家の男全員が禁門の変で戦死したため藩庁の許可を取り、これからは荒木家のために働いてくれることになった。

「耕太も身分は俊輔と同じ時期に武士になったのだから、馬に乗る練習もしておけよ」

「武士といっても大組士ではないよ」

「でも僕だけ馬に乗っていては機動力に欠けるから」

「いいと言われるなら」

後半戦には父上も出てきて少し飲んでいた。

「優太、明日は午後から医者に行くからついてきてくれ」

「はい」

少しは親孝行をしなければいけない。

病人

翌日、昼食をすませると父上と一緒に出かけた。

「二日酔いは？」

「少ししています」

父上がゆっくり歩くのでちょうど良かった。

「長州藩の医術は長崎が近いことや、殿が医者の意見をよく取り入れるので、全国でもかなり進んでいるようだ」

「そうせい！って言ったんですかね？」

「ははは！　そうだろうな」

父上は体調が悪いと言いながらも上機嫌だ。

「大きな成果としては天然痘の予防ができるようになったことだろう。それまでは天然痘で多くの子供を失った」

実際に、松陰先生や高杉さんも小さい頃、天然痘にかかり命が危なかったと聞いている。

「久坂玄瑞の兄も活躍したんだぞ」

兄弟で優秀だったようだ。

「二人とも惜しい人材だったな」

十五分くらいで父上が通う医者の家についた。

「どうですか？」

「息子が戦場から戻ってきたせいか元気になりました」

医者が僕を見た。一瞬厳しい目つきをしたように見えたが微笑んで話をしてくれた。

「戦を起こして横柄な態度をしているなら非難する気になったかもしれないが、落ち込んでいる君にはいい薬を処方しましょう」

講和談判は上手くいったものの、久坂さんなど仲間を失った悲しみは消えていない。この医者はそれを感じ取ったようだ。

医者はもちの絵を描いて見せた。それには一文字に三星、毛利家の家紋があった。

「最近、京で流行り始めている『長州おはぎ』というおはぎの絵です。値段は石高に合わせた三十六文で、客が『まけて』と言っても店側は『(長州は)負けん』と答えるのが約束とか」

医者は楽しそうだ。

「京の人は逆賊にされた長州藩に好意的です。反対に幕府は人気がない。正当な理由がないのに長州を追い込んだ幕府が悪く、長州には負けないで頑張ってほしいと。その気持ちから長州おはぎが生まれたようです。ま！　全員ではないでしょうが、そう思っている人もたくさんいるのは事実です。

藩内も同じですよ。今は俗論党が勢いを増していますが、庶民は正義派を支持しています」

「そういうことだ」

父上が僕の肩をたたいた。

思いもよらず医者と父上に慰められていると
「もう少し！」

奥の部屋から声が聞こえた。

「数日前に担ぎ込まれてね。もう一人では動けないから、ここで寝かしているのです。もう長くはないでしょうが状態がいい時には歩きたがるので、私の家族で看護をしています」

「優太、手伝ってやりなさい」

医者の奥さんと娘さんが手伝っているので、僕が替わって肩をかした。一見、大きく見えた患者の体は細く、力を入れると骨が折れてしまうような気がした。

この家の庭を一周すると満足したようで、また床に就いた。

「ありがとう」

かすれた声でお礼を言われた。

「すごい！　今日は一周できましたね」

娘さんが笑顔で言うと、この男も笑った。

「林様は体が大きいので、女二人には大変で助かりました」

聞くと若い頃は武芸に優れた大男だったらしい。

「今では支えられて歩くのがやっとだ」

この後、父上の提案で医者の往診を手伝った。

「今日はご飯を食べました」

「先ほど自分でトイレに行けました」

「今朝はしっかりと話ができたんですよ！」

「さっき、私の手を握ってくれました」

様子を見て薬を渡すだけの家もあったが、ほとんど寝たきり状態の患者も五人いた。

「たくさんの患者を見てきたので余命は予想できるようになってきました。しかし私には、患者の家が購入できる薬を与えて話をしてあげることしかできません」

医者は残念そうに言った。

「殺すことは簡単ですが、生かすことは困難なことなのです」

医者と別れて家に向かった。

「お前を迷わせる気はないが、遺言だと思って聞いてくれ」

「なんて言い方を」

「先ほどの患者のように、健康な者であれば何も考えずに自然にできることさえ一人ではできない者もいる。そして、家族などに助けてもらって何かできた時には、それだけで幸せに感じる。

一歩でも歩きたい者、一口でも食べたい者、一言でも何か言いたい者、一日でも生きていたい者。そういう人たちもいる。

また、人が大人になることは大変なことだ。一年近くも母のお腹の中で育てられ生まれる。出産時は母子ともに死の危険が伴う。

生まれても抵抗力が弱い子供は病気で死ぬ。親にとって天然痘は恐怖の一つだ。

そして二十年近く体を鍛えて学問をし、うちで言えば一人前の武士となる。大変なことだ」

父上は厳しい表情をした。

「他人には言えないが、戦は恐ろしい」

有事には最前線で戦うことを想定して生きてきた父上には似合わない言葉だった。

「様々な苦労や幸運によって大人になった者が、戦場では一瞬で命を失う。剣道であればやり直すことができるが、実戦ではそうはいかない。

一瞬のすきで槍に刺されたり刀で斬られたり。鉄砲を撃てば、あんなに小さな鉄の塊が、二十年、三十年の努力によって身に付いた能力を、命と一緒に奪ってゆく。戦がなければ、あと何十年も生きられるかもしれない若者の命を。

年寄りや病人があと一日でも生きたいと思うのに、健康な若者が殺し合う。何十年という寿命を奪い合うんだ。馬鹿げているとは思わんか？」

「確かに」

「また戦になるかもしれない。お前は人を指揮するだろう。迷えと言っているわけではないぞ。しかし、変な意地で意味のない戦いを仕掛けたり、降参を考えている敵に攻め込んで命を奪うようなことはしないでほしい」

「はい」

僕が返事をすると父上の表情が明るくなった。

「私も若い頃は考えていなかったことだ。自分が体を壊したり、他の病人を見たり、お前が戦に出て行方不明になったりして初めて気づいたことだ。

優太は若いからな。できるかどうかは別として、戦に行く前には思い出してほしいな、この言葉を。『殺すは一瞬、生かすは困難』

あの医者、いいことを言うだろ！」

「はい、長州おはぎの話もいい薬になりました」

「今度は長州おはぎを作って持って行こうか」

「でも、藩内で殿の家紋をお菓子にしたら怒られますよ」

「それもそうだ」

気が付くと夕方になり、少し涼しい風が吹き始めていた。

「戻ったぞ」

父上が上機嫌で門をくぐると女二人が不機嫌そうな顔で立っている。

「病人がずいぶん元気なことで！」

「父上、いくら調子が良くてもお体にさわります」

（いい気分だったのに）

「優太、帰ったらお凜と買い物に行くとか言ってませんでした？」

そんな気もした。

「今から行こうかと」

「もう夕食の時間です」

お凛が素っ気なく答えた。

「……。イギリスのクーパー提督より怖いかも」

「何か言いましたか？」

僕が慌てて首を横に振ると二人は先に入っていった。

「優太、もう少し優しい娘はいなかったのか？」

父上が目を丸くしている。

「京では優しかったのですが。母上の影響ですよ」

「仲がいいのは何よりだが……」

「早く入りなさい！」

母上の声でゆっくりしか歩けないはずの父上が駆けて行ったように見えた。

●任命

「優太、行くぞ」

八月三十日、僕は城から呼ばれ、健太郎兄上と一緒に城へ行った。いつも兄上が仕事している執務室に入ると高杉さんがいたので少し話をした。

するとまもなく広間に呼ばれた。

「高杉晋作に石州口軍政掛《せきしゅうぐちぐんせいかかり》、荒木優太に参謀を命ず」

淡々とすんだ。

「山口が決めたことを伝えるだけなのは分かるが、何か一言くらいないのか」

兄上が不機嫌そうにしている。

「仕方がありませんよ。正義派の重臣は山口に行ってしまったので、城には俗論党を支持する保守派の割合が多い。僕たちは彼らに恨まれていますから」

高杉さんが家に寄ってくれた。

「僕たちが任命されるとは、聞多さんが頑張っているということですよね」

「ああ。しかし萩も山口も俗論党ばかりだから任命されてもすることがないな。奇兵隊でも連れていければいいのだが」

「また、とりあえず自分磨きってやつですかね」

「まあ、僕には休養になっていい。おかげで最近は咳もおさまったし」

確かに顔色が良いので安心した。

「村田先生が萩の明倫館にいてくれたら勉強もできたのに」

「明倫館まで山口に移転してしまったからな」

「まあ、残った萩の明倫館で騎兵の勉強をしてみます」
「そうか。僕は一応、石州口を調べておくよ」

正義派対俗論党

残暑も終わり、すごしやすくなった九月だが。健太郎兄上からは、いい話を聞けなくなってきた。

俗論党の主張はこうだ。

攘夷を実行すると言いながら、欧米諸国と講和条約を結んだ。さらに京では無謀な戦を仕掛け、藩を朝敵とした。そして朝廷の命令を受けた幕府率いる大軍が押し寄せようとしている。

正義派や諸隊には、長州征伐は天皇の真意ではないので戦うべきだと主張する者がいるが、公には朝廷と幕府の命令であることは事実である。

しかも幕府と三十五藩を合わせた十五万の兵力を相手に戦うことは無謀というほかない。したがって、長州藩は毛利家存続のためにも、完全恭順すべきである。

これに対して正義派の重臣は対抗できず、聞多さんが一人で大声を上げているそうだ。

ただ聞多さんの味方もいる。

一つは諸隊の軍事力。そして、もう一つは庶民の支持だ。

松陰先生の、庶民も含めて国を守るという草莽崛起《そうもうくっき》の思想が高杉さんの創った奇兵隊を通して藩内に広がったのか、庶民は正義派を支持している。

庶民が味方をすれば、諸隊は食料調達など補給面の心配がなく、長期間の戦闘が可能になる。俗論党はそれを恐れているようだ。ただ、それでも政事堂では正義派が不利であることには違いない。

訃報《ふほう》（一）

バタバタバタ！

「優太！」

九月末の午後、紅葉が始まり気候も良かったので、お凛と一緒に縁側でお茶を飲んでいると健太郎兄上が慌てて帰ってきた。

「たまには城の仕事を手伝えと言いに来たのですかね？」

お凛は僕のダラダラしたペースに慣れたようで、最近では慌てているところを見たことがない。

「井上聞多が襲われ、周布政之助が自刃した！」

「何!?」

部屋の中に入ると家族が集まった。

「公式発表はこれだけだ。落ち着けよ、井上聞多は生きている。山口政事堂の近くの実家で療養中だ」

聞多さんが生きていることが救いだった。

「理由は？」

「推測でしかないが、正義派の者が言うには井上の意見が藩主親子に認められそうになったからのようだ」

九月二十五日の会議で、聞多さんはいつものように武備恭順を訴えた。これに対し俗論党の支持者は多いのだが、藩主に対して『いざという時には藩のため腹を切ってください』などと言えないので決め手に欠け、藩主親子は聞多さんの話に頷いていたそうだ。

「それならば、井上聞多を殺して黙らせようという話になったのではないかと言われている」

「周布先生は？」

「周布様をはじめ重臣は、自分たちが会議にいると責任を追及されるばかりだと辞表を出して謹慎していたそうだ。

そのような中、遠慮なく意見が言える正義派の最後の砦であった井上が大けがで会議に出席できなくなり、藩庁が俗論党に牛耳られた。

その報告を受け、周布様は正義派の責任を取ろうと自刃したのではないかと言われている。俗論党が手を回したという噂もあるが真相はどうか分からない」

さらに藩主親子が萩へ帰ってくることが決まった。藩庁を山口に移したのは幕府に隠れて行ったことなので、幕府に恭順する俗論党は幕府に遠慮して藩庁を萩へ移したいのだ。

欧米の脅威が去った長州藩であったが、また新たな危機を迎えた。

●追悼

「風太！　塾へ行くぞ」

高杉さんに引きずられるように夕食後、塾へ向かった。先生がいる頃を思い出す。あの頃、高杉さんは祖父や父から塾で学ぶことに反対され昼は明倫館に通っていたため、夜に会うことが多かった。

「塾を借ります」

杉家にあいさつをすると快く承諾してもらえた。

「聞いたか！」

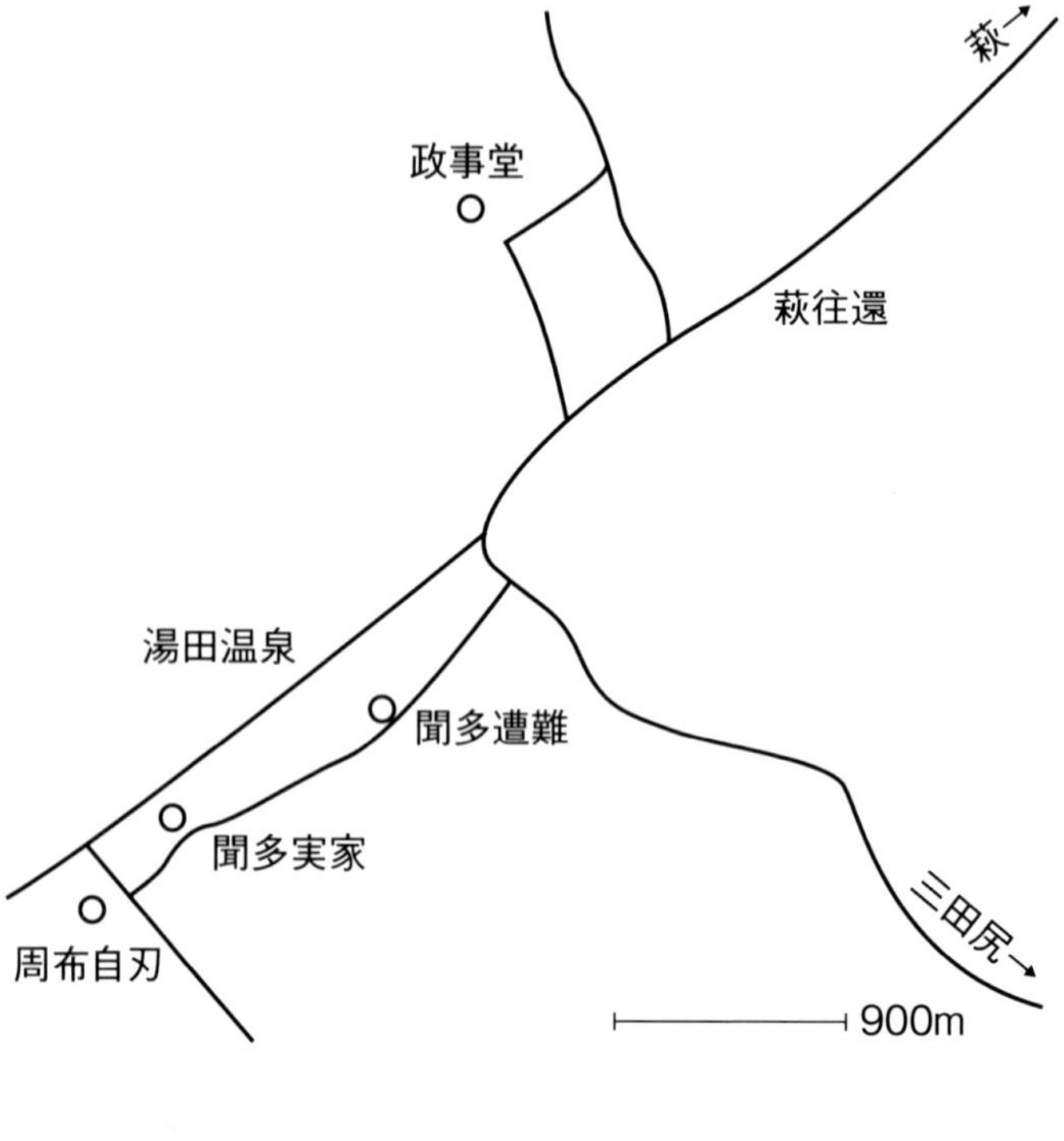

山口略地図

「聞きました」

周布先生と聞多さんの話だ。

「なぜだー!!」

高杉さんが突然叫ぶ。二人とも今にも泣きそうな表情になった。大好きな人が次々と死んでいくことに耐えられない。

周布先生は松陰先生と対立したことがあったが、先生の死後は桂さんと共に塾生を助け、また武士身分ではない者まで積極的に登用してくれた塾の恩人だ。

それに時々常識はずれな行動をすることや、それでいながら実は人より先を見据えた考えを持っていた点で、高杉さんと同じタイプのように思えた。

「高杉さんは上海渡航や脱藩、それにお金の工面などで世話になりましたね」

「僕だって土佐藩ともめた時には周布先生を助けてやったよ」

昔話をしているうちに落ち着いてきた。

「風太、酒はないか?」

「確か、隠し酒が」

昔僕が持ち込んだ酒が眠っていた。

「まずっ!」

吹き出した。

「酒ってこんなに悪くなるものなのか？」

江戸に出てからは酒を残す習慣ががなかったので知らなかったが、放っておくと酒がまずくなることを知った。これはひどい味になっている。

ガラ！

「よかったら飲んでくれ」

先生の兄、杉梅太郎さんが酒を持ってきてくれた。

「残念だった」

酒を飲み、梅太郎さんに慰められると、また周布先生の思い出が浮かんできた。

塾生の時に一緒に酒を飲んだこと、久坂さんと一緒に航海遠略策を批判するために京で殿を待ち伏せたこと、来島又兵衛の暴発を一緒になって止めようとしたこと。

重臣でありながら冗談好きで話しやすかった。目下の者には優しく、俗論党や他藩の重臣とは厳しくやりあってきた。それも全て藩のため、日本のためだったのだろう。

「この時代、善人が早く死んでいく。君たちは生きてくれよ」

梅太郎さんがそう言うと高杉さんが大きく頷いた。

「僕は二人に任せて萩へ逃げてきたようで、それは悔やまれる。二人を犠牲にしてまた生き残ったな」

否定できない。もう飲むしかなかった。

「しかし俗論党の好きにはさせない！」

僕は大きく頷いた。

禁門の変については暴発を止められず俗論党の言い分も理解し遠慮があった。しかし、ここまでされたら、もう遠慮などする必要はない。

罷免

十月三日に藩主親子が萩に戻った。そして藩庁も萩に移り、さらに俗論党が要職を占めた。この頃には俗論党は一つの仲間集団から藩の公な組織として認められるようになっていた。これにより、十七日には高杉さんと僕は政務座役を罷免された。

「高杉君も優太も、俗論党から煙たがられているぞ」

健太郎兄さんが心配し始め、家の中の雰囲気も重くなり始めた。

二十一日には奇兵隊などの諸隊解散命令が出た。そのことで、藩庁では絶対恭順が採用され、幕府の言いなりになっていることが分かった。

「俗論党は正義派の三家老を謹慎ではなく監禁している。腹を切らせるつもりなのか？」

城勤めの兄上は話を聞かせてくれるが、いい情報は全くない。

二十四日、慌てて帰宅した兄上は家族を集め、城で聞いたことを小声で話した。

「俗論党が、禁門の変で参謀格にあった者を野山獄に投獄すると言っている」

兄上によると宍戸真澂《ししどますみ》、竹内正兵衛《たけうちしょうべえ》、中村九郎、佐久間佐兵衛《さくまさへえ》らしい。

「助けないと」

僕はそう言って飛び出そうとした。

「馬鹿！　お前も危ないんだよ！」

「しかし！」

京などでは思った通りに行動してきたが、今は家族の目を見るとそうはできない。

「高杉さんは？」

「小忠太《こちゅう》様が知らせに走ったよ」

一安心だ。

少し落ち着いた時、高杉家からの使いが来てメモをおいて行った。

『萩を出て、聞多さんの所へ行く』

（やっぱり高杉さんも僕も狙われているんだ！）

直観力のある高杉さんが小忠太様の知らせを聞いて、すぐに隠れて萩を抜け出すということは一刻を争うということだ。このメモを見て僕も萩から逃げ出すことを決心した。

「お凛、助けてくれるか？」

いつものように何も言わずに何度も首を縦に振った。男一人よりも夫婦の方が見つかりにくいはずだ。

「お凛は町人の着物を着ろ！　母上、僕が塾で着ていた農作業用の着物を！」

「はい！」

「兄上、必ず帰りますので『村雨』を預かってください」

「萩を出るか？　それがいい」

「これを！」

母上から旅費を渡された。さすがに準備がいい。

「行ってきます！」

準備時間は十分ほど。僕も志士らしくなったものだ。

家を出ると西風が吹いていた。

「浜へ行くぞ！」

いつも小舟が泊まっているのを知っている。

「先に乗って！」

お凛を乗せると舟の後ろを押し、勢いがついたところで飛び乗った。

「きゃっ！」

お凛に海水がかかるし、舟はひっくり返りそうなくらい揺れるし。

不慣れではあるが、このまま西風が吹き続けば城の反対側に進む。しかも川に囲まれた萩城下からも抜け出せる。城下から出て、このような格好をしていれば顔を見て僕だと気づく者などいないはずだ。

「どこへ行くのですか？」

一息ついたのを見てお凛が尋ねる。

「北東、あっちに笠山という島のようなものがあるだろ。あのふもとにある漁港の近くまで行って、そこから山口まで歩く」

「遠回りですね」

「城には近づきたくなかったんだ」

舟は漁師がいないところにつけ、道なき道を歩いて山へ入った。

「やはり萩往還という整備された道を通った方がいいか」

道でないと進まないのでいつまで経っても萩から抜けられない。隠れることも必要だが、時間も重要だ。勇気を持って山道に出たが、人目のある松下村塾の脇辺りを通る時は怖かった。

「もうすぐ萩往還に入る。これから僕は寡黙な亭主になるから、声をかけられたりしたら
お前が話せ」

「何て？」

「山菜取りとか」

お凛が笑っている。

「私は町人ですが、優太さんは農民ですよ」

確かに町人と農民の組み合わせは不自然だ。

「町人の亭主が農作業の格好をしているのだ」

「私の方がいい格好をしているのは初めてですね」

(服装は意識を変えるのか？)

どうもお凛の方が偉そうだ。

「それに」

「何？」

「私が話すと京なまりが出ますよ」

「出さないでよ！　いいか？　捕まったら殺されるかもしれないんだよ」

「もう経験済みです」

確かに船で京から下関まで逃げてはきたが、陸路はまた違うのだけど。

「あと、真剣な話。僕が捕まった時は逃げろ。逃げ切れない時には僕に拘束されていたと言え。お凛は長州藩の政治には関係ないから何も罪はないが、そうしないとかくまったという罪でお前まで捕らわれるかもしれない」

しかし、お凛は珍しく首を横に振る。今まで見せたことがない真剣な目をしながら。

「私は妻ですから、一緒に抵抗します」

「馬鹿なことを言うな！」

「今度、関係ないなんて言ったら離婚ですよ」

「冗談を言っているんじゃない」

「冗談じゃありません。優太さんがいなくなったら私の居場所はありませんし、それにこの山道を女一人でどうしろというのですか?」

「それは……」

「大丈夫です。捕まらないように演技しますから」

「だけど」

「よくしゃべる寡黙な亭主ですね。黙って連れて行ってください」

「……」

（母上は短い間にいったいどんな教育をしたのだろう？）

● 聞多の実家

政事堂の南西二キロの湯田という町に聞多さんの実家がある。そこに萩を出て二日目、二十五日の夜に着いた。

「荒木優太と言います」

人はいるようだが、かなり慎重だ。すぐには門を開けてくれない。

「風太と伝えてください」

もたもたしていると俗論党の者に見つかるかもしれない。

焦っていると

「遅かったな！」

門が開くと高杉さんがいてホッとした。ほぼ同時に萩を出たはずなのに、移動の速さに驚かされる。

「女連れとはな！」

お凛を見て少し驚いたようだ。

「馬鹿なやつらだ、敵の中にわざわざ入ってくるとは」

中に入ると聞多さんが元気そうに話すので安心したが、見ると体中に縫った痕《あと》がある。

「ははは！　全身斬られて何とかここにたどり着いたが、自分では駄目だと思った。痛くて兄に介錯を頼んだが母が許さず、ちょうどこの家に来ていた医者が五十針も縫ってくった！　しかも針がないと言って、畳用の太い針を代用したから襲われた時より驚いた」

「笑いごとではありませんよ！」

母親が泣いている。

「体のことはよく分からんが、心臓だかは芸妓《げいぎ》からもらった鏡で守られたとか医者が言っていた」

男は笑ったが、女二人は冷めている。

「これからどうする？」

「まず諸隊に会い、それから藩を出て同志を集める。幕府の前に俗論党を倒さないといけなくなった」

「さすがだな！　俺も気弱になんかなっていない。むしろ気持ちか強くなってきている。いつか一緒に、思いっきり戦いたいものだ」

「その意気だ」

奇兵隊

次の日、高杉さんは神主姿になった。

「これで大丈夫！」

あれだけ武士として威張っている高杉さんが、着替えただけで神主っぽく見えるのがすごい。演技力というものか。

「真木和泉は神官だったが刀を持っていた。変じゃないだろう」

僕はお凜とバランスのとれた町人の着物をもらった。

「風太は隠し事ができないからな。お凜ちゃんがいて助かったな！」

聞多さんの家を出ると、まず山口にいる同志の大和弥八郎《やまとやはちろう》を訪ねた。

「弥八郎、俗論党は正義派を粛清し始めた。君も政務座役を務めて活躍したので危ないぞ。一緒に脱藩して再起をはかろう！」

しかし弥八郎は首を縦に振らない。

「俗論党が政権を取ったとはいえ、その命令は藩主の命令だ。僕に責任があると言われるのであれば、藩のために死ぬつもりだ」

「天皇の本音も周囲にいる者たちのせいで伝わっていなかっただろう。殿は正義派を粛清したいなどとは思っていない。生きて意味があると思えば生きよと松陰先生は言った」

「僕は責任を取って死ぬのであれば、それに意味があると思うんだ。これは僕の正義、君は君の正義を貫いてくれ」

「……」

しばらく沈黙した。塾生や御楯組参加者には頑固者が多い。説得するには時間がなさすぎる。

「分かった。だが先走って自刃などするなよ」

「うん」

この日はここに泊めてもらい、二十七日の未明に山口を立った。もう悲しむ暇もない。

今度は東に十キロほどの徳地《とくぢ》に向かうのだが、三田尻経由の道のりにすると三十キロはある。まず山口から南東へ十キロ弱の所にある柊村《ひいらぎむら》で休んだ。

「この村には駕籠がありそうだ」

神官の服を脱いだかと思えば、武士の姿に変わっている。

「それが荷物だったんですか?」

「ああ、聞多さんの家でもらってきた」

「変装を解いたら見つかりやすくなるだけでは?」

「まあ見てろ」

村の中へ入って行き、しばらくすると駕籠が二つ出てきた。

「金は付き人からもらってくれ！」

どうやら主君の命令での移動中なので協力しろと半分脅したようだ。

「何で二つなんですか？」

「今は二つしかないと言われたら仕方がない。お前は付き人だから歩いてついてこい」

「本当に乗れない僕が支払いを？」

「うるさいやつだな、時間がないというのに。お凜ちゃん、駕籠に乗りなさい」

遠慮なく駕籠に乗るお凛に何も言えなかった。口に出さないが、そうとう足腰が辛いのだろう。文句はあったが駕籠のおかげで、その日のうちに奇兵隊や膺懲隊《ようちょうたい》が駐屯している徳地《とくぢ》に到着した。

諸隊が藩の影響力を受けにくい所へ移動したかったのと、藩も諸隊を遠ざけたかった利害が一致したようで、この僻地《へきち》に移動命令が出され一週間前から駐屯しているそうだ。

駐屯地に近づくと奇兵隊の隊士が調べに来たが、高杉さんだと知ると驚いて副隊長に当たる軍監《ぐんかん》の狂介や、入江九一の弟である野村和作の所に案内してくれた。

奇兵隊にとって高杉さんは生みの親であり、神のように思っている者さえいる。

「高杉さん、よく無事で！」

「ああ、よくここで頑張っているな！　解散命令が出たから何も支給されないだろう？」

「農民の援助があるから藩の支給がなくても何とかなっています。農民など庶民は正義派を支持しています」

赤根も狂介も奇兵隊の幹部らしい立派な男になったものだ。しばらく歓談した後、本題に入った。

「僕は脱藩し、九州で同志を集める。そして一緒に俗論党を倒そう！」

「高杉さん、今動くのは危険だ。奇兵隊と一緒にいた方がいい」

狂介がそう言うと和作も頷いた。

「しかし状況を改善するためには仲間がいる。僕は行くが、もし失敗した時には君たちだけで戦ってくれ」

高杉さんが真剣に説明するとみんな納得した。誰かが動かなければ劣勢のままだということはみんな感じている。また、説得しても聞かない頑固者だから諦めたのかもしれない。

翌朝出発し、十五キロほど南にある富海港《とのみこう》へ向かい、そこから船で下関へ向かう。

「大丈夫？」

お凛は頷いてはいるが、慣れない駕籠も楽ではないはずだ。

「船に乗ったら、もっと楽になるよ」

（ところで駕籠代はいくら払えばいいのだろう？）

今後のことも考えると、母上からもらった旅費は多くはない。

「久坂さんとの旅は計画的でよかったな」

つい愚痴ると
「何か言ったか？」

高杉さんが駕籠から顔を出した。

（地獄耳ってやつだ）

●下関

翌日二十九日に下関に着くと、白石邸にかくまってもらった。

「白石さん、九州の志士が来たら紹介してください」

「分かりました」

白石さんは高杉さんがすることに質問などしない。信頼しきっている。

「ここまで来たら一安心だ、ありがとう」

「怖かった」

お凛は緊張が解けて力が抜けたようだ。久しぶりに笑顔を見せてくれたので僕も安心した。

　ゆっくり休んでいると、十月三十一日に九州の志士が来た。

「福岡藩出身の中村円太《なかむらえんた》様と久留米藩出身の淵上郁太郎《ふちがみいくたろう》様です。二人とも今は浪士です」

　白石さんがそう紹介すると、二人とも苦笑いをした。志を持って脱藩しても、浪士と言われると恥ずかしいのかもしれない。

「今の長州は幕府の要求を何でも聞く俗論党が支配しています。このままでは幕府の思い通り、つまりは欧米諸国の思い通りの国にされてしまいます。何とか九州で同志を集め、俗論党を倒したい」

「志は分かりますが、今は……」

　淵上さんが首を横に振った。

「禁門の変以後、九州の諸藩も、高杉さんが言う俗論党が支配しています。要求を聞くどころか、高杉さんを捕えようとするかもしれません」

　九州の状況を詳しく聞くほど暗くなってきた。

「しかし、今こそ同志が必要だ。危険は承知の上の行動です。どうか案内してください」

　二人は厳しい顔をしていたが、高杉さんの勢いに押されるように同意した。

「分かりました、準備をしましょう」

「ありがとう！」

白石さんに相談すると、明日までに船を準備するという。さすが廻船問屋だ。しかも、白石さんの弟の大庭《おおば》田七《でんしち》さんがついてきてくれるということだ。

「風太、前に進めたな」

「はい」

初めての九州旅行だ。

「で、お凜ちゃんはどうするんだ？」

「これからは逃げるのではなく同志を集める活動なので、ここにおいてもらおうと思います」

「じゃあ、早めに話した方がいいぞ」

「白石さんは承諾してくれました」

「いや、お凜ちゃんにだよ」

トントントン！

足音で振り向くとお凜だ。

「白石様から聞きました。ここで一生お待ちしています！　御武運を！」

不機嫌そうにそう言うと、使わせてもらえる部屋の方へ行ってしまった。

「……」

「あの娘も分かっていたと思うが、先に言うべきだったな」

「……」

この晩は懇親と送別を兼ねた会が開かれた。

「風太、しっかり機嫌を取らないと」

「……」

部屋に酒が運ばれたので乾杯した。無事を祈ってということで。お凛が何度も酌をしようとする。

「今日は留守を守るお凛のための会でもあるから、酌などせず飲めばいい！」

「はい！」

いい飲みっぷりだ。こうして一緒に酒を飲むのは初めてだ。

「酒は好きなの？」

「時々、少しだけ食堂で飲む程度でした」

楽しんでもらえればいい。苦労ばかりかけるということを実感した旅だった。

「中村さんは長州によく来るんですか？」

「そんなよそ者扱いしないでください。私は長州の忠勇隊で中岡さんと活動してたんですよ」

忠勇隊は浪士が中心の隊で、禁門の変では一緒に戦った。どうやら僕のことを知っているようだ。

「あれは悲惨な戦いでした」

しんみりしたのを感じ取ったのか、高杉さんが三味線を持った。

「風太、踊るか!」

これはこれで京のことを思い出してしまう。久坂さんの今様が聞こえてきそうだ。

「ほら、お凛ちゃんも!」

高杉さんに勧められて立ち上がった。

「京の三本木ではこうやって遊んでいたのですね」

「たまにはいいだろ?」

機嫌が良くなって助かった。

「その芸妓は高杉さんが呼んだんですか?」

「うん」

「『うの』といいます」

落ち着いたというか、ゆっくりしたテンポで、京ではなく田舎の芸妓という感じがよく出ている女性だ。

よく騒ぐと酒の回りも早い。明日のこともあり早めに終わることにした。

「結局、私はたらい回しの運命なのね！　京から萩に下関！」

「リズムがいいな、句の才能があるかもしれん」

高杉さんはそう褒めたが、お凛を見ると目が座っている。

「また置き去りね。しかも今度は知らない人ばかりの所に！」

首を絞められた。気がつくと部屋には誰もいない。寝付くまで叩かれ、ひっかかれで、散々な夜となった。

（仕方がないか。普段は大人しいけど、かなりストレスがたまっているのだろうな）

久坂さんは死んで、聞多さんは養子に行った志道家に迷惑をかけないように離婚、高杉さんは、ほぼ別居状態。桂さんは消息不明だし、志士に関わる女性は幸せにはなれないらしい。

寂しそうに光る月を見ていると、お凛がかわいそうになってきた。

（とりあえず人前で酒は飲ませないようにしよう）

九州遊説

十一月一日の夕方、船の用意ができた。予定通り高杉さんと僕、中村さん、大庭さんの四人で九州へ行く。

お凛はまだ二日酔いが治ってないようでフラフラしている。そのお凛に大切なことを伝えなければならなかった。

「お凛、僕はこれから藩庁に許可なく藩を出るので脱藩したとみなされるだろう。だから藩に戻っても浪人だ」

「どうなるのですか？」

「役職はすでに解かれているから、禄のない僕は何も変わらないか」

笑っていると高杉さんが口を挟んできた。

「馬鹿、捕まったら死罪だよ」

「何度も脱藩した高杉さんが生きているじゃないですか？」

「僕は特別だ！　普通は死罪だ」

物騒な話だが、冗談っぽく言っているとお凛が笑ってくれた。

こうして出港したが、潮の速い下関海峡で夜の船旅は怖い。大庭さんがいないと九州にはたどり着けないだろう。

朝には上陸して博多へ向かった。中村さんと話していると、高杉さんは藩からだけでなく幕府からも追われていることが分かり、九州では『谷梅之助《たにうめのすけ》』という変名を使うことになった。うっかり名前を呼べないと思うと、危険なことを再認識し急に緊張してきた。

四日の夜に博多に着いた。

「この対馬藩、御用商人の宿は安全です」

中村さんについて宿に入った。対馬藩には世話になりっぱなしだ。

「ここでお待ちください。紹介したい仲間を連れてきます」

そう言うと中村さんは出て行った。

「下関もそうだが、博多は活気があるな！」

そう考えると萩は長州藩の本拠地なのに静かなものだ。

旅の疲れで眠ってしまったようで中村さんに起こされた。

「福岡藩士、月形洗像《つきがたせんぞう》です」

自己紹介をすますとすぐに本題に入った。

「谷さん、確かに福岡藩は勤王党があるように尊王攘夷派の力も強い。しかし藩主が尊王佐幕という公武合体に近い思想の持ち主なのです。

禁門の変以降、どの藩も佐幕派が強くなりつつあります。申し訳ないが、この状況では私たちも助けてもらいたいくらいです。長州の佐幕派は長州で何とかしてもらうしかありません」

「しかし長州が完全に佐幕になったら、もう幕府は倒せませんよ」

何とか話を続けたが、最初から答えは決めていたようで良い返事は聞けなかった。浪人となった中村さんも福岡藩の現状を知って寂しそうにしている。

「次は対馬藩領の肥前田代《ひぜんたしろ》へ行きましょう」

博多から南に十キロの所にあるそうだが、対馬というと島を思い浮かべるので内陸へ向かうのは変な気分だ。覚悟はしていたが、やはり対馬藩も、また他に会った者の誰もが月形さんと同じ反応を示した。

「風太、九州も駄目だな」

「禁門の変の影響が大きいですね」

仕方がなく、僕たちは博多に戻った。

まず紹介された絵師の家で世話になったが、すぐに危ないと言われ、月形さんの助けで城から北東三キロほどの山荘に行くこととなった。

「野村望東尼《のむらもとに》です。どうぞ」

年配の女性だ。彼女が勤王派であるため、ここが勤王党の集会場になるそうだ。

小さな家だが風情豊かで高杉さんはすぐ気に入った。

「風太、尼さんは詩歌もやるそうだ」

この風情と詩歌仲間がいれば、高杉さんは暇しないだろう。

気がつくと何もできないまま十日が過ぎていた。南国の九州と言えど、夜には冷たい風が沁みる。

（長州は無事か？）

そんな気持ちを察するかのように、尼様は温かく食事など身の回りの世話をしてくれた。誰かが志士の母だと言っていたが、確かにそう思える。

その尼様には、亭主と四人の子供を先に亡くしたという悲しい過去がある。亭主が亡くなってから尼になったのだと。

「風太さんは歌は？」

「こいつは馬鹿だからできないんです」

「まあ」

「……」

「季語など難しいことは考えず、感じたことを五七五にまとめてみるといいですよ。字が余ってもいいですし」

寒いので熱いお茶が美味しい。

「谷さんは、信仰は?」

高杉さんが苦笑いをした。

「僕はこれでも出家して東行と言います。天神様や白衣《びゃくえ》観音《かんのん》様をお祀りしています」

「そのようには見えませんでした」

「谷さんは円政寺の天狗面信仰でしょ」

「何ですか?」

「子供の頃、みんなが怖がる天狗面をにらみに行くのが日課だったそうですよ」

「馬鹿、僕が覚えていない話をするな!」

尼様が笑ってくれた。やっぱり笑顔はいい。

もう少し続いてほしいこの生活の中に、厳しい現実を知らせる手紙が届いた。

● 訃報（二）

「谷さん、幕府の要求に従い、長州藩は禁門の変に参加した三家老を切腹、参謀四人を斬首にしたぞ!」

国司信濃《くにししなの》、益田右衛門介《ますだうえもんすけ》、福原越後《ふくはらえちご》、宍戸真澂《ししどますみ》、竹内正兵衛、中村九郎、佐久間佐兵衛が

死んだ。しかも参謀格は切腹も許されず斬首となった。俗論党には武士の情けもないようだ。

「あいつら、同じ長州人を殺しやがって！　あの時、狂介が言うように諸隊と行動を共にしておけばよかったか！」

高杉さんが発狂しそうだ。ここに来てよく笑うようになっていたが、知らせと同時に鬼の形相になった。

特に益田様は家老だが松陰先生より若く、殿と同じように自分は松陰門下だと自称していた。そのため塾生にもよくしてくれた方だ。

「しかし、これによって幕府は長州を攻める姿勢は解いたようです。ただ他に、藩主が罪を認める伏罪書《ふくざいしょ》の提出、山口政事堂の破壊、三条様たち攘夷派の公家を幕府に差し出すことを要求しています」

禁門の変での戦死は武士として理解できる。しかし、仲間である藩が彼らを罪人として殺したことには怒りが収まらない。

「風太、時を待つのは終わりだ。行くぞ、長州へ！」

「はい！」

これを聞いた中村さんが慌てている。

「まだ幕軍は長州藩を十五万の大軍で囲んでいます。今、帰藩するのは危険すぎます」

「ありがとう。だが危険は承知の上です」

「しかし！」

「奇兵隊などの諸隊が解散すれば、もう挽回の見込みはない。今動かなくては、僕の師や友人たちが命を懸けて築いてきたものが全て失われ、それはこの国を守る尊王攘夷思想の火を消すことになります」

「……」

「明日出発するのでご協力をお願いします」

「長州の志士の覚悟はすごいのに、力になれず申し訳ない！」

中村さんは涙を浮かべて出て行った。

「もう行くのですね」

心配そうに尼様が見ている。

「取り乱して申し訳ない。明日出発します」

「また歌のやりとりをしたいものです」

「では、その時は辞世の句の添削をお願いします」

「まあ」

尼様は苦笑いをしながら布団の用意をしてくれた。

「今日はゆっくりお休みください」

そうは言われても興奮して寝れそうになかったので、二人で寝酒を飲んで無理やり寝た。

● 帰藩（二）

翌朝
「これを持って行ってください」

町人用の服だ。

「中村さんの話では警備が厳しいのでしょう。町人姿であれば少しは安全かと」

「ありがとうございます」

以前から用意していたようだが、高杉さんが急に出発を決めたため、徹夜で仕上げてくれたらしい。

「まごころを　つくしのきぬは　国の為　たちかえるべき　衣手《ころもで》にせよ」

「何です？」

「尼さんの歌だよ。ここに縫い合わせてある」

「へ～」

「心を込めて作った着物を、国のために帰っていく時に着ろってさ」

「ありがたい」

「御武運をお祈りしています」

「望東尼様に祈ってもらえるとは心強い」

「行ってきます」

こうして十日ほどの安息を終え、命がけの旅が始まった。

「まずは博多の茶屋で待ち合わせだ」

福岡藩としての協力は得られなかったが、月形さんや中村さんは助けてくれた。

福岡藩は長州藩の支藩である岩国藩と行き来があり、そこに潜りこませてくれるという。もちろん、幕軍の兵が残っている場所も通らなければならない。

「心配するな！　逆に長州藩内で幕臣を一人二人探せと言われても難しいことだ。そうそう見つかることはない」

確かにその通りではあるが、見つかったら助かる方法はない。

「おい、着替えるぞ」

高杉さんが小声で言う。

「様子がおかしい」

近くに追手がいるというのだ。この直感力は常人ではない。

言われるがまま手拭いをかぶって、店員用の出入り口から出た。気づかれていると思うと冷や汗が出始めた。役人とすれ違う時には気を失いそうになる。

それでも何とか博多港まで来た。

「ここで身を隠そう」

柳町という遊郭だ。

「こういう所はいろいろな人が出入りするから隠れやすい。役人もここにいるとは思わないだろう」

(長州藩の正義派ならすぐに高杉さんを見つけるだろうな。たいてい遊郭に隠れるから)

「風太、飲め！」

「いいんですか?」

「馬鹿！　隠れている者が騒ぐはずがないから、騒いだ方が隠れやすいというものだ」

「……」

こうなれば、もう自棄《やけ》だ！

(しかし、ここで捕まったら恥ずかしいな)

「どうせ脱藩した身だ！　恥などない」

高杉さんは、ただ楽しんでいるだけに見える。

（これも作戦なのか？）

しばらくすると月形さんが来た。

「どうしてここが分かったのですか？」

「危なくなったら柳町に行くようなことを聞いたので」

（高杉さんは柳町に行ってみたいと言っていただけだが？）

「これから海沿いに対馬藩邸へ行きます」

対馬藩も本領では微妙な雰囲気らしいが、藩邸では攘夷派であっても危険はないということだ。しかも長州藩とは縁戚で好意的に迎えてくれた。

ここからは武士の格好になり、福岡藩の使者として小倉経由で下関へ向かった。ただ、見た目は使者であるが、もちろん福岡藩が認めた正式なものではない。不審に思われ質問でも受けたら、それで終わりだ。高杉さんも慎重になり口数が減った。

道中は生きた心地がしなかったが協力者に助けられながら十一月二十五日、ついに下関にたどり着いた。ホッとすると寒い季節になっていたことに気がついた。

● 出発（二）

「白石邸を見ると落ち着きますね」

中に入るとお凛が出てきて抱きつかれた。

「おい、武家の女は」

高杉さんが注意しようとすると
「私は町人ですから」

「風太は武士だぞ！」

「今は浪人さんなんでしょ」

「……」

ついに高杉さんにまで意見するようになった。

少し話していると、白石さんが出てきた。

「よくぞ御無事で」

「言われたとおり九州も駄目だった」

部屋に入って座ると、お凛が静かに茶を出してくれた。

「諸隊は長府と聞いたのですが？」

「はい、長府の功山寺で公家をかくまっているようです」

「近いな、すぐに行こう」

功山寺はここから海沿いを東へ五キロほど行った所だ。

出かける前に白石さんに謝った。

「白石さん、お凜まで世話になって申し訳ないが、今は金がなくて」

白石さんが笑った。

「お凜さんはよく働くから、給金を渡しているほどです」

「三味線は弾けませんけど、お手伝いは頑張ります。浪人の妻ですから」

何度も浪人と言わないでほしい。

「風太、行くぞ！」

● 居酒屋（五）

「お凜ちゃん、かわいそう！」

（そこか？）

「こうやって話を聞いていると、長州藩っていいことないな」

先生が同情する。

「歴史では成功した藩で、しかも明治時代では薩摩と同じように独裁的なイメージがあるけど」

「ここまできても明治維新なんて全く想像できません。個人的に助けてくれる人がいて嬉しかったけど、状況は四面楚歌ですから」

「高杉晋作は俗論党と戦う気持ちのようですが、十五万の兵に囲まれたまま内戦などできませんよね？」

「悔しいですが、俗論党が幕府に恭順したおかげで幕府軍は撤退し始めました。残った敵は俗論党だけです」

「なるほど」

校長が安心してくれた。

「お凛ちゃんは？」

栞ちゃんがうるさい。

「おうのさんと気が合うみたいで寂しくないみたい」

「芸者の？」

「うん」

「高杉の愛人だろ？」

テルが余計なことを言う。

「奥さんを友達の愛人と一緒に置いておくの？」

「おうのさんは下関に詳しいから」

「そういう問題なの？」

「生きるか死ぬかの時に細かいことは考えられない」

「そういう問題じゃない！」

この後、なぜか説教された。今は平和でいいということかな。

●合格祝い

「おめでとう！」

「ありがとうございます」

先月末に海技士口述試験の合格発表があり、僕もテルも受かっていた。そして今日、十二月二日金曜日にそのお祝いをしてもらっている。

「人事もホッとしていましたよ。君たちを一月付で船員にするつもりだったのでね」

「校長、そういうのはプレッシャーになるから、やめてほしかったんですよ」

テルの文句も分かる。試験に合格する見込みで人事異動を進めるのだから。

「どんな試験なの？」

「交通法などの法律や、船の構造の質問などをされて答えるだけなんだけど、出題範囲は広いから慌てて違うことを言ったりして焦った」

「それは緊張するね」

「そういう時に『質問の仕方が悪い』なんて思いを態度に出すとよくないらしいよ。冷静さなどもみるなんて聞いたことがある」

テルは怒らないように気をつけていたようだ。

「だってこれで大型船の当直までできてしまうのだから、厳しくても仕方がないよ」

その試験を受けたことがない先生が簡単に言う。

「一月から正式な職員になるの？」

竜さんが嬉しそうにしている。

「そうです。一月には事務職員も船員も正規のメンバーにして運用し、不具合などを四月までに修正していく予定です。だから今月は特に、事務室の準備を大慌てでやっています」

「四月からパトロール開始？」

歳さんが心配そうな顔をした。

「心配ありませんよ、艦長や機関長は三十年以上、取締りは警察の刑事歴二十年、武器は自衛隊に二十年勤めたベテランたちを責任者にしてありますから」

「安心したけど、それじゃあ、こいつら必要ないんじゃない？」

（何て言い方だ！）

「いえいえ、彼らはそれぞれのプロですが環境のプロではありません。それを荒木君とテル君がまとめあげていくのです」

「また心配になってきた」

歳さんのしつこいツッコミに校長が答えてくれて助かった。心配しているのか馬鹿にしているのか。

「来年度は検挙件数などの数値目標はなく、まず職員が慣れるようにと本省から言われています」

そうは言われても緊張する。

「給料上がるの？」

「え？」

栞ちゃんはみんなと違うことを気にしてくれる。

「だって今は学生の時とほとんど変わっていないんでしょ？」

「ははは。一月からは普通の公務員より高給になりますし、船内での食事は警備隊負担、航海中は出費がないのでお金は貯まるはずです」

校長が余計なことを言うから。

「私の誕生日は覚えている?」

「……」

その誕生日を中心に半月間はパトロールの予定にしてもらおう。

「では、季節もいい頃になったので夢の話をお願いします!」

テルが上機嫌になっている。

(給料が上がるって聞いたからかな?)

● 説得

下関にいた奇兵隊の隊士に連れられ、功山寺の近くにある奇兵隊の駐屯地に行った。

「高杉さん!」

幹部から一隊士まで興奮している。

「高杉さん、待っていました!」

狂介が出迎えてくれた。

「話をしたいのだが」

「幹部を集めています。あっちへ行きましょう」

しばらくすると人が集まってきた。

「九州へ行ったが人は集まらなかった」

「この状況では仕方がない」

「こっちの状況を聞かせてほしい」

狂介がまとめ役のようだ。

「藩庁からは解散命令がきています。赤根は解散命令を取り消してもらうように萩へ談判に行っています」

「悪い知らせがあります」

暗い顔でそう口を開いた御楯隊の冷泉雅二郎《れいぜいまさじろう》は塾の後輩だ。

「藩庁は諸隊の軍事力を恐れているからなのでしょうが、解散に応じず諸隊に残った者の家族を人質にする、そんなことを言っているようです」

ただの脅しではなく、今の俗論党ならば見せしめに隊士の家族を殺しかねない。

「諸隊の総兵力は？」

「七百ほど」

「思ったより少ないな」

幕府の威圧に恐れた者や、欧米諸国と講和を結んだことに腹を立てた熱心な攘夷論者などが抜けているらしい。

「高杉さん！」

来島さんの遊撃隊を継いだ石川小五郎が手を挙げた。この男は以前、小倉藩ともめた時、調査に来た幕使を暗殺した実行者と噂されるほど過激な男だ。

「私はこの辺りの俗論党に従う代官などを殺して士気を上げるべきだと思います」

思った通りの提案だ。

「どうですか？」

高杉さんは少し考えてから口を開いた。

「行動は僕も望むところだ。しかし代官を殺すような姑息な方法はよくない。僕は諸隊が一丸となり俗論党を倒す時だと思う」

その後も、それぞれ言いたいことを言ったがまとまらない。狂介たちは赤根を待つという。

「第一、幕軍が残っているうちに動くのは無謀すぎる」

代官を殺すと息巻いていた者達でさえ、俗論党と戦う、つまり長州藩の正規軍と正面からぶつかることは避けたいようだ。せめて幕軍が完全に撤兵するまでは待つべきだと言う。

会議は平行線で終わったが、納得できない高杉さんは各隊一つ一つ訪れ、直接説得しようとした。それでも応えてくれる者がいない。

「想像以上に士気が低いですね」

「このままでは士気も戦闘能力も徐々に弱まって何もできなくなるぞ」

「きっかけが必要ですかね？」

「僕は下関の役所を襲ってやろうと思う。代官ではなく、俗論党が黙ってはいられない藩庁の直接支配下にある役所を」

「協力する者は？」

「脈ありな者がいた」

御楯隊へ行くと総督の太田市之進が待っていた。この男は桂さんと同じく江戸の練兵館で塾頭を務めたほどの剣豪。しかも禁門の変にも下関戦争にも参戦している強者だ。

「武器弾薬に食料もあります」

（これは期待できるぞ！）

準備の様子を見た後、僕と高杉さんは一旦下関へ戻り体を休めた。

● 大会議

「高杉さん、何を書いているんですか？」

「大庭さんにお願いをな」

「どんな？」

「墓に刻んでほしいことを」

「高杉さんのですか？」

「そうだ」

二人で笑った。

「表には奇兵隊の創設者で、裏には毛利家の家臣。見る人によっては混乱しますよ」

「その混沌とした者が僕なんだろう」

毛利家家臣は武士であることを誇りとし、奇兵隊の創設者は身分にとらわれない制度を創ったことを誇りとしている。

「玄瑞なら上手く説明して諸隊を団結させたのかな？」

「おそらく」

「先生ならどうだ？」

「ここに来る前に捕まっていますよ」

「だろうな」

十二月十二日、再び太田に会った。

「高杉さん、功山寺で会議をします」

嫌な予感がする。前と違った雰囲気に、高杉さんが不安そうに頷いた。

「酒もあります、ゆっくり話しましょう」

今日は赤根もいたが、藩との交渉は上手くいかなかったようだ。

「高杉さん、今は待つべきです」

周りを見ると全員が頷く。

「太田！」

「すみません。準備をしていたら他の者に気づかれました。みんなの話を聞いたら、私も時期尚早だと考えなおしまして」

「いい加減にしろ!!」

これは会議ではなく、みんなで俗論党を倒そうとする高杉さんを止めるための集会だと気づき、それまで大人しくしていた高杉さんが酒で勢いづいてキレた。

「僕は君たちが決心できるように役所を攻撃しようとしたんだ。怖いやつはじっとしていればいいが、邪魔はするな！」

最近は諸隊の幹部となり、高杉さんとも肩を並べたような態度をしてきた者が多い。高杉さんも彼らを認めてはいたが、やはり本気を出した時の気迫は誰とも違う。高杉さんが怒鳴ると全員がうろたえたのが分かった。

これに対抗できるのは今は亡き久坂玄瑞、入江九一、吉田稔麿しかいない。

(あ、聞多さんもいたな)

「風太はどうなんだ?」

高杉さんに話しかけるのが怖いのか僕にふってきた。

「僕は荒木家の男だ。高杉さんが戦をするならついていくまで」

「話にならん!」

すると塾生の品川と野村の二人が願うように話し始めた。

「高杉さんのやろうとしていることは単独行動で勢力を分散させ、諸隊の立場を悪くするだけです。考え直してください」

しかし高杉さんはすでに引く気はない。

「諸隊が団結して俗論党に立ち向かわないから、僕が団結するきっかけを作ろうとしているのが分からないのか?」

「せめて幕軍が引き上げるまで待ってください」

「幕府や諸藩に統制はなく、兵は帰ることしか考えていない」

「どうして逸《はや》るのですか？」

「藩や諸隊幹部の態度に失望して隊を去っていく浪人や庶民が増えているだろう？　幕軍が去るのを待っていては、戦う兵がいなくなってしまうぞ！」

　それでも全員が赤根の藩庁との交渉に期待しているようだ。失敗して帰ってきたというのに。長州藩や日本を守るために必要だから創った諸隊が、今では諸隊の存続を最優先にしているように見えた。

　正規軍の動きが鈍いから、身分に縛られず機動力を持った諸隊が認められたのに、その諸隊が動かない。もう存在意義がないように思えた。

　高杉さんが杯の酒を一気に飲み干し立ち上がった。

「君たちは赤根に騙されている！」

　演説が苦手な高杉さんだが、ここぞという時は決める男だ。

（お願いします！）

「だいたい赤根武人とは何者だ？　陪臣《ばいしん》ではないか？」

　陪臣とは家来の家来ということ。つまり僕たちと違って毛利家直属の家来ではなく、毛利家の家臣に、さらに仕えている武士のこと。自分は上級武士で赤根は下級武士だと言いたいようだ。

「このような男に国家の一大事は分からない。だから藩主親子を守ろうともしない。君らは僕を、高杉晋作をどう思っているのだ？　毛利家三百年来の家臣であり、赤根武人とは比べることができないのだ。

君たちがどのように止めようとも、僕の決心を変えることはできない」

（これは駄目な演説だな）

高杉さんの話を聞きながら僕は諦めた。

（やっぱり演説は久坂さんじゃないと駄目だ）

「友情が少しでもあるなら馬を貸してほしい。その馬に乗って急いで藩主のもとへ行く。一里行って倒れても国のために死んだことになる。十里行って死んでも毛利家のために死んだことになる！」

高杉さんが吠えた。

（後半の気持ちの部分だけならよかったかもしれないが）

「……」

やっぱりみんなの反応がない。

「身分制度にとらわれない奇兵隊を創った高杉さんが陪臣や百姓を馬鹿にするとは」

「私たちは身分に関係なく、日本のために集まったんだ」

それは正論で、高杉さんの失言は否めない。

「それに毛利家家臣と言いながら、萩を攻めるのなら反逆者じゃないですか！」

「……」

怒り心頭だった高杉さんだが、保身にまわった諸隊幹部を冷ややかな目で見始めた。

「風太、これでもついていくのか？」

赤根が議論に勝ったような顔をして僕を見ている。

久坂さんがいた頃は、失言など気にせず議論を続け、何かしらの方針をつくりあげ、みんなでぶつかっていったものだが。ここでは揚げ足を取って議論を終わらせようとしている。僕は腹が立って何か言いたくなった。

「赤根、何で奇兵隊のトップだけ『総督』ではなく『総管』というのだ？」

「奇兵隊は諸隊の代表の隊だからな」

「その差別化も当初の奇兵隊の方針と違うのに、演説下手な高杉さんだけ悪者か？」

「そんなつもりはない。ただ、奇兵隊のトップは特別扱いした方がいいという多数の意見を尊重しただけだ」

得意気に言い訳する赤根にさらに腹が立った。赤根が悪い人間ではないことは知っている。だが、安政の大獄で彼の師である梅田雲浜《うめだうんぴん》を牢から助け出すと言って、松陰先生に相談したが、結局は話だけで実行しなかったことを思い出した。

先生は助言をしたものの、初めから赤根は実行しないだろうと冷めていた。いざという時に実行できる者とそうでない者を先生は見ぬいていたのかもしれない。

「高杉さん、行きましょう」

「そうだな」

落ち着いた高杉さんが立ち止まり歌いだした。

「真があるなら　今月今宵　明けて正月　誰もくる」

部屋中に聞こえる大きな声だ。

『本気で国を思うのであれば、今宵決起すべきだ。明日の朝来ても、もう遅いのだ』

これを聞いても動く者はいない。

冷たい風が吹く中、下関へ帰った。

● 居酒屋（六）

「高杉晋作、駄目駄目じゃない！　あれじゃあ、みんな怒るよ」

（ごもっとも）

「テルちゃんみたい！」

「おーい！」

栞ちゃんとテルが言いあいになった。みんな、仲良くやってほしいものだ。

「どうするの？」

先生が心配している。

「一里歩けば一里の忠！」

「二人で行く気？」

「そのつもりでしたよ」

「一里って？」

「約四キロ」

「二人だけで十里は無理ね。俗論党の軍隊に一捻りされるだけよ」

「続きを聞け！」

決起準備

「はい、お酒。熱いから気をつけてくださいね」

飲むしかなかった。

「高杉さん、行動するのは今宵じゃなかったんですか？」

「馬鹿、歌というものは気持ちだ。大げさにしてもいいんだよ」

「そういうものですか」

「それにしても玄瑞のようにはいかないな」

「ははは」

バシッ！

「イタ！」

「フォローするところだろ？」

お凛も、おうのも笑っている。

「高杉さんは高杉さんですよ。リーダー格の他の三人が死んでしまったのだからしかたがない」

「僕は生き残りか？」

お凛は僕たちの失敗を察したようで戸惑っているが、おうのは全く関心がないようだ。

「戦いは延期ですか？」

お凛が聞く。

「二人で萩へ行く」

「え！」

逃亡生活を知っているお凜は、二人で堂々と萩へ向かえばすぐに捕えられることが分かっているのだろう。目を丸くして驚いている。しかし、それでも止めようとはしない。

「おうのさん、三味線弾いてくださいよ」

お凜は何とか明るく振舞いたいようだ。

「いいよ」

おうのが弾き始めると高杉さんが目を覚ましたかのように踊り始めた。

「私も飲みます！」

「待った、お前はこれ一本だけね！」

「もっと飲めます」

お凜は下関に来てから自由になってきた。

次の日、午後になっても動きはない。

「少しは期待していたのだが」

高杉さんが苦笑いをした。

「あの演説ではね」

その晩。

「あ、俊輔さん」

俊輔は下関に滞在していると聞いたので、高杉さんが声をかけていた。そして供を一人連れて来てくれた。

「送別でもしてくれるのか？」

高杉さんが嫌みっぽく言った。

「作戦はあるのですか？」

イギリスに行ったせいか、俊輔にも凄みが出てきた。

「これから考えるつもりだった」

「やっぱり。また勢いで何とかなると？」

「何とかすればいい」

「ははは！」

一瞬、高杉さんの無策に不快感を持ったように見えた俊輔が笑った。

「高杉さんは勢いだけですからね！」

「だけとはなんだ！」

「それが高杉さんの凄みだ！」

俊輔の目が鋭くなった。先生がいた頃と同じ塾生の目をしている。

「僕も一緒に行きます」

高杉さんが機嫌よく笑った。

「君たちは忠臣だ」

今度は険しい顔をした。

「だがもういい。ここで死ぬことはない。君たちには後を託したい」

するとと俊輔は大きく首を横に振った。

「桂さんも久坂さんも凄かったけど、僕は高杉さんと一緒にいる時が一番楽しい。それに僕の夢は出世することだったが、百姓から足軽、そして武士にまでしてもらえた。もう悔いはない！」

「やっと武士になったんだ。その力をこれから生かせばいい」

「やっぱり大組士の高杉さんは分かっていないな。僕が武士になれたのは松陰先生や周布様、桂さんのおかげ。俗論党が支配する長州藩に僕の居場所などはない。武士でいられるためには、高杉さんと一緒に戦って俗論党を倒すしかないのです」

（よく考えている。これから演説は俊輔に任せた方がいいな）

「しかし四人ではな」

「高杉さん！」

俊輔の供が立ち上がった。

「私が遊撃隊を説得します」

彼は所郁太郎《ところいくたろう》という美濃出身の医者だが長州藩に関わって活動家になったという。聞多さんを治療したのはこの人だった。

「その場に医療器具がなかったから畳針で縫ったって話は本当なの？」

聞多さんから聞いてはいたが、所さんが詳しく説明すると痛々しい話で鳥肌が立ってきた。

「遊撃隊軍監の高橋熊太郎は過激な水戸浪士で早く行動したいと言っていました。彼を説得すれば総督の石川さんも動くでしょう」

バッ！

これを聞いた瞬間、高杉さんが勢いよく立ちあがった。

「おうの、出かけてくる！」

四人で長府の遊撃隊駐屯地に走った。

「高杉さん！」

高橋さんが出てきた。

「話がある」

所さんが話しかけると
「分かった！」

高杉さんを見て言いたいことが分かったようだ。

「総督の所へ行こう」

高橋さんと所さんと一緒に駐屯地の奥へ入っていった。

「高杉さん！」

石川が意を決した顔で出てきた。

「これから遊撃隊の有志を募ります」

遊撃隊は規模が大きいので期待できる。

「初めからそう言えばいいんだ」

高杉さんが冗談っぽく言うと。

「高杉さんが下手な演説をして雰囲気を悪くするからですよ」

違いない。

「僕をしたって集まってくれた力士が十名はついてきてくれます！」

俊輔が立ち上がって大声を上げた。

「そうか！」

高杉さんの目が輝いた。

「いけますか？」

俊輔の問いに高杉さんが大きく頷いた。

「それで十分だ！」

高杉さんの直感は当たる。

「二日で準備をしろ！　十五日の夜に決起だ」

「夜ですか？」

「少数だから奇襲しかない。夜襲が一番だ」

作戦はないと言いながらも、すぐに思いつくところが格好いい。

「分かりました。補給関係は任せて下さい」

俊輔が自信満々の顔でそう言った。六人の決起集会を終えると、僕たちは白石邸に戻った。

「俊輔さん、白石さんに鎧をお願いしているのですが」

遊び人の俊輔から距離を取っていたお凛だが、先ほどの話を聞いていて頼りになると思ったようだ。

「任せてください。馬二頭と風太の装備一式、すぐに揃えます」

本当に頼もしい。

「あの」

高杉さんを見て山田市之允が追いかけてきたらしい。

「おう、市を忘れていたな」

俊輔と市、高杉信者が二人揃った。

「僕も本当は参加したいのですが……」

「その心意気、受け取った」

高杉さんは市に優しい気がする。市は家族が人質になることを恐れているのだ。

「面倒かもしれないが、市は狂介たちを助けてやってくれ」

申し訳なさそうに酒を飲む仕草が切ない。一杯飲むと、俊輔は力士隊の所へ戻っていった。

「市、大村先生はどうだった？」

「先生はすごい！　先生の話を聞いていると新式の武器などが用意できれば幕府に勝てる気がしてきました！」

さすが塾生、好きな話をさせると、すぐに生き生きとする。

そして十五日の夜を迎えた。

●功山寺決起

「雪がやみませんね」

決起と決めた十五日は朝から雪が降り、午後、気温が下がると積もり始めた。

（寒いのは嫌いだから延期してほしいなんて言えないな）

高杉さんを見るとにらまれた。

「決起は今日の夜！」

「……、はい」

（心を読まれたか？）

夕食をすませ準備にかかった。急いではいない。

「そろそろ着替えるか」

俊輔が用意してくれた濃い赤色の鎧は禁門の変で着用したものに似ている。

高杉さんは紺糸縅《こんいとおどし》。烏帽子型《えぼしがた》の兜《かぶと》は携帯用の装備ですっきりしている。

「今度の敵はどれくらいなんですか？」

「同じ長州人だから敵とは言いたくないが、多ければ三千」

「え！　京でもそうでしたが、大軍に向かっていくのが好きなんですね」

「好きなわけではないよ」

「でも、京の時よりは少ないので大丈夫ですね」

「ああ」

（味方も少ないのだが……）

「行ってくる」

馬にまたがるとお凛と、おうのが手を振ってくれた。雪はやんだが一面真っ白。俊輔が馬を用意してくれて助かった。

功山寺の前に着くと俊輔と石川が待っていた。

「遅くないですか？」

「夜には変わりない」

俊輔の愚痴をかわすと功山寺の階段を上がった。その後に参加する者が続き、寺の警備の者は道を空けた。公家の使いの者に、決起のあいさつをしたいと言うと取り次いでくれた。

「待たされますね」

「起きて着替えでもしているのだろう」

寒いから一層、長く感じた。

「どうぞ」

やっと中へ通されると奥の部屋に五人の公家が座っている。七卿と呼ばれていたが、一人は生野の変に参加し行方不明、一人は病死したということだ。

用件は使いの者に言っておいたから、出陣用の冷酒を出された。顔を上げて残念に感じたことは、寝起きとはいえ期待の目で見てくれているのは三条様だけで、他はボ～っとしている。

敗戦続きの長州藩をあてにしていないのか、それとも人生に疲れてしまったのか、廃人のように見えた。それでも三条様はこっちをしっかりと見ていてくれる。久坂さんの仲間なら何とかしてくれると思ってくれているのかもしれない。

高杉さんと僕は冷酒をぐっと飲み込んだ。

バン！

「これから長州男児のお手並みをご覧にいれます!!」

高杉さんが盃を乱暴に置き、いきなり叫ぶので五卿だけでなく僕までびっくりした。みんな目を丸くしている。高杉さんは勢いよく立ちあがって一礼すると、颯爽《さっそう》と振り向き歩いていく。

「公家にあいさつをしたので、この決起は暴発でも反乱でもないということですか？」

「負けたら関係ないことだがな」

境内を見ると参加者が集まっている。俊輔が前に出てきた。

「遊撃隊の有志と力士隊、そして若干ですが奇兵隊などからも参加者があり約八十名です」

「風太、遅くなったけど僕も」

耕太だ。萩から駆けつけてくれた。

「耕太は僕のそばにいろ！」

「もちろん！」

高杉さんは集まった者をしっかりと見て何度も頷いた。人数だけではなく、彼らの目を見て感じたようだ。

「勝てる!!」

雪に覆われた長い階段をゆっくりと下り、再び馬に乗った。すると誰かが行く手を遮った。

「高杉！　早まるな」

必死に止めに来たのは奇兵隊軍監の福田俠平《ふくだきょうへい》だ。福田さんは十歳も上で、高杉さんも頼りにしている良い先輩だ。本気で高杉さんの命を心配していることは伝わってきた。

「高杉さん、お進みください！」

後方から声が聞こえた。集まったのは血気盛んな有志。もう止められない。

「福田さん、僕は行く！」

高杉さんは一度振り向いた後、腕を前に伸ばした。

「前進！」

八十余名は福田さんを避けて進む高杉さんに従った。しかし、また誰かがさえぎる。

（いい加減、水を差すのはやめてくれ！）

「長府藩《ちょうふはん》の家老だ！」

支藩とはいえ家老では無視できない。

話を聞けば、挙兵をやめよと。そして聞かないのであれば、この長府藩内の移動は認めないと言うのだ。

「止めたければ実力で止めてみろ！」

初めは喧嘩腰だった高杉さんも、長府藩にそこまでの覚悟がなく、萩藩庁の手前来たと分かると話に応じた。

「御家老、私たちは海路を進んだことにしてください」

「分かった」

それで良かったようで帰っていった。

「何だったんだ？」

そして遠慮なく、長府藩内を陸路で進む。気がつくと午前三時を過ぎ、先を急いだ。

もう雪の降る気配はない。月明かりが雪に反射し、光り輝く道を進んでいるようだ。

（天が味方している！）

信心深くない者であっても、その気になるほどきれいな光景だった。いや、そう思い込まないとプレッシャーに押しつぶされそうなのだ。兵の士気が益々上がっていくのが分かった。

● 下関占領

「武器はあっても金と食料を確保しないとな」

当初は二人だけの決起予定だったので、補給に関しては考えていなかった。

「まず藩庁の出張所である下関の役所、新地会所を占拠する」

白石邸から北へ五百メートルほどいった所で、役所といっても建物も警備も大したことはない。

（お凜は暖かい布団の中で寝ているのかな？）

「一人くらい抜けてもいいなんて思ってないよね？」

僕の心を読み取ったように耕太が指摘する。鋭いやつだ。

役所の前に着いた。

「囲め！」

実戦経験のある遊撃隊士の動きは機敏だ。命令も末端まですぐに伝わった。

忠臣蔵を思い出す光景になった。

「準備はいいな！」

「はい！」

高杉さんが叫ぶと石川が答えた。

「門に向かって鉄砲を構えつつ、時々空砲を撃ってくれ。機会をみて僕が名乗る！」

バーン！

静寂な下関の街に銃声が鳴り響いた。

「高杉晋作だ！　俗論党から藩主を助け出すために決起した！　門を開けろ！」

（開けろと言われて開けるやつはいないよな）

「開けなければ実力行使だ！」

ギー！

（開いた！）

「御家老が準備されているので少し待ってください」

簡単に門が開いたので緊張していた鉄砲隊は拍子抜けしている。

「家老の根来上総《ねごろかずさ》だ」

根来様は五十くらいの年配だが、京の朝廷工作で活躍していた方だ。

「話を聞こう」

戦う意思は全くないようだ。

「高杉君の気持ちは分かった。条件は、ここの役人を萩へ逃がしてくれ」

「分かりました。私は追放するつもりでしたし」

お互いホッとしたようだ。

「ここを占拠した目的の一つには物資の確保があります。金や食料を出してください」

根来様は困ったような顔をした。

「占領されたのだ。もちろん全て出す。しかし諸隊の動きに警戒している長府藩などから金品を置かないように言われ、何もないような状態だ」

しばらくすると札銀《さつぎん》が出てきた。札銀とは銀と交換できる藩内の紙幣であり、長州藩内では価値がある。

「十六貫ある」

個人的には大金だが、戦争をするには少なすぎる。

「午前中に出て行く。あとは好きなようにやってくれ」

「ありがとうございます」

交渉が終わると広間に幹部を集めた。

「これから街中に掲示板を立てる」

決起軍の正当性を訴えるためで、次のような内容だ。

『俗論党は藩主の考えに反して幕府に媚び、山口城を破壊した。そこで罪を正し、正常な生活を取り戻したい』

山口城とは政事堂のことだ。

「すぐに作ります」

「本陣は了円寺にする。そして決死隊十八人を選抜してくれ」

「どうするのですか？」

「すぐに三田尻へ行き、海軍局と軍艦を占拠する」

「分かりました」

石川は一瞬驚いたようだが従った。

「俊輔、移動するから皆に伝えろ。ここの警備の配置は忘れるな」

「はい！」

無計画とは思えない早さで進んでいく。

寺の朝が早いのは助かった。いい気はしないだろうが、寺が駐屯地になるのはよくあることで受け入れてくれた。

「やはり問題は金品だ」

「札銀はあてにならないから、早めに食料などに換えておきましょう」

「そうだな」

俊輔も気が利く。札銀は藩が発行しているもののため、藩庁が交換を停止すれば、ただの紙切れになる。

「豪商の入江和作さんに頼るしかないな」

高杉さんが険しい顔をした。金がなくては長期的な活動ができない。

「僕が下関中を駆け回ってみます」

「頼む」

「大丈夫、高杉さんの名前を出せば貸してもらえるでしょう」

確かに下関は尊王攘夷派を支持してくれている。高杉さんの名前と俊輔の交渉術があれば何とかなる気がしてきた。

「高杉さん、掲示板はでき次第立てていきます。そして決死隊十八名を集めました」

「そうか。俊輔、金は戻ってからだ。すぐに三田尻へ行くぞ」

「はい！」

三田尻までは最短距離でも五十キロ以上ある。僕たち二十一名は長府藩領を堂々と横切って三田尻へ急いだ。

長州藩は俗論党の一部の武士を除いては、武士も庶民も正義派に賛同しているようだ。だから、きっかけさえ作れば立ち上がってくれるはずだ。

松陰先生が、真心で訴えれば、人は必ず応えてくれると言っていた。先生が生きている間に応えてもらえたとは言えないが、時間をかけて応え始めたのかもしれない。先生がまいた種が、今まさに芽を出し始めたのだ。

三田尻に着くと高杉さんが指示を出した。

「沖に泊まっている軍艦三隻を占拠する」

誰もが高杉さんの言葉を疑わない。

「三班に分かれて艦長に俗論党打倒を呼びかけ、応じなければ刺し違えよ」

隊員が小舟を用意し始めた。

「松島さんがいれば話は早かったのだが」

残念ながら松島剛蔵さんは萩にいる。下関の戦闘で負傷し療養中と聞いた。

「高杉さんが軍艦の勉強を投げ出した時には気まずい雰囲気でしたね」

「それが、気づけば僕についてイギリス公使館焼き討ちに参加してくれたりと、おもしろい人だ」

「仲間になったころは少し怖かったけど」

「僕もだ。文句や反対ばかりされたらどうしようかと」

話をしていると、萩にいる松島さんが心配になってきた。

「高杉さん、用意ができました」

「よし、行くぞ」

高杉さんと僕、俊輔が分かれて、それぞれ軍艦に向かった。欧米の軍艦に比べればかなり小さいはずだが、近くで見ると大きい。

「高杉晋作の、正義派の決起軍だ。協力を求めに来た！」

下手をすると銃撃されるかもしれない。しかし、さすが決死隊。緊張感はあるが誰も動じていない。

「上がってください！」

縄梯子が下ろされた。

「勝算はありますか？」

上がるとすぐに質問を受けた。

「海軍が協力すればある」

ここまで高杉さんを見てきた僕たちには変な自信がある。

「それに僕たちは勝算で動いてはいない。正義のために決起したのだ」

船員は他の二隻も戦っていないのを遠目に見ているようだ。

「返答がないのなら力ずくだ」

「待ってくれ。私たちに戦う気はない。それにどう見ても私たちが有利だ」

「指揮官からは刺し違えろと命を受けてきた」

「……。分かりました」

どうやら高杉さんが占拠に成功したのを遠目で見たようだ。すると俊輔の方も成功した合図を送ってきた。

「僕たちは海軍局を占拠してきます。艦長はこの艦を下関へ回航してください」

「すぐにですか？」

「補給などが必要ならしていいですが、すぐにです」

「分かった、回航しましょう」

「よろしく」

今度は海軍局へ行ったが、軍艦を占拠されたことを知ると、すぐに門を開けてくれた。

「風太、俊輔、下関へ戻るぞ！」

「はい！」

一瞬で海軍局は仲間になってくれた。信じられない勢いで決起軍が大きくなっていくのが実感できた。

訃報（三）

二十日、下関に戻った。

「高杉さん！　無事ということは？」

石川が出迎えた。

「海軍局は仲間になり、もう少しすれば軍艦がここへ来るぞ！」

歓声があがる。下関も問題ないようだ。

「街の人が我々を非難することもありません」

「そうか、では俊輔、金策を頼むぞ」

「早速」

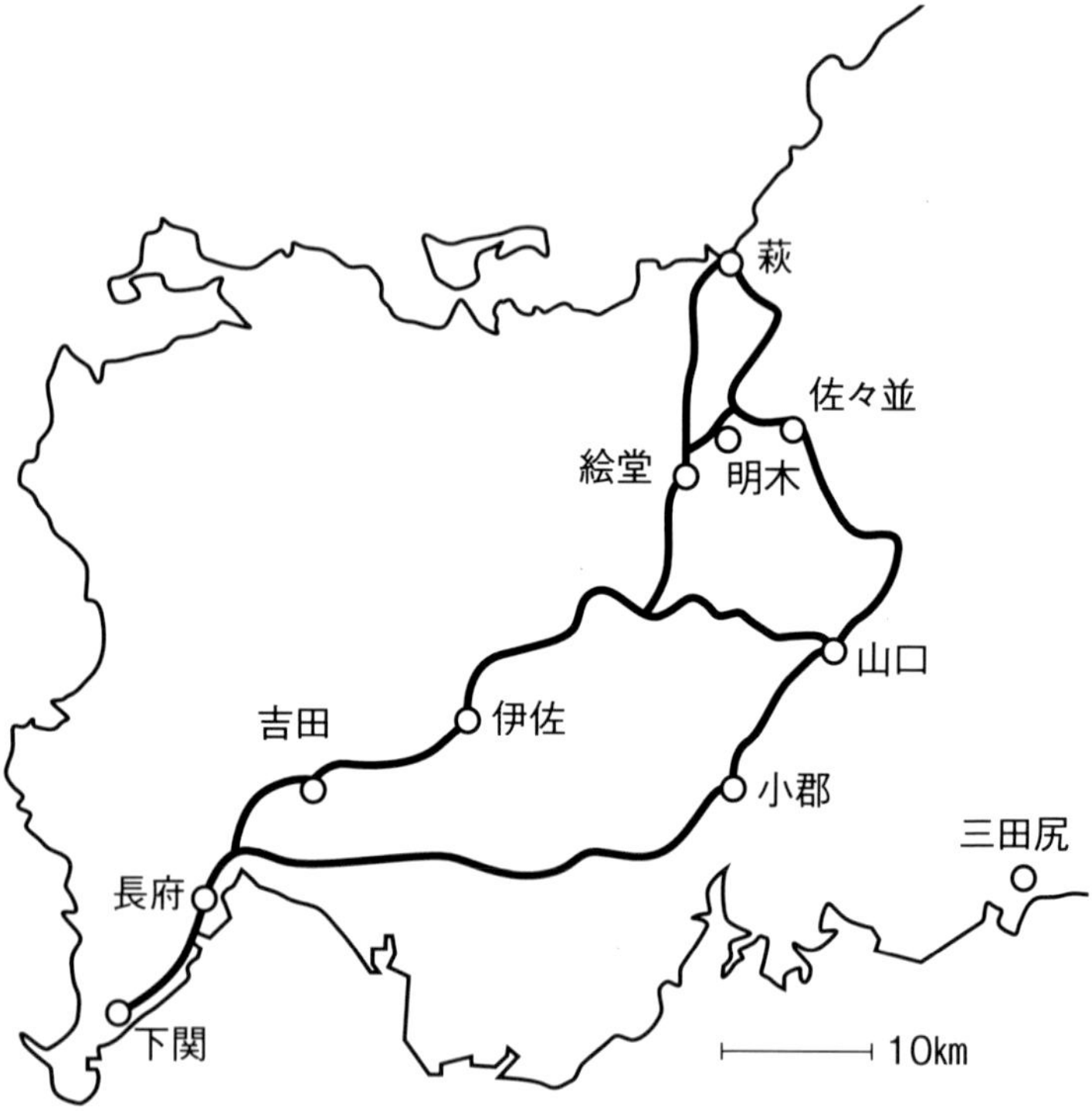

内戦参考略地図（全体）

「僕は少し休むが、君も少しは休め」

「そうします」

僕たちは了円寺の中に進むと、石川が先ほどとは違い暗い表情でついてくる。

「どうした、悪い話は遠慮なく早くしろよ。取り返しがつかなくなる前にな」

「はい」

広間に入ると手紙を出した。

「前田孫衛門、毛利登人、山田亦介《やまだまたすけ》、渡辺内蔵太、大和弥八郎、大和国之助《やまとくにのすけ》、松島剛蔵の七名が野山獄において打ち首になりました」

バン！

高杉さんが床を強くたたく。その音は寺中に響いた。

「僕のせいか！」

実際、十六日には決起の情報が萩まで届き、藩庁は藩全域に諸隊への金品提供を禁じた。

この打ち首も決起の見せしめに違いない。

「市は僕を恨んでいるな」

「市は人のせいにするような男ではありませんよ」

「あいつには顔を合わせられない」

「……」

山田亦介は市の叔父だ。身内を気遣って決起に参加しなかった効果はなかったことになる。

「弥八郎、一緒に戦いたかったな」

弥八郎は死も覚悟して藩庁の命令に従った。それなのに切腹も許さず斬首はないだろう。航海術を身につけた松島さんは正義派や俗論党に関係なく、日本の将来に必要な人だったのに。

「悔しいな、仲間がどんどん減っていく」

バッ！

落ち込んだかと思うと勢いよく立ちあがった。

「もう許さんぞ、あいつら！　俗論党は必ず倒す！」

仲間の僕まで怖くなるほどの怒りを見せた。

「高杉さん、朗報もあります！」

石川も大きな声を出した。

「十七日、諸隊が動きました」

「本当か！狂介の石頭、やっと重い腰を上げたか」

「はい、萩へ向かって進軍中です」

「こっちの味方だよな?」

斬首刑の情報で戦う意欲をなくすことはないと思うが
「大丈夫です。怒りは俗論党に向いています」

ホッとした。

「石川、僕は休む。何かあったら遠慮なく叩き起こせ」

戦勝気分に浮かれていたのが恥ずかしい。現実は過酷だ。

高杉さんは人の心配ばかりしているが、高杉さんの家族も僕の家族も萩にいる。狂った俗論党は何をするか分からないから不安を感じた。

決戦準備

「高杉さん、やりました!」

俊輔が得意げだ。

「入江和作さんが二千両を貸してくれました」

「本当か?　よくやったな」

「下関は僕たちの味方です」

「ありがたい！　ところで俊輔、山口の豪農、吉富寛一《よしとみかんいち》さんを知っているよな？」

「はい、周布様も世話になっていましたし、聞多さんが襲われた時も心配して見に来てくれました」

「吉富さんにも援助を依頼しようと思う」

「いい考えだと思います」

「それに、聞多さんの救出も」

「そうですね。療養と言いながら、実際には自宅監禁ですからね」

「ああ。山口にいた弥八郎まで萩に連れて行かれて斬首されたからな」

二十六日には萩から正規軍が下関を目指して出発したという情報が入った。俗論党も決戦を覚悟したようで、また何をしてくるか分からない。聞多さんが心配だ。

「決戦は下関と萩を結ぶ道の周辺になるな」

「僕たちも出陣ですか？」

「まあ待て。諸隊の士気は上がってるようだから任せておけばいい。僕たちは、もう一度決起の大義を示す」

年が明け元治二年（一八六五年）一月二日、僕たちは約三十名で会所を再度占拠し、再び掲示板で大義を訴えた。手順は前回と全く同じだ。

諸隊からの知らせでは、諸隊は下関から萩方面へ三十キロほど前進した伊佐という村周辺に駐屯している。それに対し正規軍は、そこから十五キロほど先の絵堂《えどう》に陣を構えているということだ。

諸隊は約七百、正規軍は約二千と三倍の敵と戦うことになるのだが、僕たちはいたって冷静でいられた。

「初めは二人で戦うつもりだったのに、七百人もの仲間がいるのだからな」

さらに朗報があった。幕軍が、長州藩は和解の条件を満たしたと判断し、完全な撤兵を決めた。

内戦により長州藩が弱ればいいという思いらしいが、幕府にとっては絶対恭順の俗論党を助けるべきだろう。高杉さんの想定範囲なのか幸運なのかは分からないが、このような判断を下す幕府が戦争に強いとは思えなくなった。

「高杉さん、知らせです！」

正規軍と諸隊の睨み合いについての報告だった。

正規軍は下関の高杉晋作が率いる遊撃隊を討つから道をあけろと言い、諸隊は萩へ陳述に行くところだから道をあけろと言いあっている。

無理に通れば小競り合いが生じるかもしれないので遠回りせよと、狂介が正規軍相手に譲らないようだ。功山寺決起では動かなかった狂介だが、一度動きだせば強気で頼もしい限りだ。

（諸隊は高杉さんの決起に呼応して進軍を始めた仲間だというのに、正規軍は本気で諸隊と何事もなく下関に行けると思っているのか？）

まだ続きがある。俗論党は諸隊との戦闘を避けるため、殿の名前を使い、武装解除を要求した。

『事態の収拾を望み、諸隊の陳述を許し、隊士への物品販売や宿泊禁止を解く』

「今さら誰が信じると言うのでしょうね？」

高杉さんが笑った。

「諸隊はそれに承諾したぞ」

「え？」

一瞬驚いたが、それは正規軍を油断させる作戦らしい。

「諸隊が先に仕掛けるかもしれんな」

ついに本格的な内戦が始まる。俗論党を許す気はないが、長州人同士の戦いだと思うと憂鬱だ。前線には明倫館の仲間や萩で一緒に生活をした者達も出てくるだろう。

そして待っていた知らせが届いた。山口の豪農、吉富さんからの手紙だ。

「おい、吉富さんが決起軍に協力してくれるぞ。軍資金二百両が届いた」

これは吉富さん個人の手紙だが、山口の庶民も決起軍に賛同していると考えられる。

「聞多さんのことは?」

「引き受けてくれた」

萩の人質以外はすべてが上手くいっている。

「諸隊から知らせがきました!」

「どうした?」

「六日の夜、諸隊が正規軍に奇襲攻撃を行い、七日にかけての戦闘で勝利しました」

「始まったか!　石川、出陣だ。兵を集めろ!」

「了解!」

出陣後も諸隊優勢の知らせが続いた。

「大軍相手によくやるな」

高杉さんが感心している。

「本陣を金麗社《きんれいしゃ》に置き、そこから北に攻め上がっているようですね」

「うん、とりあえず金麗社へ向かおうか」

怖いくらい順調に進んでいる。

「また知らせですか？」

「ああ、いい知らせだ。風太、聞多さんが救出されたぞ」

「本当ですか？」

「太田市之進の御楯隊が長府から山口へ移動し、吉富さんと協力して助け出したようだ」

決起は上手くいったが、救出成功の知らせは初めてのことで嬉しかった。

「しかも山口は協力的で、金品だけでなく兵も集まり、鴻城軍《こうじょうぐん》を創った。そして、聞多さんはその総督だってさ」

「体は大丈夫なんですかね？」

「知らん。負けず嫌いだから、この大事な局面でじっとしていられないのだろう」

無理して体中の傷が開いていたらおもしろい。不謹慎な想像をしながら戦地へ向かった。

● 一進一退

一月十四日、後続の者などとの集合場所に決めていた、下関から北東へ二十キロ弱にある吉田で出発準備をしていた。

「前から何か来る！」

すぐに射撃準備に入った。

「奇兵隊の使者です！」

確認して戦闘態勢を解いた。

「高杉様！」

「僕だ！」

勢いよく高杉さんが出ていった。いつの間にか武将の風格を漂わせている。

「正規軍が午前十時に総攻撃をしかけてきました」

「何！」

「敵も必死で一進一退です」

正規軍は士気が上がっていないと聞いていたが、諸隊の奮戦により追い込まれ、ついに目を覚ましたのかもしれない。奇兵隊など諸隊は数の上では明らかに劣勢のため、正規軍が士気を上げ数で押してくると苦しいはずだ。

「風太！」

「はい！」

高杉さんから騎兵は任せると言われていた僕は、ここにいる馬をかき集めた。そして、やっと八頭。

「少数でも援軍が来たとなれば敵は焦り、味方の士気は上がる、頼んだぞ」

「では先に行きます」

「無理はするな。その数でも威嚇はできるはずだが戦力にはならない」

「無理しなくていいんですね？」

「少しはしろ！」

高杉さんが笑った。

「了解。耕太、行くぞ！」

案内役になった使者の後をゲベール銃を装備した騎馬武者八騎が続いた。ここから戦場までは約三十キロ。遅くても二時前には着くはずだ。

「走りにくいな！」

向かう途中、雨が降り始め、それが次第に強くなってきた。

「金麗社です！」

「本陣は無事だな」

「はい」

十四日の午後一時半、やっと戦場に到着した。本陣は無事だが、銃声はここまで十分聞こえ、心臓が高鳴った。

「報告します。ここから一キロほど先の呑水《のみず》や大木津口で苦戦していたのですが、今は押し返しています！」

　正直ホッとした。

「風太、加勢するか？」

「いや、押し返しているのなら無理をする必要はない。銃撃戦の中の騎馬は大きな的になるだけだ。馬を下りて本陣の警備に加わり高杉さんを待とう」

　僕は使者に命じた。

「本陣に援軍が到着したと狂介に伝えてくれ」

「騎馬八騎と？」

「数は言うな。援軍が来たことだけ言えばいい」

　たった八人と聞いたら士気が上がりにくいはずだ。

　期待通り正規軍は敗走し、午後三時ごろ、諸隊が戻ってきた。そして同じころ、高杉さんが到着した。

● 合流

「遅くなったな」

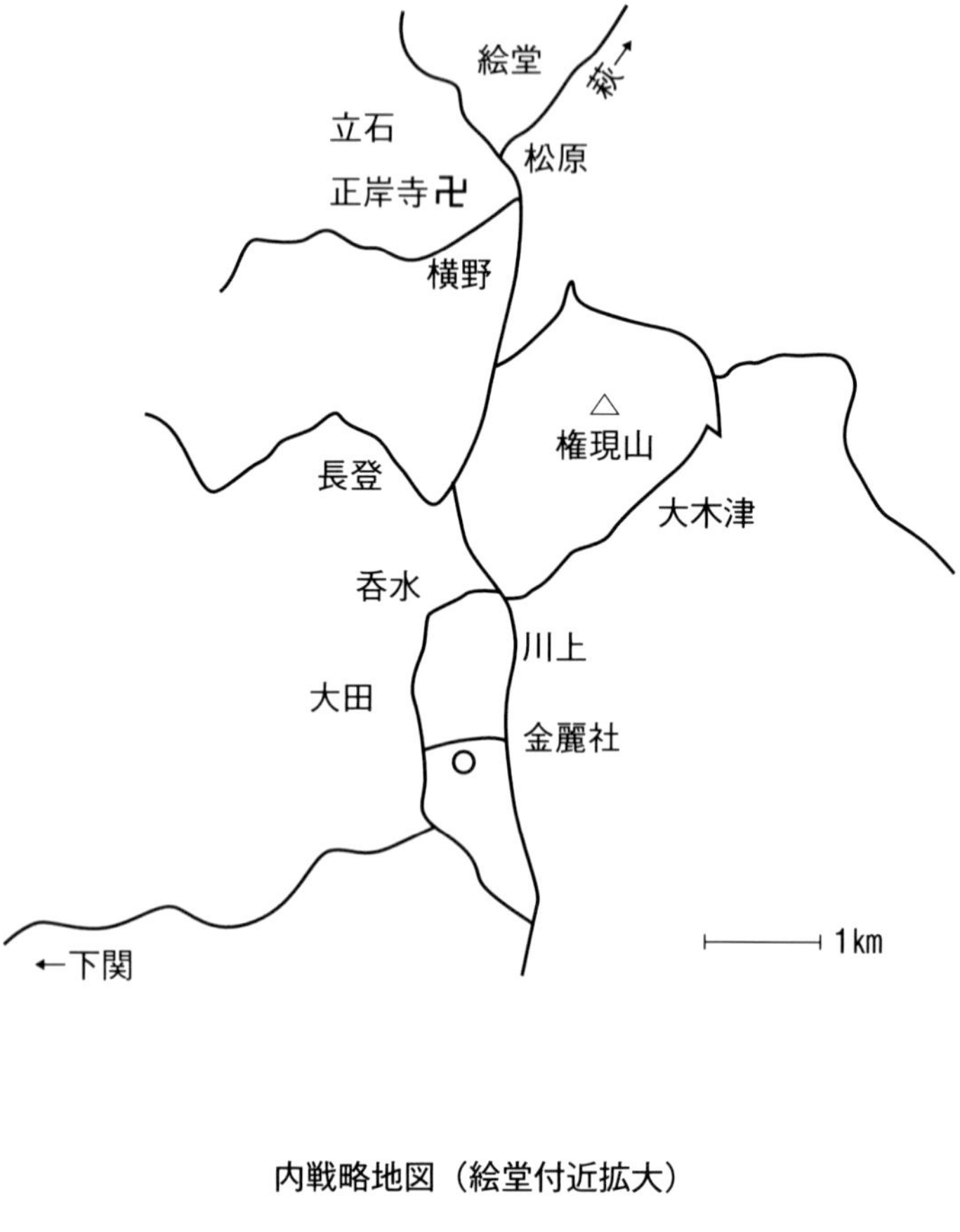

内戦略地図（絵堂付近拡大）

金麗社に集まった幹部を前に高杉さんがあいさつをした。

「この戦力で正規軍と対等以上の戦いをするとは驚いた。西洋式訓練と実戦経験のおかげか」

「兵器の差が大きい。向こうの銃は火縄銃の割合が多い」

「やはり違うか？」

「有効な射程距離は百メートル以内と変わりません。むしろ火縄銃の方が安定している気がする。

しかし、ゲベールの方が扱いやすく射撃間隔が短い。実戦ではその差が出ます。しかも火縄は雨に弱い。この戦いでは雨や雪が時々降り、そうなるとさらに有利だ。今も雨に助けられた」

今日の戦いは実質的には五分だったようだ。途中押されたこともあったが、雨のおかげで逆転し敗走させたため戦勝ムードになっている。さらに高杉さんの登場で勝てる気が増しているようだ。

赤根に代わり奇兵隊を指揮する狂介が説明を続ける。

「しかし依然、正規軍の兵力は二倍以上。しかも戦闘を重ねる度に必死さが出てきている。正直に言うと現状は有利とは言えん。一つの敗戦で一気に立場が変わる可能性は十分ある」

しばらく考えた素振りを見せた高杉さんの目が開いた。その目はいつも以上に鋭く、そして自信に満ちていた。

「兵力を集中して決戦をしかけよう。狂介、敵の本陣は赤村でいいのか？」

「はい、赤村の正岸寺《しょうがんじ》です。先ほど、本陣まで敗走していくのを確認した」

正岸寺はここから北へ四キロほど先にある。山間部の中では田畑が広がる見通しの良い場所で、守りやすい地形のようだ。高杉さんは地図を指しながら提案する。

「集めた兵を三隊に分け、正岸寺を囲む松原、立石、そして横野峠、その山中にそれぞれ配置する。夜中にな。そして夜明け前に大砲を打ち込む」

「夜襲ですか？」

「兵力で劣っている時には鉄則だろう」

一同が頷く中、一人声を上げた。

「大砲は届きますが、ゲベールは山から下りないと届きません。敵を混乱させることはできても、命中率の悪い大砲では決定力に欠けます。敵が態勢を整え反撃すれば、また決着はつかないかもしれません」

市が堂々と発言したので高杉さんは驚いた顔をしている。よく見ると嬉しそうな感じでもある。

「その通りだな。大砲で混乱させたら、合図で一斉に敵陣に近づく。そして敵が的を絞れないように散兵戦術《さんぺいせんじゅつ》で攻撃すればいい」

散兵戦術は西洋式の戦い方で、一人一人が各自の判断で都合の良い所に移動して各自のタイミングで攻撃する、銃を主体とした戦い方だ。四方八方から攻撃を受ける敵としては的を絞れないため、少ない兵で大軍を攻めることができる。

実際に下関を攻撃したフランス軍が散兵戦術を行い、諸隊が苦戦し砲台を占領された苦い思い出がある。

「だけどゲベールの射程距離に入るまでに、一番接近できる立石からでも三百メートル以上あります。しかも山から出ることになり隠れることができません。敵が冷静に狙ってきた場合は非常に危険だ！」

フランス軍の場合は長州軍よりはるかに射程距離の長い銃を使っていたという違いがあるため、完全に真似ができるという訳ではない。しかも、正規軍も後に引けなくなっているため、必死で抵抗してくる恐れもある。大砲で混乱させられるとは決めつけない方がいいのかもしれない。大村さんのところで学んだ市の発言は論理的で誰よりも説得力がある。

「風太」

高杉さんが僕を見た。嫌な気がする。

「この地形、騎馬で接近できるか」

「僕は自分で見てないので何とも」

僕が言葉を濁すと
「できる！」

狂介が胸を張って答えた。

「そうか」

高杉さんが笑みを浮かべて再び僕を見た。

「正岸寺の南側に小川があるな。そこから正岸寺までは近いところなら百メートル。ゲベールでもなんとか狙うことができる」

「……」

「横野に隠れ、そこから砲撃開始と同時に小川へ向かって一気に走りだし、到着しだい小川の起伏を利用して隠れつつ射撃を開始すれば、敵に対する威嚇になり注意を引ける。その間に全歩兵が広がりながら全速で進めば最小限の損害で配置できるだろう」

「……」

（おとり作戦。夜襲とともに奇襲作戦の鉄則だな）

みんなが黙ってこっちを見る。

「遅れてきたから活躍しないとな」

精一杯の苦笑いをしてみた。山間部だから騎兵が前線に出ることはないかと勘違いしていた自分が甘かった。

「馬を集めてくれ。石川、元気な遊撃隊から決死隊を集めろ。馬に乗れる者をな」

誰も止めようとはしない。

「耕太、集まったら打ち合わせをするから呼んでくれ」

「はい」

「では、明後日十六日の夜半に出発する。狂介、三隊に分けられたら教えてくれ。そして物見は絶えず出せ。敵に動きがあったらそれに対応するからな」

「了解」

懺悔《ざんげ》

作戦は決まったが解散しない。沈黙が続いた。

「高杉さん、遅れてすみませんでした」

狂介が気まずそうに口を開いた。

「遅くなったのは僕だろ?」

「そうではなくて、僕は赤根と一緒に俗論党と交渉した方がいいと思って動かなかった」

「俊輔から聞いていたが、赤根は隊を離れたんだな?」

「はい、高杉さんが決起したため俗論党との交渉ができなくなったようです。それでも赤根は諸隊の幹部を説いて内戦を避けさせようと動いたのですが、高杉さんが下関で二度目の決起をした時に九州へ逃れたようです。僕はその時、高杉さんに続いて決起して良かった」

今となっては幹部の誰もが、決起したことが正しいと思えるようだ。

「しかしな」

高杉さんは暗い顔をしている。

「僕も決起して良かったと思う!」

突然、市が必死な顔で叫んだ。

「市、僕のせいで君の叔父上が」

高杉さんが言い終わる前に、市はまた叫んだ。童顔だとからかってきたが、今はみんなを圧倒するような男らしい表情になっている。目に涙が浮かんではいるが。

「長州や日本のための戦いです。そして叔父も武士です。その覚悟はあったはずです！むしろ、その叔父をかばうために動かなかった僕こそ、武士として恥ずかしい」

高杉さんは決起によって同志が殺されたという事実に罪を感じていた。

「そうだ、この決起は正しい！」

みんなが市に賛同し、それどころか功山寺決起に参加しなかったことを詫びた。

「狂介！　僕と君は共に戦う運命にあったんだ。みんな、一緒に戦おう！」

やっと憂いが晴れ、諸隊が一つになった気がした。

「大事なことを忘れていた。聞多さんの鴻城軍にも十六日の出撃を知らせないとな。山口方面からも出撃してもらえれば挟み撃ちの格好になり、正規軍の戦力を分散できる」

一同が頷いたあと解散し、決戦の準備にかかった。

決戦

十六日の夕方、金麗社に呼ばれた。

「三味線？」

「荷物の中に入れてもらってたんだ」

「酒？」

「荷物の中に入っていた」

「隊士は飲酒禁止ですよ」

「堅いことを言うな」

上機嫌に三味線を引いている高杉さんに声をかけた。

「落ち着いたものですね」

「馬鹿、僕にとっては初めての戦争のようなものだ」

確かに高杉さんは奇兵隊を作り訓練もしてきたが、禁門の変でも下関戦争でも、そして
この決起でも、まだ本格的な戦争には参加していない。

「みんな、よく高杉さんに期待しますよね？」

「馬鹿が多いからな」

三味線を置くと、一杯ついでくれた。

高杉さんは目線を杯から上げると真剣な表情で叫んだ。

「まだ先がある。死ぬな！」

（高杉さんが起案したから安心していたが、やっぱり危ないいんだな）

この時になって恐怖感が強くなった。

「実戦経験豊富な遊撃隊の有志がいます」

自分に言い聞かせた。

「仲間がいるのはいいな」

高杉さんがしみじみと言う。これまでは孤立してきたため、七百人以上の仲間ができたことに喜びを感じているようだ。

「では、出発まで休むか」

「そうしましょう」

気疲れと酒のせいもあり、夜中までよく寝た。

夜半。

「これは雌雄を決する戦いだ！　各隊士の奮戦を期待する」

三隊は順次正岸寺へ向かった。距離は四キロほどだが気づかれないように山の中を進むため時間がかかる。しかも大砲は重い。

「十五騎か」

諸隊は歩兵を中心とした構成なので、馬の数は少ない。

「でも士気は誰よりも高いぞ！」

耕太が誇らしげに言う。

しかし、この作戦は一時とはいえ、わずかな騎兵が敵全軍を相手にすることになる。

十五対二千以上と、いつもながら分が悪い戦いだ。

「今思ったが、諸隊は黒い制服で統一されているけど、僕は赤の甲冑だから目立たないか?」

「目立ちますよ。士気を高めるために、あえてそうしているのかと」

「……」

五時には全軍の配置が完了した。

「ブルブル」

馬を落ち着かせる。

「物見の報告では敵に動きはない。明るくなるまで待とう」

この季節、移動よりも、じっとしている方が寒くて辛い。

ここ、横野峠の本隊三百五十、北西の立石と北東の松原に二百ずつの兵が潜む。後方の山中から砲撃し、その後に歩兵が前進するという単純な作戦だ。

六時を過ぎると若干明かるくなってきた。

「風太、そろそろだぞ」

耕太の声に僕は頷き、騎馬隊の真ん中に移動した。

「生きようと思う者は死に、死を覚悟した者が生き残るものなり」

心を落ち着かせようと呟くと
「何でした？」

横の隊士が聞いてきた。

「上杉謙信公の居城の壁に書かれていた言葉だ」

「私たちはすでに死を覚悟しています」

「うん」

僕は彼らの目を見て小さく、しかし力強く言った。

「そして生きて帰るんだ！」

騎馬隊全員が頷く。

ドーン！

本陣からの最初の砲撃に全砲が続いた。

ドーン！　ドーン！

何発かは敵本陣近くに着弾し警備兵が慌てているのが分かった。そして一発が敵陣に着弾した時。

「風太、行け！」

いつの間にか後ろに来ていた高杉さんの命令だ。

「総員、乗馬！」

ゲベールを肩にかけ、槍を持ち横一列に並んだ。耕太は毛利家家紋、一文字に三つ星の旗を上げ声を上げる。

「我らこそ藩主に従う忠臣、毛利家正規軍なり！」

「行くぞ！」

僕が突き上げた槍を前方に向けて走り出すと耕太以下が従った。

敵からの攻撃はゲベール銃か火縄銃。目的地までは当たることはないはずだと何度も自分に言い聞かせる。そいて決して足場がいいとは言えないあぜ道をひたすら走った。

時々敵の銃弾が風を切る。有効射程外で当たる可能性は低いが殺傷能力がないわけではない。つまり運が悪ければ弾に当たって死ぬ。

若干だが、小川の堤防のようになっている箇所を見つけた。槍先でそこを示す。

小川まで約五百メートル、時間にすると二分もないはずだが、その何倍にも長く感じた。

無傷で目的地に到着し全員が馬を下りると二人が馬をまとめ、他の者は隠れて銃を構えた。

「耕太、旗をしっかり揚げろ！」

僕たちがここにいることを知らせないと意味がない。

「馬が！」

「放っておけ！」

二頭を残して逃げたらしい。馬の隠れる場所がないからちょうどいいかもしれない。

「構え！」

大砲のごう音で声は聞こえないだろう。僕は手を挙げ
「撃て！」

腕を振ると一斉に射撃を開始した。明確な目標などない。ただ敵陣に撃ちまくり、敵の目を引き付けるだけだ。

白兵戦

五分ほどで本隊が来る。一分間に一発か二発、五分で十発撃つだけだ。しかし、その時間も異様に長く感じる。二発目からは準備をした者から射撃するため指揮をする必要がないので僕も銃を持った、その時！　耕太が僕の肩を強く叩き、敵本陣を指した。

「出てくるのか？」

「騎馬十騎、それに足軽が続くぞ！」

銃撃戦の中、的の大きな騎馬が突撃してくるとは思っていなかった。騎馬なら、この足

場でも三十秒近くでここまで来るだろうから二発目は撃てない。ここまでたどり着かせた時、本陣から孤立した僕たちに命はない。

「撃ち方やめ！」

僕は叫ぶと同時に必死で腕を振り射撃をやめさせた。撃ち漏らせば終わる。だから、次の一発は射程内に入ったところで狙い撃ちをしなければならない。

「撃ち方用意！」

全員が現状を理解したようで、素早く弾を込め射撃姿勢に入った。

「来たぞ！」

無謀ともいえる敵の騎馬の突撃が始まった。幸い、足軽は遅れているように見える。

九十メートル、八十、七十。

必死になって目測する。

五十！

「撃て！」

ドドドドドド！

当たらなくても落馬をさせ、馬を止められればいいのだが。

「二騎撃ち漏らした、突撃してくる！」

報告というより悲鳴に聞こえた。

八騎も止めたのだ。普段なら上出来だと褒めるところだが、今は後がない。

（二発目は間に合わないか！）

「耕太、撃ち方用意だ！　ここは任せる」

考えている時間はない。僕は銃と槍を持ち馬に乗って小川の前に出た。足場が悪いのか、思ったより敵の騎馬のスピードは乗っていないようだ。

（距離十五）

僕は銃を構え先行する騎馬武者を狙った。

（十メートル、今だ！）

引き金を引く。

ドン！

騎馬戦の訓練では槍にしろ太刀にしろ、決着がつくのには時間と体力を要したが、銃を使えば一瞬で勝負が決まる。右手の人差し指を曲げただけなのに、騎馬武者は嘘のように馬から落ちていく。

目線を正面に戻すと後続の騎馬が目に入る。僕は銃を捨て槍に持ちかえた。

ドドドッ！　ドドドッ！

馬の足音が恐怖感をあおる。

普通なら馬を止めて戦うはずで、場合によっては馬から下りて戦うこともある。

（まさか?!）

敵は正気を失ったか、そのままの勢いで突っ込んできた。

（馬鹿な、体当たりでもする気か！）

どう受けていいのか分からなくなり、とりあえず槍を長く持ち直して、鎧の隙間となる脇に槍をのばした。

（刺したぞ！　……何だこの感覚は？）

この時から周囲の時間が止まりそうなほどゆっくりと流れた。あれだけごう音が響いていたのに何も聞こえない。そして周囲の景色も目に入らず、見えるのは敵の騎馬武者のみ。

ゆっくりと、敵の脇に刺さっていく感触が槍を通して伝わる。そして敵の槍が僕の胴に向かってくるので重心を左にしてそれを避ける。

敵のスピードも遅いが、自分の体の動きも遅くて、頭がおかしくなりそうだ。敵の槍が胴をかすめていく軌道が分かると安心した。

（助かった！）

しかし今度は敵を刺した自分の槍に、相手の勢いが伝わり後ろへ倒れそうになる。

(槍を放さないと!)

しかし、手が思うように動かない。

(早く放せ!)

やっと放せたと思った時には、僕の体が後ろへ動き出したのが分かった。

(落馬する!)

ドン!

急にいつもの時間の流れに戻り、一瞬で背中から落ちた。受け身も取れず。

その瞬間、青空が見え、銃や大砲のごう音が聞こえ始めると同時に、背中に激痛を感じた。

(息ができない!)

落ち方が悪かったようで、思うように呼吸ができなくて焦った。

(敵はどうなった!)

我に返り辺りを見ても敵はいない。刀を抜いて、前に大人しく止まっている馬の陰を慎重に見ると、敵は仰向けになって動かない。

(勝った!)

落ちた衝撃と緊張感により、まともに呼吸ができない中、下段に構えながら敵に近寄ると敵の脇から大量の出血があった。

敵の顔を見ると声は聞こえないが、僕の目を見て何か言っている。口の動きから予想できるのは
『とどめを』

敵は武器を持たず全く動かない。そして遠くを見ると、足軽隊は騎馬隊の全滅を見て引き返したのか接近する気配はない。

僕は恐る恐る近づき、敵の首に刃の先端を押し当てた。その時、敵の目を見てしまった。

(明倫館で見たことがある先輩だ!)

親交はなかったが、体が大きく気合の入った人だったことは覚えている。

(何が敵だ? 同じ長州人、仲間ではないか!)

思わず同情の目で見てしまったが、先輩が頷いたように見え我に返った。

僕は更に刃先を強く押し付け刀を引いた。

バッ!

その瞬間、勢いよく血しぶきが上がった。

●走馬灯

バン！

血しぶきが上がった瞬間、何かに額を殴られたような衝撃を感じ、見たことがない情景が夢のように浮かんだ。

（何だこれは？）

戦場にいる感覚は全くない。目の前には武家屋敷の一室が見える。

「オギャーオギャー」

「よくやった！」

赤ちゃんが生まれて喜ぶ夫婦の姿だ。

「お前は嫡男だ、立派な武士になってくれよ！」

「そんな。元気な子であればいいではないですか」

場面が変わる。

「死ぬな！」

三歳か四歳くらいの子供が高熱で苦しんでいる。

（これが天然痘か？）

「あなたが欲張るから！」

「すまんな、高望みして。もう他には何も望まないから、ただ生きてくれ！」

また場面が変わる。

「今の武士には学問も欠かせないぞ」

「学問はおもしろくありません。はやり武士には武芸があっています」

「好きにさせてあげてください」

十五くらいの青年だ。その顔は、今、僕が殺した先輩ではないか。

（もしかして先輩の記憶を僕が振り返っているのか？）

また次の場面だ。

（父親と母親、そして妹か？）

広間で家族が向き合って真剣に話し合っている。

「私は長州藩を守るために、夢ばかり見ている高杉の決起軍を倒してきます」

「敵は少数のようだ。無理せず戦えば必ず勝てる。頼んだぞ」

「無理はしないでくださいね」

母親がたまらずに泣いている。

「おい、武家の女は毅然と見送りなさい」

「母上、必ず帰りますから泣かないでください」

「兄上、約束ですよ」

優しい笑顔で手を振る先輩を、女性二人が泣きながら見送っている。先輩が去っていくが、まだ場面は変わらない。

「あれだけ大切に育ててきた子が戦に行くなんて」

母親はまだ泣いている。

「武士の仕事だ」

「父上の頃は戦などありませんでしたのに！」

妹は泣き叫んでいる。

「こういう時代なのだ」

「それだけの理由で死ぬなんて」

「馬鹿、死ぬなんて言うな！　帰ってくる！」

強気な父親の目にも涙が浮かんでいるのが分かった。

そして場面が変わった。

「くそ！　百姓どもが！」

陣中の場面のようだ。先輩が叫んでいる。百姓どもとは奇兵隊など諸隊の隊士のことだろう。

「くそ！　このまま敗走などできん！　突っ込むぞ！」

これはさっきの突撃前だ！

「近距離で銃を使うのか、卑怯者め！　突き落としてやる！」

卑怯者とは先行した騎馬武者を近距離で撃ち殺した僕のことだ。

そして、ついに僕が首を斬る姿が見えた。

「母上、約束を守れませんでした。申し訳ありません。クソ～、こんな戦いで死にたくない！」

死ぬ直前の先輩の声が心に伝わってきた。

（やっぱり死にたくなかったんだ）

僕が先輩の首を斬った瞬間、急に真っ暗な世界になり先輩が目の前に立った。元気な姿で僕に話しかけてきた。

「最期は取り乱してすまん。この戦、どっちが正しいのかはわからんが。お前たちが勝った時には俺の家族のいる長州を頼む！」

泣きながら先輩が僕の肩を強く叩き、満面の笑みを見せた。

「介錯、ありがとう。楽に逝くことができた」

そう言うと先輩の姿は消えた。

僕は、両親が二十年以上も大切に育てた先輩を、一分もないような戦いで殺した。親が必死で産み、必死で看病し、真剣に教育して大人にした若者を、僕は一瞬で殺した。この戦争がなければ何十年も生きたであろう健康な若者の命を僕は奪った。

（これが正義なのか？）

●死守

ドン！

大砲の音で目が覚めたのか、周りに見えるのは死体が倒れる戦場だ。

振り返ると耕太が手を振って何かを伝えようとしているのが分かった。僕は敵陣の方を見ると、また突撃の準備をしているのが分かった。僕は馬を引いて陣に戻った。

「今度は十騎どころじゃない！」

もう十五人の射撃では追いつきそうにない。

「二発目が撃てなければ槍で応戦するぞ！」

敵が走り出した。今度は足軽も引く様子はない。

（敵がさらに必死になったな）

数分のできごとで戦場の様子は刻々と変わる。

一発でも当たれば儲けものと、二発目の射撃ができることを期待して九十メートル手前で撃つ！

「撃て！」

ドドドドドド！

十騎、いやその後ろからさらに続いているのが見えた。射撃準備ができていない時に見る騎馬武者は恐ろしい。スピードはもちろん、大きさ、音の迫力がすごい。

隊士は必死で次弾を装填しているが、騎馬の迫力に焦っているのか時間がかかっている。もう間に合わないだろう。

（まあいい。殺すよりも殺されるほうが楽なのかもしれない）

一瞬弱気になったが

「それでも決起軍を勝たせる！　一秒でも長くここをもたせるぞ！」

僕が叫びながら槍を強く握りしめた瞬間だった。

ドドドドドドドドド！

凄まじい銃声が響いた。

「？」

敵の騎馬武者も足軽も混乱している。

バシ！

後ろから頭を叩かれた。

「お疲れさん！」

（高杉さん！）

「よくやってくれた！　後は任せろ！」

落ち着いて周囲を見ると決起軍が正岸寺を囲んで一斉に射撃している。数が多いはずの敵からの反撃はまばらだ。高杉さんは無理をせず、間合いを取って射撃を続けさせた。

午前八時を過ぎた頃、敵が北へと敗走し始めた。

「勝った！」

勝敗はまだ分からないのに、つい叫んでしまった。

僕は確かに死を覚悟した。しかし生きられることが分かると萩にいる家族の顔が浮かんで涙が出そうになった。

（やっぱり人は生きていたいんだ）

当たり前のことを思いながら、生きていることに感謝した。僕は深呼吸して心を落ち着かせると、十頭の馬を集め十人に射撃準備をさせた。敵の反撃はさらに少なくなり、決起軍が正岸寺に迫る。

「行くぞ！」

大規模な一斉射撃後、僕たちも突撃に参加した。敵陣で槍や刀を構えた敵に接近し、馬上から容赦なく射撃する。十騎全員が撃ち終えると馬から下り刀を抜く。そして正岸寺へと進んだ。その時には、もう反撃はない。

残った敵兵が全て降伏したことを確認し、高杉さんが勝ちどきを上げた。

「えい」

「えい」

「おう！」

移動

敗走した正規軍を警戒しながら決起軍は正岸寺に入り休んだ。

「銃撃戦の規模にしては、死者は出ていませんね」

「敗走してくれて助かった」

そして、この日のうちに、別の場所で戦った鴻城軍の戦勝報告が届いた。

「寄せ集めの兵でよく勝ったな」

「聞多さんの気迫でしょうね」

「聞多さんに檄《げき》を飛ばされたら怖くて進むしかないだろうからな」

安心したようで、やっと高杉さんが笑った。

「高杉さん！」

諸隊も落ち着いたようで俊輔、狂介、市、石川などの幹部が集まった。全員が誇らしげだ。

「二千以上の正規軍に勝った！」

狂介が喜んでいる。

「よくやったな」

高杉さんや僕は決戦には参加したものの、それまでは狂介が中心になって正規軍に対抗してきた。稔麿に『棒きれ』と言われた時とは違い頼もしい。

「物見を出して、正規軍がいなければ山口に移動したい」

高杉さんが、もう次の提案をした。ここでは勝ったが、まだ内戦に勝ったわけではない。

「確かにこの辺りは守りにくいですね」

狂介も賛同した。

「では、準備ができしだい移動だ。鴻城軍にも伝えてくれ」

諸隊の移動中には、鴻城軍が山口の北十キロにある佐々並に陣を置き、萩に対する守備についてくれた。そして二十日、山口に到着した。

山口には藩庁が置かれたように城があり、防御力が格段に上がる。これまでの駐屯という感じではなく入城だ。これで兵は休めるし、正規軍が総攻撃してきたとしても対等に戦える。

「聞多さん、元気そうですね」

バシッ！

あいさつのつもりで山口に来た聞多さんの肩を強めに叩いてみた。

「いてーな、馬鹿野郎！」

予想通りの反応だ。

「お前、治ったら覚えてろ！」

「聞多さん、お疲れでしたね」

高杉さんが嬉しそうに出てきた。

「体に触るなよ！」

「何を怒っているんですか？」

「風太が！」

「それにしても、よく佐々並を占領できましたね？」

聞多さんが真顔になった。

「十六日に佐々並を攻撃しろと言われたからやったんだが、北側にある明木村《あきらぎそん》に待機していた正規軍が援軍に来て驚いたぞ」

簡単に勝ったわけではなさそうだ。

「鴻城軍は訓練を積んだ軍ではないから必死に防戦していると、正規軍の方に晋作の方が勝ったという知らせが入ったのだろうな。

正規軍は佐々並を捨てて明木に引いていったから占領してやったんだ。ホッとしたら諸隊が山口に移動すると言うから休まず守備についてやったんだぞ」

「それは助かった。憂いなく移動できましたよ」

やっと落ち着いて話ができた。ここまでの戦闘では幹部が欠けることはなかった。もう仲間が死ぬ知らせは聞きたくない。あとの心配は萩の家族だ。

● 居酒屋（七）

「やったな！」

戦争の話にテルが大興奮している。

「でも兵力差は依然としてあるのでしょう？」

校長が心配している。

「そうですが、山口城に入れたことと、周辺の農民や商人の多くが味方をしてくれること、そして赤村の正岸寺で大勝して士気が上がっていることなどから、対等以上になった気分です」

「半月前までは全く先が見えない状態だったのに、よくここまできたものですね」

「いいことばかりではないですが、これが戦争の力です。交渉では時間がすぎていくばかりでしたが、戦争では一週間で立場を逆転させることができました」

「今度は萩へ進軍するのか？」

テルが大将だったら萩は火の海だ。

「萩には藩主も自分の家族もいます。それに長州人同士の戦いなど本当は誰もしたくはない。戦闘の規模にしては死傷者が少なかったけど、戦場周辺の寺などはけが人で一杯なんです」

「……」

「幸い、豪農などが治療に協力してくれるから助かっているけど、血だらけの負傷兵を見ると良かったなんて思えない」

この時代じゃなければ普通に農業や漁業、商業を営んで一生を終えるはずの若者が、銃を持って殺し合いをして、そして血まみれで寺に寝ているんだよ」

「……」

「戦争映画などを見て楽しめるのは、主人公目線で結果まで見れるからなのかもしれない。途中で死んだり、大きな後遺症が残る者にしてみれば勝ちも負けもない気がします」

「荒木、今日はもういいから落ち着いて飲み直そうか」

先生が話を止めてくれて助かった。

これは夢の話で現実ではない。僕は自分にそう言い聞かせたが、あの時、先輩にとどめをさした時の手の感触が今も消えない。

立場が違っただけで、同じように藩のことを思って勇敢に戦った長州の若者を僕は殺した。槍を持って戦いを挑んできた騎馬武者を、僕は正々堂々という言葉を忘れ、近距離で射殺した。

日本のための戦争と理解しながらも、僕は、もう二度とこの戦いの話をしたくはない。

●環境沿岸警備隊発足

「日本は四方を海に囲まれた海洋国家であり、その海洋環境を守っていく責任があります。……」

平成二十九年四月三日、月曜日。まだまだ仮設といった感じは抜けないが、環境省の外局として環境沿岸警備隊が正式に発足した。空も海も清々しい青色を見せた穏やかな昼下がりに桜が舞うという、門出にふさわしい日だ。

吉浦湾からは眠気を誘う風が流れ、発足式に居眠りをしそうで心配だった。

東京勤務の環境大臣や長官、そして周辺の呉市、広島県警、海上自衛隊に海上保安庁の幹部が出席した。偉い人に囲まれ、本部長の元校長も緊張している。

「おい」

隣に座るテルが突っつく。どうやら居眠りしていたようだ。来賓が多くありがたいが、同じような話が何度も続くのは辛い。

一時間近い式典が終了したのは午後二時。ここから歩いて十分弱の桟橋に行って出港の準備をする。とは言っても暖気運転は終了、ロープも最小限まで減らし、すぐに出られるようにしてあるので二時半には桟橋を離れる予定だ。

「これ、お守り」

ランチ営業を終えた奇兵隊スタッフが見送りに来てくれた。これから新しい乗組員を乗せ、練習を兼ねた日本一周の哨戒ということで何だか盛り上がっている。

「ありがとう」

だけど一月から三か月間、訓練を積んできた乗組員にとっては、今までの出港と変わらないので、このように祝福されると少々恥ずかしい気がしている。

「大げさじゃないかな？」

「そうかもしれないけど、こんな経験はできないから、いいんじゃないか！」

歳さんに励まされた。

「それにしても、こんなに乗組員って多かった？」

今までは船の運航に必要な最低限の士官と下士官しかいなかったが、今日からは軍隊でいう水兵が四十人近く乗船し総員九十五名となる。

一緒に移動すれば、なかなかの迫力だ。

「出港用意！」

航海長の指示が通信士を通して船内外に響く。四本の『もやい索』と呼ぶロープのうち前後二本の一番、四番を放し揚収すると。

「二番、三番、もやい放せ！」

これで桟橋と船が完全に離れた。

「バウスラスター右いっぱい、右前進五度、左後進七度！」

若干、海の方から風があるため、右方向へ移動するには結構力《ちから》が必要だ。

桟橋から離れ始めると、左側に一列に並んだ乗組員が汽笛の合図で一斉に敬礼をする。
「ＵＷ旗掲揚！」
「了解！」
出港時は操縦室である艦橋の見張り役の僕に、航海二士と呼ぶことになった部下がつい
た。僕は航海長の指示に答えるだけで、二十歳の彼が揚げに行ってくれた。
「いい身分になりましたね」
商船では操舵手、英語名でクォーターマスターと呼ばれる、出入港など大事な時に舵を
動かすベテラン航海員が笑っている。
「やっと士官になった気がします」
リラックスしたその航海員の後ろで緊張している航海二士がいる。操舵の補佐というこ
とになっているが、補佐というより見学しているだけだ。出港の配置が解かれると、彼も
実際に舵を持ち、経験を積んでいくことになる。
士官の僕には優しい航海員だが、後輩や部下には厳しくなるのは船の常識で、見学だけ
の二士の過剰な緊張も何となく分かる。
「旗りゅう信号を揚げました」
報告を受けてウィングに出て確認すると上下が逆だ。

（新人のお約束だな）

「上下逆」

二士に小声で伝えると慌てて出て行った。

「どうした？」

航海長がその様子を見て聞いてきた。

（静かに出て行けばいいのに）

「旗が緩そうだったので締め直しに行かせました」

「そうか」

航海員は苦笑いをしている。おそらく何があったか理解したのだろう。

「バウスラスター停止、両舷前進五度、おもーかーじ！」

前進の指示をすると艦長がウィングという操縦室のベランダのような所に出た。

「帽振れ！」

艦長以下、外に出ている者は見送り者に帽子を大きく振った。

「航空機着艦部署、配置につけ！」

いつもは広島港沖で載せるヘリだが、今日は見送りの前で着艦することになっている。

しかも日本一周航海ということで、初めての二機搭載だ。

小型のドルフィンが着艦中に、大型のジェイホークが桟橋周辺を旋回して場を盛り上げている。この勇姿を見た大臣が予算や規模拡大に前向きになってくれるといいが。ヘリを着艦させて航行を開始したのが午後三時。日没までには四国松山沖の島が多い場所を抜けたい。

「これで事故でも起こしたら取り返しがつかないからな」

艦長が笑って言う。初任務で目立つということもあるが、今、運用されているのはこの一隻だけで、何かあってこの艦が動けなくなると環境沿岸警備隊は完全に運用停止となる。

「早く二番艦に出てきてほしいな」

二番艦の登場は来年一月で、運用は四月。一年も先だ。

唯一の強みは、新造船は不具合が出ると言われるが、この艦はすでに一年間運用し、すでに出てきた不具合をドックで修繕済みということだ。

「広島港辺りで舵が効かなくなった時には私も焦りましたよ」

その時僕は乗っていなかったが、舵を動かす油圧モーターの不具合で操舵用のハンドルを回しても舵が反応せず、航海員が船尾にある舵機室に行って、人力で舵を動かしたらしい。その時の艦橋から舵機室への指示はインターホンを使った。

「その時の教訓は、舵角はなるべく小さくすること」

航海長が笑う。

「その時、何度も大きく舵を動かす指示を出したら舵機室へ行った航海員がバテバテで戻ってきて、ボースンに叱られた。航海員の体力を考えろってね」

ボースンは甲板長ともいい、航海科の下士官以下の責任者だ。五十歳という年齢と経験から階級に関係なく、航海長にも堂々と意見が言える立場。

しかも、これからは先任伍長となる。他科の下士官以下の責任者を取りまとめる代表のことだ。だから全下士官以下の乗組員が恐れる存在となる。

「俺もボースンは怖いからな」

航海員が苦笑いをすると航海士ばかりでなく、後ろの制御室にいた機関士も冷や汗を流している。

（士官でよかった）

素直な感想を持った。

初当直

「四国沖待機、それだけだ」

首席航海士から航海当直を引き継ぎ二十時からのパーゼロワッチに入る。すでに狭い大分県沖を通過し、あとは更に広い太平洋へ出るだけ。

「私がこのワッチの当直士官です。よろしく！」

首席機関士だ。彼は商船大学出身で三十五歳。人当たりがよく元気もあるので機関科のムードメーカーだ。

船の運航は二十四時間だが、航海科と機関科、そして全体をまとめる船務科を除いては当直制ではなく日勤で、何もなければ休憩を入れて八時から五時までの勤務となっている。勤務体系は複雑だが、とりあえずこの時間帯は階級が一番上の少佐である首機士が責任者となる。

「……」

天候は穏やかで周りに船もいないので仕事がない。

「航海一士、舵を握ってみる？」

「はい！」

彼の家は漁師で漁船には乗った経験があるため、二士ではなく一つ上の階級である一士で採用されたらしい。

「手動操舵に切り替え！」

「……」

「船に乗ってたんだろ？」

「自動操舵のない小さな舟だったので」

「……」

一士は真っ暗な艦橋内で手動操舵に切り替えるスイッチを探していると、航海員が懐中電灯で照らし切り替えスイッチを教えた。

「今は自動で指定した針路で進んでいるが、手動に切り替えた瞬間に、自分でハンドルを回して調整しないと蛇行し始めるからな」

「はい」

「いいか？」

「はい」

航海員も不安そうだ。

「周囲に船はいないから、急に反対向いても大丈夫だよ」

リラックスさせようと、一応声はかけてみた。

カチ！

「切り替えたぞ」

「はい」

「今の針路は百五十度。大きくずれないようにすればいいからな」

「はい」

僕にも経験がある。目標を目で見ていると問題ないが、夜間に舵角の指示器だけ見ていると、左右どちらに回せばいいのか分からなくなる時がある。しかし航海員が親切に教えるため、一時間後には蛇行しなくなった。

彼らが仕事を覚えるまでは積極的に警備業務をすることはできない。教育係である下士官の腕にかかっている。

「三航士、航海報告を起案しました」

船務科の電整員と二士がきた。零時の位置、風向・風力、波浪、天気や視程を、定められた数字で記入して本部へ送信する。

「特異事項なしですよね？」

電整員に確認されたので僕が答える。

「そうですね、これでいいです」

サインをすると、次は当直士官である首機士の決裁を受けて送信する。穏やかな日の気象などなら間違えても大きな問題にはならないが、北緯・東経を一度書き間違えると、百キロ以上のずれが出る。

これを参考に本部が指示を出すので簡単ではあるが大切な仕事だ。以前、陸上の緯度・経度を書いてしまって本部から確認の電話があった時には非常に恥ずかしい思いをした。

とりあえず、最初の当直は無事終わった。

「寝るのも仕事だ！」

一士が航海員から言われている。調理は専門の職員がするが、水兵は配膳を手伝うことになっているから六時には起きなければならない。

「最初の一週間だけ一緒に寝起きして教えてやるから覚えろよ！」

「はい！」

船務科、機関科からも同じような声が聞こえた。

「では二航士《じこうし》、お願いします」

商船でいう二等航海士は、ここでは二航士と呼ぶ。役職も体格も練習船の西田教官と同じなので親近感がわく。

「ゆっくり休んでね」

性格は優しく、そのギャップがいい。

部屋は二人部屋でヨンパーワッチのテルが寝ている。起こさないように静かにベッドに入った。

● 会議

次の日、午後一時から首席以上の幹部会議が開かれることになった。

場所は艦橋の後ろで、ＳＩＣ（セキュリティー　インフォメーション　センター）と名付けられた大きな部屋だ。艦橋とは壁もなく続いており、普段はそこで船務科が仕事をしている。

「一週間はこのまま通常航海を続け、新しい乗組員に慣れてもらいましょう。その後は部署訓練をしていきたいと思います」

艦長がそう言うと各科長は了解した。

「部署訓練は船務科が企画してください。詳細は各科長と相談して必要なことはどんどん行っていってください」

「艦はどこへ行くのですか？」

機関長が聞くと艦長が答えた。

「とりあえず東へ向かいますが、特に細かい指示はしません。一か月後、吉浦に戻ることができればいいので」

かなり自由な行動だ。会議は簡単に終わり艦橋に立ち寄るとボースンがいた。

「艦橋のコーヒーもおいしいぞ」

「いただきます」

そう言われて二士は緊張しながらコーヒーを飲みこんだ。

ボースンは当直には入らず、航海二士を一人連れて艦内を巡回している。水漏れなどの故障の確認や復旧、時には水兵の部屋に入り、部屋が汚いなどと叱ったりしている。

「次は清水ポンプ室へ行くぞ」

「はい」

「三航士！」

「はい？」

僕とボースンの目があった。

(何だ？)

「こいつらレーダーの使い方が分からないらしいから、教えてやってください。いつでもいいので」

「分かりました。では明日の午後に」

苦情でなくてホッとした。午後は深夜直も起きているので、みんなを集めるには午後が適している。それにしてもボースンは迫力があって目が合うだけで冷や汗が出る。

その後、何事もなく一週間の航海が終わり十日から部署訓練を行うこととなった。

初めは防火部署や防水部署訓練などの自分の身を守る訓練を行い、その後、流出油防除部署訓練や航空機を飛ばしての捜索訓練、搭載艇二艇を出して、溺者の救助訓練などを行った。

「疲れた！」

水兵はすでに疲労困憊《こんぱい》なようだ。前半は操作確認が主だったが、後半は実際に放水したり防火扉を閉めたり、搭載艇の揚降や操船をした。そうするとベテランである下士官は事故などがないように教えようと真剣さが増し、ついには怒鳴ったりするため一層疲れるようだ。

「そろそろ武器の訓練をしたい」

砲術長からの要望が強くなっている。武器は実際に使う機会はないと考え後回しにしてきた。そのため砲術科は武器の手入れと自分たちで操法訓練をするしかなく不満なようだ。特に砲術長は、今は幹部である大尉となっているが、海上自衛隊のたたき上げで仕事熱心な人だ。

「分かりました。ただ武器に関しては素人も多く、まずはゆっくりとした操法訓練からお願いします」

ついに船務長が受け入れた。

「私も商船出身で武器のことはよく分からん」

船務長を兼務する航海長。少々困った顔をしているが、しないわけにもいかない。

「航海長」

「？」

「今日は錨泊しませんか？　今から向かえば石巻湾に到着できます」

「深夜直が休めるか」

「はい」

「そのまま錨泊しながら武器の訓練をすれば、乗員の負担が減るな」

「そうですね」

石巻に錨泊した後の、午後八時前。

「お疲れ様です」

水兵が上がってくる。

「ワッチには入らなくていいって聞いてなかった？」

「本当なんですか？」

（そんな嘘は言わないよ）

「天候は穏やかだし、当直は士官だけですから休んでなよ」

「でも、私は体力ありますから」

「明日からの訓練は砲術長が指揮をとるぞ」

「……」

海上自衛隊出身の下士官もいるので砲術長の厳しさはすでに伝わっている。

「では、お願いします」

水兵が下りていくと首機士と電整士が近寄ってきた。

「おい、そんなに大変なの？」

心配している。

「僕たちの配置は分かりやすいので大丈夫ですよ」

「そうなの？」

「水兵は備砲の弾を運ぶ役割になっていたりするから心配なだけです。落したりしたら大変なことになりますよ」

「士官でよかった」

「電整士は海自出身ですよね？」

「そうだけど電気関係が詳しいだけで、武器とかバタバタするのは苦手。だから武器を使う機会が少ないと思って喜んでこの船にきたんだ」

砲術科以外の乗組員は不安を感じながら次の日を迎えた。

武器訓練開始

実弾訓練は海上保安庁や本部の許可がないとできないので操法訓練と手入れをすることとなり、思ったより無難に終わった。

三週目に入ると航海をしながら追跡部署訓練という違法な油の排出をした船舶を停戦するまで追いかける想定訓練を行った。違法行為を行った船舶が止まらない場合には、国際法で威嚇射撃することは認められているので、この時には備砲を準備した。

「砲術科は丁寧に教えてくれるね」

航海長が安心している。砲術科は砲術長、砲術士、運用員三人、射撃員五人の十人が自衛隊出身者で、それに武器を扱ったことがない水兵が六人加わった、艦でも異色な科となっている。

「三航士、相談が」

航海長の部屋に呼ばれた。

「砲術長が夜間、抜き打ちで戦闘部署訓練をしたいというのだ」

さすが自衛隊。

「自衛隊での訓練は私たちの言う抜き打ちが普通で、乗組員の当直時間は考慮しないと」

「時々であればいいと思いますが、戦闘部署ですか？」

「戦闘部署だと全ての武器を用意することとなるので訓練効果が上がるということだ」

断る理由はないが、この艦の場合、戦闘部署はこの艦が海賊に襲われた時など自分の身を守るための配置で、ほぼありえない話だ。

「それに」

「まだあるのですか？」

「実弾射撃はできないからといって、想定訓練ばかりでは意味がない。実弾は相当重いから、実射しなくてもそれを分かってもらうために実際に運ばせたいというのだが」

武器に関しては他の訓練と違い暴発の恐怖がある。

「これは艦長に決めてもらうしかないですね」

「艦長は三航士がいいなら、いいと」

「……」

「環境沿岸警備隊の幹部課程を受けた生え抜きは君とテル君だけだから」

「水兵を慌てさせなければ大丈夫だと思います」

「自衛艦でないから大負けすると言っていた。しかし準備時間が十分になるまで繰り返すと」

「……、十分?!」

戦争映画でそういうのを見たことがあるが、自分の船でするとは思わなかった。時々訓練をする程度の船で十分というのはかなり厳しいはずで心配になった。

「では、一度ゆっくりと運んで要領を得てから本番ということにしましょう」

次の日、早速実弾を運ぶ訓練を行った。水兵は弾が重いと驚いていた。五七ミリ砲の実弾は一発で六キロぐらいある。何発も運ぶのだから大変だ。

そして夜間訓練の日になった。ＳＩＣでは砲術長と砲術士が腕を組んで構えている。

「艦長、船務長、始めたいと思います」

「お願いします」

午前一時、月が海面に映る静かな夜。

ピピー！

「訓練、戦闘部署、配置につけ！」

砲術士がストップウォッチをスタートさせた。ここまでは聞こえてこないが、居住区はパニックになっているだろう。けが人が出なければいいが。

ダダダダダダ！

艦橋配置者が上がってきた。

「見張りについてください」

僕が普通に言ったが
「遅い！　艦橋配置は三分以内だ！」

砲術士が吠える。艦橋もＳＩＣも変な緊張感に包まれた。

「小銃隊入ります」

「そこで待機」

実弾の入った小銃がＳＩＣに持ち込まれた。銃に慣れていない僕たちにとってはそれだけで怖い。

「拳銃を持って来ました」

「そこに置け！」

十分後にやっと備砲の準備が始まった。

「十二．七ミリ配置よし」

順次報告が上がってくる。

「二〇ミリ配置よし」

「五七ミリ砲、配置よし」

やはり五七ミリ砲は大変そうだ。

「目標、左六十度、距離千メートル、独立発射、手続きのみ！　撃ち方始め！」

砲術士が言い終わると
「時間は？」

砲術長が聞く。

「二十一分十秒です」

「遅すぎるな」

「はい」

「配置を解いて武器担当の者を下士官公室に集めろ」

「はい」

「艦長、船務長、アドバイスをしてから解散させます」

「どうぞ」

二人が下りて行った。

「航海長、何か心配なので私たちも行きましょう」

艦長が航海長を誘うと。

「そうですね。三航士も」

「あ、三機士も一緒に」

「俺？」

機関制御室に隠れていたテルも連れだした。下士官公室では、案の定、長い説教があった。

静かな海の上で、この艦だけごう音を発している。

●武器訓練終了

「九分五十秒！」

「よし！」

四月二十五日の深夜、やっと砲術長が笑った。

「やればできる！」

下士官公室で砲術士が吠える。その横で砲術長は笑顔でうなずいた。

「やったー！」

水兵が抱き合って喜んでいる。

（こういうノリの船だっけ？）

青春ドラマを見ているようだ。

「とりあえず無事に終わりましたね」

艦長もホッとしている。

「長期行動では、今後も一回はやるべきだと、砲術長が」

「メリハリが出ていいかもしれませんね」

しかし、まだこの艦のメイン業務である取締りの訓練をしていない。

油の不法排出船があった場合の捜査方法。事実を記録し、相手に違法行為をした事実を認めさせ、必要に応じて逮捕、拿捕。それらを刑事訴訟法に従って進めていくのは難しい。

さらに油の除去訓練もしなくてはならない。

「砲術科もだけど、警備科も刑事出身者で怖そうだな」

テルが西田教官の厳しさを思い出したようだ。

「犯人に対して怖いだけだといいけどね」

もう月末が近づき、本当はそろそろ吉浦に接近したい。今は新潟沖をゆっくり西へ向かっている。

●初仕事

四月二十七日午後一時、ドルフィンの発艦準備をしていた。今日は曇っているため空も海も灰色。単純なもので、こういう日はテンションが下がる。

「船務長、本部から電話です」

夜間はカーテンで仕切られるSICだが、今はカーテンは開放され、完全に艦橋と続いているので声も良く聞こえる。

「金沢港沖三海里で油を排出しながら航行する外国船の情報が入った」

航海長が聞いたことをみんなに聞こえる大きな声で復唱する。しかし、みんな固まってしまって動かない。

（まずいな、まだ実技訓練していないぞ）

「船務士、ホワイトボードと記録帳に時刻と入手情報を書いていって。それと海図に本艦の今の位置と、今聞いた外国船の位置を記入して操艦中の一航士に伝えてください。電整士、艦長と各科長に連絡。航空長、ドルフィンの発艦を待ってください」

とりあえず段取りを整えなければならない。

「二航士、三航士、ここから十五海里、三十キロ弱です」

「領海内で押さえられるかも」

船務士の報告を聞いて二航士が呟いた。

「そうなると全速ですね」

「うん」

「機関科、ガスタービン起動！」

「了解！」

「事件か？」

艦長以下、各科長がきた。

「航海長、臨検部署発令してください」

情報を確認した艦長が指示すると艦内に伝えられる。

ピピー！

「臨検部署配置につけ！」

（水兵は驚いているだろうな。訓練だと思っていたりして）

警備長がＳＩＣに入った。

「三航士、領海内で捕まえられるか？」

「本艦は分かりませんが、ドルフィンなら確実に間に合います」

「だが、ヘリでは被疑船を捕えることはできないだろ？」

「ヘリでも停船命令を出せますし、とりあえず写真撮影ができれば捜査はできます」

「なるほど。では航空長、警備員と通訳官をドルフィンに同乗させてください」

「了解」

領海外に広がる排他的経済水域においても海洋汚染に関わる取締りは認められている。しかし、外国船にあっては、できれば領海内で違法行為があったことを認めさせたい。

五分後にドルフィンは発艦した。十分ほどで現着すると聞くと、航空機の機動性は頼りになると感心した。

キーン！

「機関、高速回転数整定」

テルが報告に出てきた。ディーゼルの低い音だけではなく、航空機のような高いエンジン音が響く。

「両舷前進三十度、高速回転。何ノット出るかな？」

「ドックでは三十ノット出たらしいけどね」

「船底にフジツボがどれだけ付着しているかによる」

「二か月くらいで？」

「やつらの生命力をなめないほうがいいぞ」

「速力安定、二九．八ノット！」

「ほら、〇．二ノット分はフジツボの抵抗だ」

「……、本当か？」

（風の影響などもあると思うのですが）

「ドルフィンからの報告です。油を排出中の外国船舶確認！　船名はサンシャイン」

（よく船名まで読めたな）

低空飛行しているのだろう。位置や進路・速力などが伝えられる。

「間に合います」

二航士が声を上げた。

「では立入検査班を編成します」

航海長と警備長が相談している。

「今回は初なので私が行きます」

警備士が手を挙げた。

「油は機関部から出ているはずなので、俺が行きますよ」

テルもやる気だ。

「では、警備士、捜査員、三機士、航海員、射撃員」

「通訳官は？」

「任せとけ！」

警備士は通訳もできるそうだ。

「艦長、船務長、射撃準備も整っています」

砲術長が鋭い眼光で報告した。

「分かったが、停船に応じない時の威嚇射撃が認められているだけですよ」

「分かってますよ」

（何か怖いな）

「立入検査の方法は？」

「警備艇から乗り移ります。ただ外国船から梯子を下ろしてもらうなどの協力が必要になります。外国船の態度と波しだいですね。駄目ならヘリから降下です」

「ジェイホークはいつでも発艦できます」

「ドルフィンからの報告です。外国船からの油排出は止まったように見える。外国船は速力を上げ北西向け航行中！」

「レーダー映像でも確認しました。該船は現在十八ノット、なおも増速中です」

「思ったより速いな」

航海長が驚いた。

「肉眼で捕捉」

「通訳官、呼びかけてくれ！」

「了解」

そして英語での呼びかけが始まった。

「サンシャイン、こちらは日本、環境警備艦ダブルオーワン、応答願う」

「……」

応じない。

「何発か撃ちますか？」

「証拠写真は押さえたので、領海外へ出ても排他的経済水域で押さえれば全く問題ありません」

警備長は大ごとにしたくないようだ。

「S号、レーダー映像では減速しています」

「ドルフィンから報告、該船は停船した」

「警備艇でいいですね」

艦長が頷いた。

「操船は首航士に替わって、二航士は警備艇の揚降を頼みます」

「了解」

「残念だな。まあ、軍艦のシルエットに三十ノットで追われたのだから怖かっただろうな」

(砲術長は威嚇射撃をしたかったのだろう)

こうして追跡は終わり、捜査が始まった。

● 捜査

「捜査班長から『はやて』」

警備士からの連絡だ。

「ただ今、S号に乗船し、捜査を開始する」

「はやて、了解」

『はやて』というのは、この艦の和名で、正式名は『ESC—001はやて』。Environment Security Cutter を略したもので、カッター（Cutter）とは沿岸警備隊の船を表す。

だが、外国人相手に『はやて』と表示しても分かりにくいので、艦首には『001』とだけ書き、読み方は『ダブルオーワン』としている。

「船務長、鑑識士に排出された油の採取に行ってもらいます」

「では二航士に防除艇を用意させます」

航海員の操船で鑑識士、調査員、分析員に警備二士が出て行った。

捜査に必要な情報は、いつ、どこで、誰が、何を、何の目的で、どうしたかということで、この状況を見ていない裁判官や検察官が報告書を見ただけで、その一つ一つを理解できるように説明しなければならない。

もちろん神ではないので正確な時刻も油の量も分かるわけはないが、航海日誌や機関日誌、その他の記録や、油を捨てた者、それを見ていた者の話を聞き、誰もが納得できる報告書を作るのが捜査官の仕事である。

「捜査班長から、はやて。三等機関士が廃油の排出バルブを誤って開いたかもしれないと言っている。そして船長はドルフィンが撮影した画像を見て、S号が日本の領海内で廃油を排出したことを認めました」

「了解。港の近くで排出したので故意はないと思うが、念のため、しっかり聞くように」

「了解」

船では潤滑油などから廃油が発生するので、それを定期的に処理しなければならない。それを怠って廃油タンクを一杯にして溢れさせたり、海に捨ててしまうこともある。

故意が認められれば一千万円以下の罰金で、バルブの操作ミスなどが原因で故意がない場合は半分の五百万円以下。そこは、はっきりさせないといけない。

「捜査班長から、はやて。ただ今より、三等機関士を被疑者として、海防法違反の疑いで捜査を開始します。協力の姿勢があるため逮捕はしません。船舶の押収《おうしゅう》手続きをしています」

「ボンド制度、え～、早期釈放制度の話はしたか？」

「はい、船長は会社に連絡しています」

「分かった。相手は外国船だから手続きに気をつけてな」

「了解」

船舶には早期釈放制度という、裁判所の判決が出る前に、罪を認め担保金という予想される罰金額を納めることで、船舶を解放する制度がある。海防法はこれを認めているのだ。

これは船舶の運航を停止すると多額の損害が発生するため、それを防ぐために国際的に決めたことだ。

「航海長、警備長」

艦長だ。

「向こうの船長に言って錨泊させたらどうですか？」

「そうしましょう」

金沢海上保安部の協力を得て、S号を金沢港の外防波堤の内側に錨泊させてもらえた。

遠く離れた吉浦の本部では被疑者の特定を、はやてではS号の船長、機関長を参考人、三等機関士を被疑者として調書を取り、また海上とS号から採取した油が同じものかどうかの分析、S号では実況見分といって油の排出経路を示す報告書を作成している。

「廃油の防除作業は海上保安庁がしてくれて助かりましたね」

艦長が苦笑いをしている。

「船が大きく乗員が多くても、一隻では限界があります」

「しかし艦隊を作るほどの予算はないので、今日みたいに協力してもらえるように親しくしておくことが必要ですね」

艦長と航海長は今後の話をしているが、SICでは警備長が厳しい顔をしてできた書類をチェックしている。

「ここ、意味が分からないぞ！」

夜は取調べをやめて被疑者を帰船させたが、書類は徹夜で作り続ける。

「おーい！」

警備長の声だ。

「三十分寝る」

「はい」

僕が講習の時に何日もかけて作ったような書類が半日で完成に近づくのを見て感心した。

（刑事さんはすごいな）

「印刷用紙がない！」

「主計士、紙！」

取締りの経験がない主計科職員は、このペースにはついていけないようだ。何もないだろうが砲術長と砲術士は交替でS号を警戒している。

「三航士、少し休んで」

二航士が眠そうに上がってきた。

「お願いします」

下りようとすると。

「三航士、見張りが終わったなら、書類の確認をしてくれ」

警備士に捕まり、そのまま朝を迎えることとなった。

● 解放

二十九日の午前十時、本部から担保金の入金を確認したと連絡があった。

実際の手続きとしては、これから検察へ送致し、その後、裁判所より罰金五百万円と決定される。

しかし、日本政府が担保金を預かっているので被疑者が不在のまま手続きを進めることができ、判決と同時に担保金が罰金として受け取られるため、被疑者は出頭する必要はない。判決が出るまでの間、一切拘束されることなく普通に仕事を続けられるという珍しい制度だ。

S号は解放となり、十一時に抜錨して出て行った。

「お疲れさん！　書類の仕上げは警備科で進めていくから、通常業務に戻ってください」

警備科がSICから出ていき、嵐のような時間が終わった。

「三航士、基地までどれくらいですか？」

艦長に聞かれた。

「四百三十海里で順調に行けば三十時間です」

「航海は一か月の予定でしたので五月二日に入港したいのですが、間に合いますね。抜錨は明日の八時にしましょう！」

声には出さないが、抜錨まで休めると分かってみんな喜んでいるはずだ。

「船務長、午後は各科に任せます」

「了解しました」

「ここの艦長は優しいな」

砲術長が笑っている。

「砲術科は片づけをした者から自由だ。ただし手は抜くなよ。俺も休む」

「船務科は最小限の当直を残して自由にしよう」

「航海長、航海科のほうは？」

「首航士に任せる」

「では、士官はワッチのみ。下士官以下はボースンに任せます」

「各自に任せる。俺も疲れた」

艦内が緩い雰囲気になったが、今また事件が起きたらと思うとゾッとする。疲れで自分たちが事故を起こすかもしれない。

ただ、このやりきった感は清々しい。

● 吉浦入港

翌日抜錨し、巡航速力で吉浦に向かい、少し時間調整をして五月二日の午後二時に入港した。

航海科は清水を積み、機関科と航空科は燃料を入れた。それが終わると下船することばかり考えている水兵に、先任伍長を務めるボースンの雷が落ちた。

「こんな汚いまま下船できるか！」

一斉に艦内清掃が始まった。

「俺たちも」

僕とテルも静かに寝室の清掃をした。一か月も乗っていると汚れるものだ。

ボースンが納得すると、それが艦長に伝わった。

「ただ今より上陸を許可する。五月六日、整備。五月十日〇八三〇出港予定、以上！」

形式上では乗組員の家はこの船となっている。艦長の許可があってはじめて上陸できるというシステムだ。しかも水兵は吉浦に来たばかりなので、自分の部屋がほしい者は、これから探すことになる。

つまり実家がこの辺りにある者以外はしばらく門限の午後十時半には船に帰ってくることになる。まるで全寮制だ。

「優太、終わった？」

「いや、これから日誌のまとめ」

「俺も」

「夕食どうする？」

「奇兵隊が用意していてくれるからな」

「八時までに大事なところをやって、あとは整備の日にしようか」

「そうだな」

『整備』とは全員が日勤で、航海中にできない整備や書類の整理をする日だ。また、当直の都合で週休二日分を取れない時には、この整備の日に休むことも許される。

こうして初航海は充実した感じで終えることができた。

● 居酒屋（八）

「こんばんは」

「いらっしゃい！」

「お疲れ様」

八時半ごろに奇兵隊に入ると校長、いや本部長が迎えてくれた。

「艦長から聞きました。なかなか大変だったようで」

「本当に大変でしたよ」

しばらく本部長と話をした。校長の時もそうではあったが、通常は階級で言うと少将の本部長と少尉の僕たちが個人的に意見交換をすることは考えられないことだ。

内容は情報交換についての話が多くなった。本部でほしい情報と現場がほしい情報を言いあった。

「今回事件があったおかげで、他機関との連絡体制をもっと作っておく必要性を感じました。とりあえず、艦の位置情報は海上保安庁に提供することが決まりましたよ」

「一隻での限界を感じたので、海上保安庁や警察に協力してもらえると助かります」

「自分たちで全部できればいいのですが、領海警備で忙しい海上保安庁の負担を減らすことが目的で、警備隊が完全に独立することは求められていませんからね」

日本政府にとって大型船は一隻でもほしいのだが、高価なため簡単にはいかない。そこで環境省にも数隻ということで話が進んだ。

しかし海上自衛隊、海上保安庁、水産庁などがすでに大型船を持っているので、今から増やさなくてもいいという話も当然出ている。そのため、有事の際には海上自衛隊に船体を提供するという説明を財務省にしているようだ。実際に、取締船でありながら船体は軍艦構造となっているのはそのためだ。

今は軍隊と戦うような武器はついていないが、ミサイルや魚雷、軍事用レーダーや潜水艦を探知するソナーが取り付けられるように設計され、そのため船体の大きさに比べて居住区は狭くなっている。

「お帰りなさい！」

スタッフが来た。客が常連のみになったようで、時計を見ると十一時。

「本部長は明日、仕事ですよね？」

「大丈夫、午前中は休みをもらいました」

「いいんですか？」

「トップというのは時々不在の方が、みんながリラックスできていいんですよ」

（そういうものか）

「ねえ、船の話してよ。急に人数が増えたよね？」

「この辺に住むんだろ？」

「店の紹介しろよ！」

客を増やそうと必死だ。

「広告を船の食堂に置いておきますよ」

「まだ置いてないのかよ！」

「忙しくて」

「紙一枚置くだけだろ！」

（確かに）

「誰が増えたの？」

「他の省庁に勤めていて、四月からしか来れなかった人と」

「人と？」

「表現が難しいんだけど、海軍でいう水兵が四十人くらい乗ってきた」

「セーラー服の人？」

「そう。現代はエンジンとかが発達して乗組員が少なくてすむから、もう商船では水兵にあたる階級の人はいないんだ」

「それを乗せたってこと？」

「軍艦などは船を動かすだけじゃなくて戦ったりしないといけないから、乗組員は多くないといけないんだ」

「じゃあ、水兵でいいじゃない？」

「兵というと日本が認めていない軍人を指してしまうから、船の中では習慣で使うけど、正式にはそう呼べないんだ」

「面倒ね。少尉さんはいいの？」

「本当は水兵と同じなんだけど『兵』という漢字がつかないから問題にならなかったみた

い」

「水兵さんも免許は持っているの？」

「さあ？」

「知らないの？」

「そこは私から」

校長が助けてくれた。

「彼らは船が学校のようなもので、まだ警備隊の教育は受けていません。資格は高卒以上のみです」

「ただ、経歴や資格は見ています。親の船に乗っていた者やエンジンの整備士の資格を持っている者、飲食店で調理をしていた者など」

「えー？」

「学校へ行かなくていいんですか？」

「三十歳で半年から一年の研修課程と昇進試験を受けてもらい、そこで合格すれば下士官に昇格させて定年まで勤めてもらいます」

「不合格なら？」

「今から検討していくのですが、一年は陸上の手伝いをしてもらい、もう一度昇進試験を受けてもらいます。それでも駄目なら解雇となりそうです」

「厳しくないですか？」

「自衛隊の場合は、ほとんどが再就職するそうです。うちは、できるだけ全員を採用する方針ですが。逆に、みんな若いので新しい道を見つける者もいるはずです」

「そうなんだ」

「お金を貯めて店を開く人もいるようですよ」

そう考えればいいのかもしれない。

「本部長、俺は機関士ですが艦長にはなれないんですか？」

「……」

テルの素朴な疑問に校長が止まった。普通の船であれば、トップである船長は航海科出身者が務めるからだ。

「今度聞いておきます」

「決まってないんですか？」

「まだ何十年も先の話じゃないですか？」

「……」

「副長の席は空いてるよ」

「俺は艦長になりたい！」

このあたりは新しい組織らしくておもしろい。

出港する時は春だったのに、一行動したら初夏のような陽気で驚いた。タイムスリップしたような感じだ。今日は久しぶりに深酒し、発電機などの機械音がない静かな部屋でゆっくりと寝ることができる。

聞こえるのは吉浦湾の子守唄のような波の音だけ。

● 十年後

平成三十九年の春、ハカセが本部の警備課長として吉浦へ帰ってきた。今日はハカセの歓迎会で奇兵隊に集まった。

校長は退官し、瀬戸内にある環境保全会の顧問などを、ほぼボランティアの状態でしている。ささやかな手当は全部、奇兵隊の支払いでなくなってしまうそうだ。

先生は大学校の教授、僕は『はやて』の首航士で、テルは船務長をしている。階級は同じ少佐だが、テルの方が役職では上になってしまった。ちなみにハカセは階級で言うと中佐で上官だ。

「お帰りなさい！」

「ただいま！」

昔は少佐、中佐というと大幹部に見えたが、みんなで一緒に年を取っているので、ここに集まると学生気分が抜けない。

「ハカセ、痩せたよね？」

栞ちゃんが心配する。

「痩せたというより、やつれたんだよ」

テルが遠慮なく言うとハカセが苦笑いしている。

「俺も荒木も東京で二年間だけ勤務したけど精神的に辛かったから。俺は五キロ以上痩せたかな」

「……」

「テルちゃんはリバウンドして、今は健康的ね！」

すると栞ちゃんはテルのお腹を見て笑った。

船の食事があっているのだろう。船食は常に大盛りだが、テルはいつも完食している。

「本庁はどんな感じ？」

テルが聞くとハカセが難しい顔をした。

「船が三隻になって五年になるけど、環境の取締り件数が増えていないって財務省から指摘されて、規模の拡大は絶望的」

「確かに、実際には環境の事件よりも流されたサーファーなどの救助件数の方が多いからな」

最近では海上保安庁が警備で船が足りないからと応援依頼があり、前回の哨戒では救難信号の確認のために八丈島の方まで行ってきた。

「反対に、それがあるから縮小される話はないけどね」

「整備費は減っているよね？」

「うちの総予算は変わっていないんだけど、そろそろ水兵が研修を受ける予定だろ。そっちのほうに回っているのかも」

「それは別枠でしょ？」

「……」

ハカセが黙ってしまった。

「テル、今日は歓迎会だから、そういうのは意見交換会でしようよ」

「そうだな、悪いね、ハカセ」

それぞれの話を聞いていたら二時間ほど経っていた。奇兵隊は船が三隻になった影響で客が増え、景気がいいらしい。宿舎のない水兵はここに泊まっていくそうだ。

「ハカセ、船十隻くらい作ってもらえよ」

　歳さんが欲張っている。

「予算の問題もあるけど港の問題もあります。四隻目ができたとしても他の港を基地にするので奇兵隊の客は増えませんよ」

「じゃあ、いらねーや」

　今度は竜さん。

「水兵の客は増えたけどさ。学生の客はどんどん減っているよ。お前たちみたいに馬鹿飲みするやつはほとんどいない」

　歳さんも不満そうに頷くが
「逆に水兵は飲むな」

と言って笑っている。

　結局儲かっているから満足しているらしい。

「校長は七十近くとは思えないくらいよく飲むよな」

　奇兵隊では今も『校長』と呼ばれ、完全にあだ名として定着している。

「退官して好きなことをしていますからね」

「好きなことって飲むことでしょ？」

「そうですけど、こっちの方は医者から減らすように言われてますが」

校長が大きなあくびをした。

「荒木君、眠くなる前に久しぶりに」

「いいですよ。最近、仕事に慣れて余裕が出てきたせいか、昔のように夢を見ることが多くなりました」

萩の動静

二十一日に清末藩主毛利元純《もうりもとずみ》様が諸隊総督と話がしたいということで佐々並に集合した。話によると、萩では俗論党から役職を奪われた中立派の藩士が集まって、内戦を終わらせようと動いているそうだ。

「この勢いで萩を攻めてしまえばいい！」

諸隊には強気の者もいる。

俗論党は支藩に対して援軍を求めたが支藩に動きはないようだし、長州藩の庶民は諸隊を支持するだけではなく入隊希望者も未だにいる。勝敗だけを考えれば十中八九、諸隊が勝つだろう。

「中立派は自分たちを鎮静会議員と称し、自分たちの考えを藩主に伝えた。このままでは疲弊した農民が一揆をおこす可能性があると聞いた藩主は積極的に内戦を終結させようと動いておられる」

鎮静会議員は三十人ほどから、七十人、二百人と無視できない勢力となっている。しかも彼らは諸隊が有利な方向に動いているそうだ。

「二十八日まで休戦ですね。それは受け入れます」

藩主が動いたと聞けば、家臣であることを誇りにしている高杉さんと聞多さんは拒否できない。休戦を受け入れることとなった。

数の上では有利なわけではないし、萩に攻め込めば必ず被害者が出る。諸隊も納得した。

対立

萩からの報告と物見の知らせから、正規軍が藩主の命令で萩へ帰ったことを確認した。

「藩庁から俗論党を除いてもらわなければ納得できない！」

藩庁は今なお、俗論党が仕切っている。俗論党は藩庁の意向として諸隊に対し、再び武装解除を求めてきた。

高杉さんは藩庁を俗論党から取り戻すために決起したのだ。俗論党が指揮していた正規軍が萩へ引いただけでは武装解除などする気はない。

「軍艦を萩へ回航させるぞ」

俗論党が藩庁に居座るなら城を砲撃して脅すというのだ。もちろん空砲だが、城に向けるとは藩主にも向けることになる。高杉さんにしては思い切った決断だ。

「大変です！」

血相を変えた使者が来た。

「諸隊が武装解除せず、佐々並から引かないことを理由に若殿が出陣を決めた！」

現在、俗論党が有利な点は、形式上は藩主父子に従って藩庁で政治をしているという事実だ。俗論党はそれを利用したのだ。

「藩主のために家臣は命を懸けるものなのに、藩主を利用しようとするとは。許せん！」

高杉さんがまた鬼のような形相になった。しかし、これは俗論党が自分の首を絞めたようなものだ。若殿を楯にするような行為を普通の感覚を持った家臣が支持するはずがない。これで俗論党を支持する者が激減することは目に見えている。

「高杉さん、さらに問題が！」

「まだあるのか、早く言え！」

「これを聞いた佐々並を守る鴻城軍の井上さんが」

「聞多さんがどうした?」

「家臣としては若殿と戦うことはできないから、若殿の前で事情を話し、その場で切腹すると」

「……」

「説得しようにも近づくだけで怒鳴り飛ばされるので我々ではどうしようもありません」

（また雷が落ちたか）

高杉さんには、その気持ちは痛いほどよく分かるのだが、ここにいる狂介には全く理解できないようだ。

「これは長州藩、そして藩主のために決起した戦だ。ここでやめては、それこそ忠義がたたない」

高杉さんは決めた。そして高杉さんと諸隊総督の名前で聞多さんを説得する手紙を送った。結果としては、その手紙と聞多さんを山口から助け出した鴻城軍の中心的な人物である豪農の吉富さんの説得で、聞多さんも戦うことを決めた。

「よく吉富さんは聞多さんを説得できましたね？」

「さすがに助けてくれた恩人を罵倒することはできなかったのではないか」

そうは言っても若殿と戦うことには僕も気が引ける。

「俗論党に賛同する武士たちは清光寺《せいこうじ》に集まり我々と戦おうとしているそうだ」

「鎮静会議員の梅太郎さんに頑張ってもらわないと」

聞くと議員の中心人物には松陰先生の兄の梅太郎さんがいるということだ。塾生としては期待してしまう。

三十日、朗報が入った。

「殿が椋梨藤太など俗論党の役職を解いて、山田宇右衛門《やまだうえもん》様などを役職につかせました。そして諸隊討伐を正式にやめると公布されました」

野山獄に入れられていた仲間や家族も解放され始めたということだ。

やはり殿もこのまま幕府に恭順しては日本を守れないということを感じておられたのだろう。高杉さんも緊張が解けたようで笑顔になった。

「では停戦に応じよう。みんな、いいな！」

これだけ要求を認められれば誰も文句はない。しかも殿が味方になったのだ。

二月二日に停戦合意の文書を萩に送り、諸隊も戦闘態勢を解きつつあった。

「梅太郎さん、やってくれましたね」

「先生の兄上だからな」

油断はいけないが戦勝ムードに沸いた。

「ただ、まだ清光寺に留まっているやつらには気をつけないとな」

「あの人たちは何をしたいのですかね？」

「武士のプライドだけは守りたいのだろうな」

二月十日に萩から鎮静会議員の香川半助《かがわはんすけ》、桜井三木三《さくらいみきぞう》など三人が萩の情報を伝えに来てくれた。二人は僕たちより十歳ほど上の頼りになる先輩だ。

「あなたたちが中立派でいてくれてよかった。みんな野山獄に入れられては停戦などありえなかったでしょう」

「俗論党といえど賛成しない武士全員を捕まえるわけにはいかないだろう。だいたい野山獄に入りきれない」

戦いに参加したわけではないが、俗論党が横暴を働く萩で停戦活動をすることは命がけであったはずだ。僕たちは感謝した。

「諸隊は新しい藩庁に従順であると伝えておくよ」

「頼みます」

「それにしても高杉、空砲とはいえ軍艦の砲撃には俗論党だけでなく私たちも驚いたよ」

「殿も？」

桜井さんたちは冗談っぽく言ったのだが、高杉さんは本気で心配しているようだ。

「何も言われてないが、そうだろうな。毛利本家の城が初めて砲撃を受けたのだから」

「……」

香川さんは笑っているが、高杉さんは正しい作戦だったと思いながらも、殿に武器を向けたと罪悪感があるようだ。

「お気をつけて！」

あとは清光寺の者達が諦めて解散するだけだ。戦闘の心配もなくなり次の日はゆっくり休んでいた。

「高杉さん、大変です！」

あまりの大声で諸隊の幹部も出てきた。

「どうした？」

「萩では香川様ら三名を、諸隊が暗殺したという噂が流れているそうです」

「何だと？　三人とも帰したぞ」

心配になった。

「お前たち、何も指示していないだろうな？」

「もちろん、全隊士が内戦終了に喜んでいますし。鎮静会議員のことも理解し、感謝しているはずです。襲う理由などどこにもありませんよ」

「とりあえず調べろ！　そして萩に使者を送れ。変な疑いをかけられては困る」

「はい」

せっかく戦闘が終わるかと思った矢先、嫌な雰囲気になった。

「本当に香川さんや桜井さんは死んだのか?!」

それさえ分からない。

十四日、鎮静会議員から事件の事実の知らせと要請が来た。

香川さんら三名は清光寺党によって暗殺された。しかも、諸隊の仕業として、僕たち諸隊の評判を落とすことが目的という卑怯な作戦だった。藩庁は事件の真相を理解しているから、諸隊に暗殺事件を起こした清光寺党を罰してほしいというものだった。

疑われるかもしれないという不安は解消できたが、今度は怒りが込み上げた。

ドカン！

「なぜ内戦を止めようとした者を殺さなくてはいけないんだ！」

高杉さんが何かを思いっきり蹴っ飛ばして悔しがっている。

戦闘を止められたと言って、心からうれしそうに笑顔を浮かべていた鎮静会議員三人の顔が浮かんだ。卑怯者がよくも武士だと言えたものだ。これまでも悔しい思いをしてきたが、これほど腹が立ったことはない。

「今の藩庁が清光寺党を罰せよというのであれば従わなくてはいけない。明朝、萩へ向かう。諸隊に準備させろ！」

「おう！」

ついに諸隊が正規軍となった。自然と隊士の士気も上がる。もう遠慮はいらない。

「耕太、僕たちも準備だ」

「ああ、敵討ちだな」

十五日、諸隊で萩の街を囲んだ。

「殿には申し訳ないな」

「しかし、そろそろ決着させないと」

「そうだな」

気合を入れてきたものの、やはり故郷の萩を戦場にはしたくない。

「高杉さん、藩庁からの知らせです」

椋梨たちは十四日の夜に逃亡し、清光寺党は藩主が解散させるとある。これにより、功山寺決起から始まった内戦は静かに終わった。

「何で香川さんたちは死んだんだろうな」

日本海からの風が寂しさをあおる。

この後、椋梨たちは東の津和野藩で捕えられた。支藩の岩国へ船で行こうとしたが、潮により東に流されたらしい。そして、僕たち正義派を捕まえるための指名手配に、自分たちが引っかかったという哀れな結末だった。

藩主の命令があったとはいえ、清光寺党が素直に解散し萩を戦場とすることは避けられたため、椋梨の処分は慎重に審議されている。

藩主は二月二十二日から二日間、萩のあらゆる家臣を集め祭祀《さいし》を行った。これには内戦の終結を示す意味があり、これで正式に終わった。

「嫌な終わり方になりましたが、とにかく終わりましたね」

「そうだな。少人数でよくやった」

もう一度やれと言われても成功させる自信はない。それほど綱渡りのような決起だった。

「長州男児のお手並み、見せましたね」

「ああ」

高杉さんが得意げに頷いた。そして今度の相手は幕府だ。

●居酒屋（九）

「勝ったんだね！」

みんな喜んでくれた。

「最初は二人で戦うとか言ってたよね」

「長州スゲー」

「負けたのも長州人なんだけどね」

「俗論党は駄目だね」

「だけど、俗論党が幕府に恭順したから幕兵が帰っていったっていう事実もある」

戦っている時には、そんな冷静にはなれなかったが。

「織田信長の桶狭間とかに並ぶ戦争じゃないかな」

ハカセが冷静に評価するが、世の中にはあまり知られていない。

「内戦が終わってからどうしているの？」

「俗論党に賛同していた武士などと諸隊とが上手く協力して戦えるように軍制改革を始めた」

「大変そうですね、それは」

校長が心配してくれた。同じ長州人とはいえ、敵同士を短い時間で仲間にしなければならない。

「家族は無事だった？」

「父上が亡くなってた」

「マジで？」

夢の話とはいえ、しんみりした。

「俗論党に？」

「微妙なところ」

「話してくれますか？」

校長が心配そうに聞いてくれるが、あくまで夢の話だ。現実の僕の父親は元気に生活している。

犠牲

「戻りました」

「優太、よくやった！」

これまでにない出迎えだ。

「話は聞いているぞ、お前はすごい！」

中に入ったが父上は不在だ。

「優太、もっと祝ってやりたいが、その前に話がある」

兄上が深刻な顔をした。

「一月二十日に父上が亡くなった」

「……」

決起のすぐ後だ。それが原因なら僕が殺したようなものだ。

「お前のせいではないからな」

「では病気ですか？」

同じ死ではあるが、兄上の言葉で僕の心は落ち着いた。

「立派な最期《さいご》でした。静かに聞いてくださいね」

母上が涙ぐみながらも笑顔でそう言って座った。

「二十日、藩庁から呼び出しがあった。俗論党が人質にしようと考えていることは分かっていた。それでも命令なので登城せざるをえない。父上が隠居され、荒木家当主となった俺が準備をしていると、父上が先に着替えを終え『私が行く』と言うのだ。

父上は城まで歩いて行けるかどうかも分からないくらい弱っていた。それに隠居の父上が登城するのは筋違い。止めようとしたのだが

『私はもう長くないし、私は殿からの信頼がある。私に行かせてくれ』

そうは言っても足取りがおぼつかないから、せめて一緒にと言うと
『私に最後の務めをさせてくれ。我が子を守るという務めを。お前がついてきては意味がない』

俺はどうしていいのか分からなかった」

「そこで私の出番ですよ。まさか妻まで人質にはしないでしょうから、私が城まで送って行きました。最後に一緒に歩けてよかったわ」

「それで？」

「一時間ほどすると城から使者が来た。父上が城内で亡くなったと」

「そんなに悪かったのですか？」

一緒に医者へ行った時には、そこまで悪いとは感じなかった。

「俗論党の幹部と話をしている最中に、弱っていた心臓が止まったらしい。城内は大騒ぎになり、殿や若殿の耳にも届いた。

それを知った殿は俗論党が弱った父上に無理をさせたと思って激怒され、今後いかなることがあっても荒木家に手を出すことは許さんと俗論党にくぎを刺してくださったそうだ。

荒木家は父上に守られたのだ」

感謝の反面、やっぱり責任を感じる。僕が決起軍に参加したからだ。

「優太！　自分のせいだと謝ったら許しませんよ。あの人はあの人の戦場で散ったのですから！　私たちは名誉に思えばいいのです。その方が、あの人も喜んでくれます」

母上は気丈に振る舞った後、僕に抱きついて声を上げて泣きだした。いつまでも。

●居酒屋（十）

「……」

静まり返った。

「壮絶だな」

「僕のは夢だけど、処刑された者の家族は辛かったはずですよ。市もおじさんが殺されたし」

「その犠牲の上で明治ができたと思うと、感謝しなければいけませんね」

校長も泣きそうだ。

「それでさ」

栞ちゃんが泣きながら質問する。

「お凛ちゃんは?」

「?」

「下関にいるんでしょ?」

「そうだった」

「そうだったじゃないでしょう、呼ぶとか迎えに行くとか!」

「そうする」

(これから、お凛の話は出さないようにしようかな)

整備

はやては四月五日から十八日まで整備の日が続く。時間がなくて手がつけられなかった箇所や、業者でないとできないところを集中して修理する。

また乗組員は消化できずに溜まっていた休みをとる。人間の整備期間でもある。

「俺は作業服を着て機関の整備をしたいのに」

船務長になったテルはSICの書類整理をしなければならない。

「首航士、業者が来ました」

甲板上の周囲には、人が落ちないようにチェーンを張っているが、前回の航海で大時化《おおしけ》に遭遇し、その柱が曲がってしまった。直しようがないので、必要な本数を業者に取り換えてもらうことにした。

「これはひどいですね」

業者も見たことがない酷さのようだ。

「どれくらいの波をかぶったのですか?」

「平均で六メートルと聞いていたのですが、その時は八メートル以上の青波だったと思います」

青波とは空気をあまり含まない海水で重たい。そのためそれを受けると鉄も曲がるし、窓ガラスが割れることもある。

「避けられなかったのですか?」

「救難信号が出た方に向かってました。全速で」

「救助ですか、格好いいですね」

「三十分後に誤報と分かり引き返しました。よくあることです」

「……」

救難システムは過敏にできているため、そのほとんどは誤情報と言われてる。しかし、誤報と分かるまでは向かうのが使命だ。結果だけをみると、ただ大時化の中に行って船を損傷させただけだが。

「一週間できれいにしてみせます」

「お願いします」

僕の世代が知らない景気のいい頃は細部まで整備できたそうだが、今は整備費が限られている。だから今回のように、航行に支障があると認められないと本部からお金が出ず直してもらえないことが多い。

「首航士！」

若い航海員だ。

「さび打ちしていたら油圧管に穴が開きました」

「え！　油は？」

「圧力がかかってないから、ほとんど出てません」

「穴を押さえて、油が船外に出ないようにして」

「人手が」

「集めろ！　ボースンを呼べ！」

潤滑油でも、海に出たら量に関係なく違法行為だ。場合によっては僕が逮捕されるかも。

確認したら小さな穴で潤滑油もにじむほどしか出ていなくて一安心。それでも念のため航海科総動員で対応し、先ほどの業者が帰る前に見てもらった。これは本部もすぐに直してくれる。

「環境の専門家がやってしまうとニュースになりますね」

業者は冗談のつもりだろうが航海長の顔は引きつっていた。

この夜、奇兵隊でテルと話すと機関科のパイプにも怪しいところがあると機関長から聞いたそうだ。

「はやても十年過ぎたからドックでしっかり直さないとな。ドックはいつだっけ?」

「近年は十月だったはず」

「まだ半年もあるぞ」

「ダマしながら耐えるしかないね」

「……」

● 居酒屋（十一）

整備はなんとか無事に終わりそうで、飲みに来ると校長がいた。

「校長、元気ですね?」

「はっはっは、これが生きがいですよ。今日は金曜日なのでハカセ君も来ますし」

ハカセは元本部長の話を聞きたいようで、すでに何回も校長と飲んでいるらしい。

「お凜ちゃんは？」

「萩に戻ってきた」

「どうやって？」

「内戦が終わったと分かって、白石さんが駕籠を用意してくれた」

「あなたは何もしてないの？」

「したよ。手紙を出したけど、手紙が下関に着くころに、お凜が萩に着いた」

「駄目駄目ね！」

「……」

「その後も忙しいのですか？」

校長が栞ちゃんの厳しい追及を遮ってくれた。

「内戦が終わっただけですからね。藩主には江戸への出頭命令がきていて油断できません。早く軍制改革を進めないと」

軍制改革

「清光寺党の中心だった撰鋒隊《せんぽうたい》を創りかえるぞ」

「また文句が出ますよ」

「僕は奇兵隊を創った時に、奇兵隊は正規軍の補助として考え、正規軍の軍制改革が落ち着いたら解散させる気でいた」

「はい」

「しかし、奇兵隊などの諸隊は強い。今では諸隊を正規軍として運用すべきだと思うし、長州では誰もが納得しているはずだ」

「確かに、少数で正規軍に勝ちましたからね」

「撰鋒隊はプライドの塊ではあるが、それでも子供の頃から武士として鍛えられているから、使い方によっては強くなる。放ってはおけない」

「プライドは捨てられますかね？」

現に高杉さんだって捨てられず、興奮すると身分が低い者に対して暴言を吐くし、聞多さんも突然、腹を切ると言い出す始末だ。

「そこで、撰鋒隊と戦った諸隊以外に、新たに足軽や庶民で構成される諸隊を創る」

「はい」

「そして撰鋒隊を頂点とし、新しい諸隊をその支配下に置く。これならプライドの高い馬鹿な武士どもも快く引き受けるだろう」

「既存の諸隊は納得しますかね？」

「内戦で戦った諸隊を撰鋒隊の下に置くのは無理だな。このまま独立部隊でいい」

「はい」

「あとは撰鋒隊の名前を変える。このままだと遺恨が残りやすい。隊名を『干城隊《かんじょうたい》』とし編成し直す」

「とは言っても、結局、中身はそれほど変わりませんが」

「いや、中立派であった鎮静会議員が加わる。さらに、干城隊の総督は家老とし、実質的な隊長を、今は前原一誠《まえばらいっせい》と名乗る大組士の佐世八十郎《させはちじゅうろう》にする。

　前原さんは僕より五歳上で貫録もあるし、松下村塾出身ということで狂介なども納得するだろう。そうすれば自然と奇兵隊などの諸隊も存在を認めるはずだ」

　諸隊の幹部に不安や不満はあるかもしれないが、奇兵隊などの隊士は高杉さんを生みの親と尊敬し、さらに功山寺決起を成功させた今では本当に神のように崇《あが》めている。

　無理がある話に思えたが、高杉さんが言えば大丈夫だろう。

「晋作、僕は引き受けるぞ」

　前原さんだ。

「ありがたい、面倒な武士たちをまとめあげてください」

「任しておけ」

頼りになるのは塾生だと思うと、先に死んでいった者達が惜しまれる。彼らの死があってここまできたとも言えるのだが、生きていたら活躍してくれたはずだ。

「総督候補は福原駒之進様だろ？」

「そうですよ」

前原さんはやる気を見せてはいるが、自分の上司に不安を感じているようだ。

「まだ二十歳だぞ」

「いいんですよ、家老ということが大切なんです、干城隊には。駒之進様は前原さんのやることに口は出しませんよ」

高杉さんが笑っている。

福原様の養父は福原越後で、幕府の要求で先月切腹し福原家は表向き断絶となった。しかし正義派が政権を取り返したため、藩内では実質的に家老として復活した。

幕府が聞いたら激怒する話だ。

● 回復私議《かいふくしぎ》

一息ついた時、高杉さんは自分の考えを『回復私議』としてまとめた。

『この度は毛利家家臣として行動したものであるが、反逆者と言われても構わない。仲間の中で最も罪を犯した者であることは事実だから、ここにいると皆に迷惑をかける。だから長州藩を去りたい』

高杉さんは、久坂さんなどの塾生や周布先生が死んだのに自分が生きていることを恥と思っている。さらに、必要であったと理解しながらも、毛利家に弓を引いたことを罪だと感じている。

だが、その感情とは別に、今後の長州藩に必要な対策も示した。

『下関に軍艦を一隻配備し、九州方面を固める。

芸州口《げいしゅうぐち》と石州口《せきしゅうぐち》に諸隊を配置し守ること。

幕府との戦いが始まっても三から四か月間守れば、幕府が休戦を申し入れるだろう。

下関港は幕府や欧米諸国に開港させられるのではなく、長州藩が自ら開くべきである。

開港すれば長州藩は潤い、武器も輸入することができるので幕府にも負けないだろう』

さらに、干城隊以下をまとめる前原さんにも手紙を書いた。

『朝廷の信頼を回復すること。諸隊に功労賞を与えること。俗論党に取り潰された家を復興させること』

「風太、短期間になってしまったが、聞多さんも俊輔も留学してから変わったよな？」

「はい、確かにそんな気がします」

「僕は上海に行ったが、イギリス本国は見ていない」

「蒸気船だけではなく、蒸気機関車という物もあるそうで」

「他も凄いんだろうな」

「想像つきませんね」

「僕たちも留学して、それを見てきた方がいいと思わないか？」

「時間と金があればですが」

「金ならねだれば出てくるぞ、長州は」

「だけど、いつ幕府が攻めてくるか分かりませんよ？」

「大丈夫だ、幕府の足並みがそろっていないのは分かった。それに戦争になりそうだったら聞多さんのように帰国すればいい。

しかも今は聞多さんや村田さんがいるし、干城隊も奇兵隊も整備されていくだろう。心配ない」

「方法は？」

「前原さん宛ての手紙の中で、イギリス留学がしたいから藩庁へ仲介してほしいと頼むつもりだ。さすがに自分から言い出すのは気が引けるからな」

「では前原さんの反応を見ますか」

「君は反対しないのか？」

「別に」

長州藩のためを思えば反対したいが、戦いが続くと高杉さんの体調が悪くなるのを見ている。一日くらいの無理は問題ないが、三日四日と多忙だと体が弱るのか、熱を出して嫌な咳をする。追手から逃れたり、戦闘したりと無理をしてきたので、少しは好きなことをした方がいいと思った。

「風太も行くか？」

「僕は萩に残りますよ」

「何だ、つまらんな」

そしてすぐ、前原さんに手紙を送った。

イギリス留学

「晋作！」

「前原さんが遊びに来ましたよ」

「それにしては必死な感じだな」

「イギリスへ行きたいというのは本心か?」

「手紙に書いた通りですよ。イギリスを見てみたいというのも、長州を離れたいということも」

「お前は俗論党から長州を守った英雄なんだぞ。重役に就いて藩を動かしてみたいという気持ちはないのか?」

「藩に必要だと思うことは手紙にまとめました。それに政治は人の顔色を見なければいけないので、僕の性に合わない」

「分かった。藩庁に話してみる」

　意外とあっさりだ。

「お前に何を言っても無駄なんだろう」

　さすが塾生、よく分かっている。

「風太は?」

「僕は長州に残りますよ」

「そうか」

　次の日、城に呼ばれた。

「何で僕まで?」

「いいだろう」

広間に行くと村田さんと聞多さん、それに俊輔がいた。

「晋作、本気か？」

まず聞多さんから質問され、昨日と同じようなやり取りがあった。

「分かりました。手柄があった高杉さんが留学したいというのであれば応えなくてはなりません」

村田さんは淡々と話す。医者出身として俗論党から評価されていなかった村田さんだが、今は高杉さんの推薦もあり実質的に軍事の最高責任者となっている。正式に任命されるのも時間の問題だ。

「イギリスの勉強のため、横浜へ派遣します」

「いや、横浜ではなくイギリスへ行きたいのですが」

「という名目で、伊藤さんと一緒に長崎へ行ってください。旅費三千両を用意しましょう」

無表情だが話は分かる人だ。

「俺だって、もう少しイギリスで勉強したかったのに」

「井上さんは長州の警備をお願いします」

「分かっていますよ」

「高杉さん、長崎を案内しますよ」

俊輔が得意げだ。

「長崎なら僕も行ったことがある」

「あ、そうか。ではイギリス人の相手は任せてください」

「それは頼むよ」

「いいですか？　留学は密航となりますから。あなたたちは横浜へ行くのですからね」

村田さんが念を押す。理論派の村田さんには感情的な塾生が心配なようだ。特に高杉さんに対しては。しかし、それでいて実はよく学んでいる塾生を評価しているのだろう、こうして旅費まで用意してくれるのだから。

出発は三月末ということで、しばらく余裕がある。藩主に抵抗したと思いつめ、どこか暗かった高杉さんが嬉しそうに笑っている。

「風太、せめて僕の警護として長崎まではついてこいよ」

「分かりました」

冗談っぽく言うが、その方がいいだろう。幕軍は撤兵したが、幕府は桂さんや高杉さんを捕まえたいようだから。藩から出るのは安全とは言えない。

藩の体制

三月二十三日、長州藩の支藩である長府藩、徳山藩、清末藩の藩主が山口に集まった。そして内戦後に整理した今後の方針を藩庁から伝えた。この時は本家のことを萩藩と呼ぶ。内容は、基本的には以前と変わらず幕府に恭順する。しかし道理の通らない要求をされた場合には受け入れず、その結果、攻撃を受ければ武力で抵抗するという、以前、聞多さんが説いた『武備恭順』であった。

「やっと長州藩がまとまりましたね」

「ああ。本当は岩国藩も呼べばよかったのだが」

岩国藩は長州藩の中では萩藩主の家臣として扱われ、幕府は大名として認めている。これは関ヶ原の合戦時に岩国藩、当時の吉川家が幕府側に近づいたためだと言われている。しかし、今となっては団結する時であり、そのようなことは水に流して支藩として協力してもらえればいいのだ。

「桂さんが期待する村田さんが正式に軍事責任者となり、軍政から兵器まで見直してくれているから心強いな」

村田さんは理論的すぎて馴染めないという者もいるが、欧米に関する知識は誰もが疑わない。医者出身というイメージは、内戦で大活躍した高杉さんが村田さんを認めているため、内心は知らないが村田さんを評価しない者はいなくなり、今では生き生きと自分の知識を生かしている。

「噂だが、村田さん、ああ見えて怒るらしいぞ」

「え？」

意外な事実だ。

「学者仲間に下関戦争を愚行だと批判された時に『日本を守るために当然なことをしたまでだ！』と、玄瑞のようなことを強い口調で言ったとか」

「内面は塾生と同じなんですかね？」

「以前仕えていた宇和島藩では待遇が良かったらしいが、それを辞めて待遇の悪い長州藩に戻ってきたくらいだからそうなのかもしれないな。いくら桂さんが言葉巧みに誘ったとしても、こんな危険で、しかも下士扱いする長州に普通は戻ってこないだろう」

「だから僕たちの話も分かってくれるんですね、納得いきました」

「それはいいとして、村田さんはミニエー銃の大量購入を考えている」

「ゲベールより十倍近い有効射程距離を持つという」

「ああ、そうだ。しかし値段が三倍以上と言われている」

「それでも大軍と戦うためにはほしいですよね。ゲベールは火縄より少し雨に強いくらいですからね」

内戦でも数こそ少なかったが、ミニエー銃が活躍したという話は聞いている。

「そうだな。ミニエーを装備した諸隊がどれほど強くなるのか楽しみだ」

季節もそうだが長州にやっと春が来たような心地よさを感じる毎日だ。これも高杉さんのおかげだな。

長崎へ

「行ってきます」

三月が終わる頃、高杉さんと俊輔がイギリスへ行くので僕は長崎まで一緒に行くことにした。

「すぐ行けるといいけどな」

「僕に任せてください」

最近はイギリス行きの船も増えたようだが、それでも頻繁に出ているわけではない。それよりも長崎に行ってからイギリス人に頼むようだが、そんな行き当たりばったりでいいものなのか疑問だ。

高杉さんは長崎へ行く途中で、諸隊長宛てに手紙を出した。『回復私議』に諸隊の配置案と経費についての話を加えたような内容で、印象的だったのは次の一文だ。

『諸隊の経費は無駄に高禄を受け取っている武士の禄を減らして回すしかない』

諸隊士が喜び、上士が怒りそうな話だ。

海峡を渡り九州に上陸し、長崎まで歩いた。幕府を警戒しながらの旅ではあったが幕兵が引いた影響だろう、思ったより気楽だった。

博多の街並みも見慣れないものだったが長崎はそれどころではない。横浜にも異人館が多く建てられていたが、ここは、僕の目にはすでに異国のようにさえ見えた。

「おい、あまりキョロキョロするな、なめられるぞ」

「はい」

俊輔が馬鹿にして笑ったので、とりあえず殴ってやった。

「ここがグラバー邸です」

和洋の混ざった建物に海を見る庭。非常に良い景色であったが、欧米人嫌いの久坂さんと長く一緒にいた僕には違和感があった。

(贅沢しやがって！　こいつらのせいで日本は混乱している)

そんな思いが少なからずある。しかし高杉さんも俊輔も目を輝かせている。彼らの目はすでにイギリスを見ているのだろう。

「変な建物だが、悪くはない」

「僕があいさつに行ってきます」

「いるのか？　忙しい人なのだろう？」

「いなかったらアポイントメントを取ってきます」

「何だ？」

「約束ですよ」

バシッ！

「変な言い方をするな！」

「英語ですよ、高杉さんも、もう少し勉強した方がいいですよ」

バシッ！

「早く行ってこい！」

「痛いなー、分かりましたよ」

しばらく長崎の穏やかな海を見ていた。

「高杉さん、グラバーさんが会ってくれますよ」

俊輔に呼ばれて中に入った。警戒していたが、グラバーが三十前の同年代と知って急に親近感がわいた。

「初めまして」

　変な発音だが簡単な日本語は使うし、僕たちに好意的で一層親しみを感じた。

「グラバーは商人ですから、金払いのいい長州人に優しいのです」

　小声で俊輔が教えてくれた。俊輔は建前と本音の使い分けが上手だから、グラバーとの話は円滑に進んでいく。

「何となく乗り気ではないようですが、とりあえず準備は進めてくれるそうです。その間、英語の勉強もできるので、函館イギリス領事ラウダーの家に泊めてくれるそうです」

「よかったですね」

「ああ」

　高杉さんは上機嫌だ。

「僕は帰りますよ」

　グラバーさんは良さそうな人だが、やはり僕には居心地が悪い。

「馬鹿、出港時に見送るものだろ！」

　こうして長崎での生活が始まった。

「グッドモーニング」

（何で僕まで英語の勉強を？）

「ラウダーさんは僕たちがイギリスへ行くことに反対のようです」

俊輔が心配そうな顔をした。そんな時、グラバーが来てラウダーと話をし、しばらくすると呼ばれた。

ラウダーがかしこまって僕たちに話し始めた。大事なことのようで通訳が一緒だ。

「長州は幕府と戦争をする可能性がある。今は大切な時なので、君たちはイギリスへ行っている場合ではないだろう」

もっともなことで、日本の事情に詳しいことが分かった。日本の一地方が、残りの日本全部を相手にしようとしているのだから、長州藩の備えは万全だといっても分かってもらえない。

しかも、目の前にいるのは奇跡的なクーデターを成功させた高杉晋作なのだから、ラウダーの気持ちは分かる。長州が幕府と戦うのであれば絶対に必要な人物だと確信しているのだろう。高杉さんも食い下がったがラウダーは口が上手い。

「君たちには武器が必要だろう。イギリスへ行くより下関を開港させることが優先事項です。そうなれば武器の話だけではなく、イギリスルートの貿易で利益を上げられ、長州は実質的に独立できます。

もうすぐ本国からパークスという公使が来るから貿易の話をするといい。良ければ貿易に関する書類を私が書きますが」

　これを聞いて高杉さんの目の色が変わった。長州藩の独立とは、高杉さんが目指してきた割拠論につながる。今までその方法が分からなかったが、それが貿易により利益を上げ、新式の武器を輸入することによって達成される可能性があるのならば、その話に乗った方がいい。

　面積が小さいイギリスが世界を支配していることを考えると、長州藩が幕府に対抗する力を持つことも可能なのかもしれない。

「幕府が結んだような不平等な貿易はお断りだが」

　高杉さんが心配すると俊輔が自信に満ちた表情をした。

「それは交渉次第です。講和条約をまとめた高杉さんがいれば何とかなりますよ」

　幕府の支配下にある時は不平等な条約に縛られるが、長州藩が独立してしまえば独自に条約を結べるのかもしれない。僕たちのやりとりを聞いたのか、グラバーが話し始めた。

「私は長州や薩摩の戦争の様子などを聞いて、イギリスは幕府と話をするよりも、長州、薩摩と個別に貿易をした方が得策だと考え始めました。

　あなたたちは自国の独立のため必死でしょうが、私は冷静に利益に繋がる方を選びます」

「仕方がないか。いくら村田さんが理論を説いてもミニエー銃を輸入する手段がなくてはどうしようもない」

現在の開港地は幕府が支配しているため、諸藩は外国との大規模な貿易などできない。しかも幕府からにらまれている長州藩にとっては不可能に近い。

「分かった。イギリス行きはやめて、下関開港のために活動しよう。俊輔、ラウダーに書類をお願いしてくれ」

俊輔は少々残念そうだが、このイギリス人の話に乗らない手はない。

「グラバーは利益だけで動くよう言っていますが、志士と関わっているうちに仲間意識が生まれたようです」

俊輔がこそっと教えてくれた。つまり口では金のためと言いながら、実は志士を助けたいという感情を持っているというのだ。

（イギリス人にそのような感情が生まれるものなのか？）

次の日、ラウダーの書類を持って山口へ向かった。下関を開港させるために。

●居酒屋（十二）

「高杉さんにも思い通りにいかないことはあるのね」

「高杉晋作のイギリス留学は聞いたことがなかったから変だと思ったんだ」

僕も最初は行けるのかどうか不安だったが、俊輔が何とかなると言うから行けると信じてしまった。

「でも、この高杉の思い付きの行動がイギリスと接近するきっかけになったと思えば意味はあったのかもしれませんね」

「そうですね」

「ところでグラバーって若かったんだ」

テルが意外そうだ。

「高杉さんの一つ上だから二十七歳かな。講和の時のアーネスト・サトウは高杉さんより四歳下だよ。まあ、サトウは見習いのような感じだったけど」

「日本もイギリスも若者が前に出ていたんだ」

先生が驚いている。先生は、今では大学の重鎮であるためか、藩の重臣が役に立たないという話をすると耳が痛そうだ。

「グラバーが日本の志士を応援したいと思ったのは、志士が若いから友達のように感じたからなのかな?」

ハカセが思った通りかもしれない。

「この後、下関を開港するのね、幕府に無断で」

「そういうこと」

下関開港案

「聞多さん、戻りました」

「イギリス留学にしては早かったな」

馬鹿にして笑っている。

「聞多さんも元気そうで」

バシッ！

傷跡を強くたたいてやった。

「痛ー！」

聞多さんが顔を歪めた。

「何するんだ、テメー！」

「はっはっは」

「ところで、イギリスが貿易の話をしたとか」

聞多さんは真顔になると、傷をなでながら高杉さんに確認した。

「下関を開港してほしいようだ」

「長州にしても都合がいいな」

「幕府には内緒で」

「イギリスは長州と直接交渉したいというのは本当なのか？」

「今後の話次第でしょうが、グラバーはそう言っています」

俊輔も真剣な顔で答える。

「グラバーがか」

聞多さんも留学の時に世話になり信用しているようだ。

「分かった、藩庁に伝える」

今度は高杉さんが質問した。

「藩庁が下関の支配権を得る話は進んでいますか？」

聞多さんの顔が曇った。現在、支藩の長府藩と清末藩が下関港のほとんどを支配しており、萩藩は一部を利用している程度だ。

「代わりに領地を渡すと伝えたのだが、特に長府藩が納得しない。想像以上に収入があるようだな。藩庁も思い切って広大な領地を与えると言えばいいのにケチるから話が進まん」

さらに萩藩が下関を開港しようとしていることを知った者の中には、欧米人が下関から上陸してくることを嫌がって反対している者もいる。戦うための団結力になった攘夷論が、今では足かせになってしまっている。

確かに日本の独立を守るため欧米諸国と戦おうとしてきたのに、その目的達成のためにイギリスの力を借りて同じ日本の組織である幕府と戦うことになるのだから、事情をよく学ばないと混乱するのも当然だ。

「とりあえず進めよう」

高杉さんと違って聞多さんは政治にも肌があっているようで、藩庁では頼もしい存在になっている。

下関視察

「外国応接掛を命ずる」

聞多さんを含め、四人での下関出張が決まった。下関を萩藩直轄地にするために長府藩や清末藩と話し合いをしたり、内密であるが開港に向けての視察やイギリス人と話をするためだ。

「高杉さんと俊輔はイギリスへ行くといって出かけてきたからいいけど、僕はこんな長期出張になるとは家族に言ってないんだけど」

「そんなこと城から聞いて分かっているだろ。心配だったら手紙でも書いて送っておけ」

いつものことだが高杉さんには振り回されてばかりだ。

下関を視察していると、時々外国船が補給のために立ち寄っていく。下関戦争での講和で許したことだ。

「外国船が立ち寄ることについてどう思う?」

下関の業者に聞くと嫌な顔はしない。

「もう慣れました」

値段は向こうの言い値に近いが別に略奪されるわけではない。これが補給だけでなく買い物などもしてもらえれば、その分は下関の利益になる。国内が品不足にならないような注意は必要だが。

「商人は割り切っていますね?」

「儲かるかどうかが大切だからな。心配なのは武士だが僕も君もグラバーに会ってから見方が変わったように、藩庁にいる者だって変われるよ」

あとは支藩を納得させるだけだ。

「荒木様、白石さんが時間がある時に寄ってくださいと」

「なんだろう？　借金は返したしな」

「今日は白石邸で四人で飲むか！」

夕方、白石邸についた。

「お帰りなさい」

(そういうことか)

「そういうことです」

萩からお凛が来ていた。

「萩の家は兄上の家だから、……」

「分かった、僕はしばらくここに滞在するから好きにしろ」

「おうのさんも来てますよ」

隠れて暮らしていた日を思い出した。今は堂々としていられて幸せだ。

しばらくすると俊輔が来た。慌てた様子だ。

「大変です！」

(は〜)

平和な日々は長く続かない。

「長府藩に噂が流れているそうです。僕たちが開港に向けて活動しているのだと」

「その通り！」

よく調べるものだな。

「馬鹿、感心している場合じゃないぞ」

「どうしましょう？」

「まだ噂だし、僕たちは藩庁からの命で動いているのだと説明すれば分かってもらえるだろう。とりあえず警戒だけはしよう」

「聞多さんは？」

「一人で遊びに行ったのかも」

「迎えに行くぞ」

表に出ると、ちょうど戻ってきた。

「聞多さん！　早く中へ」

「何だ、慌てて？」

「いいから白石邸に入れ！」

「何だ？」

事情を話したが今日は冷静だ。

「もう斬られるのは御免だぞ」

珍しく弱気な聞多さんを見ることができた。

「このメンバーでいると第一回講和談判の後のことを思い出すな。何かしようとすると、すぐ暗殺の話だ」

次の日には藩庁から命令書が届いた。

「聞多さん、何て?」

「外国応接掛の役目を解くから山口へ戻れと」

「噂が藩庁まで届いたということか。しかし藩庁が弱気では仕方がないですね、帰りましょうか」

「待て、続きがある。藩庁は、下関を開港する予定はないと公表する、だと」

「……」

僕たちは顔を見合わせた。

下関開港の話は僕たち四人が勝手に進めているもので、藩庁には関係がないと言っているようなものだ。場合によっては僕たちに責任を負わせようとするかもしれない。

「俗論党は追い出したというのに、藩庁は何も変わってないじゃないか!」

やっと聞多さんが怒鳴った。こうでないと調子が狂う。

「どうします?」

「藩庁が俺たちを守る気がないのなら、山口に戻ったところで、ここよりましという程度だ」

下関を萩藩領にすることに関しては、支藩を敵に回すだけなのだが、開港するという話は長州藩全土の攘夷派を敵に回しかねない。つまり山口や萩へ帰っても安全とは言えないのだ。

少し飲みながら考えた。ため息が止まらない。

「桂さんが藩庁にいればな」

「桂さんはどうしているか聞いていないか?」

聞多さんの質問に高杉さんが答えた。

「村田さんは知っているようだが口が堅い。藩内は落ち着いたが、藩外で桂さんはお尋ね者だから、少しの情報も漏らしたくないのだろう」

「すぐに噂が流れ、藩庁が責任を取ろうとしない状況を見れば話したくない気持ちがよく分かる。それにしても、みんなが村田さんくらい口が堅ければいいのにな」

愚痴の後、高杉さんが意を決したように顔を上げた。

「脱藩だ」

(またか)

「そうだな」

みんな頷いた。

「そうと決まれば早い方がいい。準備しておこう」

脱藩

次の日の夕方、脱藩準備の確認をした。

「白石様から町人の服を貸してもらいました」

「また町人か?」

「似合ってましたよ、前回」

「褒め言葉になっていないこと、分かっているか?」

「褒めたつもりですが。それにしても武士の妻の仕事に脱藩の準備があるとは思いませんでした」

「それは嫌みだぞ」

(分かって言ってるのか天然なのか?)

「風太!」

突然、汚れた姿の高杉さんが現れた。

「高杉さんが一人で出歩くなと言ってませんでした？」

慌てていて僕の言葉など耳に入っていない様子だ。

「本当に狙われているぞ」

「え！」

「長府藩に報国隊があるだろ。その隊士が僕を追いかけてきた」

「よく無事で？」

「路地裏のひょうたん井戸に入って隠れていた」

「ひょうたん井戸？　それで、そんな姿に」

「着替えたら下関を出るぞ。お凛ちゃん、おうのを呼んでくれ」

「はい」

「どうするのですか？」

「二人の方が怪しまれない、一緒に行く」

白石さんに頼んで船を用意してもらった。

「僕と風太は四国、松山へ行こうと思う」

聞多さんと俊輔に事情を話し、四人で集めた金を分け合った。

「無事でな」

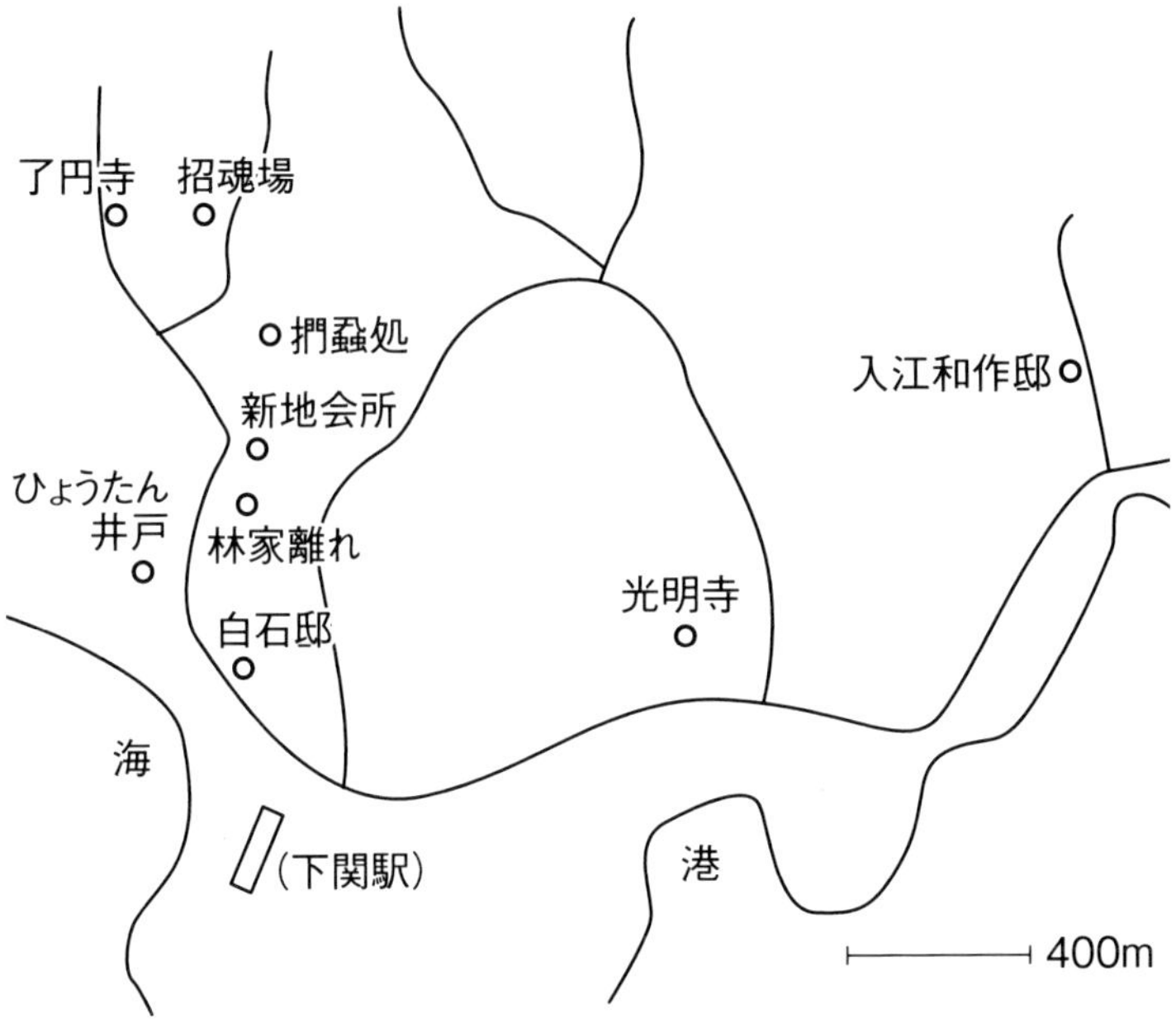

下関略地図

「こういう別れ方は、これで最後にしましょうね」

「そうだな」

男四人は苦笑いをしたが、おうのさんは平然としている。たいした人だ。

「準備はできています」

「ありがとう。え？」

お凛に声をかけられ振り向くと、お凛も旅支度をすませているようだ。

「私の準備も」

「……」

これを見て高杉さんが笑った。

「風太は不器用だから、お凛ちゃんも連れて行けよ」

「そうします」

（食堂で働いていただけの町娘とは思えないな）

会うたびに、そう思わされる。

そして夜、下関を出た。

「紅屋《べにや》さん、よろしく頼む」

案内の目的と、縛使の目をごまかすため、下関商人の紅屋木助《べにやきすけ》が同行してくれることになった。また、旅費の援助は豪商の入江和作さんが頼りだが、その仲介役もしてくれるそうだ。

「今から僕は備後屋《びんごや》三介《さんすけ》という名で豪商の若旦那だ」

「僕は?」

「君は苗字などいらん。付き人の風太だ」

高杉さんはわがままに育った金持ちの息子役は確かに似合う。

「高杉さん」

「何だ?」

「四度目の脱藩ですよね?」

「数えるな!」

「脱藩は死罪にあたるというのは嘘なのですかね?」

「知らん！　先生が脱藩をしてから長州は慣れてしまったのかもしれんな、脱藩に」

「先生のおかげですか。確かに密航のため黒船に乗り込んでも死罪にならなかったのですから、脱藩くらいって感じなのかも」

男二人は脱藩することに憂鬱だが、お凛は脱藩を出張程度にしか思っていないようだし、おうのは旅行程度のようだ。

●居酒屋（十三）

「またか」

「……」

「高杉さんは神のような存在じゃなかったの？」

「長府藩には通用しなかったみたい。それに十人中九人が慕ってくれたとしても、一人が命を狙ってきたら日常生活は送れないからね」

「脱藩しても安全というわけじゃないよね？」

ハカセは鋭い。

「幕府に従順な藩は捕まえようとするはず。事件自体を嫌う藩は見逃してくれるかもしれないけど」

「あてはあるのですか？」

校長が心配している。

「各藩にも福岡の望東尼のように志士をかくまってくれる所はあるので、情報収集をすればなんとかなります」

「松山って、どこへ行くの？　道後温泉だったりして」

琹ちゃんが冗談っぽく言ったが

「そうなんだ」

「え！」

みんな目を丸くしている。

「お尋ね者なんですよね？」

校長も呆れている。

「現代のように写真が貼られるわけではないから町人姿で堂々としていれば見つからないんですよ。高杉さんの顔を知っている人間がいるわけではないので」

「じゃあ、逆にどうやって見つかるの？」

「昔は、よそ者は目立つからね。方言で話したり、町人姿で侍言葉を使ったりすると怪しまれることはある」

「やっぱり心配じゃん」

「だから高杉さんは、よそからの客が多い道後温泉なら見つかりにくいと思ったみたい」

「やっぱり高杉晋作のような天才肌の気持ちは理解できないね」

それに振り回される気持ちになってほしい。

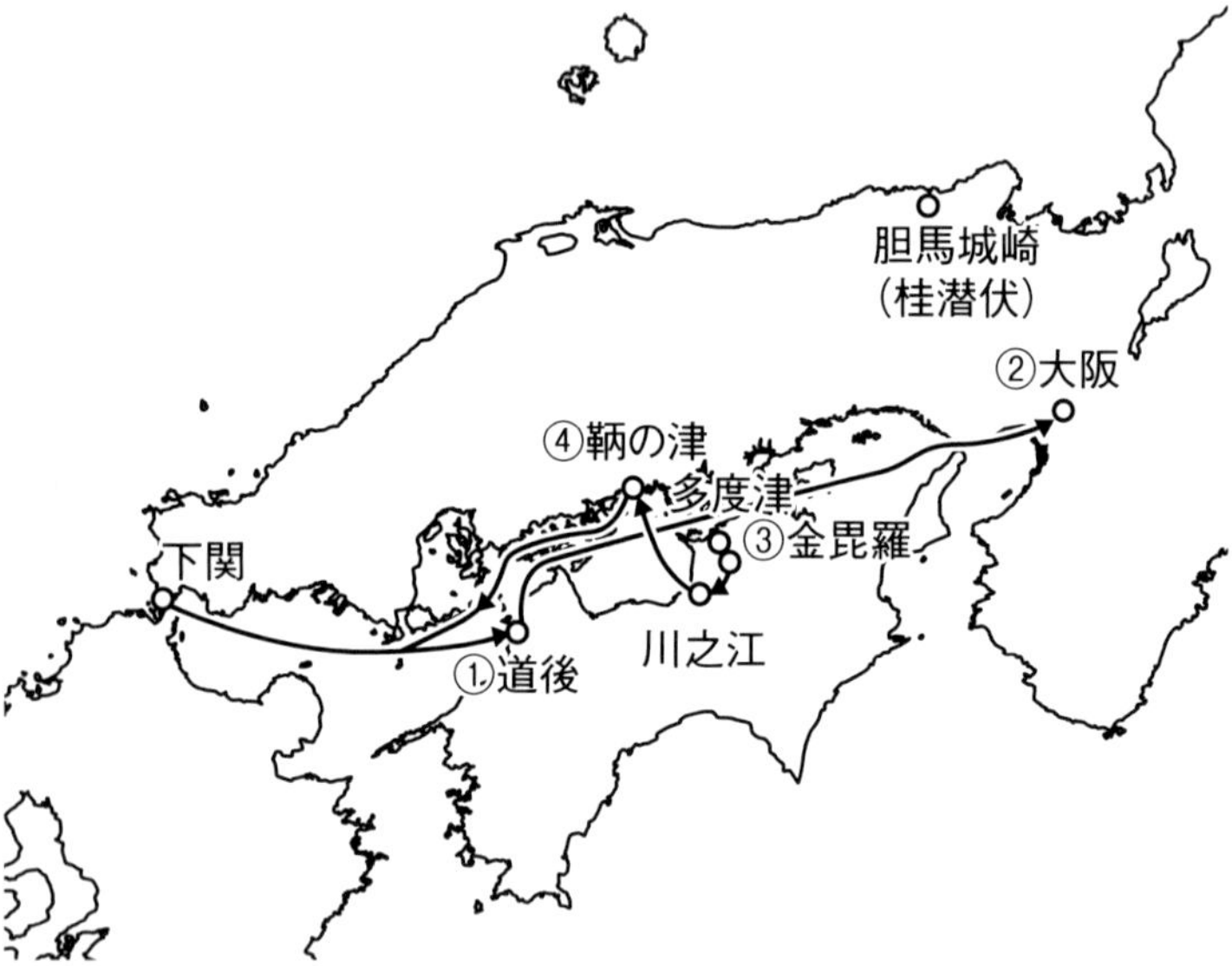

四度目の脱藩行程略地図

●脱藩旅

「肌がつるつるする。おうのたちも喜んでいるだろう」

「もう二日になりますが」

「ここは気に入った。しばらくゆっくりするぞ」

西国一と言われるだけあって遠方からの客も多く、僕たち脱藩者がいても違和感がない。僕たちに気づけという方が困難だ。

「温泉は名湯で、さらに食事も酒も上手い。金もあるし今晩も飲むぞ！」

高杉さんには借りているという感覚はないようで、受け取った金は自分の金として湯水のごとく使う。普通の脱藩浪士は貧乏なのだが。

「こんなに贅沢したのは初めてです」

お凛と、おうのは上機嫌で脱藩していることなど忘れているようだ。食事して飲んで騒いで朝寝をする。馬鹿になりそうだ。

「明日出るぞ！」

一週間が経った晩、高杉さんが突然みんなに伝えた。

「もう少し」

二人とも残念そうにしている。

「馬鹿！　僕たちはお尋ね者だぞ。同じ場所に長くいられるか！」

遊んでいるようで考えている。明日の出発というのは思いつきなのだろうが、高杉さんの勘はよくあたる。

「次は？」

「大阪だ」

「大阪?!」

「声がでかい」

大阪は、ここなどとは違って幕府の役人が多い。顔を知る者は少ないとはいえ、長州藩の有名人である高杉晋作が行っていい場所とは思えない。

「但馬城崎《たじまきのさき》の温泉に行く」

女性陣の目が輝いた。

「それは名目。桂さんが但馬に潜んでいるという噂だ。僕が会って長州が安全であることを告げれば帰ってくれるだろう」

確かに藩庁に欠けているのは桂さんのような全体を把握できる政治家だ。周布先生がいない今、早く帰国してもらいたい。

「桂さんが藩庁にいたら、僕たちも脱藩などしなくて良かったかもしれませんね」

ただ但馬の国は大阪の北西八十キロ、曖昧な情報しかもっていない僕たちが桂さんを見つけることは困難極まりない。

「村田さんに手紙を出したが、相変わらず口が堅い。何も教えてくれない」

野山獄を出て欧米諸国と講和談判にあたった頃から、高杉さんは論理的に行動している。しかし、それ以前の高杉さんしか知らない桂さんにとって、高杉さんは突然何をするか分からない人物なのだろう。

高杉さんが居場所を知れば、情報が幕府に漏れる危険性が高まると思っているのかもしれない。だから村田さんに、相手が高杉さんであっても話さないように念を押しているような気がする。

松山から船に乗り大阪に着いたのは五月。もう暑い季節だ。

「この街を歩くのはさすがに無理だ」

人が多いのは当然だが、予想通り幕府の役人がかなりいる。話によると、幕府は二度目の長州出兵に動いており、その影響で京や大阪はいつも以上に警備が厳しくなっているようだ。

（道後温泉の宿は平和で良かったな）

道後の時よりも身を潜めなければならないので、さらに窮屈感があった。

やっと安全そうな宿を見つけて部屋で落ち着いていると、買い物に行くと言っていた高杉さんがすぐに帰ってきた。

「大阪を出る！」

冷や汗を流しながら高杉さんが叫んだ。身を隠すための旅だから急の出発も当然だが突然すぎて驚いた。のんびり屋のおうのが慌てているのでよほどだ。

「行くぞ！」

「待ってください」

いつも冗談交じりで余裕を見せる高杉さんがこれほど焦っているということは、本当に危ない気がする。不自然にならない程度に早く歩いて船着き場に向かい、四国行の船に乗った。縛使に追いかけられるという感じはなかったのだが。

「何があったんですか?」

みんな、高杉さんを責めるような目をした。

「古本屋があったので立ち寄ったら徒然草があったので買った」

「高杉さん、町人が徒然草を買う訳ないじゃないですか！」

「こら、船の上とはいえ若旦那と呼べ！」

危ない所で危ない行動をする無神経さに驚いて、つい声が大きくなってしまった。

「店主から、徒然草のような庶民が買わないような本を買う理由など聞かれた。ごまかしたつもりだが、かなり怪しんでいたから、おそらく僕が店を出た後、役人に通報したに違いない」

役人が動く前に大阪を出た素早さはさすがだが、やはり桂さんや村田さんが、桂さんの潜伏場所を誰にも言わない訳がここにある。

みんな、船に乗った時には心臓が飛び出るほどドキドキしていたが、しばらくすると四国に行けるということで嬉しそうだ。よほど道後温泉が良かったのだろう。

「もう変なことしないでくださいよ」

すると高杉さんが小声で答えた。

「実は以前、お雅にほしいものを聞いたら徒然草を読んでみたいと言うんだ。古本屋に入ってそれを見たら思い出して、何も考えずに買ってしまったんだ」

萩に落ち着かない高杉さんは嫁に申し訳ないようだ。結婚してから一緒にいた時間はわずかしかない。さらに、いつ死ぬかもわからない身。何かしてあげたいという優しい気遣いだったので、それ以上文句を言うことはできなかった。

そして今度は四国の東側、多度津《たどつ》に着いた。ここは金毘羅宮で有名な港町で、道後と同じように全国から人が集まる。隠れるにはうってつけだ。

● 金毘羅宮《こんぴらぐう》

「もう歩けません」

「少し休むか？」

　せっかくだからと金毘羅大権現《こんぴらだいごんげん》にお参りすることとなった。しかし想像以上に高い山を登らなくてはならず、天気がいい今日は汗だくになった。

「金毘羅様って何の神様ですか？」

　お凛が聞いた。

「海上交通の神様で船乗りからの信仰が厚い」

「船に乗った神様なのかしら？」

「インドの川にすむ鰐《わに》が神様になったらしいよ」

「わに？」

「僕も分からないけど、口が大きく牙が鋭い巨大なトカゲ」

「いや〜！」

「サメの姿と聞いたこともあるけど。まあ、神様になった時から人の姿になっているはず」

「ならいいですけど」

「怒ると元の姿になるぞ」

「……」

「若旦那、よけいなことを言わないでください」

高杉さんの冗談に、時々おうのも嫌な顔をする。休みながら登ってお参りをすませると昼を過ぎていた。

「これから？」

「ここには尊王の志が強い、侠客日柳燕石《きょうかくくさなぎえんせき》がいる。彼を頼るつもりだ」

余裕があるのですでに話はついているのだろう。下関にも侠客は存在しているので、そのツテだと思われる。

「ヤクザさんですか？」

「ああ、この辺りの博徒をまとめる親分だ。楽しそうだ」

お凛はヤクザと聞いて心配しているようだが、高杉さんと一緒に旅ができるのなら誰とでも上手くやれるはずだ。

「長州藩士、高杉晋作です」

名乗ることは危険だが、任侠の世界を信じている高杉さんは堂々としている。

「親分が奥で待っております」

日柳の別邸だと聞いた『呑象楼《どんぞうろう》』の二階に通された。

「あなたが高杉さんですか！」

「かくまってもらいたい」

「力になります」

「ありがとう」

長州藩で暴れた高杉さんの話は全国に伝わっているのか。特にそういう話が侠客は好きなのだろう。伝説の人間に会っているかのように大歓迎してくれた。

「いい酒だ！」

早速一杯頂いた。

「高杉さん、杯を見てください」

「？」

「この角度で見ると、金毘羅宮がある象頭山《ぞうずさん》が杯に浮かびます」

「ほう」

「そのため、この建物は『呑象楼』と呼ばれています」

「おもしろい！」

侠客と高杉さん、気が合うようで楽しそうだ。

「高杉さんって、武士じゃなくてヤクザの親分が似合うのかも」

「声が大きい」

少し居心地が悪そうなお凛がそんなことを言うが、僕も同感だ。高杉さんは水を得た魚のように機嫌よく飲み続けている。

「日柳親分は西国一の侠客だ！」

「そう言ってもらえると、嬉しいね！」

（置いて帰ろうか）

高杉さんなら日本一の侠客になれるだろう。

潜伏

話を聞いていると日柳親分は学問に興味を持ち、詩歌に精通している。その学問がきっかけで勤皇家となり、これまでにも志士たちをかくまってきたそうだ。この辺りでは『勤皇博徒』などと呼ばれている。

志士もそうだが、もともとお尋ね者を泊めることは仕事の一つのようなもので、僕たちが何日いても全く迷惑そうな顔はしない。

「ほとぼりが冷めるまで遠慮なく泊まっていってください」

来た時は怖がっていたお凛も落ち着いたようだ。この娘の適応能力はかなりすごい。

「風太、飲みに行くぞ」

「また？」

「ずっとこの部屋にいては迷惑になる。日柳さんの紹介の店なら心配ない」

店につくとすぐ酒だ。

「美味しい」

部屋に届けられた瀬戸内の幸《さち》にお凛は大満足だ。そして高杉さんはおうのと三味線を弾き、歌も歌い、さらに芸妓を呼び入れ宴会だ。

僕は一人、不安を感じて酒が進まず呆然《ぼうぜん》とした。久坂さんと一緒にいた時は守らないといけないという責任感があったが、高杉さんは放っておいてもいいような気になる。

「どけ！」

「きゃー！」

力強い男の声と女の悲鳴に大きな物音が聞こえる。高杉さんと目があった。

「お凛、逃げるぞ」

（隣の部屋を通って外に出なくては！）

ドンドンドン！

大きな足音が近づいてくる。

チャリンチャリン！

すると今度は金が重なりあう音がした。振り向くと高杉さんが持ち金を部屋中に巻き散らかしている。

「きゃあ～！」

余興と思ったのか、協力してくれているのか芸妓など店の者が追手の邪魔になるように金を拾い始める。

「高松藩の者だ！　長州藩士を探している！」

追手が部屋に入るのを確認し、不自然にならないように廊下を通って外へ出た。

「何をしている！　高杉晋作はどこだ！」

みんな役人にかまわず金を拾って足止めをしてくれているようだ。高杉さんの人柄を知り守りたいと思ってくれているのだろう。単に金がほしいだけだったのかもしれないが。

幸い、役人が店を囲んでいる様子はない。

「走れ！」

店から出ると日柳親分のところへ急いだ。外に出てしまえば、こっちが有利だ。遠目で僕たちが長州藩士だと分かるはずがない。

「親分！」

「追っ手か？」

「高松藩が気付いたらしい」

「おい、船を出せ！」

子分を呼ぶと僕たちを先導するように指示した。

「多分、ここに来るだろう。足止めするから早く逃げろ！」

「この恩は忘れません」

「いいから行け！」

何もしなければかくまっていたことは隠せるだろう。しかし時間稼ぎをするとなると親分は僕たちの協力者と見なされ、高松藩に拘束されるかもしれない。それなのに親分は何のためらいもなく僕たちを守ろうとする。

「どこへ行きますか？」

子分が尋ねた。

「瀬戸内を渡れるか？」

「大丈夫です」

「迷惑をかけて申し訳ないな。君の親分が……」

「親分が決めたことです。気にしないでください。それより逃げ切ることです」

「ああ」

「途中で捕まったなんてことになりましたら、私は親分に合わせる顔がありません」

「分かった。必ず逃げきってみせる」

「追手は多度津に向かう可能性があるので、遠くなりますが別の港へ行きます」

子分の機転で近くの多度津ではなく、南西三十キロにある港へ向かった。

梅雨入りしそうな曇天のもと、僕たちは瀬戸内を横切った。

「備後鞆《びんごとも》の津《つ》に行きましょう」

面倒をみてくれそうな宿の情報を聞き、僕たちはそこで身を隠した。今度は静かに。

疲れもあり、さすがにみんな不安になるかと思いきや、おうのは平然としている。その雰囲気に助けられ、何とか窮屈な生活に耐えた。

知らせ

「風太、下関から手紙が来たぞ」

「何て？」

「もう長州に戻っても大丈夫だと」

「本当ですか！　下関の開港が必要なことを分かってもらえたのですかね？」

「ああ」

これで長州へ帰ることができる。ゆっくりできた時もあったが、一か月以上になる逃亡生活は辛い。

「誰のおかげなんですかね？」

「桂さんだ」

「桂さん、やっぱり生きていたんですね！　それを最初に言ってくださいよ」

「驚かせようと思ってな」

「……」

「それにしても、桂さんはどうやって開港の説明をしたんだろうな？」

以前なら財政改革に大活躍した周布先生が後ろ盾になっていたから交渉が上手くいくと思っていたが、周布先生がいない今でも短期間で成果を出した。

「やっぱり長州は桂さんがいないとまとまらないな」

こうして五月の終わりに堂々と下関へ帰ることができた。梅雨真っ最中のじめじめした気候も気にならないほど僕たちの心は晴れていた。

「ところで、何で俊輔は下関にいたのですか？　一緒に逃げたと思っていましたが」

高杉さんに聞いても首をかしげている。

「よく分からないが、逃げる機会を失ったらしい」

身分が低くターゲットになりにくいのもあるだろうが、よく隠れていたものだ。

帰藩（三）

下関につくと世話になった豪商の白石さんと入江さんにお礼をして、すぐに山口へ向かった。

「高杉君、元気そうで何よりだ」

「桂さんは死んだのかもしれないと思っていましたよ」

「ずいぶんなあいさつだ」

強がって冗談を言う高杉さんの目には涙が浮かんでいるように見えた。これまで仲間を失ってばかりだったので、桂さんとの再会は本当にうれしい。

広間に行くと聞多さんと俊輔がいた。

「生きていたか！」

手紙のやりとりはあっても、実際に会わないと生きているのか死んでいるのか確認できず不安だった。

「このメンバーはしぶといですね」

俊輔の気持ちはよく分かる。内戦終了まで常に仲間を失ってきた。

「お待たせしました」

村田さんだ。この人だけは松陰門下と一線を引くかのように、久しぶりに会ってもはしゃいだりはしない。

「安否は手紙で確認していました」

冷たいわけではなく、いたって冷静なだけだと信じている。学者仲間から長州藩の攘夷を悪く言われて怒鳴ったという話を聞いた時から、親近感がわいている。

「話が尽きないかもしれないが時間がないので本題に入ろう」

やっぱり司会は桂さんか久坂さんに限る。

「幕府は二回目の長州征伐に向けて準備をしている」

「藩主の出頭命令を無視し、内戦まで起こしたのですから当然ですね」

村田さんは全く表情を変えずに話すのがおもしろい。

「殿の意向もあり、私は藩庁全体を任され、村田さんが軍事の総責任者となり、かなりやりやすくなった。とはいえ、うるさい重臣は健在だがね」

村田さんが頷いている。

「民政も軍制も、この山口政事堂に権力を集中させて運営する。そして干城隊をはじめ全諸隊を指揮する」

「武士の手前、干城隊を別格にしたはずですが」

「干城隊を逆なでする気はないが、次の戦は藩の完全な統制が不可欠だ。私は諸隊を平等に扱う」

「まったく、桂さんや玄瑞はどうやって人を丸め込むのですかね？」

「言い方が悪い。説明して協力してもらうだけだよ」

桂さんが不敵に笑う。京の政変や禁門の変、そして長い潜伏期間で悔しい思いをしたせいだろう。以前のようないい人ではなく、したたかさを感じる。

「村田さんの話では諸隊の編成は進み、洋式軍事訓練も順調。さらに幕府や他藩とは違い、実戦経験を積んできたため間違いなく日本最強の軍隊を創ることができると報告を受けている」

「私は感情的にできるなどとは言いません。諸隊は必ず幕府に対抗できる少数精鋭の軍隊になるでしょう」

表情を変えなかった村田さんの目が鋭くなった。

「しかし何倍、いや何十倍の幕軍を相手にするには武器改革も完璧にすませないといけません。長州の前線部隊を四千人と考え、ミニエー銃は最低で四千挺必要です」

「四千挺ですか?」

「それは最低ですよ。物には不良品もあれば故障することもあります。それに、いざという時には長州の男全員にミニエー銃を持たせることも考えれば一万挺ほしいところです」

「一万挺!」

聞多さんと俊輔が青ざめた。ミニエー銃は西欧諸国の軍隊でも現役で使われているため、高価で入手も難しいことを知っている。

「私は兵学者です。奇跡を期待して話はしません。最低でもミニエー銃四千挺と蒸気船一隻を購入しなければ、いくら諸隊が日本最強の軍隊になったとしても、長州藩は幕府に勝てません」

「蒸気船もですか?」

「幕府は小倉方面から下関に海峡を渡って進軍するでしょう。必ず必要です」

「ゲベール銃ではいけませんか?」

「あなたたちこそ実感しているでしょう。ゲベールは欧米においては旧式銃です。今後の長州では護身用程度にしか使う予定はありません」

「桂さん、大丈夫ですか?」

僕が尋ねると難しい顔をしている。

（また頭痛かな？）

「必要なものは全て買う。長州には蓄えがある。出し惜しみしている時ではないからね」

「じゃあ、問題なしですか？」

「問題はある！　購入ルートだ。先日、長崎へ使いを送ったが、幕府が目を光らせていて金はあっても買うことができないようだ。上海で直接購入しようとしても、欧米諸国の商人は売りたいようなのだが、やはり幕府を無視して大量の武器を長州に売ることは難しいようだ」

「……」

「これはこれだ。君たちは武器を待たずに訓練などの準備を進めてくれ。そして大切なことは、長州はあくまで武備恭順。

幕府には低姿勢を見せ続ける。開戦まで準備は徹底するが、戦う姿勢は絶対に見せない」

「孫子ですね。『初めは処女のごとく、のちには脱兎のごとく』」

高杉さんが桂さんの目を見ると、桂さんは嬉しそうに笑った。

「吉田さんが言ってたことは正しかったということかな。爆弾でも抱えているように君を見ていた藩庁が、今では頼りにしているのだから」

高杉さんが恥ずかしそうにしている。

「桂さん、ここにも爆弾がありますよ！」

聞多さんの背中をたたいてみた。

「何を！　もう痛くないぞ！」

バシッ！

反撃された。

「痛！　おもしろくないなあ」

聞多さんの体はもう大丈夫なようだ。

● 同盟模索

「あとは微妙な関係の岩国藩の吉川様との関係改善」

「それは桂さんが丸め込んでくれるでしょう」

「高杉君、簡単に言うな」

桂さんが大きなため息をついて座りなおした。

「高杉君は以前から長州一藩でも戦うという割拠論を説いていたね」

「そうですよ。玄瑞に協力する藩士や浪士はいても、藩として長州に協力するところなど、どこにもなかった」

「しかし藩庁はどこかと軍事同盟を結べないか考えている。私もそれに賛成している」

「確かに武器がそろうかどうか分からないのだから、協力してくれる藩があれば現実的だが……」

聞多さんは話を途中で止めた感じがした。

「これから言うことは冷静に最後まで聞いてほしい」

「薩摩ですか？」

高杉さんがそう言うと、その名を聞いて全員が息を呑んだ。

「……。君の所にも誰か来たのか？」

「四国にいる時に薩摩藩士、西郷吉之助の使いだと言って久留米と水戸出身の浪士が来ました」

「僕は知りませんよ」

「風太がお凛と出かけていた時だ」

「まさか二人が来ることを知っていて外出させたのですか？」

「当たり前だろ。政変にも禁門の変にも参加し、薩摩に仲間を殺されたところを見てきた風太がいては話にならん！」

「……」

「どんな話を？」

「日本のために薩摩と手を結んでほしいと言うのだ。確かに薩摩は禁門の変の頃とは違い日本のために動き出し、幕府と距離を取り始めた。そのおかげで一回目の長州征伐の軍は長州を攻めることなく早く兵を引いた。同じ考えなら手を結ぶのは自然なことです」

「まさか返事をしたのか？」

桂さんが唖然とした。すると高杉さんは笑いながら首を横に振った。

「まさか。いくら幕府に対抗するという政策が同じでも、信頼関係がなくては手を結ぶことなどできません。たとえ幕府を倒すところまで上手くいっても、その後はまたいがみ合って日本を混乱させるでしょう。

玄瑞たちは日本を守るためなら長州が犠牲になってもいいと覚悟して活動してきました。それに対して薩摩は自分を守るために動いてきた。だから邪魔になった自藩の尊王攘夷派を寺田屋で殺害し、長州が京で勢力を強めれば幕府や会津と結んで長州を追い出した。

今回もそうかもしれない。日本を守るためではなく、薩摩を守るために長州と同盟した方がいいと考えた。長州人からそう思われても仕方がないでしょう。

だから薩摩は手を組みたいのであれば誠意を見せるべきなのです。薩摩に仲間を殺された僕の前に薩摩藩士が出てきたら事件になるかもしれないと考えて他藩の浪士を送り込んだのも分かるが、薩摩はそれくらいの覚悟をもって交渉すべき立場にある。

僕と交渉したいのであれば薩摩藩士でないといけない。そう言って返しました」

桂さんが驚いている。

「ほとんど私が言いたかったことだ。では薩摩藩から正式に話があったら、高杉君は賛成してくれるか、薩摩との同盟に？」

少し沈黙が続いた。

「僕は野山獄、聞多さんと俊輔は留学中で、村田さんは長州にいた。一番悔しいのは京で禁門の変に参加した桂さんでしょう。他にも政変に池田屋事件と全ての重大事件に関わり、自分の命も危なかったし、仲間の死を直接見てきた。

その桂さんが必要と割り切るのでしたら、僕が反対するわけにはいきません。だいたい政治や外交は桂さんに任せたのですから、僕は言われたことをするだけですよ」

そして塾の仲間を多く失った高杉さんがそう言うので聞多さんも頷いた。

「分かった。こんなに話がスムーズにいくとは思わなかった」

悩みが全部晴れたかのような爽やかな顔を桂さんが見せた。

「みんなで高杉さんをどうやって説得しようか悩んでいたのですよ。断固反対して刀を抜いて暴れないかとか」

　俊輔が場を和ませるためにそう言うと、みんな笑った。それでもやはり全員が悔しい気持ちを抱えている。

「高杉君に頼みたいのは諸隊への説得だ。もちろん交渉が軌道に乗るまでは表に出さないが、同盟することが決まったらお願いしたい。諸隊が納得しないといくら藩庁で同盟を決めても意味がない」

「引き受けましょう」

「みんな私の交渉能力を評価してくれるが諸隊は別だ。僕は逃げて隠れて、藩内が落ち着いたら帰ってきた卑怯者。諸隊はそう思っている」

「分かりました。桂さんを尊敬するようにも言っておきましょう」

「ありがたい」

　こうして一歩一歩、長州藩がまとまりつつあった。

●仲介者

　長州藩と薩摩藩の手を結ばせることは勤王の浪士の願いでもあるようで、想像以上に盛り上がっている。さらに福岡へ移動した五卿も応援しているらしい。

「薩摩は倒幕には五卿の力が必要だと、五卿を京へ送ることを拒んだようですね」

「信用できるかどうかは別として、薩摩が幕府と決別する気があることは事実のようだな」

閏五月、仲介役として土佐の浪士、坂本龍馬が下関に来て桂さんと話し合いをした。

そして、長州藩と薩摩藩の和解第一歩として、薩摩藩が軍艦や銃砲購入の仲介をすることとなった。つまり、長州藩は幕府の目があり武器を購入できないので、薩摩藩名義で購入し、それを長州へ運んでくれるというのだ。

そしてついに、上京途中に薩摩藩士、西郷吉之助が交渉のため下関に立ち寄ることとなった。

「やっと正式な交渉ですね」

ここまで話が進んできたのであれば早く手を結び、幕府対応に専念したい。

二十一日下関。

「高杉さん、桂さんがお呼びです」

言われた場所に行った。

「桂さん、何かの間違いです。もう一度機会を下さい！」

長州藩の忠勇隊として禁門の変で共に戦った坂本さんの同僚である中岡慎太郎が桂さん

に謝っている。必死だ。

「高杉君、君が協力してくれたのに申し訳ないが、薩摩とは手を結べない！」

珍しく声を荒げている。

「どうもこうもない。こちらからも協力をお願いしようと心に決めていたのに、西郷のやつは約束を破った」

桂さんが分かりやすく説明してくれないので中岡さんに聞いた。

「十八日くらいに薩摩の船が下関に立ち寄って桂さんと西郷さんが話をすることになっていたのだが、薩摩の船は瀬戸内の入り口で予定を変えて江戸へ行ってしまったのです」

「……」

「だけど理由があるはずです。幕府の間者につけられていたとか。また話し合いの場を設けさせてもらいますのでお願いします」

脱藩して長州と共に戦い、今回は日本のために長州藩と薩摩藩を協力させようとしている中岡さんのことは尊敬する。中岡さんは信用できる。

しかし、このように取り乱した桂さんを説得できるとは思えない。表向きは分かった顔をしているが、薩摩への憎悪は胸の中にあるのだ。侮辱を受ければそれが表に出てくるのは当然だ。

「結局、長州一藩でやるしかない」

高杉さんがため息をつきながら呟いた。

「しかし長州だけでは幕府に勝てませんよ、滅びてしまいます」

中岡さんが長州藩を思う気持ちも本当だと分かる。

「中岡君、長州の正義派は長州を犠牲にしてでも国を守ろうとしてきた者達。初めから一藩でも戦う決心をしている」

「それでも長州が滅びては」

「長州の必死な姿を見て、薩摩などが日本を守るために立ち上がってくれればいい。我々は日本人の気持ちを変えるくらいの戦闘をしてみせる。その後、信用できる藩が連合して幕府と戦ってくれ」

「私は長州との付き合いが長い。そう言う気持ちが大好きだからこそ、私は長州と一緒に戦いたいのです」

「禁門の変を一緒に戦ってくれた中岡君だから私もまだ冷静でいられる。しかしね、この交渉をすると決めるだけでも、どれほどの長州人が涙を呑んで協力してくれたのか薩摩の者は分かっていないのだ」

「長州藩と幕府との交渉役に立つなど、幕府寄りの岩国藩がまだはっきりとした反幕府の姿勢を見せていません。それが薩摩にとって不安要素だったのかもしれません」

「それなら、そう言えばいい。近いうちに岩国藩とは完全に和解する話が水面下で進んでいる。

中岡君に暴言を吐いて申し訳なかった。だが、これで長州を交渉の場に出すことは一層難しくなったことは理解してほしい」

「また来ます」

中岡慎太郎。日本のために日本中を飛び回っている素晴らしい志士だ。

「高杉さん、ゲベール銃で戦うのはきついですね」

「『周防《すおう》、長門《ながと》二国が焦土と化しても！』というのが現実になるな」

この日はさすがに脱力感に襲われた。

● 坂本龍馬

次の日も桂さんから呼び出された。

「坂本君と中岡君が必ず武器の仲介をするというのだが」

「あっ！　久しぶりですね。え〜と？」

「風太です」

「そうか、風太さん。私は坂本龍馬です。こちらが高杉晋作さんですね。噂はよく聞いてますよ！」

テンポよく喋る人だ。久坂さんと一緒に会った時は、こんな感じではなかった気がする。

「桂さんに約束しました。薩摩は恥ずかしがり屋のようですので、長州と手を結びたいということを話し合いではなく行動で示してもらうと。

薩摩の名義で武器を買い、私が運びます。私がお膳立てをします。必ずします」

こう話し続けられると、頷いてしまいそうだ。

「高杉君、どう思う？」

「高杉さん、どうか薩摩を許してやってください。薩摩もようやく欧米に対抗するには新しい日本を創らないといけないと分かって行動し始めたのです」

僕たちが相談する間がないほどよく喋る。

「私たちも日本のために協力しますから、お願いします」

「おもしろい人だな」

高杉さんが笑っている。

「桂さんの怒りがおさまったのであれば、僕はかまいませんよ」

「風太さんは？」

（うう！　顔が近いよ！）

グイグイくる坂本さんに思わず頷いてしまった。

「二人がいいのであれば」

「決まりだ！」

坂本さんが満面の笑みを浮かべた。

「そうと決まれば、すぐに薩摩と話をしてきますから、少し待っててください。必ずいい話を持ち帰ってきますからね。少しだけ時間を下さいね」

中岡さんと二人、頭を下げて行ってしまった。

「嵐のような男だな」

桂さんが笑ってくれるとホッとする。

「ははは。長州で相手ができそうなのは俊輔くらいだな」

「中岡さんの声を聞いていないのですが？」

「朝来た時から中岡君は黙ったままだったよ」

（坂本さん、どれだけ喋るんだ）

「薩摩のことは坂本君に任せて待つだけか。岩国藩の問題も解決し、全藩をあげての決死防戦が決まったからな」

「本当に上手くいったのですか?」

「ああ、二十日に上手くいったと報告があった。問題ないよ」

「どうやって?」

「普通にお願いしただけだよ。殿と岩国藩の吉川様に、仲良く一緒に戦ってくださいと」

「……」

関ヶ原の合戦から微妙だった萩藩と岩国藩の関係を、この短期間で改善させるとは神業に近い。

武器購入

「伊藤君、頼んだよ」

閏五月末、薩摩が武器の購入に協力するという話が坂本さんから伝わり、俊輔が京へ向かった。

「やっぱり坂本さんの相手は俊輔になったか」

「それに伊藤君は幕府から狙われにくいからね」

六月二日に早くも俊輔から連絡があった。坂本さんと中岡さんが薩摩藩に、薩摩名義で蒸気船の購入を要請すると。

「山口へ行ってくる」

桂さんが蒸気船購入の手続きを進めるために藩庁へ行った。しかし下関にはいい話がこなかった。

「藩庁は銃の購入は認めるが、海軍局が蒸気船の購入は許可しない」

不機嫌そうに高杉さんが桂さんからの手紙を読む。

「どうしてですか？」

「海軍局の検査官が検査してからでないと許可できないって」

「だったら一緒に京へ行けよな！」

（また桂さんは頭痛かな？）

七月中旬には聞多さんと俊輔が銃購入の契約のため長崎へ行った。しかし依然として海軍局は蒸気船の購入を認めない。

「今の海軍局には帆船しかないのだろう。無理してでも蒸気船を購入しようとは思わないのか？」

「現場は変なこだわりを捨てようとしているのに」

「僕に任せてくれたら目の前に泊まっている蒸気船をその場で買ってやるのにな」

「本当にやりますよね」

「当たり前だ」

八月三日、藩庁の提案で海軍局がやっと妥協した。聞多さんと俊輔が斡旋する蒸気商船であれば購入すると。

「検査官が検査しないといけないのではなかったのか？　あの二人が見た船でいいのかな？」

「海軍局は薩摩が選ぶことを嫌がっていただけなのかもしれませんね」

「桂さんも苦労しているのだろうな」

「頭が痛い、胃が痛いと言ってますよ、たぶん」

八月六日、気がつけば暑さも和らいできたこの日、桜山招魂場の竣工式が行われた。

下関の街の少し北にある小高い丘に、高杉さんの提案で外国との戦いで亡くなった者を弔う目的で作られた。白石さんも協力し、今日の式を取り仕切っている。

「白石さん、大丈夫ですか？」

苦笑いをして答える。

「私ができることは、ここまでかもしれません」

下関の豪商、白石正一郎の財産が底をつきそうなのだ。奇兵隊の創設から志士の世話までしていれば当然だ。だが僕たちは当たり前のように頼ってきてしまった。

ゴホゴホ！

「大丈夫ですか？」

高杉さんが咳き込みながら膝をついた。先日から体調が悪いと聞いていたが、いつものようにすぐ良くなると思っていたので驚いた。

「大丈夫だが、おうのの所へ連れて行ってくれ」

桂さんも高杉さんも体が弱いから忙しくなると心配だ。

八月二十六日、三田尻港にミニエー銃四千三百挺が陸揚げされた。ただ薩摩藩士二名が一緒に来ると聞いていたが、この時も来なかった。

桂さんが言うには幕府の目を気にしているから仕方がないということだ。薩摩藩士が来ないのは別にいいが、銃の購入は何とかなっているのに対し、軍艦の購入は目立つようで、薩摩藩士の中にも薩摩名義で買うことに躊躇している者がいるという不安な話もある。

和解

九月に入ると幕府が家老の大阪出頭を命じてきた。幕府が本気で長州藩を攻撃することを考え始めたようだ。

桂さんは薩摩藩への感情を押し殺し、村田さんが求める武器の購入に最善を尽くそうとしている。もう海軍局などの感情論を聞いている場合ではなくなってきた。

『これまでのわだかまりを捨てよう』

桂さんと聞多さんが山口に行って殿に薩摩藩主宛てにこの内容の手紙を書いていただき、坂本龍馬が創設した亀山社中の近藤長次郎にこれを持たせた。藩庁の面倒な細かいチェックなど受けていない。

桂さんの予想通り、九月二十一日に長州征伐の勅許が出され、それにより下関の緊張感も増した。

「ここまできたら武器を完全にそろえてほしいな。まだまだ中途半端だ」

「体は？」

「正直つらい。が、心配するな。今度元気になったら僕も働くとするよ」

「ところで薩摩も頑張ってますね」

「一橋慶喜の強引さに腹を立てているようでもあるし、いくら隠しているとはいえ薩摩が長州に加担していることは調べれば分かる。そろそろ後に引けないと覚悟を決めたのかもしれんな」

「再征伐に反対して、薩摩は幕府を威圧するために京へ兵を送るようですね。確かに覚悟を決めたのでしょう」

「長州に兵糧米を要求しているようだな、武器の見返りとして」

「これで一方通行だった交流が相互交流になって結びつきも強まりますね」

「諸隊は現実的で、ミニエー銃が手に入ると大喜びだ。どういう仕組みで輸入されているのかなど二の次といった感じで助かる」

まだまだ必要ではあるが、とりあえずミニエーが四千挺諸隊に届けば十分な訓練ができる。諸隊は確実に強化されている。

九月末に、高杉さんは海軍用掛と下関の経理事務を任された。銃の購入もそうだが、なかなか進まない蒸気船の購入問題を解決させるためだ。ここぞという時には高杉さんの強引さが求められるのだろう。

●蒸気船購入

「桂さん、何をもめているのですか?」

高杉さんと一緒に海軍用掛に就いた桂さんが下関に来た。

「井上君が交渉した時には、蒸気船の船籍は薩摩、所有は金を出す長州、運用は亀山社中ということで決まったはずなのだが、今になって海軍局が文句を言うんだ。購入した長州が運用できないのはおかしいと。それで購入できないんだよ」

高杉さんが呆れている。

「僕を任命したということは藩庁も覚悟したということですよね」

「まあね」

「すぐ購入手続きに入りましょう」

「海軍局への説明は」

「そんなのは後でいいです。蒸気船を買うことが重要で、他の面倒なことは後から悩めばいい。もちろん悩むのは桂さんですがね」

「そうなるのか」

「購入予定の蒸気船はしばらく武器などの輸送に使うのでしょう。だったら亀山社中に任せた方がいい。戦争が始まっても商売で使い続けるとは言わないでしょう。彼らも長州が負けないように活動しているのですから。それに」

「それに？」

「彼らに覚悟があるのなら戦争時にも、そのまま蒸気船に乗って参加してもらえばいい」

「分かったが私も一緒に進めるから、あまり無茶はしないように」

高杉さんが笑っている。

十月十八日、藩主の後押しもあり蒸気船の購入が決まった。船名は『ユニオン号』だが薩摩藩は『桜島丸』、長州藩は『乙丑丸《いっちゅうまる》』と呼ぶ複雑な船になった。

「問題が起きそうだ」

桂さんは心配するが
「物がなければ話になりません」

七月からもめていた話が、高杉さんが関わると二週間で決着した。高杉さんは物をそろえることを優先しており、船名が三つあることなど気にしていない様子だ。

二十一日、坂本さんが来た。

「やっぱり桂さんと高杉さんは話が分かる。ユニオン号の運用は亀山社中に任せてくださ い」

「乗っ取る気じゃないだろうな?」

高杉さんが冗談で言うと坂本さんは必死になった。

「そんな気はありませんよ。日本のために、長州、薩摩のために運用させてもらいます」

「別にいいが、戦争も手伝ってくれるのだろう?」

「え?」

坂本さんが驚いている。

「亀山社中は、その〜。戦争はしたことがないのですが」

「大丈夫、この時代に戦争経験があるのは長州藩だけですよ。船の運航に長けていれば、いい働きができますよ。期待していますからね」

坂本さんは急に桂さんの方を見て話し始めた。話を変えたかったようだ。

「今日の用件は薩摩への兵糧援助です」

「分かっています。兵糧の準備はできていると西郷さんに伝えてください」

「では、私は早速、大阪へ向かいます」

行ってしまった。

「高杉君、海軍局が怒るよ。戦争まで亀山社中に任せると言うと」

「その時はその時」

とりあえず、蒸気船購入問題は解決した。

● 幕軍進発

十一月、足並みのそろわなかった幕府が急に動き出した。先方隊が広島城下に終結し始めている。広島藩は長州藩の隣。さらに緊張感が増した。

そして二十日から長州藩の代表である、以前は山県半蔵と名乗っていた宍戸備後助《ししどびんごのすけ》が広島に行き、幕府の訊問《じんもん》を受けることとなった。

「上手く交渉を長引かせてくれるかな？」

長州藩は、まだ大軍を迎える準備が足りていない。

「山県さんとは以前、久坂さんと一緒に佐久間先生のところを訪れましたけど、饒舌《じょうぜつ》な人でした。藩の儒学者、山県太華《やまがたたいか》の養子だけあるという感じでした」

二人で備後之助の活躍を祈った。

●会談

十二月に入ると、薩摩は幕府の状況の変化を見てだろうが、長州藩に両藩の方向性などについて協議したいと言ってきた。

「京に来いだと？　西郷が下関に来たなら話をしよう！」

武器などの購入行為に関しては前向きに進め薩摩を信用し始めた桂さんであるが、会談は嫌なようだ。

「桂さんは、まだ怒っているのか？」

「普段は穏やかなのに執念深いですね」

「聞こえているぞ！」

桂さんは困らせてもいいが怒らせてはいけないと、西郷さんにアドバイスしたい。

「どうします？　本当に行かない雰囲気ですよ」

交渉役は桂さん以外に考えられない。

「少し落ち着くまで様子を見よう」

高杉さんは落ち着いている。

「時間がないのに？」

「一晩寝れば嫌なことを忘れるかもしれない」

「忘れるか！」

桂さんが怒った。

数日後、薩摩藩士が下関を訪れた。

「黒田清隆です」

二十六歳という若い志士だ。

「以前、下関に寄れなかった非礼を西郷は謝罪しています。どうか京の薩摩藩邸まで来てくれませんか？」

桂さんが根に持っているということは薩摩藩にも伝わっているのだろう。浪士などではなく、れっきとした薩摩藩士が頭を下げている。

「上京しろと言うのですか？」

「御存じの通り、薩摩藩は幕府をけん制するためにも京を離れられません。どうか状況をお察しください」

「……」

（頑《かたく》なだ）

実情としては武器が長州藩に入ってきており薩摩藩との協力は概ね上手くいっている。無理して協議することもないのかもしれない。

話が進まないでいると、珍しく高杉さんが桂さんをなだめるように話し始めた。

「桂さん、今は亀山社中の仲介で上手くいっていますが、戦争が始まったりと忙しくなれば、彼らを頼っていると後手になるかもしれません。

また、つまらない誤解で協力関係が一気に壊れる可能性もあります。僕は両藩の代表である桂さんと西郷さんが話し合うべきだと思います。納得いくまで」

高杉さんが前向きだ。確かに戦争時のことを考えれば、その方がいい。

「確かにそうだが。だったら高杉君も来てくれ」

「僕は忙しいし、外交は桂さんに任せます」

協議に賛成した高杉さんも本当は薩摩藩、特に西郷さんとは会いたくないのだろう。親友、久坂さんの敵《かたき》と言っても言い過ぎではない相手だから。

三人で説得を続け、やっと桂さんが頷いてくれた。

「分かったよ、長州、いや日本のためだ」

後日、桂さんは殿より正式な代表を命じられ上京した。さらに、隊士の中には薩摩を恨んでいる者も少なからずいるため、諸隊の了解も必要だということで奇兵隊、御楯隊、遊撃隊の代表がそれぞれ同伴した。

「桂さん、怒ったらだめですよ」

高杉さんが釘をさす。以前とは立場が反対なのがおもしろい。聞多さんの怒りは一瞬だが、桂さんが怒ると面倒なことが分かった。

年の暮れ、十二月二十七日に三田尻から船で旅立った。真冬の一番寒い時期、しかし空気は澄みきって爽やかな青空が広がった日だった。

「これで西郷さんが鹿児島に帰っていたとかだったら笑えますね」

「その時は桂さんを避けるぞ」

笑って見送った。

年が明けると今度は坂本さんが上京するとあいさつに来た。

「私のような浪士と違って藩士は堅苦しいですからね。西郷さんと桂さんが上手くやっているか心配で、ちょっと行ってきます」

坂本さんの横には長府藩士が立っている。

「長府藩士の三吉慎蔵《みよししんぞう》です。桂さんから頼まれたのです。坂本さんは敵が多いのに気ままに出歩くから護衛してほしいってね」

三吉さんは槍術の免許皆伝で、歳は三十中盤。もっと若い人かと思ったが、それなりに信頼できる人でないといけないようだ。

「私も剣の腕前には自信があるが、道づれは多いほうが楽しいから頼みました」

「坂本君、これを持っていけ！」

高杉さんが声をかけると坂本さんが目を丸くしている。

「これはすごい、本当にいいんですか？」

高杉さんが上海で買った拳銃だ。

「いざという時には使ってください」

「槍の名手に拳銃、もう無敵ですね」

「いや、用心はしてください」

こうして坂本さんも旅立った。

「太っ腹ですね」

「二挺あったし、桂さんが心配するということは本当に危ないのかもしれない。重要人物とはいえ、浪士の護衛に藩士をつけるのだからな」

「確かに変な感じですね」

「普通は逆だろ」

「はい」

「坂本君の人柄は気に入ったし、長州と薩摩のかなめだ。死なすわけにはいかない」

「そうですね」

桂さんの心配というよりも、直感の鋭い高杉さんが気になったことの方が不安だ。何もなければいいいが。

同盟成立

寒さが厳しい一月下旬。桂さんが帰ってきた。

「西郷さんと話をした。長州は正式に薩摩と手を結ぶことになったよ。薩長同盟だ！」

諸隊の代表も立ち会ってのことなので『薩摩と手を結ぶことはありえない』などと言って、桂さんを暗殺するという話はさすがに出ないだろう。

「ただ、しばらく公にはしないから、君たちもここだけの話にしてくれ」

さすが慎重な人だ。桂さんの顔を見ると涙ぐんでいるように見える。

桂さんの思想は久坂さんと高杉さんの中間にあり、長州藩が独立して幕府に対抗するのだが、可能であれば一藩で戦うのではなく、協力してくれる藩を探して仲間を増やそうとしていた。長州藩の劣勢は誰の目から見ても明らか。

孤立した中、因縁を乗り越えて雄藩の薩摩と同盟が決まったのだ。悔しさや嬉しさ、今までの苦労などが入り混じりながらもホッとして気が抜けたのだろう。

「同盟の内容を見せてくださいよ」

高杉さんが急かす。

「ないんだ」

「え？」

「証拠を残したくないからね。密約と思ってくれればいい」

「……」

慎重だから盟約書があると思ったが、反対に幕府に見つからないようにという慎重さが働いて、証拠となる書面を残していないということだ。

「殿や藩庁は納得してくれたのですか？」

高杉さんは少し呆れているように見える。

「立会人がいるからね」

「では聞かせてくださいよ、内容を。忘れたなんて言ったら怒りますよ」

「分かったよ」

少しかしこまって話してくれた。
一、幕府と長州藩が戦争になった場合、薩摩藩はすぐに二千の兵を上京させ、在京の兵と合流させる。さらに大阪にも千の兵を配置し、京と大阪を固めること。
二、長州藩が幕府に勝てると思われる場合には、薩摩藩はすぐに、朝廷に働きかけて講和成立に尽力すること。
三、長州藩が負けそうな場合でも、一年や半年で壊滅することはないから、その間、薩摩藩は支援に尽力すること。
四、幕府が江戸へ撤退した場合は、薩摩藩はすぐ朝廷に長州の冤罪を訴え、赦免《しゃめん》を要求すること。
五、一橋家、桑名藩、会津藩が朝廷を利用し、薩摩藩の周旋《しゅうせん》を妨げる時は、すぐさま薩摩藩も長州藩とともに決戦に挑むこと。
六、朝廷より赦免を得られたときは、両藩で誠意をもって皇国のために尽力し、天皇親政を実現すること。
すらすらと言えるのはさすがだが、桂さんが難しい顔をした。

「やっぱりメモくらいは作った方がいいかな？」

「それはそうでしょう。僕なら忘れてしまいますよ」

高杉さんは笑っているが、桂さんは悩み始めた。

「そうなると、内容をまとめて第三者である坂本君のサインがほしいところだが……」

「それがいいと思いますよ」

桂さんが真顔になった。

「君たちは坂本君の話は聞いていないのか？」

「何ですか？」

「同盟を結んだ後、寺田屋で京都町奉行の者に襲われた」

「え！」

「大丈夫、負傷したようだが今は薩摩藩邸で療養しているそうだ」

「よかった」

「三十人に囲まれたと言うが、高杉君の拳銃と三吉さんの槍術のおかげで逃げ切ったらしい」

「三十人！」

「だから慎重に行動しろと言ったんだ。三吉さんに護衛をしてもらって良かった」

京は今でも志士にとっては危険なようだ。

（それなのに、どうして幕府の指名手配者である桂さんは涼しい顔で帰藩しているのか？）

逃げの小五郎と呼ぶ者の気持ちも分かる。

「さすが逃げの小五郎！」

高杉さんが無邪気に言い放った。悪気はないのだろう。

「それは池田屋を思い出すからやめてくれないか。私だけ助かって卑怯者と言われたんだ」

桂さんが胃の辺りを押さえた。

「すみません、飲みましょう！」

「胃が痛くなってきた」

「飲めば気にならなくなります」

とりあえず上手くいって良かった。

● 家族

「やばいぞ」

高杉さんが落ち着かない。

「何か問題でも?」

「親父がな、お雅と梅之進が下関で暮らせるようにと藩庁に願い出た」

「いいじゃないですか。僕はお凛のおかげで生活が楽ですよ」

バシッ!

「痛いな〜」

「おうのはどうするんだよ!」

「……」

自業自得としか言いようがない。この日はずっと悩んでいた。

次の日。

「萩へ帰る」

「仕事は?」

「薩長同盟も結ばれ下関は順調だ。藩庁も家の事情だから認めるだろう」

開き直った顔をしている。

「では僕も」

「何でだ?」

「変な過激派が襲ってくるかもしれませんし、最近は体調も良くないでしょう。それに僕も戦争前に親孝行もしたいし。藩庁には一緒に伝えておいてください」

「分かったよ。明日の朝出発する」

相変わらず決めたら行動が早い。

「お凛、母上が喜びそうなものを買っておいてくれ、今日中に」

「え～！　仕事が」

「白石さんには言っておくから」

「またどうして」

「明日、萩へ帰るよ」

「急に言われても！」

「今決まった」

「……。分かりました」

半年以上も下関にいたから、お凛はここに落ち着いてしまったようだ。

二月に入る前に萩に到着した。

「帰りました」

今日は兄上二人も家にいた。藩庁が山口に移り、俗論党もいない城は以前より暇なようだ。僕は兄上たちと戦闘準備の話をし、お凛は母上と下関の料理などについて盛り上がっている。

「ミニエー銃は四千挺ではなかったのか？」

「購入ルートが確立したので、まだまだ入ってきますよ」

「ゲベール銃は？」

「ゲベールが陸揚げされたと聞くと村田さんは不機嫌になります。これ以上買っても無駄になるだけだと」

「見た目は似ているのにな」

一通り話が終わると

「いつまでいるんだ？」

秋助兄さんが聞く。

「高杉さんの用事がすめばすぐに戻ります」

「高杉君の愛人は美人なのだろうな？」

「……」

（萩に住む兄上が知っているということは、お雅さんも知っているのかも）

「普通な感じですよ」

「そうなのか？」

「ただ一緒にいると居心地がいいようです。動きはゆっくりしていて、追手から隠れている時も落ち着いたものでした」

「正妻が萩一番の美人だから、容姿にはこだわらなくてもいいのか」

「こら！　そういう話は聞こえないようにしなさい」

そう言いながら聞き耳を立てていたのは母上だ。

「おうのさん、どうするのかな」

お凛は複雑な心境なのだろう。愛人の、おうのとは仲が良く、正妻のお雅さんのことはよく知らない。もともと武家育ちの女よりも、庶民との方が気が合うのかもしれない。

萩観光

「行ってきます」

昼食後、お凛と二人で出かけた。

「やっと松下村塾を見れます」

長州藩の志士が学んだということで、それなりに有名になっている。

「ここは昔と違う場所なんだけど、明倫館」

殿は教育にも熱心だったため、全国でも有数な学校と言われている。僕はあまり行かなかったけど。

「立派〜」

「田舎なのにすごいですね」

「おい！　長州の中心地だぞ」

「下関の方が活気がありますよ」

「あそこは商業、萩は政治や教育、風情の街だ」

この後、塾に向かった。

「思ったより遠いですね」

「道のりだと三キロくらいじゃないかな」

「普通に歩いたら四十分くらい？」

「そうかな。高杉さんは家の人に反対されていたから夜通っていたんだよ」

「夜？」

「家の人が寝てから」

「勉強熱心だったんですね」

「そうだね。それに先生や仲間に会いたかったんだろう」

「ここ」

「ここ？」

「今でも母屋では先生の家族が暮らしているよ」

「……」

「どうした？」

「小さい！」

「そう言ったよね」

「そうは聞いていたけど、やっぱり想像していた建物よりも小さい」

先に明倫館を見せたのがよくなかった。

「ここで先生と勉強したんだ。今では偉そうにしている俊輔は、自分は身分が低いからと言って、混みだすと外に出て話を聞いていたよ。今ではふてぶてしくなってしまったけど」

「あの女好きの俊輔さん？」

「そう」

「松陰先生って偉い人だったのね？」

「そうだけど、この建物みたいに見た目は普通だよ。今、お凛が会ったら『普通！』って言いうかもしれない」

「言葉を選びます」

(本当にできるのかな?)

「先生がいる場所では身分制度が消えてしまうんだ」

「え?」

「武士も足軽も中間も、農民、町人、漁師、学びたい者はここに集まって勉強した。たぶん欧米人が来ても一緒に生活できたと思うよ」

「志士の先生だけど、欧米人も大丈夫なの?」

「先生にとっては身分も人種も関係ないよ。だってアメリカ人から技術を学ぼうとして黒船に乗り込んだ人だよ」

「そうか、アメリカに行きたかったんでしたね」

しばらく建物を見ていると、少し遠慮した素振りでお凛が呟いた。

「あの〜、お願いが……」

その時、横から大きな声がした。

「風太さん、寒いでしょう。お茶でもどうですか?」

「どなた?」

「瀧さん、先生の母上だ」

「あら」

お凛のことを聞かれると面倒だ。まだ藩庁に何も言っていないし。

「この方ですか、京からお呼びになった婚約者というのは？」

「……」

（何で知っているんだ？）

「お凛、萩にいる時に来たのか？」

「私はほとんど出歩いていませんよ」

母屋の方に連れて行かれた。

「京の上品さを感じますね」

「すみません、お凛のことは誰から聞きました？」

瀧さんは少し驚いたようだ。

「誰って、風太さんの母上から。寅次郎が死んでから気遣ってくださるのか、時々足を運んでくださる。こんな所まで」

「……」

（母上は分かって話しているのかな？　いや、口が軽いだけだろうな）

塾生が頑張っていることや、お凛の京話などをした。

「文《ふみ》は奥女中にしてもらえてありがたいことです。元気そうですよ」

「それはよかった。ではまた来ます、ごちそうさまでした」

少し急いで塾を後にした。

「母上はゆっくりしてきていいと」

「文さんは久坂さんの妻だ。僕だけ生きて帰ってきたのが申し訳ない。それに……」

「何ですか？」

「未亡人となった文さんの話を聞くと、お凛と重ねてしまいそうで嫌なんだ」

「え？」

「分からないか？　もうすぐ戦争になる、そうしたら」

「それは私だって知っていますよ。でも幕府に勝てるって。下関で武器を揚げられたら勝てるって」

「そのつもりだよ」

「ほら、じゃあ心配ありませんね」

「……」

「それに私のことは心配しないでください。私は何があっても下関で生きていくことに決めました」

「萩の方が安全かもしれないけど」

「下関の方が私にはあってますし、友達もできましたから」

「そうか。だけど今度の戦いで出世したら萩に大きな屋敷を構えるぞ」

「え〜、下関にしましょうよ」

「馬鹿、僕は萩藩士だぞ」

萩城にきれいな夕陽が沈んでいく。僕たちはその夕日に向かって歩いた。萩に別れを告げる気持ちで。

● 引き継ぎ

「渡す物がある」

家に帰ると健太郎兄さんに呼ばれた。

「父上から言われていたんだが、大戦《おおいくさ》の前に直接渡せてよかった」

古そうな四角い木箱を開けると黒い布が入っている。

「秋助、広げるから手伝ってくれ」

大きく広がった真っ黒な布地に真っ白な力強い行書の一字が書かれている。

『疾』

「荒木家は、平時は『常和神《とこなぎのかみ》』を祀り、戦時には『疾風天《しっぷうてん》』に祈る。その神から頂いた一字を軍旗として戦場に掲げよ」

室内だからかもしれないが、大きく、そして威圧感がすごい。まさに荒神がそこにあるかのようだ。

「これを『はやて』と読み、お前が率いる隊の軍旗としてくれ」

ありがたいが
「兄上、それ一字ですと『やまい』と読めて、何か病気みたいじゃないですか？」

「え？」

「『疾風』と二字にした方が『はやて』と読みやすい気がします」

「そう言われても、これしかない。いらないのか？」

「いえ、二字にしてもらった方がいいのかと」

「いらないのならいいよ」

「いらないとは言っていません、できたら作り変えてほしいと」

「もういい」

「いえ、そういう意味では」

バンッ！

「いい加減にしなさい！」

（母上？）

「健太郎、お前は当主なのですから父上からの思いを堂々と託せばいいのです。優太！

文句を言わずに受け取りなさい！　それに秋助！」

「私は何も」

「お前は笑って見ていないで何とかしなさい！」

母上が怒った。

「優太、これを掲げて良い働きをしろ」

「ありがとうございます。必ず」

「初めからそうすればいいのです」

母上はお茶を入れると言って部屋を出て行った。お凛が笑っている。

「立派な武士三人も、母上の前では小さな子供なんでしょうかね？」

四人で大笑いした。

「そういうものだ。家の中では母上が一番強い。父上だって時々叱られていたよな？」

「時々？　よくあったよ」

「まあ、下関で頑張ってくれ。俺たちは東から萩に向けて攻めてくる幕軍と戦うことになるだろう」

母上が戻ってきた。

「戦国時代、毛利様は分家と三家で力を合わせた家。あなたたちも場所は違っても、力を合わせて頑張ってくださいね」

母上まで戦争の話をすると現実味が増し緊張感が漂った。

「あれ、お茶じゃなかったのですか？」

「もう下関に行くのでしょう？　たくさん仕入れたので遠慮しないでください」

その日は何時まで飲んだのか覚えていない。翌日の午後、高杉さんと一緒に下関へ向かった。

「どうでした？」

「準備はできたよ」

「家族は？」

「一月以内に来るとか」

あまり話したくないようで静かな旅になった。

そして下関に着くと、すぐに仕事を再開した。武器の取引に射撃試験、誰が運用するかで、まだもめている蒸気船の問題対応。

休む間がなくなってくると高杉さんが咳き込む。少しでも負担を軽くしてあげないと。

●下関の生活

桜がつぼみをつけ始めた頃、高杉さんの奥さんと二歳の息子が下関に来た。

「お世話になります」

評判通りのきれいな人だが落ち着かない様子だ。萩から出たのも初めてなのかもしれない。少し白石邸に住んだが、その後、高杉さんの母親まで来たので、別に家を借りてそちらに住むようになった。

「どうしよう？」

お凛が複雑な顔をする。

「僕は仕事をするだけで、家のことは聞かないようにしている」

「そうね」

お雅さんと違って下関に慣れたお凛は生き生きとしている。

「よう！」

高杉さんが来た。

「蒸気船、乙丑丸《いっちゅうまる》の話がまとまらないぞ」

「放っておいては駄目なんですかね？」

「ああ、せめて長州への引き渡し時期を決めろと海軍局がうるさい」

「坂本さんに話さないといけないですね」

「藩は僕に薩摩へ行って話をしてほしいようだ」

「坂本さんも今は薩摩にいるんですよね？」

「そのようだ」

「でも高杉さんが薩摩へ？」

戦争準備のため我慢しているが、まだ薩摩を許し切れていないのが本音だ。

「いい話がある」

久しぶりに笑顔を見せた。

「以前、イギリス行きの準備をしただろ。あの話は消えていない」

「本当ですか？」

「藩庁に薩摩での仕事がすめば、長崎からイギリスへ行ってもいいかと聞いたら何とかなるかもしれないと言うんだ」

「信じられませんよ」

「藩庁は乙丑丸の問題で頭が一杯なんだ。その後のことは考えていないのかもしれない」

「桂さんがいても藩庁はうまく回らないのですかね」

考えても仕方がないが、周布先生がいたら桂さんも楽だったのだろうと思ってしまう。

「今月の下旬に俊輔と旅に出るから、君も準備をしておけ」

「旅の準備はいつもできていますよ。ただイギリスまでは行きませんからね」

「分かったよ」

（今、高杉さんがイギリスへ行ったら幕府との戦争をどうするのか藩庁は考えないのかな？）

●薩摩へ

長崎へ行くと西郷さんは帰藩したという情報が入った。そのため予定通り薩摩へ行こうとしたが
「薩長同盟は薩摩人全員が知っているわけではありません。長州藩士が薩摩に入れば何が起こるか分かりません。話があれば長崎の方がいいと思います」
薩摩人にこう言われては、ここに滞在した方がいい。逃げ隠れは慣れてきたが、薩摩藩の言葉は独特なので領内に入ればすぐに見つかってしまうだろう。
一応、ここで乙丑丸の話をしてみたが、薩摩の重臣も坂本さんもいないので話は進まな

かった。

「まあいい、俊輔、イギリスへ行く話を進めよう」

「はい！」

この晩は三人で静かに飲むことにした。

「俊輔、遊学費用はどれくらい残っていたかな？」

以前、一人千五百両を受け取ったはずだが。

「高杉さん」

俊輔の元気がなくなった。

「これではイギリスで数か月生活するのがやっとです」

「それでは旅行にしかならないぞ！」

「そんなこと言われても、高杉さんだって浪費したじゃないですか？」

「浪費じゃない！　情報を集めるには必要なこともある。お前の女遊びがいかんのだ！」

「高杉さんの浪費に比べれば小さなものですよ！」

（おお、俊輔も怒り始めた）

二人とも悪いとしか言いようがない。しばらく静かになった。

「俊輔、君が帰藩して旅費の増額を願い出てきてくれ」

「困った時の聞多さんですか？」

「そうだ、聞多さんなら何とかしてくれる」

「それなら高杉さんも一緒に」

「駄目だ。僕が帰ると戦争が近いからと言って藩から出してもらえなくなる。俊輔、頼んだ！」

「分かりましたよ」

しぶしぶ引き受け、次の日、俊輔は一人で帰藩した。

「風太、僕は欧米の世界を見てみたい、先生が命をかけて学ぼうとした世界を」

「分かります」

「みんなは僕が戦争に参加することを願っている、いや、当然だと思っている。しかしな、風太は僕と一緒にいてよく分かっているだろう、この体のことを」

「はい」

内戦後から高杉さんは頻繁に体調を崩した。熱を出し、咳は止まらず、見ていられない日もあった。それでも元気になると酒を飲む。それがさらに悪いのだが。

「内戦の時は短期間で決着したから耐えられたが、幕府が相手となるとそうはいかない。指揮官が途中で死んだりしたら仲間の士気低下につながる。少数精鋭で士気が頼りなのにな。だから僕は今度の戦争では指揮官にならない方がいいんだ」

「死?」

「大げさに言うとだ。指揮官が病気で戦線離脱しても同じことだろ?」

「まあ」

「それに僕だって人間だ。先生や玄瑞たちには悪いが、もっと生きて、もっと経験を積みたい」

普通の若者の意見だ。

「船旅も大変だろうが戦争に比べれば楽なものだ。療養を兼ねて行きたいんだ」

● 居酒屋(十四)

「そうなの?」

テルが驚いている。

簡単に歴史を見ると、高杉晋作は幕府長州戦争の中心人物だ。その直前に日本を抜け出そうとしていたとはあまり伝わっていない。

「そんなに体が悪いの?」

「人前に出る時は普通に見えるよ。だけど忙しい日が続いた後は、必ず熱を出して苦しそうにしている」

「もともと体は弱いほうだったんですよね？」

「定期的に寝込むことは以前からありました」

「それなのに酒好きか、私も気をつけないと」

校長は太って元気そうに見えるがコレステロールや尿酸値を気にするようになっている。

「でもイギリスには行ってないよね？」

僕は頷いて話を続けた。

帰藩（四）

「やっぱり桂さんはすごいな」

桂さんが流したと思われる情報が全国に広がっている。

長州藩が外国船を攻撃したことは朝廷と幕府の指示に従ったものであること。

禁門の変を起こしたことは悪いことだが、そもそも長州藩を京から追い出し、話を一切聞こうとしない幕府の態度が理不尽であったこと。

そして禁門の変についての罪は、幕府の要求通り三家老の切腹など、すでに応えており、幕府も納得したこと。

今も幕府の話を聞いているにもかかわらず、幕府が長州を攻撃する姿勢を見せていることも理不尽であること。

「これだけ聞くと、幕府が感情に任せて弱い者いじめをしているようですね」

「事実だからな！　桂さんもやりやすいだろう」

これは久坂さんのおかげなのかもしれない。確かに裏工作などはしたが、表向きには朝廷の指示に従ってきた。幕府の圧力にも最後まで耐えて、禁門の変以外では暴力を振るっていない。だから、しっかり説明すれば、長州藩がなぜ悪者になっているのか疑問に思うのが普通だ。

「同情を誘うだけで戦う姿勢は見せていない。でも実際は戦争の準備が整いつつある」

「ふたを開けたら幕府は腰を抜かすぞ」

ただ大きな問題がある。

「小銃や大砲の準備は思い通り進んでいるが、軍艦がな」

幕府はすぐに使用可能な蒸気軍艦を四隻保有し、さらに他の藩が軍艦を提供すれば大艦隊となる。それに比べて長州藩には帆船が三隻と、今は輸送に使っている木造の蒸気船一隻のみ。

これでは海戦で勝てるはずはなく、しかも陸上へ艦砲射撃をされれば、陸での戦いも不利になる。せっかく射程距離の長いミニエー銃を装備しても、大砲で諸隊が混乱させられては少数の長州藩に勝ち目はない。

「この状況で、よく慎重な桂さんが戦うことを決めましたね」

「西郷さんは桂さんに提案したそうだ。時間をかせぐために、一時的にでも、また幕府に完全恭順した方がいいと」

「断ったんですか?」

「ああ、今度恭順すれば、長州藩は禁門の変だけでなく、今までのことを全て罪として認めることになる。そうなると、次に戦う大義名分がなくなるから恭順はできないと判断したんだ」

「負けを覚悟でとは、桂さんらしくない気がします」

「今度引いたら日本のためにならない。桂さんも藩ではなく、日本全体のことを考えてきたんだ。そして大義があれば、たとえ戦いに負けて滅びようとも、他の志士たちが立ち上がるきっかけになるだろうと考えて戦うことを決めたんだ」

「結局、桂さんも先生の影響を強く受けてしまったんですね」

「そうでなければ、僕たちのような塾生の世話などしなかったはずだよ」

「一番振り回したのは高杉さんですからね」

「否定はしない」

四月中旬に俊輔が来た。

「高杉さん、これで合わせて三千両、イギリス遊学には十分ですよ」

「やったな！」

やっと出発してくれそうだ。僕はそろそろ軍事訓練などしたいので下関に帰りたかった。

「知らせです」

手紙が届いた。

「第二奇兵隊が幕府領の倉敷代官所を攻撃、その後に幕府軍の攻撃を受け壊滅。生存者逃走中」

第二奇兵隊は長州藩の南東、瀬戸内側を守備している隊だ。

「命令なく勝手に暴発したようです。桂さんが尻拭いをしているでしょうね」

「なぜ我慢できないんだ！」

戦う姿勢を最後まで見せず、攻撃を受けた時に一気に反撃して初戦から有利に運ぶのが桂さんの作戦だったのに、これで台無しになるかもしれない。

「実行者は指名手配されています。藩庁は、その攻撃は長州藩の意図するものではなく、一切関係ない。犯罪者なので捕縛も、抵抗すれば殺害しても構わないと幕府や諸藩に公表しています」

桂さんを中心に、藩庁はこのような厳しい態度で事件を収拾させようとしている。

「後手に回れば長州藩は戦いの前に終わるぞ。大軍を前にすると内部崩壊することがよくあるからな」

「桂さんなら上手くやってくれるでしょうが、心配ですね」

「幕領ということは分かるが、なぜ広島を越えて百五十キロもある倉敷なんだろうな？」

その力があれば別なところで使ってほしいものだ。

帰藩（五）

「また知らせですよ」

四月二十二日、また急報がきた。いい話を聞きたい。

「四月二十一日、昨日ですね。幕府が出頭命令を出した。藩主父子と四支藩の藩主に対して広島に出頭せよとあります。これを拒否すればすぐに軍を進めると！」

「何！」

広島の交渉では時間稼ぎという面においては成功し、これまでは幕軍の準備は進んでも攻め込む気配はなかった。それが急に強硬姿勢に変わった。

「第二奇兵隊が暴発したせいか！」

タイミング的にはそう考えられる。

「長州が先に手を出して戦争が始まったと思われては、長州の正義が諸藩に伝わらないぞ！」

ドン！

洋式の椅子を思いっきり蹴っ飛ばし、呼吸を荒げた高杉さんの表情は悩んでいるようにも見えた。

「長州へ帰るぞ。日本にいながら長州が攻撃されるのを黙って見ているわけにはいかん！今すべきことは幕府と戦うことだ！」

そう叫ぶと不敵な笑みを浮かべた。もともとこの状況で留学などしていいのか、後ろ髪を引かれるような思いはあったのだろう。それが幕府の強硬姿勢により、戦うことに決心してすっきりしたのかもしれない。

「やっぱり、この方が高杉さんらしい」

俊輔は高杉さんの腰巾着と呼ばれた人間。高杉さんの体調のことは分かっているはずで、嬉しそうにした反面、辛そうな表情も見せた。

命をかけるという言葉は大げさな表現だ。しかし高杉さんの場合は人げさではない。勝ったとしても体はボロボロになるだろう。高杉さんは本当の意味で命をかけることに決めたのだ。

「俊輔！」

「はい」

「土産を買うぞ」

「何にしましょうか？」

「軍艦だ！」

「軍艦？　冗談ですよね？　遊学費では到底無理ですよ！」

「グラバーも長州の金払いの良さは分かっているだろう。帰藩してから藩に払わせる」

「え〜！」

「戦争が始まろうとしている。長州に次はない。理屈はいいんだ、買うぞ」

「分かりました」

「グラバーに蒸気軍艦を用意させろ、すぐに使えるものを。もちろん、大砲付きのだぞ！」

「はい！」

俊輔はグラバーを探しに行った。

「また海軍局と喧嘩ですね」

「もう慣れた。いいか、幕府の艦隊の動きを封じなければ長州に勝ち目はない。僕は毛利家家臣だ。僕が戦争をするのであれば善戦して後世にその名を残せばいいなどと考えない」

功山寺決起を思い出させる鋭い目つきに変わった。

「必ず勝つ！」

「そうですね」

交渉に優れた俊輔を先頭に、長崎中を回って軍艦と小銃を探した。

「高杉さん、小型ですが蒸気軍艦があるとグラバーが言っています」

慌ててグラバー邸へ行った。

「小型ですが鉄張りの蒸気軍艦があります。もちろん大砲付きで、すぐにでも戦闘可能ですよ」

「見に行けるか？」

「もちろん」

長崎の港は初夏の風が流れ心地いい。

「小さい！」

俊輔が笑った。

「すぐに用意できるのは、この船です。性能は悪くありません」

「いくらだ？」

高杉さんは気に入ったようだ。いや、時間がないから、これに決めるしかないのか。

「約四万両です」

「……」

いつもながら藩の予算を圧迫させるのに十分な金額だ。

「船の規模は排水量でみることが多いのですが、この船『オテントー』は九十四トン、『乙丑丸』三百トンです」

やっぱり小さい。

「それでも乙丑丸よりは戦闘向きです。幕府の旗艦は千トンの『富士山丸』。それに加えて乙丑丸より大きい鉄張軍艦が三隻に他にも応援の船が来るでしょう。あなたが考えるように、今は一隻でも蒸気軍艦を購入すべきです」

「分かった、これを長州へ回航できるように準備してくれ。それに手配できた小銃を載せてな」

「分かりました。できるだけすぐに」

「金は帰藩してから払う」

「それは伊藤さんから聞いています。しかし、以前は仮契約をしたのに藩の許可が出なかったことがありましたよね？」

「昔の話だ。この情勢であれば、この船を持って帰ってしまえば文句は言われても必ず購入するはずだ」

「信じます」

最後の詰めなのか、俊輔がグラバーと二人で話をしている。

「何か言ってた？」

俊輔が困った顔をした。

「イギリス海軍であれば、これを主力艦にして幕府海軍と戦うようなことはしないと」

「駄目じゃないか！」

「でも、長州の高杉晋作なら上手くやるだろう、って付け加えていました」

欧米諸国は日本の内戦には干渉しないと彼らの中で約束しているようだが、少なくともイギリスの商人は長州藩と薩摩藩を応援している。イギリス本国もそれには目をつぶっているようだ。

さらにグラバーはイギリス商人でありながら、日本の志士の仲間のような雰囲気を出している。今回の話も儲けるために船を手配したというよりは、長州のために何とか探したような感じがあった。そうでなければ現金のない高杉さんに四万両もの船を売ったりはしないだろう。無理して白石さんのように赤字にならないことを祈った。

そして準備ができたと聞いたらオテントー号に飛び乗り、そのまま下関へ向け出港した。もちろん水夫付きの楽な回航だ。蒸気機関の音がうるさいが、風に左右されずに進む姿は勇ましい。

「風太、潮の流れは分かるか?」

以前、海軍修行から逃げ出した高杉さんだが、一通りの訓練をしたのちに上海を往復している。日本人の中では船に詳しいほうだろうし、帆船の煩わしさがないのは高杉さん向きなのだろう。船中を歩き回って、いたって上機嫌だ。

(船酔いが酷いから海軍の勉強はやめると言っていたのは、やっぱり嘘だったんだ)

そして四月末、下関に入港した。

●軍艦問題

下関港の一等地に堂々と蒸気艦を着岸させると武士も商人も驚いている。初めは幕府の攻撃かと思った様子だ。

「これどうしたのですか？」

「開戦が近いと聞いて土産に買ってきた」

「これは心強い！」

若い役人は歓声をあげている。おそらく藩公認で購入したと思っているはずだ。

次の日
「高杉晋作、荒木優太に山口政事堂から出頭命令がきている」

軍艦の話が届いたのだろう。

「大丈夫ですかね？」

「大丈夫、何とかなる」

政事堂に入ると桂さんが血相を変えて近づいてくる。

「高杉さん、あれは激怒した時の表情ですよ」

「何！」

「僕はトイレへ行ってきます」

高杉さんが僕の肩を強くつかんだ。

「逃げるな！」

「買ったのは僕じゃない、高杉さんですよ！」

「うるさい！」

（来た！）

「こっちへ来なさい！」

「はい」

いかにも不機嫌そうに座った。

「お前はイギリスに行ったのではなかったのか？　何で軍艦を無断で買って帰ってきているんだ？　なぜ、すぐ報告に来ない？」

強い口調の質問攻めだ。

「何とか言え！」

そうしゃべり続けられては答えようがない。だいたい最初に何を聞かれたのか忘れてしまった。

「軍艦はどうする気だ？」

「開戦間近なのでしょう？　藩に買ってもらって海軍局に渡せばいい」

すねたように高杉さんが答えた。少しは喜んでもらえると思っていたはずだ。

「海軍局も軍艦購入は考えている。しかし、この件に関しては海軍局を含めて藩庁は激怒しているぞ！　あの軍艦は買わないと」

「そんなことを言って、交渉中に幕府が攻めてきたらどうするんですか？」

「……」

桂さんが首をかしげた。

「高杉君、開戦の危険はとりあえず回避されたことは知らないのか？」

「え？」

僕と高杉さんは顔を見合わせて驚いた。

「二十日くらいに開戦が近いと長崎で聞いたのですが？」

桂さんがため息をついた。

「各藩主の名代《みょうだい》を出したことで、今すぐ幕府軍が攻めてくることはなくなった。今度の回答期限は五月後半ということになりそうだ」

「……」

「どうするんだ？」

「もう一度イギリス留学の手続きに行ってきます」

「馬鹿を言うな、そこまでの時間はない。それに、やっぱり君には諸隊をまとめてもらわないといけないことが分かったよ。また暴発が起きては困る」

桂さんは少し落ち着いたようだが、やっぱり頭は痛いらしい。

「冗談ですよ。もう戦う決心をして帰ってきました。第二奇兵隊は？」

「あの後、それに呼応するかのように隊を抜ける者が出たので、まとめて対応したよ。全て処刑し、幕府や諸藩、そして藩内にあの事件は個人的な暴動で長州藩とは全く関わりがないことを示して解決した」

第二奇兵隊で暴発者を先導した者は、個人的な恨みがもとで倉敷の代官所を襲ったという。ついていった隊士は騙されて協力したようで同情した。

他にも原因はあった。身分に関係ないはずの諸隊にも、やはり武士と庶民の待遇の差があった。それが時間が経つにつれ大きな不満になっていき、戦争が始まるのかどうかというストレスの中、脱走などの事件を引き起こした。

「藩のためとはいえ、いやな仕事だった」

桂さんが静かになったようにみえたが
「それで、軍艦のことはどうするんだ?!　長崎へ返しに行くのか?!」

思い出したかのように大きな声を出した。

「それはできませんよ。すみません。本当に戦争が始まると思って急いで買ってしまいました」

「謝られてもな」

「あの軍艦と共に命をかけて藩のために戦って罪滅ぼしをします。買ってください」

「……」

高杉さんが珍しく下手に出たので桂さんも考え始めた。

「藩庁も海軍局も軍艦が必要なことは分かっているんだ。だが会計の方に金がないと言われてね」

「こういう時は聞多さんに頼めば何とかしてくれる！」

急に元気な声を出した。高杉さんにとって金の問題は小さなもので、桂さんさえ頷かせれば思惑通りといったところだ。

「井上君か、私からお願いするよ。君たちは重臣を逆なでするから、どこかで酒でも飲んでいなさい」

何とかなりそうだ。

「あ、井上君で思い出した。イギリス遊学に行かなかったのだから遊学費を全て返すように言ってたよ」

「それはまずいな」

高杉さんの顔が青ざめたのが分かった。どうせ使い込んだのだろう。

旅費問題

「晋作はどこだ！」

廊下から大声が聞こえた。

「うるさいのが来たぞ」

ガン！

ふすまが勢いよく開いた。

「聞こえたら返事をしろ！」

最初から怒っているのは珍しい。

「聞多さん、元気そうで」

俊輔も一緒だ。

「いつまでもけが人扱いするな！　それよりなんだ、あの返済額は？」

耳がキンキンする。

「残っている分は俊輔が返したでしょう」

「千五百両も足りんぞ！」

「久保さんに相談しているから待ってください」

久保さんは今、藩の会計役などもしているので相談してみた。相談しただけで金が借りられるとは思えないのだが。

しばらく飲みながら小言が続いた。

「とりあえず、七百両は乙丑丸の買い入れに関わる諸経費に使ったのだろうと会計役に説明した」

「残りを返せばいいのですか？」

一応、返す意思はあるようだ。八百両も。気がつくと聞多さんも気まずそうな顔をしている。

「会計役と話をしていたら、あまりに細かいことを言ってうるさいから喧嘩して出てきてしまったよ。八百両はどうなっているんだって何度も何度も言われたしな。

頭にきて最後に『功山寺決起からの活躍に対する褒美だと思えば安いもんだ』と捨て台詞を吐いて……」

少し声が小さくなった。反省はしているようだ。

「どんな反応をしました？」

「振り向かずに立ち去ったので知らん」

その勢いでここに来たので最初から怒っていたのか。

「よく言ってくれました。もっと飲みましょう」

（この二人、何とか揉み消す気だな）

「お前、体はいいのか？」

「酒を飲んでいる時は元気です」

「お前のことは全く分からん」

「自分でもよく分かりませんからね」

「ただ、お前が分からない人間であることを理解したから、何が起きても驚かなくなったぞ」

「だったら怒ることないのに」

余計なひと言を言ってしまった。

「それとこれとは話が別だ！」

「まあまあ、抑えて」

しばらくすると聞多さんが思い出したように言った。

「もうすぐ桂さんと村田さんが来るぞ」

「村田さんが飲みに？　珍しいですね」

「諸隊の現状と配置などを伝えたり、相談したいこともあるようだ」

「政事堂ですればいいのに」

「お前たちが政事堂にあがりにくいからだろ！」

「……」

本当によく怒るな、聞多さんは。

交渉決別

「お凛は？」

下関に戻ったので一緒に昼食でもと思ったのだが
「仕事に出てます」

白石邸の女中が答えた。

「ここで働いているのでは？」

「最近はよく砲台へ行っているようです。作業員の世話だけでなく、一緒に砲台の整備もしているそうです。女なのに頑張りますね！」

「聞いていない」

「あら」

気まずそうに奥へ行ってしまった。前田砲台へ行くと、お凛がいた。

「何してるんだ？」

「見つかってしまいました！」

周りを味方につけようというのか、笑いながら大きな声を出した。

「長州人全員で戦うのでしょう？　萩では武家の女性も土塁を作っていました。私もできることがあれば何でもしますよ」

準備していたかのようにすらすら説明する。

「お凛様のおかげで助かっています。食事の用意から洗濯、作業まで何でもこなしてくださって」

「私は町人ですから急に敬語なんか使わないでください」

すごくいい雰囲気だ。

「何で言わなかった？」

「だって高杉さんはお雅様が働くことにいい顔しなかったって言うから」

「そうか」

「何か用でしたか？」

「昼食を一緒にと思って」

「そろそろ時間ですね、一緒に食べましょう」

他の藩の庶民は戦争に巻き込まれることはあっても積極的に参戦することはないのに、

この人たちは一緒に戦おうとさえ思っている。

僕たちが志を持って進めてきたこととはいえ、長州藩を戦場にしてしまうのだから、それを迷惑に思ってもいいようなものなのに。

「荒木様はもっと怖い方かと」

「え？」

「禁門の変でも内戦でも最前線で戦ったと聞いているので、もっと猛々しいのかと」

年配の男が僕に遠慮しながらそう言うと、お凛は首を振って否定した。

「普段はこんなものですよね！」

（こんなものって、どんなものだ？）

「さあ、ここは任せて優太さんは自分の仕事に行ってください」

「今日は下関に戻ったばかりで決まった仕事はない。僕も手伝おう」

「その格好でですか？　その服が泥まみれになっては困ります。それに耕太さんが心配していましたよ、優太さんが全然訓練していないって」

「そうだ！」

最近、馬にも銃にも触れていないし、刀を抜いたことさえない。

「暗くなる前には帰りますから、おうのさんも呼んで一緒に晩御飯にしましょう」

「そうだね」

高杉さんの家族は高杉さんが多忙なことを知って、前回長崎へ向かった頃に萩へ帰ったらしい。かわいそうに思うが僕にはどうしようもない。

五月十日、急報があるということで山口政事堂に行った。

「広島で幕府の老中と交渉していた宍戸備後助《ししどびんごのすけ》と小田村素太郎《おだむらもとたろう》が拘束された」

藩主は病気で出頭できないなどと見え見えの嘘をついて時間稼ぎをしていたので交渉役を拘束したくなる気持ちは分かるが、老中という立場としては軽はずみな行為をしたとしか思えない。

「これで幕府の信用はまた落ちたな」

桂さんは二人の身を心配しながらも、幕府が墓穴を掘ったことに喜んでいるようだ。

「長州藩の正式な、しかも藩主の名代とした者を拘束したのだ。正当な理由もなく藩主を拘束したようなもの。長州は戦をする大義を得た！」

桂さんは、またこれを全国に伝えるのだろう、大げさにして。

「しかしまだ戦争はしないよ。高杉君、諸隊には我慢をしてもらってくれ」

「分かっていますよ、初めは処女のごとくですね」

「ああ、長州に大義を持たせ、その上で幕府が理由のはっきりしない状態で先に戦争を仕掛ければ、諸藩の士気は上がらないはずだ」

「そして、その時には脱兎のごとく」

「長州軍の強さを一気に知らしめ、さらに諸藩の戦意をそぐ。膠着状態《こうちゃくじょうたい》になれば遠征で大軍を維持しなければならない幕軍の方が疲労しやすい。長州征伐の勅命を受けた幕府が講和を申し出てきたら長州の勝ちだ。幕府の権威は地に落ち諸藩の心は離れ、ついには崩壊の道を進むことになる」

どう考えても不利なのに、桂さんや高杉さんの話を聞いていると勝てそうな気がしてきた。

「村田さん、ではなく大村さん」

村田さんは最近、大村益次郎と改名したらしい。

「はい。すでに大まかな配置は決めています。主力の四千人を幕軍が侵攻してくる四か所に千人ずつ配置して迎え撃ちます」

四か所とは萩の東の『石州口《せきしゅうぐち》』、岩国と広島の間の『芸州口《げいしゅうぐち》』、岩国の南にある『大島口』、そして下関海峡の九州側『小倉口』だ。

今のところ、石州口に大村さん、芸州口に聞多さん、小倉口に高杉さんを実際の指揮官とする方針で、大島口は岩国藩が担当するようだ。

第二奇兵隊の暴発事件で桂さんが厳しい対応をした後は、高杉さんが現場にいることもあり、政事堂の桂さんを中心として軍律が厳格に守られている。

「大村さん、武器はもう十分ですか？」

質問してみた。

「戦争の準備に十分ということはありません。ぎりぎりまで武器を輸入してください」

今も下関や三田尻に武器は入ってきている。一丁でも多く諸隊にミニエー銃を届けなければならない。

「桂さん、小倉口では軍艦を使うでしょうから、僕を海軍の役に任命してくださいね」

高杉さんが言うと桂さんが頷く。

「分かっている。オテントー号は正式に購入し『丙寅丸《へいいんまる》』として君に任せるよ」

「頼みます」

これから政事堂と担当場所を行き来して戦争に備えることとなった。

幕府進軍

「動きがないうちは政事堂にいたほうが情報を得やすいな。訓練も含めて内寅丸で三田尻へ行き、そこから山口へ行くか」

四境の戦い参考図

六月一日、高杉さんの思い付きにより三田尻に移動した。そして、三田尻と山口政事堂を往復して、全体の状況や丙寅丸の調子を見たりした。

六月四日、政事堂に幕府の進軍が伝わってきた。

「ついに動いたか！」

待ち疲れていたが、いざ戦争が始まると分かると恐怖感が襲う。

「吉田に駐屯中の奇兵隊を下関一の宮《いちのみや》に向かわせ下関の守備につかせる」

訓練や休養を考えてギリギリまで慣れた駐屯地にいた奇兵隊などの諸隊が幕府の進軍に合わせて動く。幕府軍は幕府独自の軍隊と諸藩の連合軍のため正確な数は分からないが、おおよその情報は流れてきた。

「幕軍の数、石州口三万、芸州口五万、小倉口二万。幕府海軍の動静は不明。後続のことを考えると総勢十五万に及ぶ可能性があると」

政事堂内が一瞬静まった。

「桂！第一次の時と変わっていないじゃないか！お前は自信を持って減ると言ったではないか！」

重臣が悲鳴に似た声で桂さんを責めた。

薩摩の不参加や桂さんの情報戦により、諸藩の出す兵が減るのではないかと期待されたが、数の上では減っていない。幕府の力は健在だ。

「数はあっても士気が上がっていないはず。大丈夫、だと思います」

「本当だろうな？」

珍しく見せる桂さんの冷や汗が重臣の不安をあおった。こちらの主力は四千足らずなのだから当然の反応だ。

「どうしろというのだ！」

「勝てるはずがない」

下関戦争も内戦も体験していない重臣連中が数を聞いて絶望的な顔をしていると、高杉さんが笑った。

「諸藩はいくら戦いたくなくても幕府の目を気にして兵は出さないといけないからな。そんな連中に戦争ができるはずはない。五万も十万も十五万も、実際に戦う兵だけを見ればそう変わらん」

さすがと思ったが、高杉さんの顔にも冷や汗が見える。ここにいる誰もが恐怖感で押しつぶされそうだ。特に政事堂の重臣は。一藩で幕府と戦うとはこういうことなのだ。

「海軍の動きが分からないのは不安だな」

藩庁は、大島口を本気で守るには海軍力が必要だと分析し、長州藩にはその海軍がないため、第二奇兵隊などの五百の兵を本州側に置く程度とした。本土は守れても島までは無理だと、大島は見捨てられたと言ってもいい配置となった。

いい知らせとしては、入隊志願者が増え続けていることだ。さらに、戦場となる周辺の村では、男たちが率先して銃を持ち守っている。

しかし、そのような者達を数に入れればもっと増えるとしても、現在把握できている、訓練を積んだ長州の主力兵数は三千五百。そして小型蒸気軍艦一隻と帆船三隻。計算上ではこれで幕軍に勝てるはずはない。

「高杉さん」

「想像以上だな」

強気な発言をしたものの、高杉さんもさすがに焦りを隠せない。

「しかし外に出たら強気だぞ。みんな僕たちの顔色を見ているからな」

「はい」

● 任命

梅雨になったせいもあり、幕府軍の規模を考えると憂鬱になる。

（心が晴れるようなことはないかな）

六月七日。

「おいおい」

高杉さんが顔をしかめている。

「問題ですか？」

こっちを見て苦笑いをした。

「六日付で海軍総督を命じるって」

「？」

政事堂に行ったら高杉さんに任命状があると言われ、開けてみると想像していなかった役職が書かれていた。

「確かに海軍の力は必要だから何かの役につけるように願い出てはいたが、海軍経験豊富な者を差し置いて、僕が現場のトップというのはやりすぎだろう」

「桂さんの間違いですか？」

「いや、おそらく桂さんが口頭で人事にお願いしたのが、上手く伝わらなかったのだろう」

「変更してもらいますか？」

「時間がかかるだろうし、断るようで、かえって失礼に思われるかもしれない。まあいい、全力を尽くすのみだ」

●小倉口配置

六月八日には下関に奇兵隊が到着した。

奇兵隊の総管は若い藩士である山内梅三郎が務めるが、実際には副長にあたる軍監の狂介と福田恭平、参謀の時山直八《ときやまなおはち》と、塾生が指揮を取る。非常にやりやすい。

他の隊は、すでに七百名を抱える主力の奇兵隊と共に戦うことになるので、実質、奇兵隊の幹部が小倉口全陸軍の指揮者となる。そして高杉さんが海軍を含めた小倉口全体の参謀として、実質の全指揮権を与えられた。

奇兵隊は大村さんの指導の下、完全な西洋式軍隊となっている。本隊七十名の下に槍隊二十五名、銃隊三十名、砲隊八名、さらに小隊三十名が置かれ、それぞれに隊長と補佐の伍長が配置され、命令が素早く伝わるようにされている。この各隊が増え続け、今では七百名を超えている。

槍隊のような敵陣を制圧するための接近戦を考慮した武器もあるが、基本は銃や大砲で戦うため、槍隊以外の隊が接近戦をする場合には、銃剣か刀で戦うこととなる。

さらに、ミニエーのような威力のある銃に対して鎧は意味をなさないということで、隊士は鎧を着用しない。黒色の西洋の着物は一見頼りないが、機動性に優れ、銃対銃の戦いではその方がいいらしい。

昔と大きく異なる点は、昔は鎧を含めた武器を各自持参していたが、今は藩庁が武器を提供し、それを使用する。だから武器を持たない庶民でも、入隊すればすぐに戦力となる。

「高杉さん！」

政事堂で声をかけられた。

「おう、市も来たか？」

「大砲に関しては僕に任せてください。よく勉強してきました」

「大砲だけとは言わずに大村さんから教えてもらったことを僕にも教えてほしい」

「分かりました」

「頼むぞ」

軍艦は三田尻の海軍局に待機している。

「乙丑丸は？」

戦争には長州の軍艦として働くはずの乙丑丸の話がない。

「六月の中旬には三田尻に来るはずだ」

高杉さんは平然と言うが、この状況で長州藩に届いていないのはおかしい。

「早くしないと戦争が始まってしまいますよ」

「大丈夫、話はついている」

亀山社中としては自由に使える蒸気船を手放したくない気持ちもあるのだろう。坂本さんは戦争より個人的には商売をやりたいように見える。

「心配するな、坂本君たち亀山社中の連中にはそのまま乙丑丸を使ってもらうよ。だから操船訓練は必要ないからギリギリに来ても戦力になるはずだ」

「え！」

以前もそう言っていたが高杉さんは本気のようだ。

「こんな不利な戦争に巻き込めますか？」

「大丈夫、中岡君はずっと長州で戦ってきたし、坂本君だって日本の将来を気にしている男だ。お願いすれば引き受けてくれる」

（坂本さんは暗殺されそうになったばかりだが、体は大丈夫なのかな？）

乙丑丸だけは心配だ。

●開戦

同じ八日。

「急報！」

政事堂へ大島からの使者が来た。

「七日に幕府軍艦による大島への砲撃あり。ただ砲撃は小規模で大きな被害は認められていません」

政事堂は幕府側の様子見と判断し、諸隊には動揺することなく待機するようにとの指示を出した。しかし、それだけでおさまらず、大島の東側の村、久賀《くか》が砲撃されたり、幕軍が上陸して大島の村を焼いたりして死傷者が出ているという情報も伝えられ始めた。

本州側に駐屯している大島口の守備隊から応戦したい旨の要望もきている。大島口に戦力は割かないという方針ではあったが、やはり気持ちは落ち着かない。

十日の午後六時ごろ。

「桂を呼べ！」

帰宅していた桂さんを、大島からの続報に耐え切れなくなった山田宇右衛門《やまだうえもん》様が呼び出す。山田様は五十過ぎで他の重臣に対して顔が利き、桂さんの仕事をやりやすくしている方だ。

「大島の件は大村さんの想定内のことではあるが、民衆の協力を得て成り立っている長州藩が大島を見殺しにしたと思われてもいけないし、幕府が初戦に勝利したと思わせてもいけない」

桂さんは独り言を言いながらいつもの通り悩んでいる。作戦のため冷酷になろうとしている桂さんの気持ちも分かるが、松陰先生に関わった者が人を見殺しにすることなどできるはずがない。それに戦争は戦力だけではなく士気が大切だ。少数の長州藩が初戦で負けたという情報が広がっては困る。

「高杉君！」

怖い顔でこっちを見た。

「行ってくれるか？」

「たまたま僕が政事堂に来ているからって確認する必要はありませんよ。命令してくださ い」

幕府軍が村を焼き払っているという話を聞いてイライラしていた高杉さんが嬉しそうに答えた。

「だが高杉は小倉口配置だ。高杉が抜ければ最重要箇所である小倉口の士気に関わるのではないか？」

さすが政事堂、重臣の一人が口をはさんだ。時間がない時にも議論がしたいようだ。

「陸軍は作戦通り、大島口配備の第二奇兵隊と浩武隊《こうぶたい》に指示します。それに加えて配置の縛りがない海軍から丙寅丸を出します。そして丙寅丸の指揮官は海軍総督の高杉晋作とします。道理でしょう！」

桂さんが強い口調で重臣を睨みつけながら言うと誰も口を挟まなかった。小倉口参謀としては小倉口である下関を離れるわけにはいかないが、海軍総督としてはどこの海上にでも行ける。ここで海軍総督という役職が役に立った。

「高杉君」

今度は優しい顔でこちらを見ると、高杉さんも落ち着いて話す。

「明らかに劣勢の長州が出し惜しみ、様子見などありえません。僕が派手に一矢報いてきますので、後のことはお願いします」

「任せた。大島の手前にある上関《かみのせき》に、周辺に詳しい案内人を用意しておくよ」

「お願いします。あと、山田市之允を連れて行っていいですか?」

「彼は大村さんの愛弟子だ。連れて行くなら生きて帰すと約束してくれ」

高杉さんが笑う。

「風太、あれを言ってやれ!」

「あれって、あれですか?」

高杉さんが頷く。

「生きようとする者は死に、死を覚悟した者が生きて帰るものなり!」

「すまん、余計なことを言って。全て君に任せる!」

桂さんが苦笑いすると、高杉さんの顔が引き締まった。

「了解！　風太、市、行くぞ！」

「はい」

部屋を出ると
「幕府の軍艦が何隻もいるのに、丙寅丸一隻とは無謀すぎる！」

重臣の声が聞こえた。せっかく気合を入れたところなのに。

「だったら戦争の前にもっと買ってくれたらよかったのにな」

高杉さんが笑いながら走った。

そして桂さんの命令通り、十一日の正午に三田尻を出発した。

「高杉さん、僕は大砲の勉強はしたが、船の上から撃ったことはない」

市が不安そうに言う。

「ではこれが最初だな。それに松島さんの船で見学したと聞いたぞ。大丈夫、気合で何とかなる」

「高杉さんがそう言うなら」

塾生の間で高杉さんの『何とかなる』という言葉は根拠がなくても自信を持たせる。現に今まで何とかしてきたから。

「市さん！　僕たちが小銃で守るから、市さんは大砲に専念してください」

耕太が励ます。僕には普通に話す耕太だが、なぜかいまだに市には丁寧に話す。それに今のセリフは僕が言うべきだろう。

「高杉さん、いつ着替えるのですか？」

よく一緒にいる者は小さなことに突っ込まなくなったが、市は一々突っ込む。高杉さんはそれが嬉しいようだ。

「戦闘服など必要ない。幕府のような鼠賊《そぞく》の軍艦を撃破するくらい、この軍扇《ぐんせん》一本で十分だ！」

明日には瀬戸内の藻屑《もくず》となるかもしれない状況で、大勢力を誇る幕府海軍を小さな盗みをする泥棒と言ってのけた。そして黒の扇骨《せんこつ》に日の丸が鮮やかに描かれた扇子を広げ、華麗に振りかざしている。

「さすが！」

市が大喜びしている。よっぽど高杉さんと戦えるのが嬉しいようだ。

予定通り上関で案内の漁師を乗せ、十二日の正午に大島口直前の遠崎に泊まった。

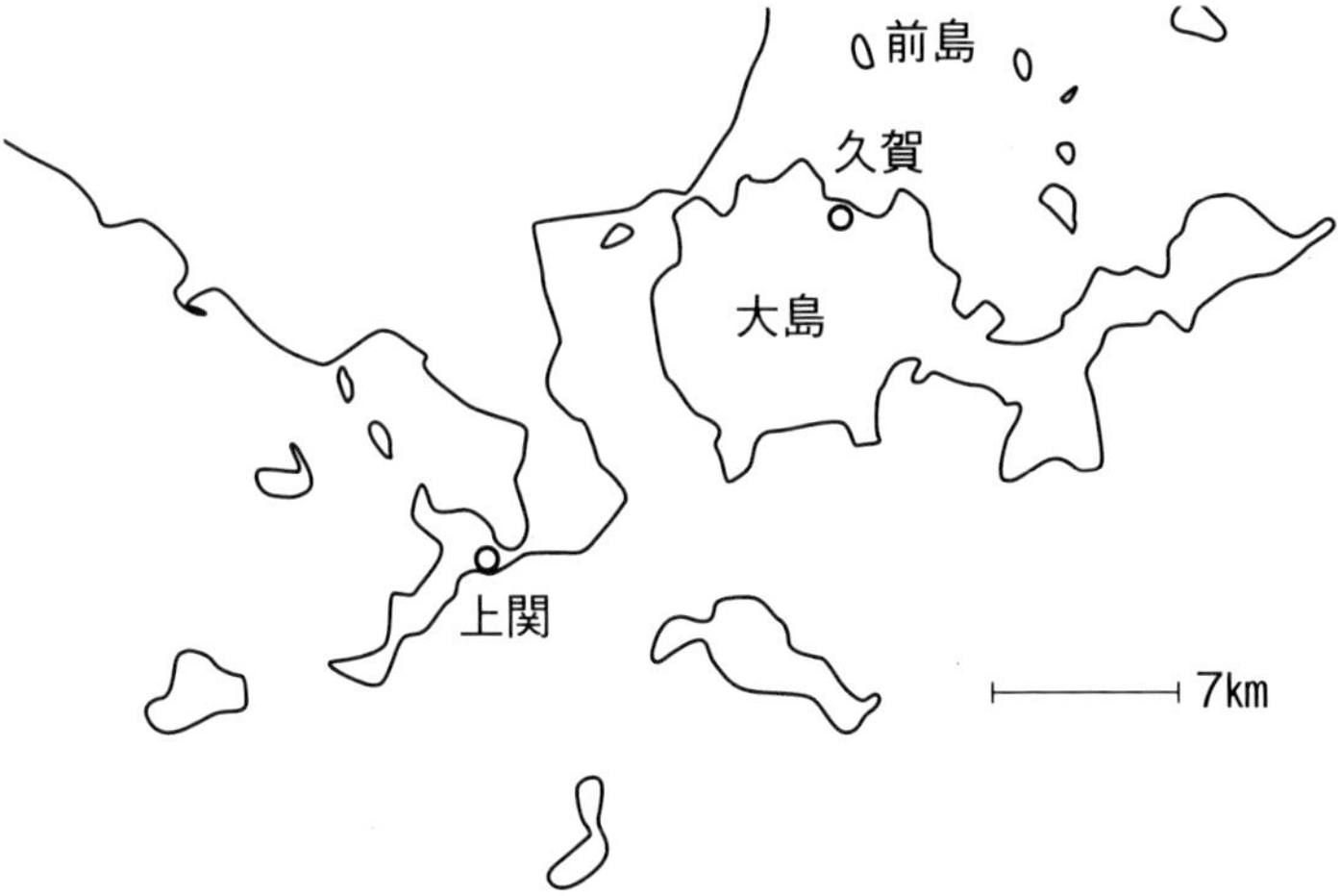

大島周辺略地図

● 反撃

陸に上がると軍議を開いた。第二奇兵隊は前総督が暴発事件を起こしたため、現在は奇兵隊総管が兼務しており、実質、ここにいる軍監の世良修蔵《せらしゅうぞう》が隊長だ。

世良は大島の庄屋出身だが明倫館や江戸で学び、武士として認められた優秀な男だと聞いている。さらに浩武隊《こうぶたい》の総督、泉純成《いずみすみなり》が来ている。

「小倉口から応援に来てもらえるとは」

世良たちが感激している。

「小倉口配備からの援軍ではない。海軍局として参戦する」

高杉さんは勝手に持ち場を離れたわけではないことを伝えるためか、まず建前を述べた。珍しく桂さんや久坂さんのような気配りをしている。

そして世良の様子を見て大きく頷いた。世良は大島出身であるからだろう、何としても大島を取り戻したいと息巻いている気持ちが伝わってくる。

「両隊とも政事堂からの命令書は受け取ったな？」

二人が頷いた。

「では今夜、陸海の合同作戦を行う。大島に攻め込むぞ！」

奇襲の定番である夜襲だ。

「待ってください」

世良が止めた。一番乗り気に見えていたのだが
「大島には兵がいませんが」

「何?!」

高杉さんが大声を上げると一気に空気が張り詰めた。僕は慣れているが、頼りになる高杉さんは同時に仲間であっても恐ろしい存在なのだ。

「どういうことだ？」

「大島の領主も代官も、大島からここまで兵を引いてしまいました」

「大島口に主力は配置しなかったが武器は渡してあっただろう？　隠れながらでも反撃して敵を疲弊させる。そうやって援軍を待つのだろうが！」

「そうは言っても」

バン！

「もういい！」

机をたたいて振り向いた。

「幕兵がいる久賀《くか》を砲撃してやる！」

「丙寅丸が援軍に駆け付けたことを悟られますが？」

「長州兵が弱腰と思われたままでは効果的な奇襲はできない。攻撃して幕兵を休ませないようにするぞ！」

高杉さんの迫力と行動力に諸隊が呆然と見送る中、僕たちは高杉さんについて丙寅丸に乗り込んだ。

「行くぞ！」

「おう！」

富士山丸に出会わないことを祈った。

排水量千トンを誇る日本最大の戦艦、富士山丸は正直怖い。戦闘になれば、新式の大砲を丙寅丸の三倍にもなる十門以上を搭載し、長距離から休みなく砲撃してくるだろう。

「ここらでいい」

思ったより陸から遠い。

「命中など望まん！　砲撃してやつらを疲れさせればいいんだ」

怒って出てきたが、いたって冷静だ。

「市、練習だと思って撃て。次には不慣れだとは言わせないぞ！」

「はい！」

高杉さんに命じられた市は生き生きとし、大砲のある持ち場について砲撃を開始した。

ドン！　ドン！

「耕太、こっちも練習だ！」

僕たちもミニエー銃の練度を上げなければならない。

バババババン！

幕府の装備に比べれば大したことはないのだろうが、この小さな船で大砲を撃つと凄まじい衝撃を受ける。

「気がすんだ、帰るぞ」

いつもながら引き際がいい。もう少しという感覚が全くないようだ。

遠崎に戻ると諸隊はまだ呆然としている。

「幕府の艦隊がいたら」

高杉さんは諸隊の心配など無視するかのようにあしらう。

「うるさい、憂さ晴らしだ！」

陸に上がった途端、怒鳴る。丙寅丸では冷静だったことを考えると、高杉さんは諸隊を引き締めるために、わざと不機嫌そうにしているのかもしれない。

「長州は危ない橋を渡っている。やつらが調子に乗れば勝ち目はない。特に初めは長州が主導権を握って、やつらを困惑させるのだ！」

柄杓《ひしゃく》で豪快に水を飲み袖で口を拭った。

「しかし数少ない軍艦が沈められては……」

「我が長州に様子見する余裕はない！　丙寅丸は常に最前線で使う」

久坂さんと違って説明不足のような気がするが、戦場ではこれがいいのかもしれない。

「今宵、僕は幕府艦隊に夜襲をかける。君たちは機会をうかがって大島を攻めよ。作戦は任せる」

「……」

陸軍も明らかに劣勢だ。しかし、それ以上に劣勢な応援に駆け付けた海軍が一隻で特攻すると言う。しかも後方で指揮を取ればいい身分の高杉晋作が、一番危険な最前線で陣頭指揮を取るのだ。全員の意識が変わらないはずがない。

「分かりました。任せてください！」

高杉さんが嬉しそうに笑った。

「おもしろくなってきたな！」

「はい、御武運を祈ります。幕軍を沈めてくださいよ」

「それは時の運だ！」

ついに本番を迎える。

特攻

「高杉さん、また普段着で？」

みんな笑っている。

「作戦は単純だ。久賀沖に泊まっている軍艦に砲撃する。帰りがけに前島にも砲撃して幕府陸軍も驚かせてやろうか」

「帰る頃には三途の川を渡る船に乗っていますよ」

「上手いことを言うな」

遠足気分だ。

「幕府の軍艦は錨泊している。狙い撃ちだ！」

「おう！」

日が変わり、十三日になったころ出発した。本土と大島の間は一キロほどの幅で普段は潮が速いらしいが今は落ち着いている。

「高杉さん、もう射程圏内です」

市が艦内にいた高杉さんを呼んだ。

「慌てるな、もっともっと近づいてから一気に砲撃してやるぞ。驚くだろうな」

「分かりました」

高杉さんが甲板上前部に椅子を持ってきて座った。

「僕はここで指揮を取る。みんな、頼むぞ！」

高杉さんは軍扇を広げた。危ない場所に出てきたのに、まるで縁側で休んでいるかのような涼しい顔をしている。

一キロをきっただろうか？　海上で、しかも夜なので距離感がつかみにくい。ここで集中砲火されたら逃げ切れないだろう。

「やつら、蒸気を消しているぞ」

幕府の軍艦は大きいので一度蒸気機関の火を消すと、なかなか動けない。

「はは！　幕艦《ばくかん》め、油断したな。一矢報いることはできそうだぞ」

高杉さんが笑うと、みんなが元気になる。

「五百メートルです」

「そろそろかな」

「耕太、砲撃開始後、幕兵が覗いたら各自で射撃しろ」

「了解！」

「市！　どれを狙うかなど砲撃に関しては全て任せるぞ！」

「はい！」

まだ何百メートルも離れているが、大きな軍艦はかなり近くに見える。もう完全にミニエー銃の射程圏内だ。

「撃ち方始め！」

高杉さんが扇子を敵艦に指した。

ドン！　ドン！

四門しかなく、しかも夜間で揺れもあることから連発という感じはなかったが、この近距離で砲撃された幕軍が混乱しているのは分かった。

ドドドドド！

幕兵が顔を出せば小銃で射撃する。やりたい放題だ。

ドカーン！

「当たったか！」

なかなか当たらない砲撃だが近距離ということもあり命中した。

「よっしゃー！」

市たちは必死で次弾の準備をしている。頭がいいだけではなく、もうすでに立派な武士だ。何発かを一方的に撃ち続けると気分が良くなってきた。

「市ー！　どんどん撃て～！」

ドーン！

「ようやく敵の反撃か！」

船が動く気配はないが、大砲による反撃の体勢はできたようだ。

「十分だ！」

高杉さんが大きく頷いた。

「離脱する。針路を北へ！」

丙寅丸の大砲の配置は全て前側となっているため、北を向くと南側に泊まっている幕府軍艦は狙えない。これで軍艦に対する砲撃は終了ということだ。

「やりました！」

「よくやった！　お疲れさん」

ごう音で耳がおかしくなっているが、みんな興奮して大声を出すので何とか聞こえた。

「市、前方の前島には幕府陸軍がいるはずだ。射程圏内に入ったら好きなだけ撃ち込め！」

「はい！」

前島からの反撃はなく一方的に撃ち込み、それから船を南西に向けた。敵は何が起きたのかさえ分からず右往左往していることだろう。

「第二奇兵隊は見てくれただろう。このまま三田尻まで帰るぞ」

普段着で椅子に座っている高杉さんだけを見ると、船旅を楽しんでいるようにしか見えない。

「あとは第二奇兵隊に任せるしかない」

全員が死を覚悟していた突撃だったのに、ほとんど反撃を受けることもなく全員が無事。高杉さんの神憑った采配にみんな驚きを隠せないでいる。

「桂さんも喜んでくれるだろう」

政事堂への報告のため三田尻で市を降ろしてから下関へ向かった。

「市のやつ、興奮して話をでかくしないか心配だな」

「大村さんの弟子です。桂さん好みの正確な報告をしますよ」

「だけど戦場では性格が違ったような気がしなかったか？」

「大村さんというより、高杉さんに似ていますね」

「僕みたいな報告をしないだろうな？　大丈夫か？」

「さあ」

そして今度は小倉口。情報では二万の敵が待っているということだ。それに千以下の兵で戦うことになるのだが、僕も何とかなるような気がしてきた、高杉さんと一緒なら。

● 居酒屋（十五）

「やっぱり高杉晋作はすごいな！」

　テルが興奮している。

「成功すると思っていたのかな？」

「突然、桂さんから命令を受けて出撃したから前もって考えていたようには思えなかったけど。誰にも分からないんだよ、思いつきなのか考えてなのか」

「出撃の時はどんな気分だったのですか？」

　校長から興味深そうに聞かれた。内戦の時もそうだったが、夢の中とはいえ実戦に向かう人間の気持ちを知りたいようだ。

「表現しにくいのですが、勢いが先行して、あまり考えていないんです」

「死ぬかもしれない時に？」

　栞ちゃんが呆れたような顔をした。

「戦争すると決まった時に覚悟は決めています。もちろん時間がある時にはいろいろ考えますが、出撃の命令があった時には命令通りに動くだけ。スポーツ選手が大事な試合に向かうような感じですかね」

「スポーツと同じですか？」

「もちろん全く同じではないですが。勇気があるから出撃できるというよりは、みんなについていく感じです。反対に、今日は体調が悪いから行かないと言うほうが難しいし、勇気がいることと言ったら分かりますかね？」

「そうですね、何となく頭では分かった感じがします。しかし、命令で自動的に戦場へ行くというのは人間にとって悲しいことですね。その突撃も失敗していれば多くの若者が死んだのかもしれないのですよね？」

「はい。丙寅丸は船体に鉄が張り付けられているとは言っても小さな船なので、幕府軍艦の大砲が直撃したらどうなったか分かりません。今のような救命胴衣はありませんから、真っ暗な瀬戸内海に投げ出されたら……」

「上手くいって良かったですね」

「はい」

● 戦の前

十四日の夜に下関に到着した。

「高杉さん、大島口へ行ったと聞いたのですが？」

狂介と俊輔が出迎えてくれた。

「ああ、ちょっと出かけて幕府の軍艦を攻撃してきた。やつらときたら大慌てで愉快だったぞ」

冗談っぽく言うと

「幕府の大艦隊に、こんな小船一隻で戦えるわけがないだろう！」

狂介が呆れた顔をした。

「まだ戦況は届いていないのか？」

「はい。芸州口の幕軍に動きがあったという情報は届いていますが」

俊輔が答えた。

「普通なら同時に攻撃してくるだろうから、ここも気を引き締めねばならんな」

「はい」

船を降りた者達が興奮して昨夜のできごとを戦友に話している。

「高杉さん、さっきの話は本当なのですか？」

周囲の話を聞いて、狂介が唖然《あぜん》としている。やっと信用したようだ。

「実質的に損傷は与えていないかもしれないが、精神的には追い詰めたと思うぞ。幕軍には海軍のプロがいないのか、いても偉い人にものが言えないのか、とりあえず機能していない」

「さすがだ」

奇兵隊を指揮して時々、高杉さんと肩を並べたような顔をする狂介だが、これには驚いたようだ。

「狂介、一杯やらないか！」

「はい」

奇兵隊が使っている建物に酒を用意させた。隊士は酒を禁止されているのだが。

「何だ、風太？　手が震えているぞ」

昨晩の緊張がまだ解けていない。しかし狂介に言われると腹が立つ。

「わ～！」

「すまん、手が震えてな」

おちょこの酒を全部かけてやった。

高杉さんは機嫌よく、三味線を弾いて盛り上げ、漢詩を一つ詠んだ。

奇《き》に出《い》で変《へん》に処《しょ》するは精烈《せいれつ》を貴《たっと》ぶ
小仁《しょうじん》と小情《しょうじょう》を管《かん》するなかれ
請《こ》う川中島の争戦《そうせん》を見よ
両軍未《りょうぐんいま》だ合《あ》わせざるに鞭声《べんせい》を聴《き》く

先ほどまで騒いでいた全員が黙ってこの詩を聴いた。

奇襲攻撃をしたり、予想外の事態に対処するには勇気が必要で、小さな思いやりや情けに振り回されないようにしなければならない。

川中島の戦いをみよ。静かに敵に近づき、一気に鞭《むち》の音を鳴り響かせ突撃したではないか。

大将とは、こういう気が利いたことも即興で、できないといけないようだ。

白石邸に帰ると、お凛が起きていた。

「お帰りなさい」

平然としている。

「水でも飲みます?」

「うん」

昨日、戦場にいたとは思えないような静かな夜だ。

黒く汚れた手を袖で隠している。砲台の工事などでついたものが染みついているようだ。

「なかなか汚れが取れなくて」

僕がそれに気づいたことを知り、慌てて言い訳をする。

「よく頑張ったな」

「でも、今日で一旦、作業は終わりになりました」

褒めるとうれしそうな笑顔を見せてくれた。

「そうか」

「始まるのですね？」

砲台に行けば、そういう話も聞こえてくるのだろう。

「庭に出ましょう」

お凛の表情が少し寂しそうな感じに変わった。それでも笑顔を保とうとしているのがうれしい。

もうすぐ梅雨は明けるだろうが、今日はじめじめしている。大島も、この下関も大砲を撃たなければ静かなもので、その平和な世界を意思を持って壊すのは人間だけだ。

「長州も幕府も、みんな怖がって戦いに行かなければ戦争にならないのに」

「国内だけの問題ならいいけど、今の日本は欧米諸国から狙われているからね。力ずくでも早く解決しないといけないんだ」

「桂さんも幕府の偉い人も頭がいいのでしょう？　話し合って」

「それをした松陰先生は死んだんだ」

「私は知っていますよ。今は武器を持って怖い顔をしているけど、京での仕事から離れた、みんなの顔。桂さんも久坂さんも、高杉さんや俊輔さんも普通の若者だってことを」

「世界中の人間が、お凛みたいな人間だったら戦争はなくなるね」

「うん」

「だけど、僕たちは馬鹿だから分かるんだ。力ずくでないと幕府や黙り込んでいる諸藩が気付かないことを。このままでは日本が危ないって。

幕府は権力を誇示するために必ず小倉口から攻め込んでくる。僕たち長州人は、その幕府の驕《おご》りを壊してやらないといけない。お凛は戦後も今の気持ちのまま、戦争は馬鹿がすることだと後世に伝えてくれ」

「はい。だけど、ご自分でも伝えてくださいよ」

「そうしたいけど」

「生きて帰ってくるんでしょ?」

「明日の朝から強気になるから、ちょっといいか?」

「え?」

「前も言ったように、いくら長州が万全に備えても、長州が大藩といっても、朝敵とされた長州藩が幕府と、それに従う全藩総勢十五万の大軍を相手にして勝てるわけはない」

「大軍を相手にすることには慣れているではありませんか？　今日だって勝ってお帰りになられたではありませんか」

「勝ったと言っても幕府の軍艦を沈めたわけではないし、今回の勝ちは奇跡だ。その奇跡を半年、一年続けるのは常識で考えたら無理だ」

「ですが」

「四境に配備された長州の主力が一つでも崩れたら、山口や萩に攻め込まれる。殿も桂さんも覚悟を決めているから最後まで降伏せず戦うだろう。文字通り長州は焦土と化す。高杉さんも狂介も、俊輔も聞多さんも市も死ぬだろうし、萩のきれいな街は焼け野原だ」

「何で、日本のために頑張ってきた藩がこんな目に遭うのでしょう？」

「出る杭は打たれるものだ」

「戦争が始まっても帰れる時は帰ってきてくださいね」

「下関に残るのか？」

「はい、自分で気に入って私の故郷と決めた所ですから」

「だけど」

「大丈夫です。逃げ方は教えてもらいましたから。必ず生き残って焦土となった下関の復興を頑張ります」

「そうか」

「でもやっぱり、私はみんな帰ってくるような気がします」

「僕もそう思う」

「え？　さっきと言っていることが」

「うん。常識で考えるとそうなんだけど、このメンバーなら勝てるというとおかしいけど、守りきれる気がする」

「根拠は？」

「高杉さんと一緒に戦っていると、そう思うんだ。現に高杉さんが指揮を執ってから今まで、幹部は誰一人欠けていない。功山寺決起からずっと」

「じゃあ、私と同じ意見じゃないですか！」

「そうだな」

「面倒な人ね！」

「面倒って言うな！　正直な気持ちを話してみたんだ」

● 乙丑丸合流

「乙丑丸が到着しました」

「間に合ったか」

高杉さんが胸をなでおろしている。大丈夫だと言っていたが、やっぱり不安だったようだ。

「いや～遅くなりました」

坂本さんたち亀山社中の仲間が下関へやってきた。

「けがは大丈夫ですか？」

「もう治りました。高杉さんの拳銃と三吉さんに命を救われました。ありがとうございます」

「いや、こちらこそ。坂本君のおかげで奇兵隊は強くなりました」

「坂本さん、これからは気をつけてくださいよ」

「分かっていますよ」

僕が注意しても聞いていない。この軽い感じが桂さんを心配させる。

「ところで坂本君、戦争が近い。三田尻の海軍局ではなく、ここで船の受け取りをしたいのだが」

「私もその方がいいと思います。あとは長州のお偉いさん次第でしょう」

「分かった。じゃあ手続きを進める」

政事堂の返事が来るまで亀山社中は下関を視察するようだ。

●軍議（一）

乙丑丸が到着したので、高杉さんは狂介と作戦を練ることにした。

「狂介、あとは長府藩に報国隊を出してもらえば小倉口軍はそろうな」

「はい」

「下関へ上陸する幕軍を迎撃する手もあるが、幕府艦隊によって砲台が破壊されてはせっかく上がった士気が落ちる。少数の長州にとってそれは避けなければならない」

「では海峡を渡るのか？」

狂介が驚いている。少数だからこそ、攻め込むことは難しいはずだ。幕軍が待ち受けている海岸へ上陸する時に迎撃されてはひとたまりもない。

「まだ幕府の艦隊は広島方面にいる。こちらには乙丑丸が合流し、蒸気艦一隻、帆船三隻。幕府艦隊が来たら弱小な艦隊も、今なら強力な艦隊として利用できる」

「なるほど」

「まず小倉城から遠く、ここから近い田野浦と門司へ艦砲射撃をする。その後、士気の上がっていない小倉兵が守る田野浦へ奇兵隊が上陸し、小倉兵を追い払い、余力があれば門司方面へ進む。いいか、実質の陸軍大将は狂介、君だぞ」

「分かった！」

狂介が武者震いしている。足軽よりも身分が低い中間の生まれの者が、藩の存亡に関わる戦争の責任者となるのだ。嬉しいはずだ。

「しかし、幕府の艦隊が来たら孤立するのでは？」

「ああ、田野浦周辺を制圧したら下関へ戻る」

「え？」

「士気を上げるため先手を取ることが大切なんだ」

「それからどうする？」

「それから考えるよ」

また狂介が唖然としている。

「海軍力で絶対的に不利な長州にとって、小倉口の戦いが一番困難だ。無理をして奇兵を失ってはいけない。他の三か所の戦いの朗報を待ち、幕軍が乱れるのを待つのが得策だ」

「は〜」

「そのために初戦は長州藩が攻め込み勝利するという事実が必要なんだ。狂介、勝つんだぞ」

「分かった！」

　狂介が大きく頷いた。

　一つ気になるのは乙丑丸だ。

「高杉さん、乙丑丸は届いたばかりで訓練をしていません。使えますかね？」

　高杉さんがまた不敵な笑みを浮かべる。

「以前、言わなかったか？　乙丑丸は坂本君に任せる」

「でも、海軍局から来る正規の乗組員が」

「やつらは不服そうな顔をするだろうが、訓練を兼ねてということにすればいいだろう。初戦は亀山社中に任せ、次からは正規乗組員に任せると言えば」

「大丈夫ですかね？」

「僕は海軍総督だ、文句は言わせん」

「そちらもですが、亀山社中のほうは？」

「やつらは船が好きな男たちだ。頼めば大丈夫」

　頼むのではなく脅すのではないかと心配だ。

「拳銃もプレゼントしたし、喜んで引き受けてくれるだろう」

（まあ、高杉さんに任せればいいか）

●戦況（一）

十六日、芸州口と大島口の戦況について知らせが入った。

十四日の早朝、広島から進行してきた幕軍が長州藩の岩国領内に侵入したが、これを撃破した。幕軍の先頭は彦根藩と高田藩で旧式の装備であったようだ。

「彦根か？　井伊の赤鬼と恐れられたのは昔話だな。風太も赤の鎧はやめた方がいいぞ。目立っていい的になったらしい」

「奇兵隊と同じ黒い軍服を作ってもらっています」

そう言う高杉さんは戦闘服を着る気配は一切なく、普段着で通すつもりのようだ。

「西洋の散兵戦術が上手くいったか」

散らばって各兵が独立して戦う散兵戦術は敵に的を絞らせないので少数側に有利なのだが、出撃後に命令が届きにくいという欠点がある。

それぞれが怖がって動かなければ意味がない戦法なので庶民出身の兵には難しいと思われていたが、長州藩の実戦経験と大村さんの指導が浸透している。

この芸州口の初戦勝利の情報が、丙寅丸特攻作戦で士気が上がった大島口の第二奇兵隊と浩武隊をさらに勢いづけた。丙寅丸特攻の翌日十四日から、各隊は大島に上陸して多数の幕軍を追い込んでいるというのだ。幕府直属軍の装備は新しいようだが、応援の松山藩は旧式のままらしい。

さらに
「幕府の艦隊は大島口から逃げただと？　やつら本当に腰抜けだな！」

高杉さんが大笑いする。小さな丙寅丸一隻にそこまで驚くとは、幕府は長州藩が保有している軍艦を把握していないのかもしれない。

「一時は暴発者を出した第二奇兵隊が完全に生まれ変わったな。桂さんも喜んでいるだろう」

さらに石州口においては、長州藩側が東隣の津和野藩領に侵攻し、ここでも戦闘が間もなく始まりそうだ。

旧式装備で戦う藩を撃破することにより長州藩側の士気が上がることもあるが、もう一つ重要なのは庶民の協力だ。

もともと長州人は自国を守る意識が高いようだが、それに加え長州藩が戦争をする大義を分かりやすく掲げたことがある。これに対して幕府に従った諸藩には明確な大義がないようで、国許《くにもと》から連れてこられた軍夫《ぐんぷ》と呼ばれる軍の補給などに携わる者達が、戦闘前に逃げ帰っているという情報もある。

長州藩にとって幕軍十五万は脅威だが、幕府側も最初からやりにくい戦争となっていることが明らかになった。

戦闘準備

「坂本君、いいところに来た」

「高杉さん、乙丑丸の引き渡しは順調に進んでいます。世話になりました」

「まだ別れるには早いだろう?」

「そうですが、これから戦争になる長州には必要な船です。仕方がありません。私たちは船を置いて帰ります」

「坂本君、僕たちは明日、田野浦を攻撃する」

「何!?」

「声が大きい!」

「幕軍が一万も二万もいる所へ攻撃を仕掛けるのですか?」

「それを承知で戦うことにしたんだ。今さら驚くことではない」

「そうですか、頑張ってください。でも、そういうことは浪人風情に言わない方がいいですよ。私は口が軽いから!」

坂本さんが笑っている。

「君には乙丑丸を指揮してもらいたい」

「え？」

笑いが止まった。

「何を言っているのですか？　私たちは浪人者。戦争は任せます。武器はこれからも運びますから」

「それはそれで頼む。だが明日の戦いも頼む」

「だけど、今の亀山社中は国際貿易という別の夢を持っていて……」

亀山社中の者と相談すると言って行ってしまった。

「大丈夫ですかね？」

「大丈夫だ。一緒に大島へ行った田中がいるだろ」

「はい」

「彼に話をしてある」

土佐浪士の田中光顕《たなかみつあき》は、どういうわけか高杉さんを先生と仰ぎ、前回の大島特攻に参加。そして、その成功に感動し、次も一緒に戦いたいと言っていた。

「幕府の命令ではないが、その影響を受けて彼らの盟主であった武市半平太が去年の閏五月に藩命で切腹となっている。憂さ晴らしをしたいはずだ」

坂本さんたちが長州藩と薩摩藩を結びつけるために奔走していた頃、武市さんは切腹した。それが原動力になっているのかどうかは知らないが、彼らも古い日本を終わらせるために必死であることは間違いない。今のところは戦争以外の方法で活動している。

「僕はあまり面識はないが、玄瑞と仲が良かったんだろ？」

「はい、仲良しというか、兄のような存在でした」

「話によると、武市さんは最後まで土佐の政敵であった吉田東洋暗殺のことは喋らず、痺れを切らした土佐藩が強引に切腹させたため、暗殺に関わった多くの者達への捜査は進まなかったらしいな」

「久坂さんが脱藩を勧めたのですが、自分が帰藩しないと他の者に示しがつかないと言ってました。最悪でも、犠牲者を最小限に抑えようと考えていたのかもしれません」

暗殺の良し悪しは別として、武士の鑑《かがみ》だ。

「僕たちとは反対だな」

「え？」

「亡命中、僕をかくまってくれた福岡の望東尼も、金毘羅の日柳さんも、それが原因で拘束された」

「そうですね」

「罪滅ぼしは、幕府に勝ち開放することだ」

「はい」

「高杉さん！」

坂本さんが走ってきた。

「話し合いました」

息を切らしている。落ち着いてから話せばいいのに。

「私は戦争は嫌いだが、今回は日本のために戦うぞ！」

坂本さんの後についてきた亀山社中の者も興奮している。

「そうと決まったら作戦を詳しく聞かせてください」

せっかちな人だ。

「ここでは話せないので奇兵隊の陣に行こう」

長府藩報国隊の出動も決まり、役者がそろったというところだ。長州藩が朝敵であることには変わりないが、長州の藩庁はもちろん、薩摩藩や亀山社中、そしてイギリスも応援してくれている。これまでは四面楚歌のようで後ろを気にしながら戦ってきたが、明日からは初めて前の敵だけを見て思いっきり戦うことができる。

（来島さんがいたら喜ぶだろうな）

●先制攻撃

「僕は丙寅丸《へいいんまる》で帆船の癸亥丸《きがいまる》を曳航し田野浦で待機する。丙辰丸《へいしんまる》は帆船だが小回りがきくだろう。自力で来い。

坂本君は乙丑丸《いっちゅうまる》で帆船の庚申丸《こうしんまる》を曳航して門司沖で待機。夜明けとともに陸地の砲台などを砲撃する。

狂介は砲撃の様子を見て、部隊を二手に分けて田野浦と、その横の大久保へ上陸だ。いいか！　これは長州、いや日本の存亡に関わる一戦だ。行くぞ！」

最後の確認をして分かれた。

午後二時半、田野浦沖に向かった。まだ潮流があるので影響の少ない北側へ大きく回った。

「癸亥丸は重いな」

「三百トン、丙寅丸の三倍もありますからね」

子供が親を引いているような状態だが、その分、癸亥丸には火力が期待できる。坂本さんの方は乙丑丸が約三百トンだから、小型帆船の庚申丸はおまけのような感じだ。

「この辺であれば機関の音は陸に届いていないだろう。錨を下ろして夜明けを待つぞ」

暑い時期ではあるが早朝であることと静かな潮風のため涼しく感じた。

（嵐の前の静けさか）

しばらく休んでいると報告があった。

「高杉総督、小倉藩の姿が見え始めました！」

船に乗れば海軍総督なので、総督と呼ばれている。

「これからさらに接近するが、すでに大砲の射程圏内だ。どんどん撃ってやれ！」

大砲で船を狙うのは非常に難しい。しかし船から陸を砲撃することは難しくない。狙ったものに当たらなくても、その周辺に被害を及ぼす。さらに実際に被害がなくても不慣れな兵たちは、そのごう音で戦闘意欲をなくして逃げることもある。

ドカーン！

撃つことに意味があるので砲手たちも気持ちよさそうだ。

「撃ちまくれ！」

小倉軍の兵舎を中心に撃ち続けた。しばらくすると小倉軍からも砲撃が始まった。高台からの射撃もあるが、こちらに当たる気はしない。

「見ろ！　奇兵隊が近づいてくるぞ」

砲撃開始から一時間ほど経った午前七時。奇兵隊が小舟に乗って上陸し始めた。

「小倉藩は大砲を恐れて、まともに奇兵を攻撃できていない。勝てるぞ！」

高杉さんが自信満々に声を上げた。

この上陸作戦は奇兵隊、報国隊、正名団《せいめいだん》の総勢八百を用意しているが、今はまだ三百程度しか上陸していない。それに対し小倉軍は一千程いるはずだ。

「大丈夫、狂介はしっかりやってくれるよ」

上陸部隊は大きく横に広がり、得意の散兵戦術に出た。両軍の間隔は五十メートルほどだろう。集団戦法の小倉兵はどんどん倒れていくのに対し、散らばっている奇兵隊はほとんど無傷だ。

「もう本陣までたどり着いたぞ」

敵は敗走し、時々山に残った兵が砲撃する程度で上陸作戦は成功したといっていい。奇兵隊は小倉兵の小舟を焼いて門司方面へ進んだ。

「行け！　進め！」

総督はご機嫌だ。

門司でも大暴れできたという情報は入るが、奇兵隊が戻ってくる様子がない。どうやら調子に乗って、さらに進軍すべきという意見が出始めたようだ。

「これで十分だ」

高杉さんが使いを呼んだ。

「奇兵隊の狂介へ、下関へ戻るように言ってこい！」

午後二時、高杉さんは兵を引くことを決め、それに従い午後四時に諸隊は海峡を下関側へ渡り始めた。相変わらず引き際がいい。

「人家も焼かなくてはいけないのですか？」

「大島が先に焼かれたからな。民衆には戦後に修復すると伝えたものの、やっぱりいい気はしないか」

諸隊の快進撃は爽快だったが、最後に戦争の嫌なところを見た。戦闘員でない庶民も被害を被る。

諸隊が全て海峡を渡ったのを見て、僕たちも帰った。

「高杉総督、やりましたよ！」

「命令があれば小倉まで一気に行きます！」

士気が異常に上がっている。

「今日はここまででいい、お疲れさん！」

下関が沸き上がっている。

「風太、肩をかしてくれ」

さっきまで元気だった高杉さんがふらついている。

「大丈夫ですか？」

「ああ、酒を飲めば元気になる」

疲れた時に出る、いつもの咳が始まった。

「昨日は寝ていないのですから、今晩はしっかり食べて早く寝ましょう」

「嫁みたいなことを言うなよ」

できれば連戦にならないといいが。

「高杉さん、長州軍は想像以上に強い！　驚いた！」

「坂本君もよくやってくれた！　お疲れさん」

「何、私は船に乗っていただけですよ」

この人はいつも元気だ。

「体調が悪いのですか？」

「少し」

「それはいかん、休まないと！」

「少し休めばよくなる。それより祝いに晩飯でも」

「奇兵隊は戦闘中、禁酒じゃないのですか？」

「今日のお礼ですよ！」

「では、いただきましょう！」

おもしろい人だ。

戦況（二）

六月下旬の戦況についてまとめてみた。

大島口は最初の勢いのまま第二奇兵隊などが進軍すると、二十日には幕軍が大島から兵を引き、大島を奪還することができた。事実上の勝利である。

芸州口では広島藩領の大野村まで進軍している。横には宮島が見える辺りと聞いている。そこでは後続の幕軍の装備が西欧式化されおり、初戦のような勢いはない。それでも戦術に優れた長州軍が優勢で、苦しい幕府側が広島藩を通して休戦を打診してきたらしい。

「幕府が休戦を？」

坂本さんが驚いている。

「あの大軍を抱えて何をやっているんだ」

「坂本さんはどちらの味方ですか？」

「すまん、幕府を応援しているわけではないが、あまりにも情けなくて」

「それで休戦するのですかね？」

「それがな、幕府の方から、長州が休戦を申し込めば受け入れるようなことを言っているようだ」

「何だって？」

「だから、長州が休戦を申し込むのであれば受け入れようという態度なんだ」

みんな笑った。

「政事堂は幕府から戦争を仕掛け、長州軍は健在なのだから、長州側から休戦を申し込むことなどありえないと答えたって」

天下の幕府が喜劇のようなことをしている。休戦したいのであれば自分から申し出るのが常識だ。

「徳川さん、二百六十年間、お疲れさん！　もう政権を返上しましょう！」

「坂本さん、そう将軍に言ってきてくださいよ」

「そういうのは桂さんの仕事でしょう」

「そうですね」

坂本さんは酒を飲むと、さらに陽気になる。高杉さんはそれが楽しいようだ。

「それにしても幕軍もミニエー銃を持っているのに、どうして長州がこうも優勢なんですかね？」

　坂本さんが不思議そうに聞いた。

「次の戦いをよく見ておくといい。ミニエー銃は威力が強く、その分、反動も大きい。射撃時に銃口が上を向かないように撃つ。これを長州兵は知っている」

「ほう」

「それに発射時に煙が出るだろう。敵はそれを目標にするから、長州兵は射撃後、すぐに移動する。それに慣れていない幕兵は煙の場所から離れないから狙われるんだ」

「ほほう」

「もっと分かりやすいのは、弾を込める時に長州兵は伏せたまま行う。そうすれば狙い撃ちされる確率が減る」

「しかし、それをどうやって末端の兵にまで実戦で行えるようにしたのですか？　分かっていても実戦で簡単にできるものではないでしょう」

「詳しいことは僕にも分からん」

「え？」

「訓練は大村さんが中心になって進めていたからね」

　高杉さんが笑いながら話す。

「言えることは、禁門の変や欧米との戦闘を経験した者が教えると、説得力があって伝わりやすかったのだと思う。あと、責任者の大村さんが田舎の医者出身で、庶民の気持ちや能力を理解しながら教えたからかな」

「長州人は上から下まで仲良しでいいな〜！」

そう言いながら、坂本さんはどんどん飲む。土佐の人は酒の飲み方がすごい。

長州藩でも身分制度で困ったことがあったと言いたかったが、土佐出身者の前ではとても言えない。

「私たちは郷士《ごうし》と呼ばれ、上士からは武士と認められず、庶民からは武士に対する不満をぶつける対象でもあって大変だった。板挟みってやつですよ。

私の実家は商売で収入があったから暮しの面では楽で、まだよかったが、他の郷士はもっと惨めだった。

私は江戸へ行く機会ができて、いろいろな人と会ったら土佐での生活に疑問を感じるようになりました。そして可能性を求めて脱藩したんですよ。その決め手になったのは久坂さんの話だったかな。

久坂さんも身分は高くなかったはずだが、一生懸命に日本全体のことを考えて、私みたいな土佐郷士に必死に語ってくれた」

「久坂さんは久坂さんで、あの時は行き詰まっていて、土佐藩の訪問者の影響を受けて脱藩しようとしたんですよ」

「そうでしたね。人はそれぞれの悩みを持っているんですね」

四年前のことだが、もっと昔に思える。それほど状況が変わった。

「私は土佐から出たが、武市さんは土佐の中から土佐藩を変えると言って頑張ったんです」

「京での土佐勤王党は格好良かったですよ」

「一緒に尊王攘夷をやってたんですよね」

「即今攘夷と言ってね」

「どんなふうでした？」

「長州人は仕事が終われば、それぞれ好きなことをしていましたが、勤王党は団結力が強くて」

「不良集団のようでしたでしょう」

「はい、武市さんが先頭を歩くと誰もが道をあけていました」

坂本さんが少し震えている。

「武市さんも以蔵も幼馴染で普通のいいやつらだった。何でこんなふうになってしまったんだろうか？

武市～！　以蔵～！　悔しかったな。これから長州の仲間と亀山社中の仲間で新しい日本をつくるからな、見ていてくれな」

（傍観者でいれば苦しむことはなかったかもしれないのに、どうして志士と呼ばれる者は辛い道を歩くのだろう？）

バン！

坂本さんの苦労を悟ったようで、気持ちが高ぶった高杉さんが勢いよく立ちあがった。

「坂本！　泣くのはまだ早いぞ。七月になったら、再度上陸作戦を行う」

「分かった！」

死んだ仲間を思い出して泣き出しそうになっていた坂本さんの顔が引き締まった。郷士でも浪人でもない、志士の顔だ。

「今度は幕府の軍艦も来ているからな、乙丑丸で頼むぞ」

「任せてください」

「幕府を討つ。これは生き残ってしまった僕の使命だ！」

高杉さんは杯に残った酒を一気に飲み干すと帰っていった。いつもの咳をしながら。

●上陸準備

ドーン！　ドーン！

「うるさい！　静かにしろ！」

七月には最大の敵と言える幕府軍艦『富士山丸《ふじやまる》』が下関に配備され、威嚇のためのようだが時々長州側への砲撃を行ってくる。

「あれは脅威だな」

十門以上あるだろう大砲の威力は凄まじく、前回のような上陸作戦はできない。

「田野浦や門司の様子を見ると幕府軍は復旧していない。だから上陸の際、陸からの砲撃はないと思っていいだろう」

「あとは軍艦ですか」

「そうだな、富士山丸の他にも二隻の軍艦を確認している」

「陸軍は、指示されればいつでも上陸するぞ」

狂介が頼もしい。しかし、上陸自体も危険だし、上陸後、幕府軍艦と幕府陸軍の挟み撃ちにあえば全滅の危険さえある。

やり直しのきく幕軍と違って、長州軍は一度大敗すればそれまでだ。援軍がないどころか、四境のうち一か所でも敗戦すれば、それは長州藩の敗北を意味する。高杉さんは被害を最小限に抑えるために熟考している。

ゴホゴホッ！

「高杉さん、家に戻って考えましょう」

最近では、みんなのいる前でも咳が出る。

「大丈夫だ。作戦はできあがっているんだ。次の作戦目標は門司港から南西二キロ辺りにある大里《だいり》の幕府守備隊だ。

そこは彦島砲台から一〜二キロほどですでに射程圏内だ。前回の作戦で行った艦砲射撃の代わりになる。

そして丙寅丸は上陸部隊の攻撃に向かうだろう富士山丸など幕府艦隊を、彦島の前で押さえる。

砲台は大里への射撃後、幕府艦隊が目の前に来たら、そちらを砲撃する。その援護があれば、小さな丙寅丸でも富士山丸と戦えるはずだ」

とは言え、いくら砲台の援護があっても丙寅丸一隻では不安だ。

「他の軍艦は？」

「もちろん参加してもらうが帆船は後ろからの援護にとどめてもらう。蒸気艦との交戦は難しい。無理をさせて失ってはいけない。艦砲射撃や輸送には役に立つのだから」

「すまん、ここにきて乙丑丸の調子が悪い」

今は完全に長州の船なのに、坂本さんが申し訳なさそうにしている。

乙丑丸は前回の上陸作戦以降、蒸気機関の調子が悪いようで、これも前線には出しにくい。高杉さんが無理して丙寅丸を買って本当に良かった。

「その作戦でいきましょう」

周囲は乗り気だが、高杉さんが珍しく悩んでいる。やはり丙寅丸一隻で富士山丸を含めた三隻以上の幕府艦隊と戦うのが気になるようだ。

「大島の時のような心理的動揺を与えたいな」

幕軍は小さいながらも大活躍中の丙寅丸を長州藩の主力艦と認めているようで、少なからず威圧になっている。しかし反対に言えば、目立っているので丙寅丸での奇襲はできない。

「海峡に詳しい者で小舟の操船に長けている者を集めろ。実験したいことがある」

港に行って上荷船《うわにせん》という港内で荷揚げなどに使う小さな舟に大砲を乗せた。

ドーン！

「横向きは駄目だが、正面に向かって撃てば何とかなるな」

船というのは長細いため横揺れはしやすいが、縦揺れはそれに比べてかなり小さくすむ。大砲を横に向けて射撃した船は、その反動に耐えることができなかったが、前方に撃った船は何とか耐えられた。

「どうやって近づくんですか？」

高杉さんが桂さんのような難しい顔をしている。

「強制はしない。有志だが、商船のふりをして富士山丸に近づいて射撃し、別の軽い船に乗り換えて逃げる」

富士山丸を攻撃すれば、当然、小銃で狙われるだろうし、その場で船が転覆する恐れもある。非常に危険な任務だ。

「砲撃が成功したとしても防御力も高い富士山丸に損害を与えることは難しいだろうが、それでも今の幕府の指揮者になら十分な動揺を与えることができる」

僕は慣れたが無茶な作戦を思いつくものだ。しばらく待っていると、さっきの実験に参加した者達が来た。

「高杉総督、私たちに任せてください」

「やってくれるか！」

高杉さんが嬉しそうに立ち上がった。

「褒美はしっかり出すから、帰ってくるんだぞ」

「下関海峡は庭のようなものです。船がひっくり返っても泳いで帰ってきます」

「心強い！」

「それに褒美は、今度の上陸作戦で勝った時にもらえればいいですよ」

「分かった、君たちの勇気があれば必ず勝てる」

後のない長州藩だから思いつき、実行できる作戦だ。決して兵法書には載らない。

「風太、みんなを集めろ。潮の都合がいい今夜準備し、日が変わってから作戦開始だ！」

● 上陸

「高杉さん、今度は大里《だいり》への侵攻作戦ですから機動力がいるでしょう。僕も陸軍に加わります」

「そうか」

高杉さんは海軍総督であるとともに、自分で購入した丙寅丸がかわいいのだろう。今回も丙寅丸で指揮を取る。

「狂介が陣にしたい所を指示してくれ。『疾《はやて》』が先行する」

「騎馬は的になるぞ」

「今戦っているのはミニエー銃の少ない小倉藩だろ。敵の射程距離には入らないから大丈夫」

「そうか。なら遠慮なく使わせてもらうが屍《しかばね》は拾わんぞ」

「分かったよ」

「いつ出発する？　奇兵隊と一緒に海を渡っては遅いだろう」

高杉さんから聞かれた。

「奇襲攻撃の上荷船と一緒に出ます。彼らの操船は信頼できるので」

「もうすぐか？」

「はい、暗くなったら出発すると言っていたので、それに合わせて準備しています」

「気をつけてな。開戦前に偵察兵に見つかるなんてことはないようにな」

「了解！　では行ってきます」

港へ行くと準備が終わっていた。小さな上荷船に大砲が三門積んである。

「重々しいな」

決死隊は気合が入っている。富士山丸の十五メートル以内に入ってみせると吠えた。

「ではついてきてください」

馬の輸送用の船、馬船と言うそうだが、一隻に三頭ずつ乗せた三隻が、上荷船について出港した。もちろん、各船に船頭を配置しているが、幕軍は協力者の確保に苦戦しているが、長州藩側は、庶民が積極的に助けてくれる。ありがたいことだ。

前回の攻撃以降、田野浦に人はいないはずだが、念には念を入れて人が寄りつかないような所に船をつけた。

「こんな所から揚がれるのか?」

「庭みたいなものだと言ったでしょう、大丈夫!」

船頭の案内で馬を上陸させた。慣れているとはいえ、夜なのによく迷わないものだ。

「私たちはこれで」

馬船は下関へ帰っていった。もう後には引けない。

「私たちは富士山丸の所へ行ってきます」

富士山丸はここから南西へ十キロほど行った小倉港沖にいる。潮風を見ながら接近するそうだ。

「武運を祈っているよ」

「ありがとうございます」

武装した上荷船は暗い海へ消えていった。

僕たちは開戦まで五時間もあるので交替で休むことにした。

「耕太、何しているんだ?」

「軍旗を竿にしっかりつけているんだ」

「一本でいいだろう、九人しかいないんだぞ」

目立つことが目的だといえども、軍旗を持つと機動力が落ちるので、できるだけ持たせたくない。

「荒木一門の風太の隊だから、これを掲げないと」

見ると兄上からもらった『疾』の旗だ。

「持ってきていたんだ？」

「当たり前だろ！　ここで使うために託されたんだから」

耕太はしっかりしている。

「僕がこれを預かる」

「狙われるぞ」

「射程を計算しているんだろ？　大丈夫だ」

「じゃあ、私には毛利家の旗をお預けください」

ここにいる者達は奇兵隊発足時から乗馬を覚えた足軽たちで、軍旗を持つことに誇りを感じるようだ。

「『疾』は渡さないからな」

耕太がムキになっている。

「それは『やまい（病）』のようなので結構です」

「自分の隊旗に何てことを言うんだ！　なあ、風太」

「いや、僕もそう思っているんだ」

「何！」

「耕太、声が大きいよ」

戦争で活躍してから耕太が勇ましいというか、態度が大きくなってきた気がする。

「僕はこれを死守する！」

（かなり気に入ってくれたようだが、いつ持ち出したのだろう？　お凛が渡したのかな、僕に無断で）

● 進行

七月三日の日出が近づく。辺りには静かに吹き抜ける風の音以外には何も聞こえない落ち着いた夜だ。沈む細い三日月を背景にして風になびく『疾』の旗に手を合わせた。

「どうかした？」

耕太が起きてきた。緊張で横になっても深く眠れるものではない。

「戦勝祈願」

「旗に？」

「うん。あまり信心深いほうではなかったけど、これを託されたからにはお祈りをしないといけないと思って」

荒木家は毛利家当主の旗本、今で言う大組士に昇格となった時に『疾風天』を守護神とすることを許された。そして荒木家の家紋は三日月二つを×状に交差させた二重三日月《ふたえみかづき》。

「旗と三日月を重ねるのは縁起がいいと父の言葉を思い出した」

「勝ちますようにって？」

「いや、神は戦争や人を殺すことに力は貸さない」

「え？　戦いの神じゃないの？」

「神は人を殺さないよ。屁理屈かもしれないけど、戦場のような場所でも自分の能力を発揮する力を、また不運を払う力をお貸しくださいって感じで祈るんだ」

「隊長、祈願なら私たちも誘ってくださいよ」

みんな起きてきた。

「私利私欲を捨て日本のために戦い、そして決して敵を恨みません。どうか私たちを見守ってください」

ドーンドーンドーン！

「聞こえた！」

遠くから大砲の音が届いた。おそらく上荷船の決死隊だ。

「すぐに奇兵隊が来るぞ！」

「よし、静かに門司まで移動しよう」

僕たちはミニエー銃を背負って乗馬し、静かに進軍した。

決死隊の砲撃に続いて彦島からの砲撃も始まった。高杉さんの丙寅丸はこれから富士山丸と対決だ。千トン対九十四トンという、おもしろい戦いが見られる。

僕たちが奇兵隊の上陸する予定の港や海岸に敵兵がいないか監視をしていると、狂介が上がってきた。

「敵と間違えて撃とうかと思ったぞ」

笑えない冗談だ。

「海岸沿いを行く本隊と内陸から向かう別働隊に分ける。夜明けとともに進軍し、大里の小倉勢を攻撃する。風太は海岸沿いから二キロほど先の泉正寺《せんしょうじ》辺りまで先行してくれ」

「分かった」

「その辺りには小倉兵が守備についているはずだ」

小舟による奇襲攻撃が効いたのであろう。作戦通り高杉さんが指揮する丙寅丸が富士山丸を押さえ込み、無事全員が上陸できた。

「いいか、平地は狭いが九騎にとっては十分広い。横の間隔はもちろんだが、縦の間隔も空けろ。幕軍のように怖いからといって固まることは絶対するなよ」

辺りが明るくなってきた。

「物見の情報では泉正寺の先まで敵はいない。行ってくれ！」

「了解、信じるよ。あ、高杉さんはすぐに追いついて助けてくれたぞ」

「任しておけ、すぐ行く！」

狂介が本体へ戻っていった。

「耕太、行こうか」

耕太が頷き指示を出す。

「疾風隊《はやてたい》乗馬！」

ここの地形は海と山の間にわずかな平地しかない。先ほどは広いと言ったが、艦砲射撃でもされたら進軍できないだろう。だが僕たちは気にしないで走り出す。沖から高杉さんが守っていてくれるから。

早朝の清々しい風を切って進むと、情報通り泉正寺の先に小倉兵が守っている。僕たちに気がついたようで砲撃してきた。

敵陣から五百メートル手前で馬を降り、旗を立て銃を構えた。この足場だと騎馬隊でも時速二十キロ程度しか出ないはずだ。ここまで来るのに一分半はかかる。

みんな訓練により上達し、ミニエー銃は一分間で三発は撃つことができる。騎馬が二十騎で特攻を仕掛けてきても焦る必要がない。

怖いのは砲撃だが、冷静に考えるとバラバラに配置された九人に当てるのは奇跡に近い。敵の砲撃は当たらないと信じて小倉兵を銃撃する。

「撃て！」

バンバン！　バン！

自分のペースで射撃する。これが散兵戦術だ。

敵は銃を恐れて出てこない。しかも固まってくれているので狙いやすい。

バン！　バンバン！

時々敵兵が倒れる。火縄やゲベールではまともに狙うことができないこの距離での正確な射撃にかなり動揺しているようだ。

敵の決死隊だろうか、銃を持って前に出てきたが、歩兵だとまっすぐ走って来ても三分はかかる。その間に僕たちは八十発程撃つことができ、申し訳ないが途中で死んでもらうことになる。

二十分ほどすると狂介が本隊を引き連れてやってきた。敵はまともに戦おうともせず引いていった。

「もう少し接近しても良かったのではないか?」

「高杉さんなら、もっと早く到着しているぞ」

長州藩の内戦と違い皮肉を言い合う余裕がある。これもミニエー銃が導入されたからだ。

「次は大里だ」

ここからさらに二キロ進んだ所にある、この辺りにしては広めの平地が大里だ。

「風太、高杉さんの丙寅丸が見えるぞ」

大きな蒸気軍艦三隻を相手に、小さな蒸気軍艦が戦っている。

「急いで大里を制圧しないと、高杉さんの負担が大きくなるな」

僕たち九騎は弾薬などを本隊から補給すると、すぐに出撃した。軍旗をなびかせながら。

● 大里

海岸沿いを走ると大里の平地が広がる手前に小倉兵が見えた。僕たちは左手に教正寺を見て馬から下り射撃準備にかかった。遠距離から正確な射撃をする先ほどの戦い方を見たのか、こちらの準備中に突撃してくる小隊があった。しかし、長州兵の射撃準備は早い。

「風太！」

「任せる！」

準備ができた者から射撃を開始した。百メートル以内に入ることもなく、十人以上が倒れ五人くらいが引き返していった。その後も容赦なく射撃を続けると、今度は小倉藩の後方部隊が前進してきた。

「風太！」

「このまま引きつけろ！」

敵も考えていないわけではない。楯を前にしたり伏せたりしてじわじわと接近してくる部隊がいる。二十人以上が百メートル以内に接近すればさすがに脅威だ。

焦りを感じた時
ババババババン！

山の方から凄まじい銃撃が始まった。

「内陸を進んだ別働隊だ！」

小倉兵が大混乱を起こしたのが分かった。

「風太、後方から本隊も到着だ！」

二方向からの攻撃に敵は敗走を始め、逃げ遅れたのか殿《しんがり》なのか最後の抵抗を見せる者を挟み撃ちにする。

「白兵戦だ、弾を込めたら乗馬しろ！」

今度は九騎である程度固まり、少し速度を上げて進軍する。そして勇猛な者を見つけて五メートル以内で射撃する。関ヶ原以前の合戦であれば卑怯者と言われる戦い方だ。

「よくやってくれた。あとは正面衝突するだけだから、疾風隊はここで待機していてくれ」

「分かった」

狂介がそう言うので疾風隊は遠慮なく休んだ。優勢であってもここはいつ命を落とすか分からない戦場。疲労感が襲う。

ミニエー銃を装備して敵の射程外から攻撃できるようになったのだが、それでも九人だけで最前線に出るのは精神的な負担が大きい。隊員を休ませるのも隊長の責務だ。

大里の向こうには最終目標である小倉城がある。どうしても気持ちは逸るが、狂介は慎重に兵を進め、大里の奥を守る小倉兵を攻撃した。

「馬を休ませないとな」

大砲や銃のごう音が鳴り響くなか、僕たちは本隊の補給部隊とともに待機した。

「風太、小倉兵が必死だぞ」

城の手前まで追い詰められたためだろう。

「小倉勢が前に出ていますよ」

「何?!」

援軍なのか、敵は後から来た部隊に押されるようにして前に出てきている。少数の長州軍にとって、幕府側の数にものを言わせての突撃は脅威になる。

「風太、狂介を援護しないと！」

奇兵隊が押されるのは初めてなので耕太が焦っている。

「分かった。でも敵の前列から五百メートル以内に入るなよ」

「了解」

大里の中央程に進み射撃を開始した。同じ小倉兵だが、一部に新式銃が加わったのかもしれない。奇兵も何人か倒れているのが見える。

「何としても小倉兵の進軍をここで止めろ！」

兵法にもあるが、敵を追い詰めすぎてもよくないというのを実感した。

「この位置で食い止めろ！　死守だ！」

狂介が叫んでいる。一度でも敵が勢いに乗ったら挽回できないということを一番感じているはずだ。

敵が勢いづいた理由がもう一つ分かった。彦島からの援護射撃が大里の奥まで届かない、届いたとしても精度が悪すぎて効果が出ていないのだ。大砲による援護射撃の効果を改めて感じた。

僕たちは諸隊と共に死に物狂いで撃ちまくった。倒れても倒れても後ろから続々と進んでくる敵兵に恐怖を感じた。

（敵も必死だ！）

わ〜！

散兵戦術での射撃に声は必要ないが、みんな発狂したように叫びながら撃つ。

（これが修羅場というものか）

「小倉兵が引いていくぞ！」

三十分ほどの激しい銃撃戦だった。おそらく小倉の戦闘では、初めて奇兵隊が恐怖を感じた戦いだったろう。

「作戦の目的であった大里における敵の防御施設の破壊に成功した。これより下関へ引く！」

これ以上、奇兵を失う訳にはいかない。狂介は進軍を諦め撤退を決めた。取り残されてはいけないので、僕たちは慌てて昨日上陸した位置に戻り、下関へ帰った。丙寅丸の援護により諸隊も正午には下関へ戻り、それを見届けると艦隊も帰ってきた。

「よくやった！　お疲れさん」

高杉さんが狂介を褒めた。

「高杉さんも幕府艦隊とよく対等に戦いましたよね？」

「全然対等なんかじゃない！　圧倒されたよ」

苦笑いをしている。

「しかし最初の奇襲が利いたのだろう。また奇襲がないか気にしていたのか、思い切った戦い方をしてこないから、かき回し続けてやっただけだ」

そう言うと、何かを思い出したかのように狂介を見た。

「ところで、奇襲作戦に参加した者は？」

「まだ戻ったという報告はありません」

「そうか」

「泳ぎが得意な者達です。戻ってきますよ」

「そうだな。この勝利は彼らの手柄によるものだ。戻ったら希望通りの褒美をやってくれ」

「もちろん！」

高杉さんが少しうつむいた。その声は珍しく小さい。

「もし、やつらが遠慮して出てこなかったら実家を探して母親に褒美を渡してやってくれ。あなたの勇敢な息子のおかげで長州は救われたと言ってな」

狂介は深刻な表情で何度も頷いた後、今度は勇ましい顔をした。

「それと、彦島砲台は想定通りだ。大里に届くし海戦での援護にも十分な力を発揮した」

彦島砲台の威力が証明されたから、小倉藩は大里の整備はしないはずだ。兵は残していないが事実上、長州藩が大里を制圧した。

「早く桂さんに報告しないと」

高杉さんが上機嫌だ。この小倉口の報告により幕府側の結束力がさらに弱まるはずだ。

「みなさん、昼食の用意ができていますよ、お疲れ様！」

坂本さんも嬉しそうだ。

「長州軍は強い！」

しかし、注意して周囲を見ると戦争の悲しさを実感せざるをえない。士気を高めるために悲しい顔をすることは許されない雰囲気の中、それでも仲間と笑いきれないでいる隊士などが所々にいる。幕軍である小倉兵に比べると長州側の死傷者はわずかである。だが戦死者がいないわけではない。

気の合う戦友を目の前で失った者や、馴染の客が帰ってこないことに気がつく下関の商人。彼らは戦勝に沸き立つ僕たちを前に笑いながらも目に涙を浮かべている。もちろん我慢できずに店の中へ消えていく者もあった。

戦勝軍の中の敗者。

これまでの古い慣習を短期間で壊し、新しい世の中を生み出しながら、それと同時に彼ら犠牲者を生み出しているのが戦争なのだ。

「風太！　ポーカーフェイスもいいけど、こういう時は喜ばないと」

耕太が肩をたたいた。

「そうだな。みんな空砲を準備して騎乗しろ。走りながら発砲してやろう」

「いいね！」

バン！　ババババン！

悲しみや同情で彼らは喜ばない。その犠牲に感謝し、次に生かしていく。その気持ちが彼らの供養になる気がした時、やっぱり僕も喜ぶべきなのだと感じた。

●戦況など

芸州口の幕府軍が何とか休戦したいようで、拘束していた長州藩の交渉役、宍戸と小田村を解放した。しかし、大阪で全軍の指揮を執る幕府幹部は芸州口指揮官を交代させて戦闘を継続しようとしている。

長州藩側は、その間に前線を守る諸隊を交替で休ませることができた。総合的に優勢だ。石州口でも優勢で、幕軍から休戦の申し出があり、幕軍は前線基地としていた浜田城からの撤退を決めた。油断はいけないが、石州口は事実上の勝利と言ってもよい。さすが大村さんといったところだ。

どちらの戦場でも武器や戦術の優秀さに庶民の協力を得られたことが、長州軍の躍進を支えている。芸州口では女性たちが炊き出しだけではなく、その輸送まで積極的に手伝ったという。

石州口方面の庶民は物価上昇が現体制、つまり幕府の責任であると思い、長州側を政治的思想から支持しているという話も伝わっている。さらに戦いで疲弊した幕兵を竹槍などを持って領地から追い出したりしているという信じられないことまで起こっているようだ。

七月十九日、前線では勇ましく振舞っているものの、実際は体調がすぐれない高杉さんのお見舞いを兼ねて情勢を伝えた。高杉さんの家族が萩へ帰ったため、今はまた白石邸に世話になっている。おうのと一緒に。

「旦那様は元気になったかと思うと、また熱を出して寝込んでしまいます」

能天気な、おうのだが、以前から色白で細身の高杉さんが一層痩せていくことには心配なようだ。

「何、戦争が終わって休養を取れば元気になるさ」

高杉さんは横になったまま明るく振舞うが、いつもの咳で体力を奪われているのだろう、辛そうな感じが伝わってくる。

ゴホゴホゴホ！

「旦那様！」

おうのが高杉さんの所に駆け寄った。長く続いた咳が収まると口元を拭った。出血があることに僕も気づいた。

「医者は何か言っていたか？」

「結核と」

おうのの涙が想像以上に悪いことを物語る。結核は体力のない者の命を容赦なく奪っていく怖ろしい病気だ。

「みんなは知っているのか？」

「旦那様が」

おうのが首を横に振った。

「小倉口の参謀が結核だなんて言えるか！　しかも悪化しているなんて」

小声だが、いつものように迫力がある。

「最低、もう一度は攻める姿勢を見せないとな。そこまでは意地でも僕が指揮を執るぞ」

「じゃあ良くなってくださいよ」

「当たり前だ。長州が勝ったら今度こそイギリスへ行くぞ。その時はわがままを言って、おうのも連れて行こうか」

「戦後であれば僕もお供しますよ」

「そうか、その時は君も独立させてもらえばいい。五十石以上の大組士なら余裕だ」

「そうですか。お凛が下関を気に入っているのでここに屋敷を構えてもいいですかね？」

「ああ、ここを支配する長府藩が、今では長州藩は支藩を含めて一つだと納得しているからな。桂さんに頼めばいい」

「そうします」

「そうすれば僕も萩から、おうのに会いに来やすくなる」

お雅さんが下関に来た時の修羅場を想像すると怖くなったが、その心配はない気がした。この病状を見ると、それは夢物語でしかない。

「酒ではなく少しは食べて栄養をつけてくださいね」

「医者からもそう言われたよ」

布団の中から笑顔で見送ってくれた。

●体調悪化

「荒木様！」

七月二十一日午前、おうのが慌てている。

「旦那様が！」

急いで向かうと死んだように衰弱しきった高杉さんが寝ている。息はしているようでホッとした。

「医者は？」

「なかなか来なくて」

「耕太、医者を引っ張ってこい！」

「分かった！」

「騒ぐと皆さんに気づかれますが」

「もういいだろ！　おうのはよく辛抱した」

医者と一緒に狂介などの幹部も駆けつけ、近くにいた隊士までが様子を見にきている。

「今までどおりの看病をするしかありません。あとは高杉様の体力と気力を信じるしかない」

結核に治療法はない。医者が何もできないことは分かっていた。一番必要なことは休養だ。

「気力なら天下一の男だ！」

狂介が声を上げた。

「政事堂に伝えます」

白石さんがそう言うと幹部たちも納得した。場合によっては参謀や海軍総督の交代も考えなければならない。

戦闘のたびに体調を崩す高杉さんを見ていると、長州軍の武運は高杉さんの命を削って生まれているのではないかと思ってしまう。まだ二十七歳。松陰先生が亡くなった歳にもなっていない。

しんみりとした白石邸から空を見上げると、日本中を飛び回っていた頃の元気な高杉さんを思わせるような灼熱の太陽がある。

（イギリスへ行けるような元気を分けてください）

祈らずにはいられなかった。

●軍議（二）

高杉さんの体調が回復すると軍議が開かれた。回復と言っても動けるようになった程度だ。大まかな作戦は奇兵隊の幹部で決められるが、やはり高杉さんの意見を聞かなければ不安なのだ。

「こんな所で悪いな」

高杉さんが上半身を起こして謝ると、みんな作り笑いで頷く。高杉さんの布団を幹部が囲む異様な軍議だ。

「次の上陸で小倉城下まで進軍する」

今までは幕府艦隊の艦砲射撃や大軍に挟み撃ちにされることを恐れて慎重に運んできたが、今度は決戦を挑むと言う。

まず海軍により門司の南側、白木崎《しらきざき》から大里にかけて艦砲射撃を行い、それに合わせて陸軍がそこから上陸する。その時に山側から挟み撃ちにされないように、瀬戸内側にある曽根を警戒するための砲台を創る。そして機会をみて小倉城方面へ進軍するのだが、ここで障害がある。

大里は平地だが、そこから小倉へ向かう赤坂は山が海の近くまで張り出している。幕軍はこの地形を利用して山に砲台を築き小銃を構えている。この天然の要害を越えなければ小倉城を攻めることはできない。

そこで隊を四つに分ける。第一隊は狭い海岸から進軍し、第二隊は鳥越から山にある敵陣に正面から向かう。第三隊は山の奥を迂回して大谷に出て敵陣を横から攻める。第四隊は曽根を警戒した部隊で、他の隊の状況を見ながら山を迂回して進む。

「いい話と悪い話がある」

政事堂から重大な知らせが入っている。

「大阪城で指揮を執る将軍の体調がかなり悪いようだ」

このような情報は幕府としては敵である長州藩に流すべきものではないが、同盟国となった薩摩藩や長州藩に同情的な藩により漏れているのだろう。

将軍が亡くなれば、初めから戦う気のなかった諸藩の士気は一層下がり、場合によっては兵を引くことも考えられる。

「悪い情報は、みんなも知っていると思うが赤坂を守備するのは九州最強とも噂される熊本藩だ」

熊本藩は横井小楠《よこいしょうなん》や宮部鼎蔵《みやべていぞう》のように先見の明がある人物を輩出した藩だ。新式の大砲や銃を装備しているのも納得できる。ただし、その二人が藩を出たことからも分かるように、藩の制度自体は保守派の影響で進んでいないらしい。新式の武器を持った旧体制の武士団という歪《いびつ》さはあるが、それでも小倉兵より強いことは予想される。

「今までは傍観してきた熊本藩も、自分の陣が攻撃を受ければ必死で反撃するだろう。注意しなければならない」

幹部連中の顔が引き締まる。前回は赤坂に入る前に小倉兵にさえ押し戻されたという現実がある。

「すみません。もう一つ悪い知らせがあります」

坂本さんだ。

「乙丑丸の調子が悪い。出遅れるかもしれません」

「そうなると蒸気艦は丙寅丸一隻のつもりで戦うことになるな。乙丑丸が出られれば儲けものだと考えよう」

これで幕府艦隊に優秀な指揮官がいれば勝ち目はなかっただろう。

「次は僕も上陸する」

「大丈夫ですか?」

一同が止めようとするが

「大里の安全を確認してから上陸するよ。赤坂は今までの中で一番不安な場所だ。ここで休んでいるわけにはいかない」

これまでの戦いで自信をつけている幹部はそれでも高杉さんを止めようとしたため、結局は体調が良ければ参加するということで収まった。

軍議の後はいつものように酒を用意し、おうのが三味線を弾き、お凛が世話をしてくれる。体調がよくなると飲んでしまうのが高杉さんの欠点であるが、同時に傾奇者ぶりを披露し、士気を上げる場でもある。

「みんなが帰ると寂しいな」

宴会が終わると高杉さんが口を滑らせて恥ずかしそうにしている。昔は一人でも堂々とした姿を見せてきたが、やっぱりみんなといる方が好きなようだ。病気が本音を言わせているのかと思うと悲しくなる。

ゴホ！

「旦那様、また血が」

おうのが駆け寄ると狂介が戻ってきた。

「もう少し話がしたくて」

機嫌良さそうに入ってきた狂介が目を丸くした。

「良くなどなっていないじゃないか！」

病人に対して声が大きすぎる。

「高杉さん、もう一杯どうですか？」

僕は高杉さんが咳をした時に落とした杯に酒をつぎ直して渡した。

「すまんね」

一気に飲み干した。

「うまいな、酒は」

苦しそうにしながらも微笑んだ顔からは妖艶《ようえん》さを感じる。

「馬鹿か！　血を吐いている病人に飲ませるやつがあるか！」

狂介が怒って僕からとっくりを取り上げた。普通の反応だろう。

「お前たちも止めろよ！」

しかし、いつも一緒にいる女二人は何も言わない。

「狂介、いまさら酒をやめても良くはならないようだ」

「そんなにひどいのか？　それでも安静にするべきだろ」

「もう遅いんだ。この戦争に参加すると決めた時に、高杉さんは覚悟を決めている」

「だけど」

「明日は大勝負。高杉さんがいたほうが兵の士気が上がる。逆に少し安静にしてもらって戦争に負けては困るだろう。そうなれば結局、高杉さんは幕府によって処刑されるぞ」

「それは屁理屈だ！」

僕と狂介のやりとりを止めるように高杉さんが杯を見せて酒を要求した。

ゴホ！

「飲めますか？」

「頼む」

「だから酒はやめろよ！」

「うまいぞ、狂介」

「そんな訳があるか！」

「はは。正直しらふだと胸が痛くてな。これを飲むと酔いで苦しみが和らぐんだ。許してくれ」

吐血している者が酒を飲み感覚を麻痺させる。しかし、その酒が体力を奪い、さらに体をむしばむ。口についた血をぬぐって咳の合間に酒を飲む。すでに地獄の中にいるのかもしれない。

「久坂さんも入江も稔麿も死んだんだぞ。高杉がいなくてこれからどうすればいい？」

狂介が泣きだしそうだ。

「僕は松陰先生から特に評価されていた四人に嫉妬してきた。負けたくなかった僕は、いつも目の上のたんこぶのように思ってきた。

でも功山寺決起で気づいたんだ。赤根武人も優秀な男で僕は彼の意見に賛成していたが、やはり先生が認めた高杉たち四人は行動力や気迫が別格だということに。

この戦争に勝っても高杉まで死んだら新しい世の中はどうなるんだ？」

これまで弱いところを見せないように意地を張ってきたような狂介が本音を言ってくれたのがうれしいようで、高杉さんは何度か頷いた。

「ははは！　勝手に殺すな。以前のような健康体には戻れそうにないと言っただけだ。この小倉口の戦闘の勝敗が決したら、後は狂介に任せてゆっくり療養するよ。

新しい世の中のことまでどうするのか考えてはいないが、その世の中を見てみたいしイギリス留学だってしたい。だから次の戦闘が成功したら酒も控えるよ」

僕も笑った。

「狂介はいつも大げさだな」

「何だ！　さっきの雰囲気だともう死ぬのかと思った」

狂介は安心したように笑った。

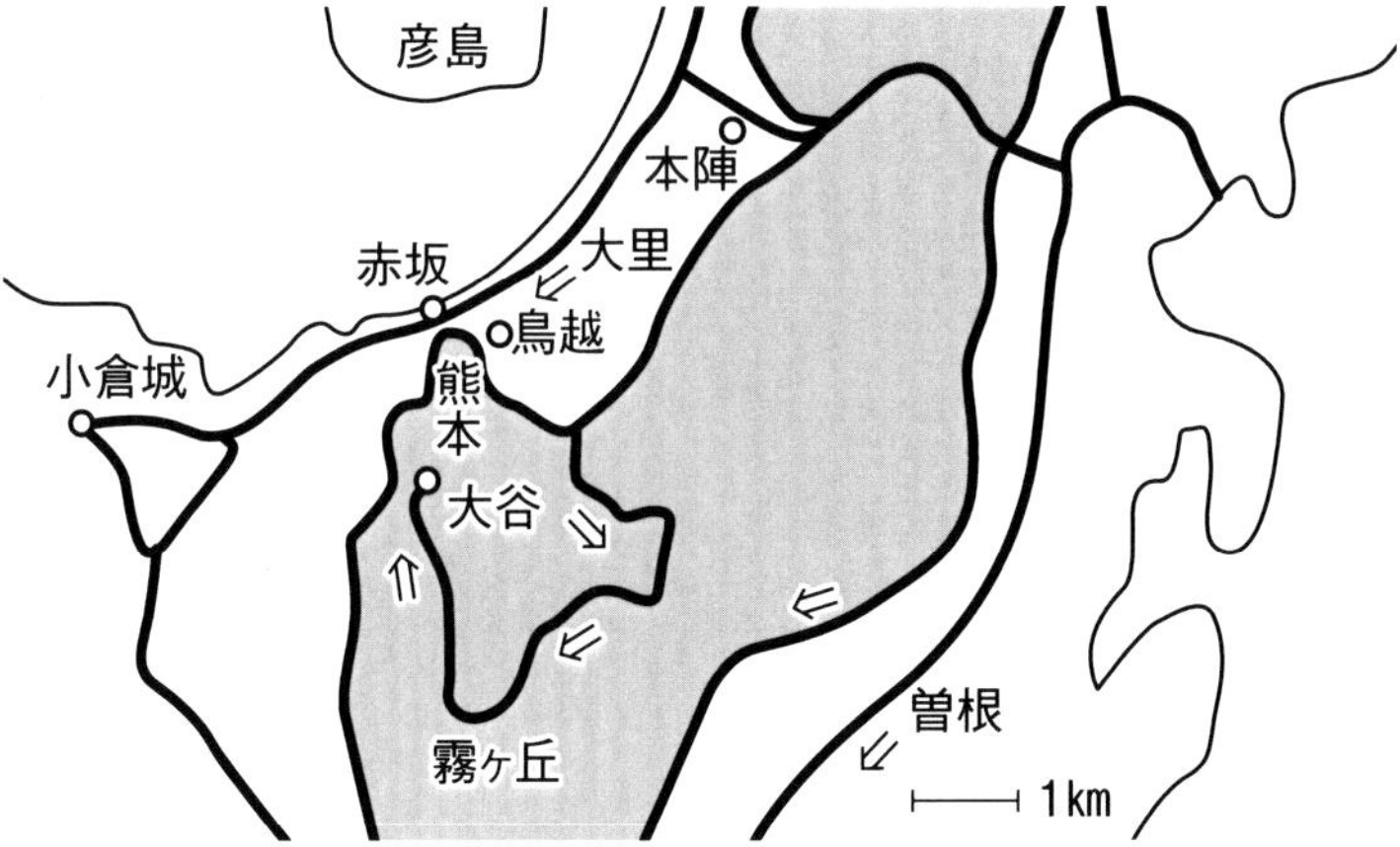

赤坂の戦い略地図

「僕の仕事は次の戦いで終わりなのかもな。気分がいい、このまま寝かせてくれ」

そう言うと、高杉さんは気を失うように寝付いた。

「高杉さんに休んでもらうためにも、次の戦いは必ず勝たないといけないな」

さっきまで取り乱していた狂介は、帰る時には陸軍指揮官らしい顔になっていた。

部屋を流れる風は意外に涼しく、秋の始まりを知らせるような心地よさと、同時に夏の終わりのもの悲しさを感じさせた。

●小倉進行作戦

ドーン！　ドーン！

「彦島からの砲撃が始まったな」

「はい」

「今日は気分がいい、行くぞ！」

もう狂介も止めようとはしない。

七月二十七日午前五時、彦島砲台から大里への砲撃が始まり、陸軍は上陸に備えた。

「高杉総督！」

痩せ細ってはいるものの、高杉さんを見ると隊士たちの士気がどんどん上がっていくのを感じた。病気を押して立ち上がる姿がさらに神々しく見せてしているのかもしれない。

「風太、準備はできているよ」

耕太について船に乗り、下関から門司港へ向かう。大里沖に帆船二隻が錨を降ろして砲撃している。そして、その周辺を丙寅丸が走り回っているのが見えた。

「乙丑丸が出遅れていますね」

「それは計算済みだ。それに幕府の艦隊は、これまでの活躍から丙寅丸を千トンクラスの蒸気戦艦と間違えているのではないかと思うほど警戒している」

「百トンにも満たないのに？」

「おもしろいものだ。幕府は高価な富士山丸を傷がつかないよう大事に扱っている。後がない我々の丙寅丸は常に撃沈覚悟で戦っている。その差なんだろうな」

午前七時から始まった上陸作戦は砲台や軍艦の援護により順調に進み、八時過ぎには大里に到着した。

「ここに本陣を置く」

高杉さんの指示で陣を張った。大里を完全に制圧できたことと、この戦争では今まで以上の激戦が予想されるからであろう。初めて本格的な陣を構えた。

「迂回の第四隊は予定通り内陸の守備を固めつつ進軍の機会をうかがっている」

狂介だ。今日は高杉さんが陣を構えたので最前線で戦えると意気揚々だ。

「まず第一、第二隊で大里の奥にいる小倉の守備兵を撃破し、その後は第三隊の進軍に合わせて赤坂を攻める。三か所から攻撃をすれば熊本藩といえども混乱するだろう！」

「任せたぞ！」

各隊が進軍の準備にかかった。今回は白石さんが記帳係として同行している。高杉さんが心配なのかもしれない。

「風太、赤坂の手前まではいつも通り頼む」

狂介の計らいで、『疾《はやて》』は十五騎に増えた。

「行くぞ！」

僕たちは先発隊として小倉兵を射撃したが、すぐに前回と違う様子に気づいた。熊本藩のものだろう。敵の砲撃の精度が格段にいい。それでも大里の平地は広いほうなので、大砲では人一人を狙って当てられるわけではない。疾が暴れ小倉兵が逃げ腰になっているところに第一、第二隊が加わり守備兵を撃破した。

「ここからだ！」

狂介が気合を入れ、隊士は赤坂進軍の準備をする。

ここから前に進むと平地は一気に狭くなり、赤坂周辺は山から海までの距離が四百メートル程。小倉城の方へ進むほど、その幅は狭くなる。

熊本藩は新式小銃を装備しているという情報が入っている。おそらくミニエー銃なので射程圏内に入る。さらに命中することは少ない砲撃も、狭い場所になれば無視できない。

そのため、小倉城を攻めるには必ず赤坂の熊本藩を撃退しなければならない。

「第一隊は陽動作戦だから無理はするな。第二、第三隊が目標の場所まで進んでから本格的な攻撃を開始してくれ」

作戦を確認すると、ついに狂介率いる奇兵隊を中心とした陸軍が赤坂に向かった。

「凪太、熊本藩の砲撃だけではなく、富士山丸以下三隻の艦砲射撃も加わっては近づけないぞ」

耕太が焦っている。ここまで来ると距離的に彦島砲台の援護はなく、さらに丙寅丸だけでは幕府艦隊を抑えることはできないようで、幕府艦隊の艦砲射撃が容赦なく降り注ぐ。

ついに幕軍が実力を見せ始めた。

「第一隊の本隊は進軍を開始しているが、狂介は無理をするなと言ってくれた。『疾』が全滅しては士気が落ちるから少し様子を見るか」

僕たちは第一隊に混じりながらも、かなり遠くから威嚇する程度の行動に抑え前線に出ることは控えた。山の方からは凄まじい砲声、銃声が絶え間なく聞こえる。赤坂に接近する第二、第三隊への熊本軍による攻撃だ。

本陣の方から後続部隊が応援に来ると、前線に出ていた狂介が一度戻り合流した。

「風太、ここはかなりの犠牲を覚悟しないと突破できんぞ」

この戦いで初めて狂介が青ざめている。

「もう何十人もの死傷者が出た」

そう言いながらも、攻撃を休めてはさらに不利になると、狂介は補給を終えるとすぐに意を決して前線へ出て行った。

ミニエー銃は覚悟していたが、熊本軍の砲撃の威力が想像以上に強力らしい。グラバーの話では熊本藩にイギリス製の最新式アームストロング砲は流れていないようだが、アメリカ製の武器を輸入している可能性があるとも言っていた。

それに比べて長州軍は、海峡を渡るため機動力のある小型野戦砲しか持ってこれていない。その砲の援護だけで山に登りながらの攻撃は、熊本軍からすればいい的だ。

「風太、陽動をしないと」

みんな歯がゆいようだ。

「ミニエー銃を使いこなしている熊本軍にはいつものような攻撃はできないな。一度本陣に戻ろう」

本陣に着くと高杉さんが出迎えてくれた。

「お疲れさん！」

数時間たっても結果が出ないのは初めてなので本陣の雰囲気も明るくないが、高杉さんはいつものように普段着で何事もないように振舞っている。

「どいてくれ！」

血まみれの兵が運び込まれた。他にも腕の傷を押さえている者や足を引きずりながらやっと帰陣した者までいる。

（こんな姿の奇兵隊は見たことがない）

「午前中だけで五十人近くの死傷者が運び込まれた。前線の奇兵隊幹部が討死したという報告も入っている」

高杉さんが険しい顔をしながら話す。

幕軍であれば五十人から百人の死傷者は恐れる数ではないが、八百人の長州軍にとっては無視できない数だ。一日で百人となれば一割以上が戦闘不能ということになり、そうなれば士気の低下は免れない。

ゴホゴホ！

「高杉さん！」

耐え切れず膝をついた高杉さんの口から赤い血が流れ落ちた。

「奥で休んでください」

耕太が駆け寄った。

「放せ！」

高杉さんは肩をかそうとした耕太の手を振り払い叫んだ。

「普通の兵なら逃げ出すような戦いなのに、奇兵は引くどころか率先して攻め続けている。長州のためにな。僕はその大将だ。ここから一歩も引かんぞ！」

赤坂を見る高杉さんの表情は鬼のようだ。

戦場というのに普段着のままのその痩せ細った体は、横になればただの病人でしかない。しかし、今の高杉さんはまさに戦いの鬼に見える。

「高杉さん、海岸で陽動作戦をしたい」

「あの場所は狭い。熊本藩のいい的になるぞ！」

疾の提案に高杉さんは首を横に振った。興奮しているが、それでも作戦に関しては常に冷静だ。

「攻撃するつもりはありません。目立てばいいので、赤坂付近で走り回ろうと思います」

「いくらミニエー銃でも、動く的にはそうそう当たらないか」

正面から向かってくる騎兵はいい的になるが、山から見て平地を高速で動き回っているものを狙うことは困難だという理屈だ。高杉さんが後ろの武器置き場を見た。

「本陣の護身用に持ってきたスペンサー銃を使え。騎乗のまま七発撃てる。どうせ騎乗で狙い撃ちはできないからいいだろう」

「はい」

この銃は騎兵銃でまさに僕たちに合っている武器だが、有効射程距離がゲベール銃程度であることと、弾詰まりを起こしやすいことや弾が高価であることから実戦ではこれまで使っていなかった。

「給弾には時間がかかるから、撃ち尽くしたらここまで戻ってこいよ、休憩を兼ねて」

「そうします」

「威嚇にはなるし、たまには当たるかもしれんな」

高杉さんに励まされ出陣した。

そしてついに、熊本軍の射程圏内に突入した。

ドカーン！　ババババン！

赤坂の銃砲撃と海からの艦砲射撃に正直焦ったが、思った通り動いていれば狙いきれないようだ。

たった十五騎だが、間隔をあけて旗を掲げながら走れば目立つようで標的になっている。ほんのわずかかもしれないが、これで陸軍の被害を減らすことができているはずだ。

「おい！」

耕太が前方を指すと十人ほどの歩兵がいる。もう五百メートルは切っているが攻撃はしてこない。

「ゲベールの小倉兵か！」

逃げ遅れなのか偵察なのか、射程距離に差がないなら連発できるスペンサー銃が有利だ。

（勝てる！）

約三百メートルで一発目の射撃指示をした。

バババババン！

期待通り敵が驚いて反撃のため発砲してくれた。

「突撃！」

敵が給弾する前に接近する。こちらは連発銃なのですぐに二発目が撃てる。

「撃て！」

距離が百メートルくらいから騎乗のまま連発射撃をした。敵は焦って給弾することができず、最後は至近距離で全滅させた。こちらも恐怖で情けをかける余裕が全くない。

ババババン！

熊本藩本陣はこれを見ていたのか、さらに集中砲火を受けた。

「戻るぞ！」

残弾は少なく、一応目的は達成できたので帰陣した。

「よう！」

いつものように高杉さんが出迎えた。

「死ぬかと思った」

「伏兵でもいたんだろう」

「図星です。小倉兵でよかった。ミニエーが相手だったら危なかった」

本陣の者に給弾を頼み、少し休憩した。ミニエーの的になり、しかも思いがけず敵兵に遭遇したことで、みんな武者震いしている。水を飲もうと持った柄杓が激しく震えて水が全てこぼれるほどだ。

「ははは。だらしがないなあ！　おい！　こいつらに水を飲ませてやれ」

「出撃した後続隊の人の数だけ、死傷者が帰ってくる」

これほど死傷者を出したことはなく、見ていると不安になった。

「ミニエー銃は威力もある上、弾丸に回転が加わっているから体の組織が引きちぎられる。胴体を撃たれたら助からないようだ」

出血多量で死を待つだけの隊士が何人も横たわり、その横で戦友が必死になって出血箇所を押さえている。

「一緒に下関へ帰ろう！」

死を覚悟した者達とは言え、戦友の死を間近にして冷静でいられるはずがない。呆然とする者、敵《かたき》を討つと言って発狂している者で本陣の奥は修羅場だ。

（敵陣も同じようになっているのだろうな）

同じ日本人が、お互いの行為でこの修羅場をつくっていると思うと悲しくなる。

「想定通り、熊本軍は兵器に頼っているだけで戦術はない。そこだけが救いだ」

こちらの損害だけを見れば完全に押されているようだが、熊本軍も苦しいことを高杉さんは冷静に見ている。

ゴホゴホ！

高杉さんが苦しそうにせきこみ、また膝をついた。時間は限られている。最悪でも熊本軍に戦いたくない敵だと思わせなければならない。

「耕太、そろそろ行くぞ」

「了解」

「耕太は目がいいから射撃は二の次でいい。索的に集中してくれ」

「分かった」

真夏は過ぎたと言っても日中の日差しはすごい。鎧を着ていたら体力がもたなかったかもしれない。

炎天下の午後、僕たちは再度、赤坂へ向かった。

死闘

山からは熊本軍、海からは幕府艦隊の砲撃の中へ突入した。第一隊も山からの攻撃のため前進できず、その応戦で精いっぱいだ。

僕たちは基本的には山から離れて行動したが、時々目立つように接近し山の中に布陣している熊本兵を射撃し威嚇した。そして弾がなくなると本陣へ戻ったが、その度に負傷兵が増えているのが分かった。

「九州最強とは伊達ではないな。これだけ攻めても引かないとは」

高杉さんも焦り始めている。さらに心配なのは熊本軍の進軍だ。可能性は少ないが、この消耗戦打開のため決着をつけようと、犠牲を覚悟で前に出てくるかもしれない。

本陣と合わせて総兵力八百の長州軍は、三千の熊本兵に押し負ける可能性は十分にある。もしそうなり、その勢いに乗って熊本以外の幕軍も加われば恐ろしい結果が予想される。

全滅！

（死に方は討死か、平家のように壇ノ浦に沈むかの二択だ）

「風太、もう少し山に接近できるぞ」

耕太が提案する。

「だけど十五騎で無理をしても」

「やれることはやるんだろ！」

「……、そうだな」

「荒木様、私たちも一緒に」

本陣付きの騎馬だ。

「ここにいても仕方がない、連れて行け！」

高杉さんがそう言うので、補給を終えると総勢十八騎で激戦地へ向かった。

熊本軍の進軍を防ぐには、長州軍が攻め続けるしかない。全員がそれを悟っているようだ。時々山から百メートル以内に接近し射撃した。確かに十八人で連射すると迫力があるように思えた。

（今度接近したら本陣へ戻るか。）

山中では絶え間ない死闘が五時間以上続いている。まさに地獄だ。

ババン！

バババババババババ！

山側に近づいた瞬間、今までにない嵐のような銃撃が疾に降り注いだ。その迫力に焦ったが、これは熊本藩が疾の動きにいらだち本気で狙ったということ。つまり、おとり作戦が上手くいっているという証拠だ。僕は嬉しくなった。

（あれ？）

僕は疾に帰陣の指示を出すために振り向くと、一人落馬していることに気づいた。

「誰だ!?」

そこまで応戦しながら引き返し、落馬者が仲間の馬に乗ったことを確認して本陣へ向かった。

赤坂から離れて落馬者を見ると耕太だった。自分で仲間の馬に乗ったように見えたのでただの落馬かと思ったが、今は仲間の体にしがみつくのが精一杯という感じでフラフラしている。

「耕太、もうすぐ本陣だぞ！」

声が届いたのか、頷いたように見えた。陣の裏で耕太を下ろすとぐったりと横たわった。

「すごい出血だ！」

仲間が叫ぶ。僕の心に死という文字が浮かぶと汗が止まらなくなった。

「止血だ！　軍医の所へ連れて行け！」

そうは言っても、重傷者の治療ができる設備などない。

「ミニエーに撃たれた者は助からん、治療は治せる者だけだ！」

ここには次から次と送り込まれる負傷者のため罵声や悲鳴が飛び交っている。助からないと判断された者は見捨てられるのが戦場だ。

耕太も医者に見捨てられた。

「耕太さんは武士だぞ！」

「やめろ！」

『疾』の仲間が突っかかったので慌てて止めた。気持ちは分かるが、以前、功山寺での高杉さんの失言で懲りている。ここで喧嘩をしては状況を悪くする。

「馬鹿か！　奇兵隊に身分など関係がない」

治療所の隊士が叫んだ。僕が引き下がろうとすると

「いつも最前線に立つ『はやて』だろ。そんな対応するな！」

別の隊士たちが同情の声を上げると、それに気づいた医者が先に診てくれた。

「先ほどは失礼しました。でも、これでは傷を押さえることしかできません」

（駄目なのか）

一瞬何も考えられなくなった。

「荒木様！」

仲間に言われて耕太を見ると何か言いたそうだ。

「ミニエーに撃たれたら死ぬことは分かっているよ。馬のいる所で死にたい」

騒々しい中、弱い耕太の言葉を聞いて隊へ戻った。耕太は武士となり馬に乗れたことがよほど嬉しかったようだ。

「今日、僕が乗った馬は逃げたかな？」

「あいつは元気に走り去っていったぞ」

よく気の利いたことが言える。あの馬は被弾と転んだ時のけがにより虫の息だったので、仲間が頭を撃って安楽死させた。

「悲しい顔をするな。僕は武士にもなれたし国のために戦えて満足している。あれだけやったら熊本軍も進軍はしないだろうし。長州が勝ったも同然だ」

無口なタイプなのに珍しくよくしゃべる。

「風太」

「……」

耕太の首を支えて聞いた。

「一緒に戦えて幸せだった」

いろいろ学んだが、どうして志半ばで死ぬ者が幸せを感じられるのか、僕にはまだ理解できない。

「風太、汗がすごいな」

武士は泣くなと教えられてきたが、止める術がない。耕太の顔に次から次へと涙が落ちる。気を抜くと声まで上げそうだ。

一瞬、耕太は笑顔を見せると、次の瞬間には目を閉じ一気に体の力が抜けた。

僕が強く抱きしめるほど、耕太の体は脱力して柔らかくなっていることが分かり、それによって死んだということを実感した。

「お疲れさん」

振り返ると高杉さんが立っている。

「熊本軍の進軍はないようだ。この本陣に守備兵を置いて、本隊は日没前に下関へ帰るぞ」

「大丈夫ですか？」

　あの熊本軍が引き下がるとは思えない。守備兵だけでは夜のうちに攻撃を受けて全滅するのではないかと不安になった。

「長州もこれ以上の消耗はできないが、熊本軍も戦えないようだ」

「え？」

「やつら兵器は優れているが、長期戦をするには弾薬が足りていないようだ。奇兵隊からの報告でも分かるし、ここから見ていても分かる。砲撃の間隔がどんどん長くなってきている」

「なるほど」

「今度はここからは引かないぞ。ここを本陣として攻めの姿勢を見せ続ける。今日の犠牲を無駄にしないようにな」

「はい」

　お互いに深追いなどはなく、日没までに撤退を完了した。今回の死傷者は百人を超えた。総勢八百の長州軍としては身を削られるような大被害だ。

　幹部は敵に対する心理的な効果が十分出たと考えているが、形としては初めて成果が出なかった戦闘に、隊士や下関の街は疲弊している。

八百の兵でよくやったという見方もできるが、被害の割合で見ると敗戦と見なしていいほどだ。下関に来て初めて葬式のような暗い夜を過ごした。

● 居酒屋（十六）

「奇兵隊って連戦連勝だったんじゃないの？」

「赤坂という場所の戦闘は激しかったらしいよ」

テルが驚くとハカセが答えた。

「でも俺が見たドラマでは楽勝したようにさらっと描いていたけど」

「幕府や諸藩にとってはそういうイメージなのかもしれません。でも長州から見たら違います。

諸藩の中には火縄銃で戦う部隊もありましたが幕府は最新式の武器をそろえていましたし、小倉藩もいい武器を持っている隊もあって、戦闘に慣れてきたら侮れませんでした。

特に熊本藩は三千の兵がいい武器を持っていたので恐怖を感じました。奇兵隊などは八百ほど。百人が死傷したという情報を聞いた時、もう駄目かとさえ思いました」

「だから負けたわけではないということを強調するために大里に本陣を置いたのですか？」

「はい」

するとテルが入ってきた。

「高杉晋作って突撃とかさせないのか？　高杉が命令したら勝てるような気がするし、何か無茶をするイメージが強いんだけど」

「下関の守備兵や砲台の隊士を含めても総勢千人しかいないということもあったけど、高杉さんは兵をすごく大事にして、思い切りはあったけど決して可能性のない作戦は立てませんでした。

ただ、自分の体調のことも芸州口の戦況のこともあり、早く決着をつけたいというジレンマはあったようです」

「自分の命のタイムリミットを抱えながら戦っているなんて実話とは思えないな」

先生が感心している。

「それで兵の士気が高く保たれた部分もあるのかな？」

「それはあると思います。僕も高杉さんの命令なら信じて何でもしようと思いました」

「長州の話は最後まで聞いたら盛り上がるって聞いていたけど、最後まで悲しのね。勝っても負けても」

「うん」

僕も意気揚々と話せると思っていたけど、咳き込み吐血し、それを拭って苦笑いをする高杉さんの姿を思い出すとどうしても明るくはなれない。

「でも、ここからはいい話ができるかも」

● 大里守備

翌二十八日、高杉さんは無理を押して白石さんと再び大里へ渡った。絶対に引くことが許されない長州軍は本陣を置いた大里を死守しなければならない。上陸した者から砲台を作り守備についた。

「守るだけなら、これで十分だ」

昨日の消耗を考慮して、高杉さんは進軍することは考えていない。

「夜は大里の町中にかがり火をたけ。長州がここまで来て小倉城を狙っていることを知らしめ、敵を疲弊させる」

守備の姿勢でありながら、心理的にはこちらが攻めていると見せる。芸が細かい。

予定の守備が整い夜を迎えた。昨日はあれほど苦戦した長州軍だが士気は全く落ちていない。攻めた時に互角だったので、守るだけであれば勝てるという変な自信があるようだ。

（半数が庶民出身なのに、よくもここまで精鋭に育てたものだ）

「かがり火がきれいだな」

「少し遅い盆ですね。迎え火か送り火か分かりませんが」

「供養にはなりそうだ。みんな成仏してくれよ」

広範囲に焚かれたかがり火は力強く、幕軍には大軍に見えるはずだ。しかも、無数の炎は黄泉の国とのつながりを思わせるように幽玄で、畏れさえ感じさせているだろう。

二十九日午後、情報が入った。

「小倉藩が大里の攻撃準備をしていると。熊本藩にも応援を願い入れている様子」

「しぶといな」

高杉さんが苦笑いをすると、また咳き込んだ。もう激しい咳を見ない日はない。

陣には緊張感が漂う。やはり熊本軍が参戦するのは怖い。

「高杉さん、休養はとれました。敵が攻める前にこちらから攻めることもできますよ」

狂介が怖い顔をしている。前回、攻めきれなかったことが悔しいのだろう。

小倉口の情報の他に、将軍家茂の体調が戦争を継続できないほど悪いという噂がある。そうであれば、幕軍に攻めさせなければいずれ長州藩の勝ちとなる。威嚇のため無理をしてでも、もう一度総攻撃をするのもいいだろう。

「僕も行けますよ。赤坂は慣れました。突撃して陣を奪ってやります」

「待て！　少数の長州軍をこれ以上消耗させるわけにはいかない。これ以上兵が減れば大里を守ることもできないぞ」

「それでも敵に恐怖感を植え付けられれば、もう攻めようなどとは思わないでしょう」

「焦るな、逸《はや》るな！」

高杉さんが水で口をすすいだ。吐き出した水はほんのりと赤い。

「戦わずに勝つ。それが兵法の上策だろ」

狂介も僕も黙った。あれほど大胆に動くのに細かいところまで考えている。逆に細かい所まで考えているから大胆な行動をとってこれたのか。

この日も戦いはなく、幻想的なかがり火を見ながら眠りについた。

● 急変

三十日。

「敵陣が動いています」

「来るか！」

総員で迎撃態勢を取ったが進軍の様子はない。

「陣の配置換えをしているようです」

「ということは、向こうも守りを固めているのか？」

意外な展開だ。小倉藩の応援要請を熊本藩が断ったとしか考えられない。

八月一日、政事堂からの使者が来た。

「将軍、徳川家茂、大阪城で御逝去《ごせいきょ》！」

「そうか！」

長州藩が待っていたその時が来た。

「物見を増やせ！」

あれこれ考えず情報を待つことにした。

「小倉城炎上！」

「何⁉」

よく見ると確かに煙のようなものが見える。

「雲や霧ではないだろうな？」

「高杉さん、あれは煙です！」

狂介が叫んだ。

「勝ったぞ〜！」

死んだ者たちに伝えるように狂介が叫び続けた。

「はっはっは。だけど、まだ勝ったわけではない。明日、物見を出しながら小倉へ進むぞ」

八月二日、小倉城付近まで来たが、物見の情報通り幕府軍はどこにもいない。

小倉城下を占領して情報を集めると、熊本軍は三十日に帰藩を開始し、他藩もそれに続いた。

小倉藩は自分の領地であるため残るしかないのだが、一藩で長州軍と戦えないということで軍議の結果、小倉の南二十五キロほどの町、香春町《かわらまち》へ移動した。小倉城を明け渡すことに悔しさを感じたのか、自分で火をつけ去ったようだ。

「熊本藩が兵を引いたら、幕府軍の指揮官が真っ先に富士山丸で逃げたらしい」

「馬鹿にしたいところですが、その彼のおかげで長州は優勢に進められたので感謝しないと」

しかし笑ってばかりもいられない。藩を治める者が小倉から逃げ出したため、小倉領内で打ち壊しや一揆が始まり治安が悪くなっている。

その報告が政事堂に伝わるとすぐに藩主名で次の内容の命令書が届いた。

小倉藩の兵を深追いしないこと。

庶民の信頼を欠くようなことはしないこと。

勝ったと思ってうぬぼれないこと。

「小倉城下の整備に治安の維持、それに南に逃れた小倉藩への備え。僕が苦手な仕事が山積みだ」

壊すことを得意とする高杉さんが苦笑いをしている。

● 居酒屋（十七）

「やったじゃん！」

テルが喜んでいる。

「やっぱり城を落とすのが昔の戦争の醍醐味だよな！」

「とは言っても熊本藩などが逃げて、守りきれなくなった小倉藩が自分で城を燃やすという幕切れだったけど」

「そんなことはいい。長州のやってきた成果が出た瞬間だろ！」

まだ決着したわけではないが、松陰先生が幕府批判をしてから、多くの苦労や犠牲を払って、ようやくそれが形になった象徴ではある。

もちろん幕府の江戸城でも大阪城でもないが、幕府が前線基地と定めた小倉城を、たった長州一藩が攻め落とした。

「当時の衝撃的なニュースでしょうね」

校長も喜んでいる。この話を聞き、溜まり続けたみんなのフラストレーションが一気に解放されたようだ。

「これで高杉さんも休めるんじゃないの？」

「そう。これから落ち着いた生活をするよ」

「え？　じゃあ高杉晋作って回復するのか？」

テルが意外そうな顔をした。

みんな知っているはずなのに、高杉さんに親近感を持ってくれたようで療養により回復することを期待している。歴史は変えられないことを知っているはずなのに。

● 休養

高杉さんの体調はいいようだが休養を兼ねて下関へ戻ると、気は早いが凱旋《がいせん》となった。

「下関が戦場になるかと覚悟していたのに、幕府の前線基地となった小倉城を落としてしまうとは信じられない！」

話は大きくなって、奇兵隊が武力で落城させたことになっている。間違いではないが、正しくは小倉藩が逃げたのだ。さらに赤坂では大苦戦したのだが、幕軍二万と巨大艦隊に圧勝したと街中大騒ぎだ。

「いいのかな?」

「いいじゃないか。下関にはずっと世話になり続けてきた。喜ばせてやれよ」

「そうですね」

白石邸に着くと、おうのとお凛に出迎えられ昼食にした。

「僕は少し休む。疲れがとれたら宴会にしようか」

「無理しないでくださいね」

少し咳き込みながら自室へ行ってしまった。

「お疲れ様でした」

お凛は気前よく酌をしてくれるが、街の人のように大はしゃぎはしない。いつも、もう帰らないと言いながらしっかり戻るから慣れてしまったのかもしれない。

「耕太さん、本当に帰ってこないのですね?」

「もう聞いたんだろう?」

「聞きましたけど。それなのに今日は一緒に帰ってくるのかと心のどこかで思ってしまって」

「情報の間違いは時としてあるが、戦争中に不謹慎な嘘など伝えないよ。耕太の死は僕が見て伝えたものだ」

「先日まで元気だったのに」

「それが戦争だって言ってあるだろ」

「あんなにいい人が」

「いい人も戦場では容赦なく死んでいるよ。そいつらだけの世界を創ったとしたら、絶対に戦争などしないような心の優しい人間が、砲撃と銃撃の地獄の中で何人も死んでいった」

僕の心の中には耕太を死なせたという後悔があるのかもしれない。お凛が耕太の話をするとイライラしてきて、つい口調が強くなるのが自分でも分かる。

「耕太さん、いつもあなたと一緒に出かけられるのが嬉しかったみたいですよ。優太さんを命がけで守るから安心しろって」

「……」

酒を杯に注ぐ片口《かたくち》の酒が飛び散るほど、お凛の手が震え始めた。泣いて話せなくなったお凛に何と言っていいのか分からず二人で抱きしめあった。

「僕は耕太に守られたんだな」

「はい」

街の人たちは戦争をいい出来事に塗り替えていたが、決していいものではない。かわいそうなことに、優しいお凛には悪い部分がしっかり見えてしまうようだ。

（少しは僕の活躍の話も聞いてほしいところだが）

「ここが片付いたら桜山へ行こう。耕太はそこに眠ることになるからね。僕から小倉城の落城を伝えるよ」

お凛は頷くと立ち上がって僕の手を引いた。

「片付けないと白石さんに怒られるぞ」

それでも強く手を引くので徳利を一つ持って桜山へ向かった。

桜山招魂場。戦死者を慰めるというよりは功績を称えるために作られた。

「高杉さんが功績をあげて花になると言っていたけど、耕太が先になってしまった」

お凛は泣いてばかりいるが、他にも同じように泣いている人が何人かいる。街で一緒に凱旋に加われない家族なのか。

夕方、白石邸に帰るとにぎやかな声が聞こえる。

「あら！」

高杉さんが元気に歌っている。

「疲れたんじゃなかったんですか？」

「おそいぞ！　疲れがとれたから宴だ！」

お凛が呆れて笑った。

「お凛ちゃん、目が真っ赤だぞ。笑わないと耕太も心配で成仏できんぞ！」

「はい！」

笑顔で見送る。耕太のような男は、そのほうが喜ぶのかもしれない。

●戦況（三）

一時は休戦となりそうだった芸州口は、将軍が死ぬ前に優勢に立ちたいと考えた幕軍が攻撃を開始し、一進一退を繰り返していた。幕軍の中には火縄銃を使用している藩もあれば、ミニエー銃よりも射程が長い銃を持っている藩もあったという。

さらに幕軍の艦砲射撃により苦戦したようだが、他の戦いと同じように軍艦の有効利用ができていない分、長州軍にも勝機があった。

決め手となったのは八月七日の雨だったという。火縄銃は使えないが西洋の銃は雨の中でも使用できるので、雨は戦況に大きな影響を与えないはずだ。

しかし、長州軍は射撃を続けることができたが、西洋式銃を持ちながらも訓練が不十分な幕軍には、雨の中で火薬を上手に扱うことができない藩が多く、長州軍の一方的な射撃に敗走したようだ。

九日に陣などを焼いて広島まで後退した幕軍の士気は著しく低下し、広島藩が間に入り、長州軍が広島藩の国境から兵を引くという条件で、事実上の休戦となった。広島藩は領内を戦場にされ、しかも幕軍が宿などの施設に金を払わないことなどに迷惑し、勝敗よりも、早く戦争を終わらせたいと願っているようだ。

将軍家茂が亡くなり、幕府は混乱したが一橋慶喜《ひとつばしよしのぶ》が将軍職を継ぐことに決まり、八月八日頃、慶喜自らが兵を率いて広島方面に進軍するという情報が入った。将軍が前線に出れば戦闘に消極的な藩であっても士気が上がる。慶喜のこの勢いに喜んだ天皇は、家茂の代わりに慶喜に対し長州追討の勅命を出した。そのため、広島藩との休戦交渉は意味をなさないのかと思われたが、十一日、突然慶喜が出陣をやめた。

慶喜は小倉城落城の知らせを聞いて弱気になり、出陣を延期したいと言い出したという話だ。天皇は前代未聞の勅命拒否に激怒したが、十六日に慶喜は朝廷に弁明し、出陣中止が認められた。

そして幕府から長州藩に対して、正式に止戦交渉をしたいと申し出があり、二十一日に幕臣の勝海舟と長州藩士の聞多さんらが話をすることとなった。

「何でこっちは終わらないいんだ！」

慶喜に決定的な精神的ダメージを与えた小倉城落城。しかし、小倉口戦争は終わっていない。

小倉藩は小倉を捨てたにもかかわらず負けを認めていない。本陣を置いた香春町から小倉側へ軍を進め小規模ながら戦闘が続き、長州側にも被害が出ている。

十六日、十七日にも戦闘があり、山中に隠れながら攻撃をしてくる小倉兵に手を焼いている。小倉兵も実戦の中で熟練し、また藩を守るという使命感から強敵へと変化している。

そのような中、二十一日に予定通り幕府との止戦交渉がまとまり、九月中には兵を引くという話が聞こえてきた。

「これでも小倉兵は戦う気だ。守りを固めないといけないな」

高杉さんがため息をついた。

「別に小倉を占領しに来たわけじゃない。幕軍が四境から完全に引けば、長州も小倉から引き上げるのに。自分で火をつけておきながら、小倉城を落とされたと怨んでいるのかもしれない」

「誰のために戦っているのですかね？」

「武士の意地だろ。交渉役がしっかりしていないと泥沼に陥るんだ。こんなに分からず屋の藩だとは思っていなかった」

幕府長州戦争が、なぜか小倉長州戦争となってしまった。先が思いやられる。

● 助っ人

小倉藩との戦闘が続く中、高杉さんの体調を考慮した政事堂は干城隊で活躍した前原一誠を派遣してきた。

「思ったより元気そうだな」

前原さんはそう言うが、おそらく想像以上のやつれ具合で驚いているだろう。

「戦場に出てないので少し休めました」

「晋作の補佐に来たから安心してくれ」

「助かります。小倉は狂介に任せっきりで。もう少しよくなるまで、僕に代わって指揮をお願いします」

「分かった。とりあえず小倉に行ってみる。酒だけじゃなく、しっかり栄養のあるものを食べろよ」

「分かっています」

狂介もよくやっているが、大組士が前線に出ると雰囲気が変わる。これで高杉さんの負担がかなり減るはずだ。

前原さん以外にも見舞いなのだろう、高杉さんを訪ねる者が増えた。その中には坂本さんを守った三吉さんがいた。高杉さんの拳銃が活躍した話などを聞くとうれしそうに笑っていた。

● 宴のあと

「せっかくだから一杯やろうか！」

高杉さんは見舞いに来た者をそう言って誘う。元気に見せて安心させたいのか、それとも療養中の来客が本当にうれしいのか。それが体にいいはずがないことは分かるが、楽しそうにする高杉さんを止めようとは思えない。この日も大いに盛り上がった。

そして夜が更け、いつしか鈴虫の音が大きく聞こえるようになると。

「宴の後は寂しいな。大騒ぎした日は特に」

前原さんたちが部屋を出てふすまを閉めると高杉さんが呟いた。

「僕だけ置いて行かれるような気がする」

「何を言っているのです？　戦が終われば、みんなを集めて大宴会を開けばいいじゃないですか。その時は旦那様が中心ですよ」

高杉さんの弱気な言葉を聞くと、その言葉を打ち消すように、おうのが珍しく気の利いたことを言った。

「そうだな」

高杉さんは、おうのの顔を見てそう言うと小さく呟き込んだ。

僕は右に座る高杉さんに徳利を差し出すと、同時に高杉さんも徳利を持った左腕を僕の方に伸ばした。

「気が合うな」

二人で笑って酒をつぎ合い、同時におちょこの酒を飲み干した。

「うまい！」

笑みを浮かべた直後。

ゴホゴホ！

高杉さんが苦しそうに咳き込んだ。いつもの光景ではあるが、戦が一息ついて余裕が出てきたせいか、今は悲しみを感じた。

ガタガタガタ。

すると、おちょこを持った僕の左腕が震えだした。みんなに気づかれないように右手で押さえたがおさまらない。心配するお凛と目があった瞬間。

「クソ！」

ガン！

思わず、おちょこを思いっきり壁に投げつけてしまった。長州の英雄が病気で弱っていく姿と、自分の体の異変で気が立ったからだ。

戦のさなか、気の短くなった男たちと接してきて慣れているのだろう。おうのとお凛は何も言わずに片付けてくれる。

「大丈夫ですか?」

片付け終えると、まだ少し震えている僕の腕を見ながら、お凛が優しく声をかけてくれた。今までは弱いところを見せたくなかったので答えてこなかったが、今は安心感と酔いのせいで話したくなった。

「けがや病気じゃないから安心しろ。原因は分かっているんだ」

僕が震えのことを話すとは思っていなかったのだろう。お凛が驚いている。

「原因が分かっているのですか?」

「うん」

僕は愚痴をこぼすように話し始めた。

「戦場へ行くとね、たくさんの幕兵がいるんだ。どこでも長州兵の十倍以上」

お凛は宴の片づけを中断して僕の正面に座り込んだ。戦場の話など細かくしたことがなかったので聞きたいのだろう。僕の目をじっと見ている。

「幕府直属の兵はいい武器を持っていたが、彼らはだいたい後ろにいた。前に出てくるのは幕府に命令された諸藩の兵。彼らのほとんどは長州兵が持っている武器の性能など知らない。そのため、数で圧倒しているから安心して前に出てくるんだ。有効射程距離が百メートルほどのゲベール銃や火縄銃を持って。

僕たちは彼らから五百メートル以上離れた所に配置して射撃を始めるんだ。彼らは始め、それが遠距離からの威嚇射撃だと思って油断するが、仲間が次々と倒れていくからすぐにパニックになる。

彼らは関ヶ原の合戦時代の戦い方しか知らないのだろうな。焦るほど集団で固まるから狙いやすい。いい的だった。

逃げる者もいれば、中には勇気を出して集団で突撃してくる者達もあった。だけど、そんなことに関係なく僕は彼らを撃ち殺した。騎馬も足軽もみんな。長年鍛えてきた屈強な男たちを、僕は銃の引き金を引くだけの簡単な動作で、何人も何十人も殺した。

武士は正々堂々と誇りを持って戦うから、戦場では人を殺す権利があると思ってきた。しかし、僕は敵の顔も分からないような遠くから引き金を引くだけ。武士なんかではない。ただの人殺しだ。彼らの家族に申し訳ない」

「でも、そのおかげで私も下関も守られたのですよ」

戦嫌いのお凛が必死で慰めてくれる。とても優しい顔をして。

僕は嬉しかった反面、物足りない気がして、さらにひどい話を続けたくなった。

ひょっとすると、お凛に軽蔑してほしかったのかもしれない。それが懺悔になるような気がして。

「敗走を始めた敵陣を攻めた時には、背中を見せて逃げる敵兵を撃ち殺したことがある」

「どうしてですか？」

「いくら優勢でも一人一人に余裕などない。たまたま銃の準備をした敵兵だったら、殺されるのは僕だ。近距離で敵兵を見ると怖くて反射的に引き金を引くんだ。撃ち殺した後になって、そいつは武器を持たずに逃げているだけだったと気づいて後悔するんだ」

「戦場なのですから」

戦場の悲惨さを感じたお凛だが、それでも僕を弁護してくれる。

「まだあるんだ」

お凛は聞きたいような聞きたくないような複雑な表情をしたが、今の僕は話をやめることができない。

「敵兵のことはまだ割り切れるが、僕は仲間を何人も犠牲にしてきた」

「え？」

お凛は不思議そうにしている。

「耕太さんの他にも？　だって、他の隊士さんはみんな帰ってきましたよ」

「戦場では体調不良になる者もいれば、けがをする者もいる。だから交替で疾風隊に来てくれる者もあったし、敵の馬を手に入れたと言って助っ人で参加してくれた者もあった。

僕は疾風隊を率いて敵兵に接近した」

「百メートル以上離れていれば安全なのでしょう？」

「そうだが、少数ながら新式銃を持った敵兵もいるんだ。当然、味方の危険度が増す。それでも戦況を左右するようなことはないから、僕は気にせず進めと命じた。

するとと時々、進軍中に落馬する者が出る。運悪く新式銃の弾が当たったと知りながら、僕は振り向かずに目的地へ進むんだ。そして最前線で射撃し敵を混乱させた。狂介が率いる本隊が到着するまで。

そして敵が敗走し始めるとやっと落馬した仲間の所へ行くんだ。すでに時間はたっているのだが、そいつは最期のあいさつでもしたいのか、血まみれで僕を待っていてね。僕を見て笑ってさ。声はほとんど出ないのに、口の動きなどから一緒に戦えてうれしかったって伝わってくるんだ。そして笑ったまま目を閉じる。

僕が進めって命じてなかったら死なずにすんだかもしれないのに、何で僕を見て笑えるんだろう？」

「でも、疾風が前線で頑張っているから犠牲が減っているのですよね」

「そのはずだけど。僕もそう割り切りたいのだけど。

でもその時、胸に小さな針が引っかかった感じがして。敵兵が敗走してホッとし、戦場から離れて陣に戻って一息つき、さらに下関に帰って落ち着くなど、緊張が解けていけばいくほど、その針は太く長く、僕の心の奥の、その奥の方へ深く刺さっていくんだ。

そうなるとね、痛くてさ。息苦しくてさ。そして手が震えだすんだ。苦しくて、苦しくて。こんな苦しいのなら、あの時の銃弾が先頭を走る僕に当たれば良かったと思うんだ」

「え？」

お凜が目を丸くしている。

「そうすれば敵を殺すこともない。仲間が死ぬところを見ることもない。こんな苦しい思いをしなくていい。

尊王、攘夷、佐幕、欧米など関係のない世界へ行ける。そこで優しい松陰先生と思いやりの心を学ぶんだ。人間らしい心を」

「そんな。私はどうなるの？」

目に涙を浮かべるお凜が切なく愛しく思えた。

「だから僕は今、生きていられる。こんなに苦しくても」

「え？」

「ここへ、あたたかく優しい心を持ったお凛がいる所へ帰りたい。死にたいという思いより、その思いの方が強いから、僕はかろうじて生きていようと思えるんだ。この地獄のような世界で幸せなことは、君に会えたことだ。君が待っていてくれることだ」

「こういう時は泣いたら楽になりますよ」

お凛が照れ臭そうに呟く。

「まだ駄目だ」

「前原さんたちは帰りましたよ」

「そうだけど。今泣いたら、この後、戦場でも涙が出てしまいそうなんだ」

「たまにならみんな許してくれますよ」

「いや駄目だ」

黙って聞いていた高杉さんが口を開いた。

「好みもあるが、僕が普段着で戦場へ行くのは仲間を安心させるためだ。幕府など怖くないってね。

逆に風太は軍服を着て刀を持ち、武士らしく振舞う。いい時も悪い時も厳しい顔をしてな。長州兵を引き締めるため、風太にはもう少しだけ強くいてもらわないといけないんだ」

バッ！

高杉さんが話し終えると、お凛が抱きついてきた。

「私が代わりに泣きますね。あなたの分まで」

僕はお凛を強く抱きしめた。震える手で。そうすると、心の痛みが和らぎ、少し震えがおさまった。

「ありがとう」

久しぶりにあたたかい気持ちになれた。

「旦那様」

横を見ると、おうのが涙ぐみながら高杉さんの肩に優しく上着をかけた。

「泣かせないでくださいよ」

珍しく、いい宴の後になった。

● 療養（一）

九月に入ると朝夕は気持ちの良い風が吹くようになり、高杉さんの体力も回復するかと期待した。

「医者を呼べ、早く！」

九月四日、白石さんの大声が聞こえた。高杉さんの部屋からだ。

ゴホ、ゴボ！

「高杉さん！」

布団が真っ赤だ。咳をするたびに口から血が吹き出している。体中の血液が全て出てしまうようにさえ思えた。何もできないのは医者も同じだろう。体力が尽きて咳が弱くなるのを待つしかない。

「旦那様〜！」

少しの吐血には平然としている、おうのも背中をさすりながら声をあげて泣いている。

「ああ〜！」

後から来たお凛が悲鳴を上げた。

「どうしよう」

「何もできない。落ち着いた時のためにきれいな布団や着替えを用意しておこうか」

「うん」

戦場では軍神のように神々しかった高杉さんが、今は地獄の中にいるようだ。

それでも永遠のように感じた発作も、医者が来てしばらくすると落ち着いた。しかし体力を使ったようで死んだように寝ている。

「お凛ちゃん、ありがとう」

血の池地獄のようだった部屋も、布団を変え着替えれば静かな寝室に変わった。きれいな秋の風が部屋の中を浄化してくれているように思え安心した。

苦戦

九月九日早朝、奇兵隊士に起こされた。

「小倉城跡が制圧されました！」

「何だって?!」

一気に目が覚めた。せっかく占領下に置いた小倉を奪い返されては戦争が終わらない。

「高杉さんには言うなよ」

慌てて着替え海を渡った。

「敵の進行に合わせ、本営を小倉から南東二キロの福聚寺《ふくじゅうじ》に置いていたところ、敵が小倉を襲いました」

守りやすい所に本営を構えるのは分かるが、小倉城跡を奪われては士気が下がるし、庶民の信頼も失う。僕は下関や大里の守備兵を援軍として赤坂に集結させた。

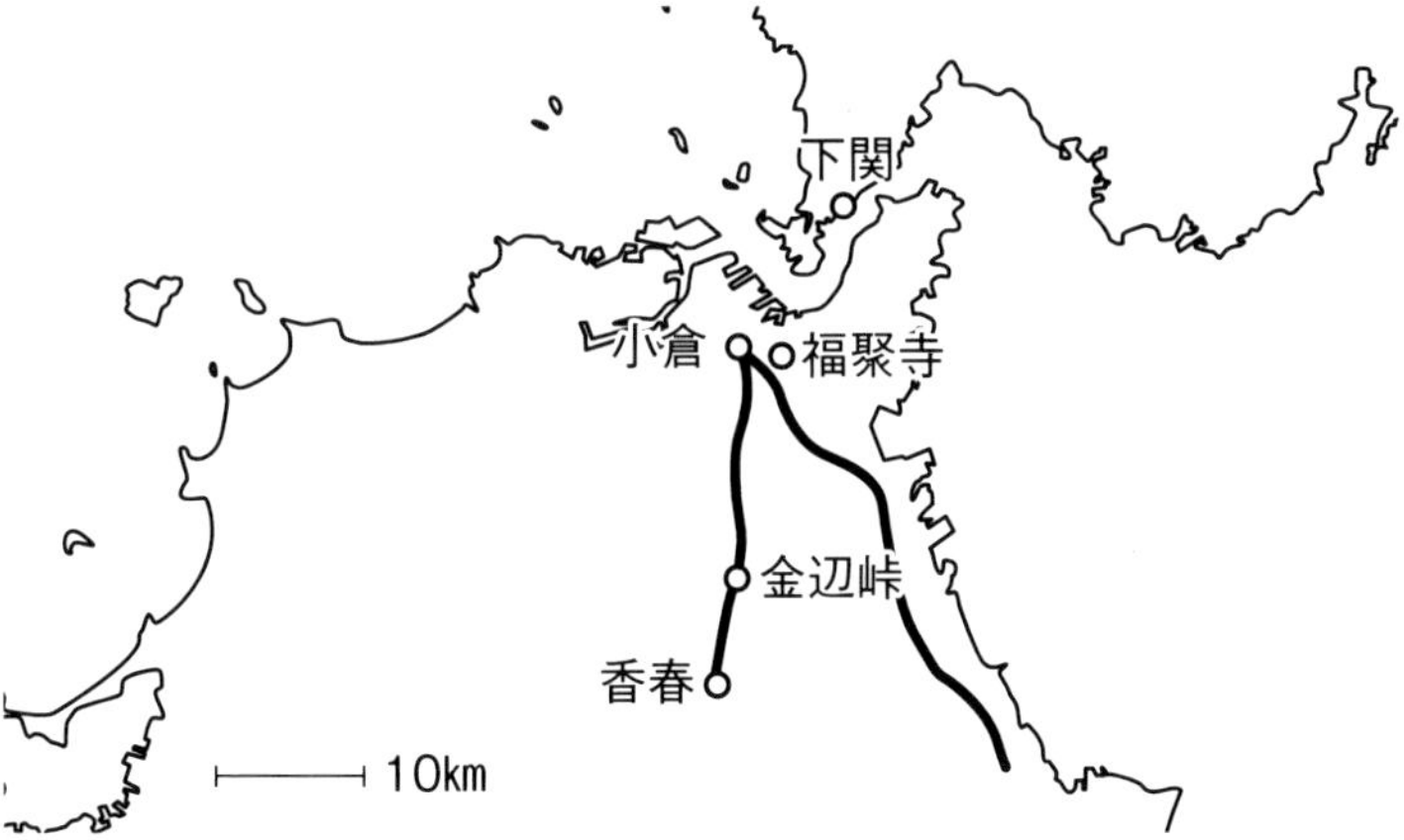

小倉香春間略地図

「本営に進軍準備ができていると伝えろ。合図を待つとな」

大軍に強かった奇兵隊が、残党のような兵に押されるとは奇妙な話だ。すでに必死さが足りなくなってきているのかもしれない。

「おい、君はこれを掲げて僕の横にいろ」

『疾』の旗を渡した。

「え？　目立ちますよ」

「僕は引かない。心配なら必死で戦って守ってくれ」

「私は奇兵隊士ですが」

「今だけ、僕と君は疾風隊だ」

十日前まで最強だった奇兵隊が何となく頼りない。

「前原様からです。砲撃に合わせて進軍せよと」

「了解！」

山中だから苦戦してきたのだ。城のない平地の小倉を攻めるのは難しくないはずだ。奇兵隊がその実力を発揮できれば。

ドーン！　ドーン！

「前進！」

野戦砲を撃ちながら前進すると、小倉兵がすぐに逃げ腰になるのが分かった。特に指示を出さなくても得意の散兵戦術で小倉兵を圧倒している。やっぱり奇兵隊は強い。

小倉兵を追い払うと狂介がやってきた。

「小倉兵が再び攻めてこないように、こちらから攻めたい」

ここから南へ二十キロ弱の金辺峠《きべとうげ》付近にある小倉藩の前線基地を攻撃すると言う。

「僕は山中の戦いには慣れていない。足を引っぱるぞ」

「大組士がいると士気が上がる。後ろにいてくれるだけでいいから」

「分かったよ」

狂介は責任者として必死だ。ここまで来て手伝わないとは言えない。

「別に占領する気はない。攻撃を仕掛けるだけで十分だ」

こちらの士気を上げ、敵の士気を下げるのが目的ということだ。僕は狂介の後をついていった。

「馬がいないと疲れるな」

「基本的に奇兵隊は歩兵です」

涼しくなったとはいえ日中はまだ暑いし、十五キロも歩けば汗だくだ。当然ではあるがこの山道、長州藩側には地の利がない。伏兵が出てきたら、ただではすまない。

「あれが前線基地です」

山の中から射撃するという単純な作戦だ。

「撃て！」

指揮者の声は聞こえるが隊士はいつものようにバラバラ。最初の者に続いて各自での射撃が開始された。そして撃つたびに場所を変えるため、敵はどこを狙えばいいか分からず混乱している。

（何だ、やればできるじゃないか、奇兵隊）

ドーン！

野戦砲で本陣らしき建物を破壊できれば上出来なのだが。そう簡単には当たらない。

ババババン！

「敵襲！」

「見つかったのか？」

それにしては早すぎる。おそらくパトロール隊に偶然遭遇したのだろう。左手に回っていた部隊が敵の遊撃兵に襲われたらしい。ここにいる数人で援護に向かった。

「どこだ」

見えないのはお互い様だ。山中での戦闘の恐怖を感じた。

バン！

「いたぞ、撃て！」

ババババン！

敵に向かって射撃すると一人は倒したようだ。敵は引いたようで、すぐに攻撃を受けた部隊と合流した。

「集合場所に移動しましょう」

「分かった」

経験豊富な隊士がそう言うので、それに従って移動することにした。

バババババン！

「追ってきている！」

ババン！

反撃した瞬間

「わー！」

茂みから五人が斬りこんできた。僕はとっさに身を引いてかわして抜刀した。そして刀を振り下ろした敵の手に斬りつけると、感触は浅かったが敵は刀を落とした。

「この！」

ガン！

敵は鎧兜を装着しているので接近戦はこっちが不利だ。きれいな戦い方ではないが、すぐに決着をつけたかったので、刀を拾おうとした敵の頭を兜の上から刀で思いっきり殴ってやった。

バタ！

気を失ってくれたようだ。他の敵を確認しようと右を向くと
バン！

グッ！

激しく右肩を押されたように後ろに倒れ、意識がもうろうとした。

「荒木様！」

我に返ると肩のあたりが焼けるように熱く、さらにボーッとしてきた。

とうとう僕にも銃弾が当たったらしい。ずっと前線にい続けたのだから当然の結果なのかもしれない。

「集合場所へ運べ！」

しばらくすると止まって地面に置かれた。数人が覗き込んでいる。

「ミニエーではないし、近距離から撃たれた感じでもなかった。大丈夫だ」

「とりあえず止血だ、布を強くあてろ！」

グッ！

「早く本営まで運べ！」

（いて〜ぞ！）

「三時間はかかるぞ」

「運ぶしかないだろう、二時間で運べ！」

目はぼやけ、声も遠くなってきた。板に乗せられているのは分かった。

「悪いね」

必死に走る隊士に感謝した。十五キロもの山道を運ぶことは大変なことだ。

「風太！」

（狂介か）

「弾は昔の丸玉、取れたし出血も止まってきている。大丈夫だぞ」

「ここは？」

「福聚寺だ。すぐに下関へ運ぶからな」

不器用な狂介が無理に笑っているのがおもしろい。励まそうとしてくれているのだろう。

「どうした？」

「痛みが出てきた」

「酒飲むか？」

　高杉さんのことを思い出して、遠慮なく飲んだ。確かに酔うと痛みが麻痺してきていい感じだ。舟で運ばれているのは分かるが時々気を失っているのか時間の感覚が鈍くなってきた。

「誰だ！　酒など飲ませたやつは」

　下関に着くと医者が叫んだ。

「出血がひどくなるだろう！」

（狂介め、酒など勧めやがって！）

　医者が僕の顔を覗き込んだ。

「いいですか、治るまで禁酒です」

　僕は頷いたつもりだが、どれほど首が動いたのか分からない。

　この日はこのままけが人の収容所に泊まることになった。これ以上、白石邸を血で汚しては申し訳ないからちょうどいい。

「汗が止まりませんね」

熱っぽいようだ。

「京から逃げて来た時を思い出しますね」

（そんなこともあったな）

目を開けるとお凛の真っ赤にはれた目が見えた。

（また泣いていたのか？）

「高杉さんは？」

「落ち着いていますよ。明日か明後日には桂さんが見舞いに来るようです」

（早く治さないと恥ずかしいな）

無理して笑ってくれるお凛がかわいそうに思えた。

見舞い

「桂さんがお見えです」

ふすまがゆっくりと開いた。

「……」

桂さんは用意していた言葉が出なかったようで、無理に作り笑いをした。

「二人とも楽しみに待っていました」

お凛が笑顔でそう言うと桂さんは頷いた。

「私も会いたかった」

高杉さんの体調は少しずつ良くなっているようだが、まだ寝た状態でいることが多い。久しぶりに会った桂さんから見れば、思ったよりも重症に見えているのだろう。

「桂さん、痩せましたね」

高杉さんが弱々しい声を出した。

「うん、四境から情報がどんどん入ってくると政事堂はパニックになってね。すぐに援軍や補給の調整をしなければいけないのに、重臣連中が細かい説明を求めてきたりして胃が痛い日が続いたよ」

聞けばいくらでも愚痴が出てきそうだ。

「荒木君は平気なのか？」

痛々しい目を向けられた。桂さんが来るということで、お凛の肩を借りてこの部屋に来たのはいいが、壁に寄りかかったまま動けない。包帯に染みた血が同情を誘うようだ。

「医者から傷は浅いと言われました。本音かどうかは分かりませんが」

「清潔にしていれば問題ないって！」

お凛が僕の言葉をかき消すような大きな声をあげた。

「小倉藩のことは前原君と山県君に任せてゆっくり治してくれ」

桂さんが祈るように言う。

「幕府との止戦講和を見る限り、幕府は長州を許そうとは思っていない。隙があれば、また長州を潰しにかかってくるだろう」

今度は頭も痛そうだ。

「この四境戦争の成果を無駄にしないうちに幕府を追い込まなければいけない。長州を攻めきれなかった幕府を諸藩は冷ややかに見ている。この機を逃してはいけない」

しかし、守りきることはできても攻めるとなると、長州藩だけではどうにもならない。しかも長州藩は未だに朝敵。苦しい状況が続く。

「薩摩が工作を始めているが、いざとなれば兵を出すだろう。しかし、その時には長州側にも強い軍隊が不可欠だ。その時には高杉君の力が必要なのだよ」

長州藩はこの戦いで勇猛さを全国に知らしめた。しかし現状は兵は疲弊し、朝敵であるため朝廷に意見を言うことはできない。

主導権は全て薩摩藩が握っている。薩摩藩が長州藩を引き上げてくれるのが理想だが、島津久光は日本のためより自藩の都合で動く男だ。長州藩を道具扱いするだけかもしれないという不安がどうしても残る。

まさにこのような時に、日本の情勢を力ずくで変えた高杉晋作が健在であれば長州藩の強みになる。島津久光も高杉晋作を敵に回したくはないはずだ。

「最近は気分がいいので、また必要な時に出て行きますよ」

「頼むよ」

桂さんが高杉さんの手を握りしめた。二人とも恥ずかしがり屋なので、なかなか見られない光景だ。

「私は感謝している。昔は君の行動を苦々しく思うこともあった。吉田さんの愛弟子でなければ見放していたかもしれない。しかし吉田さんは、十年後には吉田さんが相談するような立派な男になると言っていたから信じた。

さすが吉田さんだ。十年経つ前に、君は私が頼る男になった。君がクーデターを成功させなかったら、私は田舎で一生隠れて生きていただろう。

今度の戦争でもそうだ。長州が初戦に敗退したなどと幕府、諸藩、藩内、庶民の誰にも思わせたくなかった。思われていたら、今ごろ萩は火の海だったかもしれない。それをたった一隻で幕府艦隊を混乱させた。大島での勝利は非常に大きなものになった。

そして小倉では海を渡って常に幕軍を押した。大軍と艦隊からどうやって下関を守るのかと思っていたが、逆に常に攻め続け小倉城を落とした。

小倉城落城がもう少し遅ければ、徳川慶喜が大軍を率いて広島に乗り込んでいただろう。小倉城落城が決め手になったんだ」

桂さんが興奮して話すのを聞いて再確認した。高杉さんの偉業は奇跡そのものだ。自分の都合がいいように書いた物語のように上手くいっている。

「この勢いで幕府を追い詰めてくれないか？」

「いいですけど、長州には大村さんと市之允がいます。心配ありませんよ」

「そうだが、君には他の誰にもない軍神ともいうべき気迫がある」

「殿は喜んでくださっていますか？」

「もちろんだ。若殿と君の心配ばかりしているよ」

「ありがたい。内戦の時に刃を向けたことを申し訳なく思って」

「何を言っているのだ。藩主父子は俗論党から開放してもらえたと感謝しておられる」

「もったいない」

身分制度に疑問を持ちながらも、武士であることを誇りにしてきた高杉さんは、藩主に感謝されたということを本当に嬉しく思っているのだろう。涙ぐんでいるのが分かった。

「おうのさん、お凛さん、精がつく物をと思って土産があります。食欲が出たら食べさせてやってください」

感傷に浸りながらも、大事なことを簡潔に伝えると山口へ帰っていった。桂さんには戦後処理でやるべきことがいくらでもある。ここへも、かなり無理をして出てきたはずだ。

その後も仲間の見舞いが続いて嬉しかったが、第一線で働く彼らがこの部屋を出る時には取り残されている感じがして非常に虚しい。それをいたわるのは二人の女性と優しく流れる秋の風。それだけだった。

●移動（一）

九月十二日、高杉さんは白石邸から入江和作邸に移動した。白石さんの家では老人の看病が必要になったためだと言う。

「老人が病気というのに血を吐くやつが居座ってはいられない」

高杉さんは納得し、自ら白石邸を出たのだが、必要とされていた人間が、お荷物のような立場になる瞬間を見たような気がした。

「旦那様の話し相手になってください」

おうのが僕を誘うので、あとからついていくことにした。

「風太、尼さんは助けられるかな？」

「長州が幕府に勝った今なら何とかなるんじゃないですか。諸藩は混乱してます」

高杉さんは博多で世話になった野村望東尼を心配していた。彼女は僕たちが帰藩した後、福岡藩に捕えられ、博多の西側にある姫島に流されている。

今、彼女の救出を奇兵隊に依頼しているところだ。対馬藩士らが協力してくれているという話が伝わってきている。

「尼さんの着物も用意したことだし、早く下関に来て自由に生活させたいな」

そして十七日の夜。

「高杉さん、望東尼様をお連れしました」

ふすまが開いた。

「高杉さん！」

「尼さん、久しぶりです」

聞いていたはずだが、やはり高杉さんのやつれ具合を見ると驚きを隠せないようだ。

「こんなになるまでお務めを」

「僕は満足していますよ。それより僕のせいで島流しにされたようで申し訳ありませんでした」

尼さんは首を横に振る。

「それまでたくさんの志士をかくまっていたからです。あなた一人のせいではありませんよ」

「そう言ってもらえると気持ちが楽になります」

少し話した後、片づけなどもあるということで白石邸に帰っていった。高杉さんの体調を気遣ったのかもしれない。

「これで生活が楽しくなる」

高杉さんが嬉しそうにしている。尼さんは詩歌に優れているからだ。おうのや僕には、その相手はできない。

「旦那様、にぎやかになって良かったですね」

「ああ」

高杉さんの笑顔におうのが喜ぶ。

それにしてもよく救出できたものだ。話によると対馬藩士が堂々と役人の前に立ち『釈放するようにとの朝廷の命令である』と嘘の命令書を突き付けたらしい。それを確かめることもできずに今日、解放されたのだ。

幕府が弱っている今、先のことを考えると志士と喧嘩はしないほうがいいという判断なのかもしれない。

尼さんの部屋の整理を手伝いに行ったお凛が帰ってきた。

「高杉さんが用意した着物を見て喜んでいましたよ」

「よかった。命の恩人が牢屋暮らしになっているのは辛かったからね」

「ところで優太さん、まだ気分はすぐれないのですか？」

「うん」

「傷は順調に良くなっているって、お医者様が言ってましたが」

「体が重いんだ。思うように動かない」

「どうしてでしょうね？」

「撃たれた時のショックや小倉城の落城で一気に緊張感が解けたのが原因かもしれない。それで心の病になったのかも」

「……。心の病気になった人は、そんなふうに自分を分析できませんよ」

「そうか」

「ひょっとして働かずにダラダラする生活に慣れてしまったのではないですか？　高杉さんという話し相手もいますし」

「……。寝る」

そうは言われても実際に体が重い。五倍くらいの重さの鎧をいつも着ているような感じだ。

（この隠居のような生活も悪くないが）

● 療養（二）

九月四日のような大きな発作はなく、高杉さんは尼さんと詩歌を楽しんだり、おうのの三味線を聞いたり、桂さんや聞多さん、前線の狂介へ手紙を書いたりと充実した生活を送っている。

「政事堂から高杉様へ辞令書が届いています」

それを読むと高杉さんは力なくため息をついた。

「十月二十日付で、病気の間は小倉口の参謀を免職だって。後任は前原さんだ」

実際、すでに前原さんに任せてあるので文句のない辞令だ。高杉さんの様子を見た桂さんが少しでも負担を軽くしようと思って、正式に辞令を出したのだろう。

「最後まで務めを果たせなかったな」

感謝しながらも、悔しい思いと緊張が解けた思いで少し呆然としている。

「今は止戦の協議中です。戦になれば、また頼られますよ」

十月十二日から小倉藩は薩摩藩の仲介もあり長州藩との止戦交渉に応じている。交渉は決してうまく進んでいるとは言えないようだが戦争の終わりが見えてきたのも事実だ。

高杉さんは笑いながら頷いた。

「風太、他人事じゃないぞ。風太は参謀補佐を解任されたぞ」

「え！」

「ははは！　僕と一緒に隠居だ」

「今からリハビリを！」

「もう遅い、辞令が出たんだ！」

「……」

しばらく沈黙が続いたが

「調子がいいから少しだけやるか」

「付き合います」

「海峡の向こうでは戦をしているのだな」

「戦いなどやめたら、こうしていつでも酒が飲めるのに」

バタバタ。

「布団を交換しますよ」

お凜だ。

「昼からお酒を飲んで、いい身分ですね」

最近は嫌みを言われるようになった。

「いいんだ、僕たちはお役御免になった」

「本当？」

お凛が運んでいた布団を落として固まった。

「武士が暇になるのは、お凛が願っていたことだよね？」

「……。何かそれとこれとは話が違う」

テキパキと部屋をきれいにしながら愚痴をこぼす。

「だって風太さんは役職がないと手当がないでしょ。私も……」

「どうかしたか？」

お凛が不安な顔をした。

「白石さんの家も苦しいみたいで」

白石さんは長州藩の軍備などに出資しすぎて倒産の危機にある。藩に協力を求めているが戦時中で、なかなか話が進んでいない。

「心配するな。僕がまた協力を求める」

高杉さんが慌てて手紙を書き始めた。武士は命を投げ出すが、白石さんは財を投げ売り長州藩を助けた。しかも奇兵隊士となり戦場にも赴いている。

「白石さんを不幸にしては罰《ばち》が当たる！」

尼さんもそうだが、高杉さんは自分が関わった人たちが不幸になるのは我慢できないようだ。

「白石邸に大阪の豪商が来ているだろう。僕から彼らに融資を頼んでみよう」

（何とかしなければ）

「他人事じゃないのですよ。白石さんが破産したら私たちの収入もなくなりますからね！」

お凜も必死だ。

移動（二）

十月二十七日、尼さんのために作っていた家が完成した。場所は桜山招魂場の近くだ。

「僕が住む」

高杉さんの体調は悪くはないように見える。咳をするにも体力が必要なようで、弱った高杉さんは大きな咳をすることもできないのかもしれない。

それでも咳をするたびに出血があり、人に結核をうつさないか、また商人の家に結核患者がいるという悪評が広がらないかと本人は気にしている。そのため入江邸を自分から出ようというのだ。

その建物は捫蝨処《もんしつしょ》と名付けられた。

「もんしつしょ？」

お凛が聞くので説明した。

「昔の中国の偉人が、相手が礼儀作法にとらわれず、落ち着いて話ができるようにと、あえて、しらみを潰しながら話をしたという逸話があってね。ここも客が訪れやすいようにという気持ちで、蝨《しらみ》を捫《ひね》る処《ところ》としたんだ」

「私は好きになれません、その名前」

「高杉さんに直接言えば」

「何か、しらみがいそうな気がしてきた」

この日は招魂場で祭礼があり、幹事を担当した白石さんが来てくれた。

「追い出したようで申し訳ありません」

「この方が気楽なのです。それより詩を作ったので聞いてください」

櫻山七絶《さくらやましちぜつ》、時《とき》に余家《よいえ》を櫻山下に移す
落花《らっか》斜日《しゃじつ》恨《うら》み窮《きわ》まり無し
自《みずか》ら愧《は》づ残骸《ざんがい》晩風《ばんふう》に泣く

怪むを休《や》めよ家を華表《かひょう》の下に移すを
暮朝《ぼちょう》拂《はら》はんと欲す廟前《びょうぜん》の紅《くれない》
「何て言ったのですか？」

またお凛が質問した。詩歌の解釈は慣れないと難しいものだ。

「意味だけ聞いても伝わりにくいと思うけど、こんな感じ」

落ちた花と傾く夕日が僕の無念な思いをどんどん掻き立てます。

亡骸《なきがら》のような体は恥ずかしく、夕方の風に吹かれると涙が出てきました。

僕より若く命を落として散っていった憂国の志士よ、僕が生き残って招魂場の下に移り住むことをとがめないでほしい。

毎日、朝と夕方に招魂場に落ちた紅い花などを掃いて、綺麗に清めるために来たのですから。

「そんな！　みんな高杉さんが指揮したおかげで犠牲が最小限に抑えられたって感謝していますよ！」

お凛が涙を流すほど虚《むな》しい詩だ。

「お凛ちゃん、詩や歌は人を感動させるため大げさに作るから真に受けなくていいのよ」

おうのが慰めた。

元気な高杉さんが詠んだのならいいが、病気で弱り切った状態では、確かに悲しい詩にしか聞こえない。生きてイギリスへ行きたいと言っていたのも本音だろうが、まだ生き残っていることを申し訳なく思っているのも本当なのだろう。いつもながら矛盾を抱えた切ない人だ。

しばらくすると、尼さんも看病を手伝いたいと二階に引っ越してきた。熱が上がらなければ気分はいいようで、尼さんと詩歌を楽しんだり、運動を兼ねて、おうのと徳利を持って招魂場にお参りをするのが日課となった。

「尼さんを呼んでくれ」

十二月も下旬、高杉さんが何か思いついたようだ。高杉さんに頼まれると、おうのが二階の尼さんを呼びに行った。

「どうかしました?」

高杉さんが苦笑いしながら答える。

「一句できそうなんだが、最後が」

「お手伝いしましょう」

この時が一番楽しそうだ。招魂場へ行くのは仲間の供養という責任や義務を感じており仕事のようなものなのかもしれない。それに対して詩歌は自分のための趣味だ。

「おもしろく　こともなき世に　おもしろく」

これを聞いて尼さんが吹き出した。

「高杉様には世の中、人生はおもしろくないものなのですか？　散々暴れまわったとお聞きしていますが」

高杉さんは微笑みながら首をかしげた。

「それが自分でも分からないのです」

二人で下の句を考えている。僕は完成したものを聞くだけでいいが、二人にはこの時間がおもしろいのだろう。楽しそうに悩む二人の姿を見ていると羨《うらや》ましく思えた。

「すみなすものは　心なりけり」

尼さんが詠むと、しばらく静かになった。三人で頭の中で繰り返して吟味する。

「おもしろき　こともなき世に　おもしろく　すみなすものは　心なりけり」

これまでは倒幕運動などの戦争に関わるものや死生観を詠むことが多かった高杉さんの詩歌は、同志に向けたものだったと思う。

しかしこの句は、尼さんの下の句によって戦場に生きた志士にも、一生を農作業に費やした者にも共感できる万民向け、道徳的な句になった気がする。

「おもしろいな」

高杉さんが満足気に頷いた。

このようなやり取りを見ていると、高杉さんは元気そうに充実した日々を送っている。それでも回復しているのではないことに、一緒にいる者は気づいている。日ごとに痩せ細っていくのだから。

「今日も泊まるのですか?」

お凛が迎えに来るが
「寒いから外に出たくない」

また他人事ではなく、僕自身も一向に回復しない。移動するのがつらくて白石邸に帰る日が減り、ほとんど搨鵄処で世話になっている。

忘年会

十二月二十五日、前原さんが来た。小倉藩との和議について話がしたいという。

早く戦争を終わらせたい長州藩ではあったが、講和内容については譲歩したくないようだ。今後、幕府が長州藩を攻めると決めても、小倉藩は兵を出さないという要求は分かるが、長州藩主父子の冤罪が晴れるまでは、企救郡《きくぐん》を長州藩が預かるという。

企救郡とは海上に面した地域から内陸に及び、小倉も入っている。現在占領している場所といえば当然なのだが、小倉藩としては中心地である小倉に帰れないのだから苦しいはずで、それなら戦いを続けるというのも理解できる。しかし長州藩としては早く冤罪を晴らしたい。そのためには厳しい交渉もしなければならず譲歩できないようだ。

『領地を返してほしいのであれば、小倉藩としても朝廷に長州藩の冤罪を訴えろ』という乱暴な交渉に聞こえてしまう。

「まあ飲みましょう。酔った時に考えが浮かぶこともあります」

「体はいいのか？」

「悪ければ戦争や講和の話などできないでしょう」

「そうか」

「また体調を崩しても知りませんよ」

何も言わない、おうのの代わりにお凛が釘を刺した。しかし当然のように遅くまで飲んだ。

ゴホ！

「旦那様！」

咳に起こされ高杉さんを見ると吐血したのが分かった。

「無理するからです」

「でも楽しかった」

「それなら良かったですね」

おうのは笑って介抱している。

病床生活

一月十六日、高杉さんの父親から手紙が来た。新たに二十石加増の知らせに、療養費二十両が付けられていた。

「殿が僕を気遣っていてくれるとは」

まだ冤罪《えんざい》が晴れず落ち着かないはずの藩主が家臣の心配をしていると分かると感謝の思いでいっぱいになったようだ。

「親父に手紙を書こう」

「何て？」

「暖かくなったら萩に行くと」

「いいですね！　僕も行きます」

すると、おうのが入ってきた。

「駕籠は胸にこたえますよ」

「そうか。では、その時には船を手配してもらおう」

「丙寅丸は贅沢ですかね？」

「あれはいい船だったな」

半年前には戦場で暴れまわっていたのが嘘のように思えた。時々、あれは夢だったのではないかとさえ考えてしまう。

それからはさらに体力が落ちた。高杉さんも僕も食事の量が極端に落ち、起きているのか夢を見ているのかも分からなくなってきた。

「この赤毛はよく走る！」

耕太だと思って興奮して話すと、頷いていたのはお凛だったということが何度もあった。お凛は何も言わず、目に涙を浮かべて大きく大きく頷いてくれた。

「ごめん」

我に返って謝ると
「おうのさんの方が大変ですから」

だんだん招魂場への散歩も重労働になってきた。せっかく暖かくなってきたのに。

「引っ越しです！」

おうのとお凛に起こされた。

「みんなが見舞いやすいように街に住んでほしいって！」

日にちを聞くと三月二十四日。

「桜山の桜も見終わったことだし、いいでしょう？」

「桜？」

「桜のきれいな色を見ていると、悪いものを吸い取ってもらえるようで好きだなんて言ってたじゃないですか」

「そうだな」

もう、思い出がいつのことなのかも分からない。

（久坂さんは桜が好きだったな）

「高杉さんは？」

「車に乗せられて先に出てます」

「場所は決まっているの？」

「功山寺決起の時にお世話になった林様の離れと聞いています」

「そうか」

「優太さんは少し歩けますよね」

「ああ」

歩くことが辛い。父上の晩年の気持ちが分かった。

「風太!」

「狂介か?」

一月二十三日に小倉藩との和議が成立したことを思い出した。一段落して、狂介は婚礼の準備をしているらしい。

「風太が内戦で乗っていた赤毛を連れてきたぞ」

「いつも寝言で赤毛って言うから、みんなに伝わったみたいですね」

(お凛がお願いしたのか)

鞍につかまって飛び上がろうとするが足は少しも浮かず、狂介が手伝ってくれたが乗れる気がしない。それでも何度か試みた。

「もう十分です!」

馬に乗るどころか、自分の体重も支えきれずにひざまずいた僕を、お凛が慌てて支えてくれた。

「高杉さんと同じように、駕籠か車を用意してもらいましょう」

また泣き出してしまった。

「無理させて悪かったな」

狂介が謝る。分かっていたとは思うが、この引っ越しは、高杉さんと僕の取り返しのつかない体力低下を、みんなに知らしめることとなったようだ。

林さんの離れに着くと高杉さんの家族が来ていた。父、母、妻と子供の一家総出であることを見ると、高杉さんはもう長くないのだろう。

「晋作、よくやってくれた」

「梅之進です」

高杉さんの家族が呼びかけるが、返事をする程度で会話とは言えない。結核は伝染病と言われており、息子とは一瞬しか近くで会えなかったのを見ると涙が出た。

「雅、しっかりやってくれ」

別れ際、高杉さんがそう言葉をかけると、彼女は何度も頷いた。目に涙を浮かべながら。

戦争前の下関と違って、愛人がいることを気にする余裕もないまま数日が過ぎ、彼らは萩へ帰っていった。

● 褒美

「母上と兄上です」

お凛に起こされた。

「四月に入ってお前の好きな季節ですね」

「ここでも良い働きをしたそうではないか！」

励まそうとしているのか次から次へと話が変わって大変だ。

「高杉君にも良い知らせがある」

部屋の間のふすまをはずしてもらって、今は高杉さんと同室のようになっている。

「藩庁からの沙汰だ。新しく谷家を創立し、百石を与える！　独立した大組士だ」

健太郎兄さんが読み上げると高杉さんは体を起こして頷いた。そして藩主父子からの薬代が渡された。

「ありがとうございます」

この病状でも藩主に対する思いが弱まらないところを見ると、根っからの武士なのだろう。

「優太、お前の手続きも進んでいるぞ」

「本当ですか？」

「高杉君には見劣りするが、五十石の大組士になるんだぞ。秋助を差し置いて」

「！」

「俺は良家の養子になるからいいんだよ！」

母上が笑う。

「風家《かぜの》だ」

「あだ名が風太なのに？」

お凛が笑った。

「そこまでは知らんよ。藩庁が、桂さんが優太には風が似合うと。それに昔は使われていた苗字らしいよ」

「分かりました」

「あの……」

少し間があくと、お凛が遠慮しながら口を開いた。

「何か？」

兄上が聞くとお凛は黙ってしまった。

「急ぎの話でないのなら後でいいか？」

お凛が頷くと兄上が話を続けた。

「そして『村雨』と『疾』は、お前が引き継げ」

「……」

お凛の様子がおかしい。

「どうかしたか？」

「兄上、あの」

お凛が気まずそうに答えた。

「小倉藩の山中で敵の兜を殴りつけてかなり傷んでいるようなので、抜かない方が」

「本当の武士にとって、刀は欠けているくらいがいいんだ」

そう言って兄上が刀を抜いた。

「あ！」

真ん中で折れている。僕も初めて見た。

「……」

部屋の中が静まり返った。

「風太らしいな」

高杉さんが弱い声で突っ込むとみんな笑った。

「お前、軍旗は？」

「はい」

また気まずそうにお凛が渡すと
「……」

見事に穴だらけだ。

「戦場を駆け抜けた証拠だ。これは仕方がないな」

またみんなが笑った。

「分かった。荒木家から新しい物をお祝いに贈る。元気になって萩まで取りに来い」

「分かりました」

その夕方、お凛の提案で穴のあいた軍旗を耕太の墓に供えた。

「喜んでいるかな?」

「ええ。だって、この旗を誰よりも大切にしていたのですから。風太さんよりもね」

「そうだな」

暖かい風が吹き旗がなびくと、戦場をかける勇ましい耕太を思い出した。

命の終わり

「林亀《りんかめ》へ行くぞ!」

突然の叫び声で目が覚めた。

「用意しろ!」

林亀とは京の店。高杉さんはどうやら昔の記憶の中にいるようだ。

「言う通りにしてあげてください」

来ていた医者がそう言うと、おうのが高杉さんを抱き起した。

「着きましたよ」

「着いたか」

高杉さんが嬉しそうに笑う。

「おい、芸妓を呼べ！　酒だ！　みんな踊るぞ！」

京で遊んでいた時の元気な高杉さんだ。

「三味線だ！　楽しくやろう！」

「では」

そう言うと、おうのは三味線を弾き始めた。

「みんな、踊れ！」

見舞いに来ていた亀山社中の田中顕助《たなかけんすけ》などが踊り始め、近くにいた太鼓持《たいこも》ちなども加わって賑やかになった。本当に、あの頃の京にいるような錯覚を覚えた。

「あの頃は先が見えなかったが、仲間がいっぱいいて楽しかった」

そう呟いて高杉さんの周りを見ると、みんな涙を流しながら踊っている。

「高杉さんって人気者ね」

「そうだろう。おそらく日本一だ」

この人と一緒に生きられたことが本当にうれしく誇りに思えた。

十三日の夜、この日は静かだった。高杉さんは、もう寝返りすらできないようで全く動かない。常におうの、尼さん、そして以前、高杉さんに世話になったという萩の僧、檜龍眼《ひのきりゅうがん》が付きっ切りで看病している。

「食事ですよ」

お凛が声をかける。

「ああ」

体を起こされて、半口の水を飲みこむのが僕の仕事だ。これで一日を終える。

「龍眼！」

大声がした。高杉さんだ。

「今から政事堂へ行く。駕籠を用意しろ！」

「はい！」

要求には全部応えようという雰囲気の中だが、龍眼が部屋に駕籠を入れたのには驚いた。

「龍眼、君は先に大阪屋へ行って宴の準備をしておけ。そこで楽しんでから政事堂へ乗り込むぞ」

　フラフラしながらも、高杉さんが本能的に駕籠に乗り込むと、みんなで部屋の中を担いで回った。お凜に時間を聞くと、午前二時だという。

「今ごろ政事堂へ向かっているのですかね？」

「そうだろう。やり残したことを思い出したのかな？」

　僕はお凜に抱き起してもらい、二人で涙を流しながら高杉さんの様子を見守った。

「この人は最後まで歌舞《かぶ》くな！」

「はい」

　駕籠が止まった。

「もういい、これで安心した」

　そう言って駕籠から降りると床へ戻り静かに横たわった。眠ったかと思ったが、しばらくすると口を開いた。

「狂介はまだ来ないのか？」

「今日は婚礼の日です」

　おうのが笑顔で答えた。

「そうか、よろしく伝えてくれ」

そう言うと満面の笑みを浮かべた。

それから少しすると、おうのが高杉さんの体をゆすりだした。

「旦那様！」

尼さんと龍眼も高杉さんを覗き込んだ。

「高杉様！」

龍眼が手を合わせると尼さんも続いた。

「お亡くなりになられました」

「旦那様〜！」

おうのが高杉さんの胸に顔をうずめて泣いている。今まで我慢していた涙をすべて出し切るかのように。

「お疲れさん」

僕も手を合わせた。涙が止まらない。

才能や身分があるために長く悩み苦しみ続けた人生から、今やっと解放された。多くの者が唱えながらも、誰もが不可能だと感じていた倒幕の道筋を作り終えて。

満年齢二十七歳。一般的に言えば短すぎる時間だが、高杉さんには燃え尽きるのに十分なものだったのかもしれない。

●居酒屋（十八）

「何で八か月も療養して良くならないんだよ！」

テルが机をたたいて悔しがっている。百六十年も前の高杉さんの死を、みんなが悲しんで泣いてくれる姿が僕には嬉しかった。

高杉さんの功績は、この現代社会においても色あせず尊敬に値される歴史なんだ。

「明治維新のきっかけを作ったのに、新しい世を見ることなく亡くなったのですね」

「でも高杉さんは満足しているように感じたんだけど」

「そうかもしれません。ただ毛利藩主父子の名誉が回復されるのだけは見たかったかもしれないけど。

もちろん普通の志士に比べたら新しい世の中の形を考えていたと思います。でも、高杉さんが活躍した頃の長州にはそこまでの余裕はありませんでした。

攘夷や開国というより、まず欧米諸国と講和条約を結び長州を守ること。徳川幕府を倒すというより、十五万の幕軍から長州を守ること。

その結果、徳川幕府の世を終わらせ、明治という新しい世の中ができるきっかけをつくったのではないかと思います。

もちろん、もっと生きたかったという思いはあったかもしれませんが、それ以上に長州を守ったという満足感の方が大きかったように思います」

「今日は高杉晋作に感謝の気持ちを込めて乾杯して終わろうぜ！」

歳さんがそう言うので時計を見ると、もう午前二時だ。調子に乗ってここまで話してしまった。

「その前にもう少しだけ」

僕がそう言うと、みんな頷いて耳を傾けた。この夢の話は死んだら終わりという訳ではない不思議な話だということを、全員が何となく気づいている。

別れ

「風太、そろそろ目を覚ませ」

おうの達が高杉さんの体をきれいにしたのを見て安心して寝ていたら声をかけられた。

目を開けると、先ほど息を引き取ったはずの高杉さんが起きてお供えの酒を飲み始めた。

「久しぶりの酒だ！　生き返るっていうのは、こういう感じだな」

高杉さんらしくて笑えた。

「今回は最後だから慣れたのか？　叩かなくてもいいようだな」

「高杉さんが駕籠を呼んだ頃に全ての記憶が戻りました」

「そうか。僕もあの記憶はなくて、我ながら恥ずかしかった。あんなことをしていたんだな」

「満足ですか？」

少し考え込んだ後に答えてくれた。

「僕はあれでよかったと思っている。欲を言えばきりがないぞ。他人から満足していると思われていても、未練を持って死ぬ者はたくさんいる」

「そうですね」

「松陰先生のおかげで塾で学んだ者は名前が残っているようだが、全国には無名の志士がいくらでもいる。それに比べたら僕は幸せだよ」

「……」

「僕は先生や玄瑞のように思想を作り上げて何かを生み出してきたというよりは、彼らが作ったものを引き継ぎ、時勢に乗って活動しただけだから、深い話などできないぞ」

「言いたいことは分かりますが、それでも覚悟や生き様は幕末随一です。功山寺決起は歴史上、例がありませんよ。一人で戦おうとするのですから」

「勘違いしてはいけないぞ。日本の長い歴史の中で志を持って無茶をした者は大勢いるはずだ。しかし大半が失敗しているから知られていない。

僕が生きた時代もそうだ。天狗党だって成功していれば新しい世の中の立役者になったかもしれない。

それに英雄だけが偉いわけではないしな。国民全員が英雄になろうと思って立ち上がっても世の中は成り立たない。奇兵隊に志願した者もいれば、逸る気持ちを抑えて田畑を耕し続けた大勢の庶民がいるから社会は成り立つ」

「ははは」

「何がおかしい？」

「高杉さんなら、どの時代のどの役であっても成功する気がします」

「そうかもしれんな」

そう言うと、高杉さんが僕をじっと見つめた。

「風太の体調が悪いのは、けがのせいではないぞ」

「え？」

「風太は自分の時代と僕の時代の両方で生活をしてきたから、君の魂のエネルギーが消耗してしまったんだ」

「どうすれば？」

「そろそろ起きて普通の生活をしないと死んでしまうだろう」

「本当ですか？」

「風太が元気になったころに、先生や玄瑞を連れてまた来るよ」

「……」

「大丈夫。少し普通の生活をすれば、すぐに戻る、と思う」

「……」

非常に不安だ。

「お別れですね」

「何？」

この夢の世界では、塾生など以外は高杉さんの記憶が作った風景のはずだが、お凛が僕に声をかけ見つめている。

「お凛は僕の記憶にはいない人間だ」

「どういうことですか？」

「風太や僕たちの思いに寄せられた浮遊霊だ」

「お化け？」

「失礼ですよ、その言い方は！」

お凛がムッとすると高杉さんが笑っている。

「私自身にも生きていた時の記憶はないのですが、京の町娘だったのは確かです。外国の船が日本に来てから物価が高騰して生活が苦しくなって、その上、武士が京で戦争を起こして。おそらく、その時の火災で死んだんですよ」

悲しい思い出を明るく話すから違和感がある。

「その時の悲しみや恨みが残ってしまって成仏できずにいたら、この世界に入っちゃって。長州の人たちと接しているうちに、京で戦争をした武士も苦労して必死に日本を守ろうとしていたことを知って心が優しくなりました」

「そうなの？」

「優太さんの世話をしていると、戦争を起こした人が普通の若者で、好きで戦争しているわけでないということ。そして自分ではなく日本のために命をかけていたことを知りました。」

それだけじゃなく、優太さんが死ぬのだと思ったら、生き残った人間の悲しい気持ちも理解できました」

「お凛はこの世界が僕の夢だと知っていたんだろう？」

「記憶を失っていたので、さっきまで本当に生きていると思っていました」

「良かったか？」

「はい。本当の人生は辛かったみたいですが、優太さんと生きた人生がそれを塗り替えたようです。これで未練なく成仏し、両親にも会えそうです」

高杉さんが勢いよく立ち上がった。

「風太、そろそろだ！」

「はい」

明るくしていたお凛が泣きながら僕の体を強く抱きしめてくれる。お化けなどと言って申し訳ない。

「風太！」

高杉さんが手を出してきた。握手だ。

「風太のおかげで僕も自分の人生を見直すことができた、ありがとう！」

そう言うと振り返って徳利と三味線を持って歩き始めた。おうのと一緒に。

「おうのは？」

「おうのはいつも僕と一緒なんだ！　魂だけの存在になってもな」

おうのが笑顔で一礼した。

「風太、目が覚めても一日はゆっくりしろよ。酒も控えてな！」

「高杉さんに言われたくありませんよ！」

「そうだな！」

上機嫌で歌い始めた。

「さんぜ〜ん〜せか〜い〜の〜から〜す〜を〜ころ〜し〜て〜ぬし〜と〜あさね〜が〜したい〜い｜」

この歌を聴きながら、お凛と抱きしめあったまま目を覚ました。長かったのか短かったのか、僕は幕末を生ききった。

● 居酒屋（十九）

「お凛ちゃんも幸せそうでよかった」

栞ちゃんがホッとしている。

「今度こそ終わりだな。自分たちでも聞いたことを整理して、次回、また話をしようよ。では乾ぱ〜い！」

竜さんの音頭で締めくくった。

「学校の歴史もこういう話にしてくれたら勉強しやすいのにね」

片づけながら栞ちゃんがそう言ってくれた。

「ただ、戦争の話などは授業で話すのが難しいのですよ」

校長がそう言うと栞ちゃんが笑った。

「それに、授業中にこんなに泣いてたらおかしいですよね」

校長も笑った。

それなりの意義はあったようで僕も満足できた。

（そう言えば、林邸の離れに移った時もこんな気候だったな）

それはまだ肌寒さを感じさせる春の夜の風。それが心に沁みてくると、自然に涙が流れた。

●哨戒

平成三十九年八月十六日午前九時。真夏の太陽を浴びながら吉浦を出港した。

「盆明けに出港なんて！」

テルがＳＩＣでぼやいているのが聞こえた。

「『おいて』はお盆まで二週間仕事だったんだ」

僕はＳＩＣのテルに言った。真っ黒に焼けたテルは、どう見ても夏を満喫したようで文句を言う権利はない。

「港もお盆休みで事件は起きようがないんだから、三隻とも休みにすればいいのに」

「そんなことより沖縄の話を聞かせてよ」

「めっちゃきれいな海でさ！」

楽しい話が始まった。船務長になったテルを注意する人間はいない。幹部が堂々と不平を言っていては他の乗組員の士気が上がらないので、同期の僕が話を変えるしかない。

「船務長」

艦長だ。

「はい！」

さすがに姿勢を正している。

「予定通り伊勢湾まで行けばいいかな？」

「はい！」

「では首航士、航海科に真っ直ぐ伊勢湾の入り口まで行くように伝えておいてください」

「了解！」

それだけ言うと艦長は自室へ下りて行った。

最近、検挙件数がないため大きな港の近くを中心に哨戒しようということになった。まずは伊勢湾に出入りする船舶を警戒する。

「首航士、どれくらいで到着するかな？」

艦内ではテルも役職で呼ぶようになった。

「この天候なら明日の午後には着くよ」

「じゃあ、明日の午後にドルフィンを飛ばそう。今日の科長会議で航空長にお願いして」

「頑張ってね！　僕は書類の整理でもしているよ」

「お前、航海当直は航海長が代わりに入っているから一日フリーなんだろ！　会議くらい出ろよ」

「僕は科長じゃない」

「いいから出席しろ！」

科長会議は船務長が進行を務めるが階級はみんなテルより上だから、それなりに気を遣うらしい。いつも僕を巻き込もうとする。

「手が空いていたら行くよ！」

意地悪く言うと
「放送で呼び出すからな」

絶対に引かない性格は健在だ。だが、こんなやりとりができるのも船に慣れたからで、そう思うと嬉しい。学生の時はあれほど怖かった船が、今では居心地がいい。

十七日の午後、予定通り伊勢湾の近くに到着し航路を外れた所で待機した。熱除けのペンキは塗ってあるが船は鉄でできている。天気がいいので甲板はフライパンのように熱い。

「外で作業はしたくないな」

テルがそう言っていると元気な航空長が来た。

「船務長、いつでも飛ばせるよ！」

「準備がいいですね」

「船務長が予定海域に着いたらすぐに飛ばしたいって言ってたんじゃない」

「そうでした」

ピーピーピー！

警報音のような電話が鳴った。この音は心臓によくない。

「船務長、本部からです。一四一五《ひとよんひとごー》渥美《あつみ》半島でサーファーが沖に流されたと通報あり」

まさに目の前だ。

「船務長、すぐにドルフィンを飛ばすから位置など詳細情報が入ったら教えて！」

そう言うと航空長は後部にある航空科事務室に内線した。

「首航士、ヘリの飛びやすい状態にして！」

「了解！」

「渥美半島沖、漂流者情報あり！」

艦内放送を聞き艦長が昇橋した。

「艦長、救難部署を発令します。救助方法はドルフィン中心でいきます」

「よし！」

「救難部署配置につけ！」

この艦長命令で当直制が解除され、全乗組員が持ち場につく。一気に緊張感が高まる瞬間だ。

「艦長、ドルフィンを発艦させます！」

「よし！」

「航空機発艦十五分前、各科、発艦準備かかれ！」

航空科だけではなく、万が一の発艦失敗に備えて、他科の職員も放水銃や救助用に警備艇と調査艇を準備する。

「首航士、今の状態で発艦できるのでこのままの針路・速力で」

「了解！」

「ドルフィン、発艦用意よし。発艦許可願う」

無線が艦橋にも聞こえる。

「艦長！」

「よし、発艦！」

「ドルフィン、発艦を許可する。発艦せよ！」

「ドルフィン、了解。発艦する」

ドルフィンが飛び立つと、手空きは空に向かって帽子を振るのが習慣だ。その後すぐにジェイホークも飛ばし、続いて警備艇と調査艇も捜索に向かった。

「ドルフィンより、はやて。漂流者発見！　つり上げ救助を開始する」

発艦からわずか十五分で救助完了。ヘリの捜索と救助能力には脱帽だ。船だけでの捜索救助だったらこうはいかない。

「漂流者の健康状態は問題ないようで緊急性はないため、海岸の救急車に引き継ぐ」

本部と消防機関との取り決めで、緊急性があればヘリで直接病院まで搬送し、緊急性がなければ救急車に引き渡すことになっている。

午後三時には通常の当直制に戻り緊張感が解けた。

「漂流者救助一件」

ＳＩＣの記録票にテルが書き込むが、相変わらず環境法令に関するものは０件だ。

「うん、人命救助が第一だ」

艦長が大きく頷きながら降りていった。

「……」

二日すぎても環境法令に関する事件はなく、その後は東京湾、仙台港沖と北上した。

「平和はいいな！」

テルが突然、大きな声を出した。平和はありがたいが、件数がなければこの環境警備艦の存在意義がない。

「警備長が研修をしたいって」

テルが元気なく言った。

「いいんじゃない。みんな捜査方法を忘れつつあるし」

「そうだな」

こうしてまた一日が終わっていった。

●国境

プルプルプル！

寝室の内線が鳴った。時計を見ると午前四時。

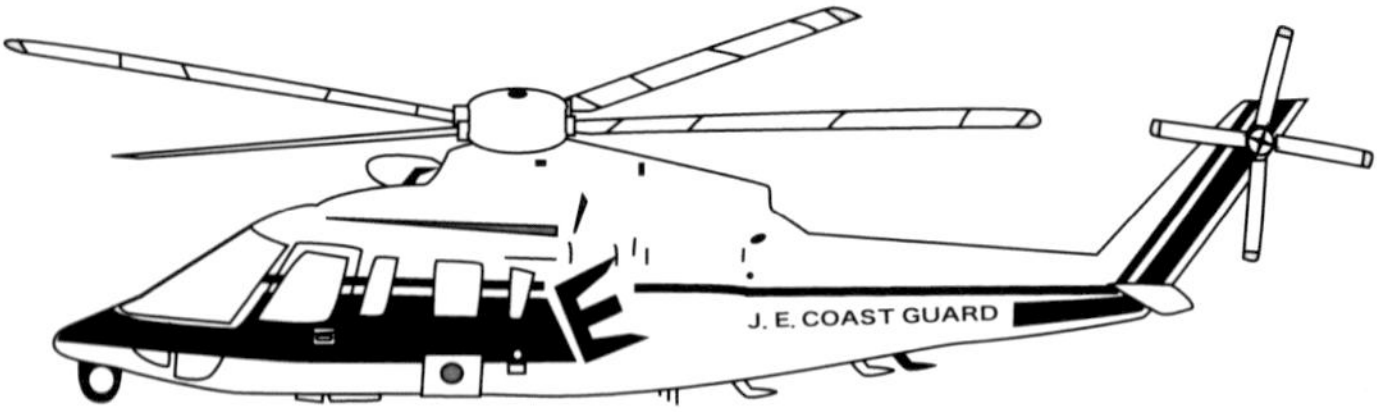
J. E. COAST GUARD

（故障でもあったかな？）

「事件です。至急艦橋へ！」

慌てて制服を着て昇橋するとＳＩＣに人が集まり始めていた。

「首航士、本部から情報が入った」

テルからメモを渡された。

『日本向けの商船が日本の領海内で火花を日撃。銃撃事件の可能性あり』

「遠くからで自信はないようだったが、双眼鏡で見たって。で、これも映像が微弱で自信がないらしいけど、レーダー映像を見ると今から四十分後には日本の港に到着する速度で航行していると」

「その位置は海図に記入した？」

「ここなんだ」

そこは日本と外国がお互いに自国領だと主張している海域だ。情報をくれた商船は日本が発行している海図を使っていたから日本の領海だと思ったのだろう。

「とりあえず外国が主張しているラインの日本側で待機だよな！」

「それしかないね」

僕はテルの提案に頷いたが、国境警備は任務外だ。この艦が動く根拠は日本船を危険から守る正当防衛しかないし、そもそも想定訓練しかしたことがないから不安だ。

「二航士、全速で向かってください！」

「了解！　ガスタービンエンジン起動！」

いつもは勇ましく聞こえるガスタービンの航空機のような高いエンジン音が僕の不安を煽《あお》った。

「艦長昇橋！」

幹部がＳＩＣにそろった。

「これは何の部署になるのか？」

艦長が確認する。

「環境の話ではないので臨検などには当たりません。とりあえず全員配置の第一配備とし、必要であれば……」

言葉に詰まった。

「必要なら？」

「戦闘部署です」

「そうか」

艦長が一度下を向き、顔を上げると何かを決心したような力強い表情を見せた。

「領海警備の話は商船出身の職員には難しい話だ。船務長は本部との調整と全体の指揮を、そして首航士には艦の運用の全指揮を任せる。今から首航士を空席の副長に任命する。みんないいですか？」

科長一同が了承した。

「副長、どうします？」

艦長から任されたと言っても想定していない状況に戸惑った。銃撃しているなら相手は軍艦だと考えなければならない。下手に誤解を招くと機銃どころがミサイルが飛んでくる可能性がないとは言えない。相手もそんなことは考えないだろうが、もし攻撃を受ければばけが人だけでなく、死者も……。

「副長！」

砲術長だ。彼は僕が三航士の時の砲術士で僕の温厚な性格をよく知っている。

「副長は環境業務に囚われすぎだ。こんな軍艦構造の船に乗ったんだ。全員が、こういうこともあると覚悟はしているよ。それに船務長や副長の人柄も知っている。命令されれば何でもするぞ！」

そう言うと、厳しい顔が一瞬優しくなった。

「私は不満だが、逃げたり隠れたりしろと言われてもそれに従うよ」

強面《こわおもて》で一目置かれている砲術長がそう言ってくれると助かる。

「おい！」

テルが僕の肩を強くたたいた。

「幕軍十五万と戦った男にしては弱気だな。それとも、この仲間じゃ不満か？　不安か？」

それを言われると動かないわけにはいかない。僕の中であの夢は現実であり、その経験はこの世の中に生かすべきものだと思っている。

「ああ、高杉さんの代わりがテルというのは頼りないどころじゃない」

「今はそのつもりだったのに」

「だいたい高杉さんは小柄で細身、しかも色白で色気がある」

「それは船務長と正反対だな。船務長は丸々肥えて肌は日焼けで真っ黒だ」

砲術長がからかうとＳＩＣの嫌な空気が和らいだ。

「分かりました！　長州男児の肝っ玉、お見せしましょう」

「頼みます」

艦長も笑った。長州の話は時々させてもらっていたので理解してもらえたようだ。

「船務長、第一配備！」

「了解！」

「砲術長、全武器の射撃準備。そしてジェイホークに一二・七ミリ機銃を搭載してください。航空長、ドルフィン、ジェイホークの発艦準備を！」

「了解！」

この艦はもちろん戦闘用の装備をしているわけではないが、持っている武器は全て準備し、事実上の戦闘態勢となった。

まだ夜が明けない、真っ暗な海の上を『はやて』は波を切り裂き進んだ。

● 現場

「副長、電報の決裁を！」

『哨戒報告』。これは『航海報告』のような定時報告でも、『臨検報告』などの本来の任務に関係するものではなく、その他に気づいたりして必要がある場合にする本部への報告だ。この艦では初めて作成する。

位置、気象海象の項目の後は自由に書くことができる。

『三十一日〇四一〇《まるよんひとまる》、銃撃に関する情報収集を行うため現場海域に急行中。着予定〇四四〇《まるよんよんまる》。以後の関連電報を『銃撃関連〇号』とする』

「いいよ、艦長に」

「はい！」

この水兵は二十歳くらいで奇兵隊士と重なって見えた。無難に終わらせたい。

「副長！」

砲術長だ。

「前の射撃訓練後、予算不足と言われ弾の補給がない。五七《ごじゅうなな》ミリ砲十発、二〇《にじゅう》ミリ砲百発、一二・七《じゅうにてんなな》ミリ機銃百発しかない。小銃と拳銃は十分だが」

「必要な時にないものですよね」

「そうだな。だから俺は買えと言っていたんだ」

「だけど威嚇には十分でしょう」

砲術長は少々不満そうに頷いた。

「日出《にっしゅつ》は？」

「現着時刻の〇四四〇です」

「接近することになるんだろ？」

「そうなります」

「目視できる範囲であれば戦えるぞ。距離が一キロ以内なら正確に当てられる。軍用の自動射撃装置にだって負けないぞ。小型の警備艦なら艦橋に命中させれば勝てる」

「その時は頼みます」

「銃撃戦にしないのは副長の腕だぞ」

「分かっています」

「レーダーにそれらしい映像が映りました。距離九マイル、速力二十四ノット。前に三隻、後方に一隻！」

「見張り、見えないか！」

操船指揮となった航海長が叫ぶ。

「目視できません！」

「灯火はつけていないだろうし、小型船には高い波。まだ無理か」

航海長が言うように、小型船は周期的に波に隠れ、レーダー映像でも表示されたり消えたりを繰り返している。

「副長！」

テルだ。

「航空長が五分でいいから速力を落としてほしいと」

「了解。航海長、お願いします」

航空無線が聞こえる。

「ジェイホーク発艦する！」

その後にドルフィンが発艦していった。

「副長、これで全ての準備が完了した！」

ＳＩＣで全体を把握しているテルが大きな声で報告する。

「了解。本部は何か言ってない？」

「銃撃戦はするなって」

「馬鹿か！」

砲術長が叫んだ。こちらから先の発砲は禁止などなら分かるが、この表現では緊張している現場の乗組員には一方的に撃たれろと聞こえてしまう。

「大丈夫。今は夜間当直と話をしただけだから。すぐハカセが本部に到着して指揮をとってくれるよ」

「ハカセ？」

「大学同期の警備課長です」

「ああ、本部でもハカセって呼んでたな」

「彼は優秀ですよ」

「期待するよ」

「船務長、六マイル以内になったらＶＨＦで通訳官に呼びかけさせて。そこは日本国の領海なので追跡は本艦が引き継ぐから自国領へ帰るようにと」

「分かった」

ポイントは二つある。

一つは商船が情報提供してきた海域において、日本漁船が漁をする権利を持っていないこと。漁を禁止している場所での操業はたとえ日本領海であっても、日本政府としては、今逃げている漁船の捜査をすることができる。つまり、外国の警備艦の追跡業務を法的に日本政府が引き継ぐ権利を持っているということで、この状況に割って入ることができる。

この海域のように日本は、領海と言いながらも、外国と話し合いで解決できていない海域での操業を認めていない。日本漁船を外国が主張する海域に行かせないようにし、国際問題を起こさせないためだ。

操業できない海域へは日本漁船が行く必要がないので、問題が起きないはずと日本政府は考えているのだろうが、このような事件はなくならない。生活のためにも、いい漁場へ行きたいのが漁師の性なのだろう。

もう一つのポイントは、その海域は操業禁止となっているだけで、政府は日本の領海だと主張している事実だ。

外国は抗議するだろうが、日本の立場としては、この海域における捜査権は日本にある。だから、この場合は外国警備艦から必要な情報を提供してもらい、今後の捜査は日本で行うという手続きがとれる。

もし日本船が外国船と衝突したなどという外国警備艦にも捜査権が認められそうな事件であったら、それは外務省を通して関係省庁で調整してもらうことになる。

従って外国警備艦に対して日本漁船を拿捕しないように主張することは可能だ。

「問題は、環境沿岸警備隊に違法操業を捜査する権限がないこと。現行犯逮捕ならできるが、この場合は無理」

警備長が出てきた。

「だから、あの案でいいんだな？」

僕は頷いた。それしか考えられない。

日本漁船は水産庁か海上保安庁に引き継ぐ。この艦はあくまで外国警備艦に、捜査権は日本にあると説明するだけ。それなら合法だ。

「まあ、この艦に捜査権限がないなど、外国がそこまで日本の法的手続きを知っているとは思えない。気にせず、本艦が捜査を引き継ぐと言ってもいいと思うがね」

「今、船務長が本部と調整し、すでに正規の取締り船が向かっているはずです」

「しかし外国警備艦にうまく説明できるか？」

「それは警備長にお願いします」

「え？」

「私はこっちで忙しいので」

「え〜！　一番頭を使うところじゃないか！」

警備長は頭をかきながら、慌てて準備のためにＳＩＣに行ってしまった。指揮する立場になると、この艦には専門家が多くて助かる。

（各科長を使える副長の立場っていいな）

「発砲を目視しました！」

「船体も視認！」

見張りが声を張り上げる。夜が明け始めの薄明かりなので、都合よく発砲時の光も見やすいし、船体もうっすらではあるが見える。

（いよいよだ！）

「電報決裁をお願いします」

『日本領海内において、外国警備艦一隻による日本漁船三隻への発砲を確認した。本艦は日本漁船の安全を確保する』

「テル！」

「船務長と呼べ！」

「発砲に抗議するとかじゃなくていいのか？」

「この状況だとおそらく抗議だけでは無理だろ。こちらの書き方のほうが幅が広くてやりやすい。漁船の安全を守るためなら正当防衛、つまり銃撃もするってね」

「よく考えてるな」

「ハカセがこう書くようにって！」

本艦から本部へする報告を、本部の職員が起案するのがおもしろい。電報の起案前に電話で情報提供しているため、こういうことも可能だ。

「そうか、ハカセの方がやる気だな」

二人で笑った。明るくなってきたので表情が分かる。

「おい、今って視界が良くて、波が高めなんだろ？」

テルが何か思いついたようだ。

「小型船には高いはずだ」

「これ加えるか」

テルが胸ポケットのボールペンをとり、さっと書いた。映画のワンシーンを思い出す。

「本日天気晴朗《せいろう》なれども波高し！」

「意味は？」

「考えてないが、気持ちの問題だ！」

「やっぱり！」

だが、視界が良好で波が高いことは、艦橋が高くて見晴らしが良く、また波による揺れに強い大型艦『はやて』には、実際に有利な条件だ。

それに波が高ければ小型の漁船は波に隠れ逃げやすい。法的な問題は別として、物理的に日本側が有利だと本部に伝われば、本部も強気な指揮を出しやすいだろう。

「了解！」

僕はサインして起案用紙を渡した。

●作戦開始

「これから距離の報告は、単位をメートルで、外国警備艦をG号で統一する」

テルが艦内に告げた。

「日本漁船は境界線までの距離三千五百、着時間五分。G号の機銃の有効射程距離に入る

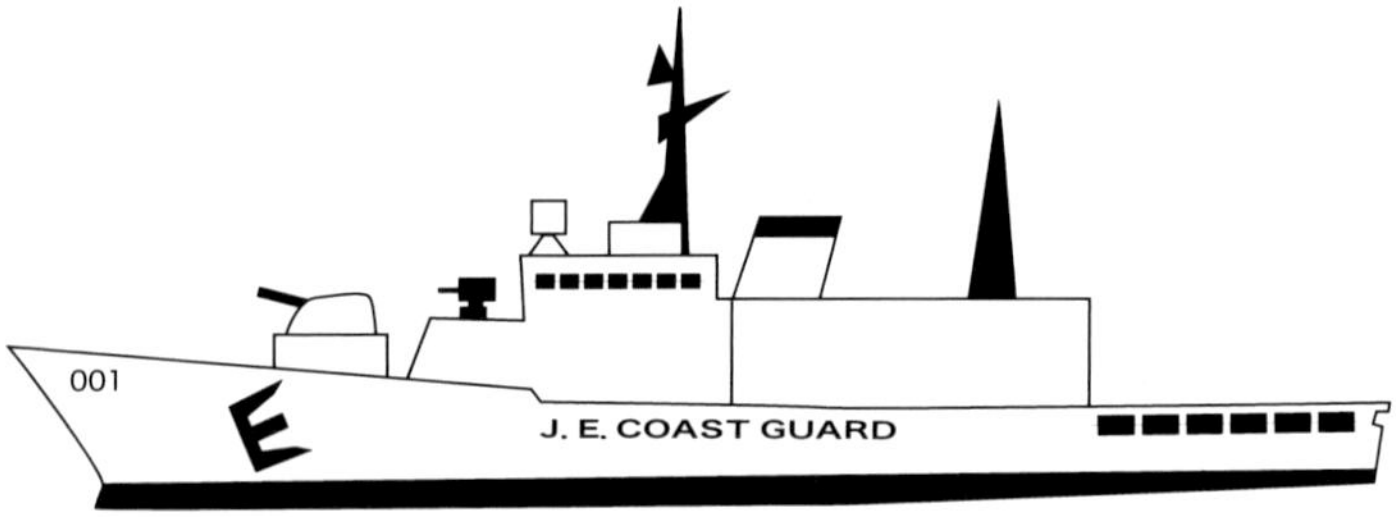
001
E
J. E. COAST GUARD

前に到着しそうです！」

「よかった」

航海長が笑みを見せた。SICのシナリオ通り運んでいて、もしG号が外国も認めている日本領海まで深追いしそうであれば、遠慮なく抗議できる。

「本艦の現着は五分後」

順調だ。しかし相変わらずG号からの応答は全くない。向こうも任務だ。境界線の手前で拿捕するつもりだろう。

「漁船一隻が遅れ始めました。現在の表示が時速二十五キロ！」

「追いつかれるぞ！」

航海長が大きな声を出した。漁船の速力が二十キロほど落ちている。それでも航走を続けていることを考えると、複数あるうちのエンジンのどれかに異常が出たのかもしれない。

「副長、これだと境界線の前で銃撃され止められるぞ！」

常に冷静な二航士が叫んだ。彼はここに来るまでは漁船の航海士を務めてきたので、漁船への気持ちが人一倍強い。その声を聞いた瞬間に想定していたことが頭を巡った。

漁船を日本に帰すには漁船とG号の間に割り込むしかない。しかしそれは、本艦が外国の主張海域に入ることとなる。

船舶は航行するだけであれば、他国の領海内を通ることは国際法で認められている。だが、この状況では明らかに日本漁船を逃がそうとする意思が客観的に認められるので、その言い訳は通用しない。

つまり、外務省職員が乗っているわけでもないこの艦が、そこを日本の領海だと主張し続けなければならない。G号が強硬姿勢を見せれば、この艦が銃撃を受ける可能性が出てくる。

もう一つ物理的な要素がある。漁船やG号がいる海域は大型艦には浅く、水深を見誤ると座礁して逃げられなくなる。事件後、この海域からすぐに離れてしまえばごまかしもきくが、座礁して証拠を残せば大きな国際問題になりかねない。しかも領海警備や漁業取締りに関係がない環境省の船が問題を起こしたとして国内で非難される可能性もある。

全体的に安全だけを考えれば、漁船が大人しく拿捕され、罰金を払って身柄を日本に渡してもらえばいい。G号も、漁船が抵抗しなければ攻撃はしないはずだ。無理をする必要はない。

「おい！　時間がないぞ」

テルが近づいてきた。

「漁船は最後まで逃げようとするよ。射撃され続けても止まらない」

二航士は漁師の気持ちになっているようだ。拿捕されれば高額な罰金だけでなく、漁師の命とも言える船を没収される。また当然、拘束されている間は仕事ができない。

「良し悪しではなく、漁師は命をかけて漁に出ています。だから銃撃されてもここまで逃げてきているんだ！」

「副長、ジェイホークも動けるよ」

航空長がSICから声をかけてきた。ジェイホークは発艦後、近くの消防のヘリポートへ向かっていた。

艦長の命令で消防に連絡し、家庭の事情などがある乗組員を預かってもらった。僕は詳細を聞いていないが、小さな子供を持つ者や、出産予定の妻を持つ者を降ろせということだったらしい。

「長州の『疾風《はやて》』ならどうする！」

「当然、敵と味方の間に割り込むよ！」

僕が答えるとテルが嬉しそうに笑った。

「その疾《はや》きこと風の如く！」

「分かった。じゃあ船務長、ここからは完全な記録をよろしく」

「了解！」

上機嫌でＳＩＣに戻っていった。大義があれば危険な場所へ行きたい人間もいる。

「航空長、砲術長から聞いた通り、Ｇ号は小型の対空ミサイルを持っている可能性があります。指示するまでＧ号との距離五キロ以上は必ず保って待機させてください。

あと、Ｇ号を刺激しないように、ジェイホークの機銃はＧ号から見えないようにしてください」

「了解、すぐに指示しておく」

「航海長、本艦をＧ号と遅れている漁船の間に向けてください」

「了解！」

「艦長、戦闘部署を発令します」

「うん、そうせい！」

「船務長、戦闘部署発令！」

「了解！」

「戦闘部署、総員配置につけ！」

艦内放送がここまで響いた。

すでに準備はできているが、戦闘部署の発令によって被弾した時の応急措置のための人員が正式に配置される。また戦闘に必要のない区画は閉鎖され、食事など生活のための業務は止められる。

「砲術長、威嚇射撃をします。五七《ごじゅうなな》ミリ砲、艦首方向、仰角六十度で単射三発、撃ち方始め！」

G号は日本政府の船が近づき無線で呼びかけ続けているにもかかわらず、銃撃をやめようとしない。そのため、こちらの意思表示をしなければならない。

五七ミリ砲の砲身が素早く上を向いた。

「単射三発、撃ち方始め！」

ドーン！　ドーン！　ドーン！

日出間近の空は黒と白のグラデーション。艦首方向はまだ暗く、そこに三発の曳光弾がピンクの線を引きながら飛んでいく。

それは、とても人を殺し船を破壊する弾丸とは思えないような美しさだ。

「三発、撃ち方終わり！」

そしてついに境界線を越えたが、これには誰も触れない。日本の法律では、ここは日本領海なのだから。

「G号に変化なし」

向こうも必死だ。G号は戦闘に参加する最低限の武装をしているはずだから、本艦の兵器は明らかに劣っている。それでも全長百三十メートルの堂々とした軍艦構造のため、十分な威圧になっているはずだ。

それが銃撃戦を止める要素になるのか、逆に引き起こす引き金になるかは、G号の艦長次第だ。

「漁船二隻は間もなく境界線を越えます。残り一隻は、あと五分かかります」

普段であれば、ボーッとしていれば過ぎてしまうような短時間が、ここでは非常に長く、長く感じられる。

「本艦から警備艦まで千三百！」

「両舷停止！」

航海長が減速させた。間もなくG号と漁船の間に入る。もし銃撃戦だけのことを考えれば艦を止めることなど考えられない。しかし今は、漁船の楯になるのが目的だ。三十ノットで突っ切っても意味がない。

「G号、射撃継続！」

見張りの声でG号を見ると火花が見えた。

「伏せろ！」

砲術長が叫ぶと艦橋内の人間が窓から頭を隠した。

カカカン！

金属を叩くような高い音が聞こえた。

「報告、艦首に数発被弾！」

現場付近からＳＩＣに報告が入る。艦首は無人なので近くの配置人員が音などから判断している。

「五七ミリ砲、右三十度、仰角六十度、単射三発発射！」

まだ威嚇射撃なのかという疑問があるようで砲術長の顔が険しい。だが、それでも文句を言わずに従ってくれる姿勢はさすがだ。

ドーン！　ドーン！　ドーン！

「距離六百で、艦首をＧ号に向けて威嚇する」

今は目立つようにＧ号に対して横を向いているが、銃撃戦となれば狙われる面積を減らすため、正面を向けるのが常識だ。

「距離八百」

「航海長、艦首をＧ号に向けてください」

「了解！」

本艦と銃撃戦をする気はないのか、G号からの銃撃はやんだ。射程距離の長いミサイルを使う気であれば近づかないはずだし。無難に終わる期待はあるが、現実に近づくG号は恐怖感をあおる。

五七ミリ砲の仰角は高いままだが、艦首がG号の方を向けば自然と五七ミリ砲の砲身方向はG号に向く。変に刺激をしなければいいのだが。

船は後ろ向きに進むのは苦手だが、航海長は艦首をG号に向けたまま、ゆっくりではあるが境界線の方に後進している。航海長と操舵手の目立たない技が光っている。

「G号、減速しています！」

黙視すると確かに波を切って進む姿はない。

「距離は？」

「六百！」

「漁船、境界線を越えています！」

「よし！」

SICから歓声があがった。しかしG号を目視している艦橋では緊張が続く。この艦は、まだ境界線を越えたままなのだから。

「両舷後進十五度！」

普段は緊急停止にしか使わないような操縦している。高速行進になるだけではなく、後ろに漁で使う網などが流れていれば、プロペラが巻き込み動けなくなってしまう恐れがある。

「間もなく境界線を越えます」

見張りが小声で報告する。

「G号が応答しました」

「何て？」

誰もが抗議だろうと思った。

「御安航を祈る！」

「G号のマストに旗りゅう信号『UW』確認！」

先任伍長が慌ててG号を確認し、水兵に命じた。

「すぐ回答しろ！」

水兵も慌てて旗を揚げている。

（船にはこのような習慣があるが、銃撃しておいて御安航とは）

とはいえ、最悪の事態は回避された。

双眼鏡でG号を見ると、艦長らしき人物が帽子を振ったように見えた。そのあとG号は全速力で自国の方へ帰っていった。

「戦闘部署、分かれ！」

緊張から解放されホッとしたが
「これからの言い訳が大変ですよ」

警備長が肩を叩く。

「いい勉強になるので、私も一緒に言い訳を考えます」

優しそうに見えたが、警備長に任せっきりにせず僕にも考えろと言いたかったようだ。

「いい運を持っているな！」

砲術長も僕の肩を強く叩いた。

「俺だってこの装備で警備艦とは戦いたくなかったよ」

大笑いして射後手入れに向かった。

「お疲れさん」

艦長が初めて笑った。

「責任は全て私がとるから安心してください。報告書には本当のことをしっかり書けばいいですからね」

そう言って下りていった。

「ハカセが！」

テルが来た。

「ハカセは大変だろうな、本省などいろいろなところと話をしないといけないから」

「でも、よく漁船を守ったって喜んでいたぞ」

「そうなの？」

「で、本部にいると電話が鳴りっぱなしで面倒だからって、飛行機でここまで来るって言ってた。現場の調査ということで」

「僕たちには心強いけど」

その後、水産庁の船が来て引き継いだ。漁船は境界線を越えたことについては指導があるだけだが、操業禁止海域へ行ったことについては厳しく問われ、操業していた事実が認められると検挙されるはずだ。

関係機関に事情を説明するため、僕たちは港の外に錨泊した。

東の海上には、この事件がなかったかのような強く、それでいて優しい光を放つ太陽が浮かんでいた。僕たちの疲れた心を浄化してくれている気がした。

●その後

関係機関に説明した後、東京に入港し、今度は本省と本庁の幹部に報告した。そして平成三十七年九月十日、ようやく吉浦に帰港した。

残暑は厳しいが、出港した時と比べれば涼しい風が吹いている。

「ハカセ、どうなるんだ？」

奇兵隊でテルが聞く。

「国内法では、警備隊のしたことに違法性はない。外国側も警備艦が『はやて』に被弾させたこともあり、今回は引き下がってくれた」

「その後だよ！」

「日本政府としては、外国の警備艦に対する威嚇射撃など考えられないって。しかも境界線を越えたし」

「じゃあ」

「幹部は危険を冒さず、拿捕された漁船が罰金を払って解決すれば良かったと考えている」

「処分はないんだよな？」

「ないけど」

「けど？」

ハカセはビールを一気に飲み干した。

「こんな過激な行動をする部署はいらないって」

「環境沿岸警備隊ってこと？」

「ああ。本省は環境事犯を自分で取締まりたいと思っただけで、領海警備など考えていない」

「じゃあ」

「環境事犯の取締り件数も増えていないから、警備隊の予算縮小を検討し始めた」

「なくなるってことは？」

ハカセが僕を見たが、すぐに目をそらした。

「そこまではないけど、とりあえずは今回指揮をとった者にはもう船に乗せない方針だ」

「……」

「艦長は今月いっぱいで退官を希望した」

「責任を取ったってこと？」

「そういう訳ではないけど、本人はそのつもりだよ。今年度は艦長になれる職員がいなかったから、本庁からお願いして定年退職を延ばしてもらっていたんだ。だからいつ辞職してもおかしくない。その状態で少しでも幹部の熱を冷ますことができるなら本望って感じだった」

「そうか」

「それより優太だ」

「やっぱり？」

笑うしかない。

「優太が実質の指揮者だったということで、もう船には乗せないって話だ」

「本部勤務かな？」

「うん、あとは大学の職員とか」

「悪くはないね」

「これだけ船の勉強してきたのにな」

テルが残念そうにしている。

「ただ現時点でということだよ。ほとぼりが冷めて、また希望するなら乗れる日がくるよ」

「うん」

今日は静かな酒になった。『はやて』の損傷は軽微なようだが、念のため月曜日から呉のドックで緊急修理となった。僕は艦を降ろされたから関係ないが。

「ハカセ、僕って本部へ行っても担当の仕事はないよね？」

「急だからね。今、人事で話し合っているから内示はすぐに出るよ。十月からの仕事のね」

「じゃあさ、休暇使って九月いっぱい休ませてよ」

「え～？」

「この機会に高杉さんが戦争前に旅したところをたどってみたいんだ」

二人とも呆れた顔をしている。

「この事件の資料整理など、仕事がないわけではなかったんだけどな」

ハカセが苦笑いをした。

「でも休暇を取る権利はあるから、仕事を押し付けられる前に休暇届を出しなよ」

「そうする」

慰労会

「そろそろ校長と先生が来るから上に行ってろよ」

「そうなの？」

「おまえらへマしたんだろ？　慰めるために二人がいい酒持ってくるって言うから俺たちも付き合うぞ」

「酒目当てか！」

テルが歳さんに突っ込むと
「それしかないでしょ！」

竜さんが笑って後ろを通りすぎた。事情を知らないが味方になってくれる仲間がいるのは頼もしい。本省でも本庁でも四面楚歌の僕にはうれしい限りだ。二階でくつろいでいると二人が来た。

「大学時代に私たちが君たちの進路を変えなかったら、こんな苦労はしなかったのかもしれません」

暗い雰囲気で始まってしまい、気がつくと僕たちの方が慰めていた。

「いい体験ができて良かったと思っていますよ」

「そう言ってもらえると助かる」

先生が笑った。

「もし本部の居心地が悪かったら大学校に帰ってこい。環境調査官になって、また研究をしていく道もある」

初めはそういう仕事に就こうと思っていたことを思い出した。

日が変わるとスタッフが上がってきた。

「お疲れ～！」

さっそく校長が持ってきた酒を開けた。

「いい泡盛が入ったので持ってきました」

校長が説明するとテルが声を上げた。

「これ、俺と同じ歳だ！」

アルコール度数は四十度近いが最初は薄めずそのまま飲んだ。

「うわっ！　口の中で溶ける感じがする」

液体なので溶けるという表現はおかしいが、口の中にフワッと広がっていく感じが心地いい。

「いい酒を飲み、来週からまた頑張りましょう！」

確かにおいしい酒を飲むと気分がよくなってきた。

「ところでさ」

歳さんが話すと先生が
「今回の仕事の話はできないんだ」

話を止めようとする。

「外国船から銃撃されていた日本漁船の楯になったたって話だろ？」

「え！　知っているの？」

　僕たちは目を丸くした。

「漁船に乗ってた人がテレビに出てたよ」

　竜さんが頷いた。

「初めは暗くて黒い船体しか見えず、外国の軍艦かと思い挟み撃ちにされるのかと心配したらしい。だけど外国船との間に入ってさ。明るくなって国旗を見たら日の丸で嬉しかったって」

　そのニュースの最後だけ録画したということで見せてもらった。

「漁師さんが携帯で一枚だけ撮ったって」

　そこには濃い青色の船体が映っていた。まさしく『はやて』だ。漁船の目線が低いので、さらに大きく見え、上部の白いハウスは朝日を鮮やかに反射し神々しくも見えた。これを見せてもらったおかげで、はやてに乗っていたことに誇りを持つことができた。

「いろいろ難しい話があるかもしれないけど、喜んでいる人もいたってことだ」

　歳さんが無理やりまとめ、仕事の話はやめてひたすら飲んだ。

　午前二時。

「荒木の話も終わってしまったしな、大人しく寝るか」

窓を開けると、いつもの優しい風が部屋の中を流れていく。吉浦湾の海風だ。

「電気消すよ」

定年退職した者に大学教授、環境沿岸警備隊の中級幹部に居酒屋スタッフのみんな。同じように歳を重ねているから十年前と全く同じ感覚だ。

酔ってボーッとしたまま目を閉じた。

●松下村塾同窓会

（うわ！）

久しぶりに金縛りだ。呼吸が苦しく、体は全く動かない。

店を閉め、全員が二階に上がったはずなのに、人が階段を上る音。それがはっきりと聞こえてきた。

ミシ！　ミシ！

（これは夢だ、起きるか深く眠れば感じないはずだ）

しかし、焦るほど金縛りがきつくなる。

もがいていると、ふすまが開く！

（誰だ!?）

「よう！」

高杉さんだ！

「何、固まっているんだ？」

バシッ！

「これくらいで動けないとは修行が足りんな！」

「幽霊？」

バシ！

「そんな言い方はないだろう。風太の心の中に入ると辛いだろうから、わざわざ外から来てやったのに」

「電気をつけます」

「待て！　風情がないな、行燈《あんどん》を用意した」

気がつくと部屋の四隅に火が灯《とも》った。電灯より暗いが、昔はこれも贅沢なくらいで、部屋にろうそく一本、または月明かりだけで徹夜をしたこともあった。

「みんなを起こすことはできないのですかね？」

「それは無理だ。外から来たとはいえ、ここは君の心の世界だ。生きた人間の魂は呼べないよ」

「残念です」

考えてみれば、これは僕の夢の中。周囲に見える、寝ているみんなも居酒屋のこの部屋も僕の意識が作り出したもので、本当のみんなは現実の世界で寝ているはずだ。

「ただ、それぞれに客を呼んでやった」

「？」

「そいつは坂本君が好きだろ。今ごろ自分の夢の中で会っているよ」

「全員？」

「ああ、そいつは苦労したぞ。一人だけ新撰組が好きだからな」

「来てくれたんですか？」

「坂本君が呼んできた。どう口説いたのかは知らんよ」

「さすが」

「校長はすごいぞ」

「誰ですか？」

「殿だ」

「え～！」

「校長って毛利元就公の子孫なんだってな？　喜んで来てくださったぞ」

高杉さんはそう言うと、校長が持ってきた高価な泡盛を遠慮なく飲み始めた。

「ところでだ。今回、君はよくやったよ」

「見ていたんですか？」

「見ていたというより、霊だから知りたいことは分かるんだ」

「へ～」

「君は夢の中でいろいろ学んだから、この世で何かしないといけないと焦っているようだが、別にそういう訳ではないぞ。

あの時代、僕も先生も玄瑞も必要に迫られたから立ち上がったんだ。欧米の侵攻が五十年遅ければ、僕たちは名もない武士や医者で一生を終えていただろう」

「確かに、徳川幕府が健在な時期に倒幕といって立ち上がったら馬鹿ですよね」

「だろ。だから、君はどんな立場だろうが、君の今の役割をこなせばいい。もし何か特別なことが起きたら、その時に立ち上がればいいんだ」

「僕からもいいですか？」

また一人入ってきたので振り向いた。

「松陰先生！」

塾の時の優しい笑顔だ。

「何もない時には、自分が学んだことを人にしっかり話してください。君は仁義や覚悟を学びました。それを伝えていくのです。別に危険な場所へ積極的に行かなければならないということはありませんよ」

「それが必要な時が来たら覚悟を決めて行けばいいけどな」

（久坂さん！）

「次々に出てきて驚かす演出ですか？」

三人が苦笑いをした。

「風太の負担にならないように、一人ずつ出てきているんだよ！」

「私もいいかな？」

桂さんも来てくれた。

「君も学べただろうが、私たちも感謝している。自分でしたこと、つまり自分の人生を再確認し、さらに君の心の中で、自分たちの死後に起きたことを体験することができた。まっ、私は明治まで生きていたからだいたいのことは知っていたがね」

「僕は高杉君が幕軍を退けたところを見て嬉しかった」

先生がそう言うと久坂さんが大きく頷いた。

「僕は晋作が何とかすると期待はしていたが、それでも長州を滅ぼすきっかけを作ったのではないかと、やっぱり不安というか後悔のような雑念を持って死んでしまった。それが解消してすっきりした」

「私は感謝しているだけではないよ」

桂さんが笑って話す。

「苦労の人生を再び味わってしまっただけではなく、塾に染まった荒木君の世話までしなければならなかった。先生を含めて塾生の世話は本当に大変だったんだよ」

「僕のせいです」

先生が本気で謝る。

「桂君には塾生を任せてしまったし、この夢にも付き合わせてしまいました」

「冗談ですよ」

相変わらず真面目な先生に桂さんが慌てたが、それがまた面白い。

その後は、もう説教などはない。昔話に花を咲かせた。今で言う同窓会だ。

「では、そろそろ」

「帰るんですか?」

僕が残念に思うと高杉さんが笑った。

「いや、おうのを呼んだから踊るぞ!」

さすがだ。

「一杯どうぞ」

振り向くと
「お凜！」

「嫌だ、幽霊を見るような顔をして」

少し不機嫌な顔をした。

「まあ、幽霊ですけどね」

どうリアクションしていいのか分からず、笑ってみた。

「でも、あなたの夢の中で私の心は浄化されました。あれから私は天国へ行って両親に会うことができました」

今度は少し恥ずかしそうな顔をした。

「しかも、あなたの夢の中ではありますが結婚までできて。ありがとうございました」

僕もなぜか恥ずかしくなった。

「それで、あの……」

お凜が下を向き小声で何か言っている。今思うと以前からこういうことが何度かあった。

「何？」

「……。別に」

黙ってしまった。そして、こういう時には必ず誰かが割り込んでくる。

「こら！」

（やっぱり）

幾松さんだ。京で芸妓をやっていた頃の華やかな着物姿に目を奪われた。

「お凛ちゃん、もうすぐお別れなのよ。ちゃんと言わないと」

そう言いながら幾松さんがお凛の両肩をつかんで体をゆすっている。時々僕を睨みつけながら。

「長州の男は鈍いと言うか馬鹿ばっかりだから」

「うん」

（何か知らないが、そこで頷くなよ）

すると、ふすまが開きまた誰かが入ってくる。

「母上！」

その後に父と兄たちが続いた。

「間に合ったみたいね」

母は僕には目もくれず、お凛の方へ進んだ。そしてお凛の後ろに立つと、ポンと肩を叩いた。

「わ～！」

幾松さんが目を丸くして歓声を上げた。お凛の着物が真っ白く輝く花嫁衣装になったからだ。

「今まで気づかずにごめんなさいね。これは私が着た衣装です。気に入ってくれるといいのですが」

お凛が呆然としながらゆっくりと頷いた。

（そうだ。戦などで忙しくて結婚式をしていなかった）

パン！

母上が手を叩くと、今度は部屋の中が式場へと模様替えされた。

「ありがとうございます」

お凛が涙を浮かべて頭を下げた。

「あなたは五十石の大組士、風家の妻になったのですから当然です。当主が鈍いと言うか馬鹿だから遅くなってしまいましたが」

「はい」

お凛が満面の笑みで返事をした。

（だから、そこ即答かよ！）

少し不満を感じたが、その姿を見て僕も嬉しくなった。

「下関の時みたいに踊りましょう！」

「そうだな」

少し家族で歓談すると、お凛は元気よく立ち上がって無邪気に僕の手を引いた。その姿はただただ、まぶしかった。

（あの時の、桜吹雪を思い出させるな）

見ているだけで戦などを忘れ、心が清らかになる。

騒いでいると仲間が増えていることに気づいた。

中谷さん、松洞、忠三郎、市之允、杉蔵に栄太郎。周布先生は悪酔いしてからまなければいいけど。

「伊藤博文！」

初代総理大臣の登場に僕が驚くと、高杉さんが扇子を上段に構えた。

「偉そうな格好で出てくるな！」

バシッ！

「痛い！」

その瞬間、功山寺決起の頃の俊輔の姿になった。

「高杉さんの死後、僕を殴る人なんていませんでしたよ。最後は刺されて死にましたけどね」

怒りながらも嬉しそうにしているが、その自虐ネタは笑えない。

「足軽の姿でもいいぞ」

「この姿にしてください」

その様子を見て、外務大臣の姿で部屋に入ってきた聞多さんが慌てて武士の姿になった。それに気づいた者はみんな笑っている。

死後も相変わらず真面目な顔をしているのは大村さんだ。何やら泡盛の味を分析しているかのように飲んでいる。

「耕太、夢の中だったのだから、別に死ななくてもよかったんじゃない？」

「何言ってるんだ。あれは現実に近いから、弾が当たれば死ぬ」

「そうなの？」

「風太もミニエーに撃たれていたら死んでたかもしれないよ」

「夢だろ？」

「聞いていないのか？　風太の意識が死んだと思い込んだら、本物の身体もショック死する可能性があるって」

「え〜？　聞いたような。でも夢の中では幕末以外の記憶はないから」

「だから小倉藩の山中で風太が撃たれたと聞いた時は驚いたぞ」

高杉さんが入ってきた。

「禁門の変でも大砲に撃たれた時は危なかったんだぞ」

久坂さんも苦笑いしている。

「だったら前線に出すなよ！」

叫んでしまった。

「風太が行くって言うから」

二人が声を合わせた。それがおかしくて、またみんなが大笑いする。

「最後まで生きていたからいいじゃないか！」

（そういう問題か？）

● 旅

「ねえ」

お凛が話しかけてきた。

「栞ちゃんに会いましたよ」

「どうして？」

「夢物語の中で彼女が会いたかったのは私だったから」

「さすが女子目線」

「私が夢の中に入ったのは彼女のおかげなんですよ」

「え？」

「死んだ後も血のつながりは消えないんです。私は浮遊霊だったから、ものすごく遠いけど親戚の栞ちゃんの所に来て、良くないことだけど無意識で子孫にすがってしまったの。そして彼女があなたの話を聞いている時に、私はあなたの夢の中に入り込んでしまったの」

「まあ、その結果成仏できたのだから良かったな」

お凛は頷きながら変な笑みを浮かべた。

「来週から旅に出るんですよね。栞ちゃんも行きたがっていましたよ」

「一人旅だよ」

「あなたは鈍いから気づいていないでしょうが、あなたが話の中で『お凛ちゃん』って言った時、栞ちゃんは驚いてたんですよ」

「何で？」

「小さい時に『しおりんちゃん』って呼ばれていて、その後は略されて『おりんちゃん』ってあだ名になったから。だから私の話になると自分のことのようにムキになってたみたいですよ」

「……」

何か不安になった。

「お前、変なこと言ってないだろうな」

「さあ、女だけの話ですよ」

「おい！」

「優太さんが栞ちゃんと一緒に旅したいと思っているなんて、言ったかしら」

いたずらっぽく笑うのが、かわいく見えたが腹も立った。

「座れよ」

「あ、時間だ」

気がつくと朝日が昇ってきた。

「じゃあな」

ここに来ていた者が東の方に並び、日を浴びるとキラキラと光り輝きながら空に昇っていく。お凛が泣きながら手を振っている。あの時のように目を真っ赤にして。

「みんな！」

僕が飛び起きると、それにつられるように全員が起きた。ほんの一瞬だったが、みんな東の空を見ていた。

「こんな話、誰も信じないだろうな」

僕たちはテルの言葉に頷いた。

「夢は現実ではないから夢なのですが、その中で自分が感じたことは幻ではなく、本当のことだと言えるのではないでしょうか」

校長の言葉で、この夢物語は全て終わった。いたって普通の、秋の土曜日の朝だった。

火曜日の朝。

「各地の日本酒か焼酎を忘れるな」

歳さんから餞別をもらうと栞ちゃんがすぐに中を見た。

「三千円？」

「馬鹿、すぐ見るやつがあるか！」

「ケチね」

「気をつけてな」

歳さんと竜さんに見送られながら車で出発した。

「どうしても来てほしいらしいから来たのよ。食事とかケチったら怒るからね」

「お凛から何を聞いた？」

「いろいろ」

「お凛が言ったことを全部修正していくから聞いたことを順に話せ！」

「女子トークを気にするなんて女々しいよ」

「降りろ！」

「もう奇兵隊の休みもらったから帰れません！」

「お凛は従順だったぞ！」

「私はお凛ちゃんじゃありません！」

お凛と血のつながりがあると聞いてどことなく似ているような気がした僕が馬鹿だった。全く正反対の性格をしている。

日の光を反射しながらキラキラ輝く海に、白く小さな島々が浮かぶ風光明媚《ふうこうめいび》な瀬戸内の景色。その海を左手に見ながら、僕たちはまず下関へ向かった。

絶えず喧嘩をしながら。

長州藩　身分表

身分	名前（1859の歳）	人物紹介
藩主	毛利敬親（40）	有能な人物の登用などを進め、雄藩としての地位を固めた。政治は家臣に任せ、その進言に異議を唱えないため、そうせい侯と呼ばれていた。
世子	毛利定広（20）	世子でありながら、世話役の若い家臣などを友人のように扱う家臣思いの若殿。
岩国藩主	吉川経幹（30）	関ヶ原の合戦の頃から徳川との交渉役を務め、それが原因で本藩と幕府の板挟みになり、本藩と良好な関係を築けない支藩の藩主。
毛利一門　約7000～1万石	福原越後（44）	寡黙で温厚だが決断力のある家老。
	益田右衛門助（26）	吉田松陰の山鹿流兵学に入門した。通商条約問題では周布政之助らと朝廷の意思に従って攘夷を決行すべきと江戸幕府に提言し、「朝廷に対しては忠節、幕府に対しては信義、祖先には孝道」という藩の三大原則を打ち出した家老。
寄組　250～7000石	国司信濃（17）	若い頃から聡明で大組頭となる。
	椋梨藤太（53）	保守派の中心的な人物で、改革派である周布政之助らと常に政権を争う。
大組士（馬廻組）40～1500石	長井雅樂（40）	聡明で敬親から厚い信任を受け、世子、毛利定広の後見人にもなった。一八五八年には重臣である直目付となる。

身分	名前（1859の歳）	人物紹介
大組士（馬廻組）40～1500石	周布政之助（36）	財政改革などで評価され、改革派の中心人物となり保守派の椋梨藤太と政権を争う。吉田松陰を理解し、その塾生に期待を寄せる。
	高杉晋作（20）	吉田松陰から将来を期待され、松下村塾の四天王と呼ばれる。発想は素晴らしいが説明不足で周囲を困らせることがある。
	中谷正亮（31）	吉田松陰の友人で、塾生の年長者としてまとめ役的な存在。
	桂小五郎（26）	剣豪として目立ち、吉田松陰の兵学門下生でもあったことから改革派の周布政之助に登用され、その補佐を行う。
	宍戸備後助（山県半蔵）（30）	藩の儒学者、山県大華の養子となり学問に励む。吉田松陰とは一緒に学んだ仲。志士との交流で、その影響を受けている。
	井上聞多（志道聞多）（23）	二男だが志道家の養子となり出世の道が開かれている。怒ると手が付けられない人物。
	小田村伊之助（小田村素太郎）（30）	松島剛蔵の弟で、儒学の小田村家の養子となり学問に励む。吉田松陰と親交があり、その妹を妻とする。
	吉田松陰（29）	兵学師範の吉田家の養子となる。欧米から日本を守ろうと奔走する。松下村塾で身分を問わない教育を行う。過激な発言などが原因で安政の大獄で死罪となった。
	山田市之允（15）	若い塾生の中でもさらに若く、そして背が低く童顔なため癒しキャラだが松陰も認める秀才。特に高杉晋作にあこがれを持っている。

長州藩　身分表

身分	名前（1859の歳）	人物紹介
大組士（馬廻組）40～1500石	佐世八十郎（前原一誠）（25）	癖のある塾生の中での人格者で、才能にも優れバランスが取れた人物。年長でもあり高杉晋作も一目置く。
	来島又兵衛（42）	革新的な思想を持った文武両道の理想的な武士で周囲の尊敬を集める。
無給通組 0～70石	杉梅太郎（31）	吉田松陰の兄で、バランスのとれた思想の持ち主。
	寺島忠三郎（16）	松陰に才能を認められた若者。特に久坂玄瑞を慕う。
医者	松島剛蔵（34）	小田村伊之助の兄で、医者の家を継いだ。蘭学の延長で外国の航海術などを学ぶ。
	久坂玄瑞（19）	松下村塾四天王の筆頭。医者の家に生まれるが、松下村塾で学び政治に興味を持つ。長身で容姿もよく、さらに詩歌に優れ、その歌声も素晴しいため、身分は高くないが公家からも注目される。
	村田蔵六（大村益次郎）（35）	医者であるため西洋学を学んだが、それが国防にいかされると目をつけた宇摩島藩に上士格の百石で出仕する。
	赤根武人（21）	若い頃から、僧侶・月性、松下村塾の吉田松陰、望南塾の梅田雲浜らに学び、尊王攘夷思想に傾倒。
足軽	入江杉蔵（入江九一）（22）	松陰に才能を認められた松下村塾四天王。他の塾生がついていけなくなった過激な松陰に最後まで従った勇気ある人物。
	品川弥二郎（16）	才能もあるが、特に協調性がある。

身分	名前（1859の歳）		人物紹介
中間	吉田栄太郎（吉田稔麿）	(18)	松陰に才能を認められた松下村塾の四天王。真面目な性格で、学問が進むほど身分が低いことを気にしている。
中間	山県狂介	(21)	出世意欲があり勤勉。
農民	伊藤俊輔	(18)	協調性に優れ、松陰からは政治家に向いていると評価された。高杉晋作を慕っている。
魚商人	松浦松洞	(22)	絵師を目指し、文字を学ぶため松下村塾に入塾したが、周囲に影響されて志士となる。

幕末年表

西暦	年号	年齢	月	松下村塾関連事項	社会事項
一八六四	元治元年	高杉 二五	八月	高杉、罪を許され山口へ行く 高杉、四か国連合艦隊と講和談判を行う	長州藩、四か国連合艦隊の攻撃を受ける
			九月	高杉、萩へ帰る 高杉、石州口軍政掛となる 井上聞多襲われる 周布政之助自刃	
			十月	高杉、萩を脱出	
			十一月	高杉、九州へ行き同志を求める 高杉、野村望東尼の山荘に潜伏	幕府、長州藩の国境に諸藩を配置する
			十二月	高杉、功山寺で決起	長州藩の俗論党、正義派の幹部を処刑する
一八六五	元治二年	二六	一月	奇兵隊などが正規軍と衝突 奇兵隊などが太田・絵堂の戦いで勝利。山口を本陣とする	長州藩、内戦開始 長州藩、中立派が内戦終結に動く
			二月		長州藩、内戦終了

西暦	年号	年齢	月	松下村塾関連事項	社会事項
一八六五	元治二年	高杉 二六	三月	高杉、伊藤、英国留学のため長崎へ行く	長州藩、藩論を武備恭順に決め、藩庁を再び山口に移す
	慶応元年		四月	高杉、伊藤、英国領事に説得され留学を諦め、下関開港をめざす	幕府、再度長州征伐を決定
				高杉、井上、伊藤、下関開港反対者からの暗殺の危険を感じ脱藩	
				桂、帰藩	
			五月	高杉、帰藩	
			閏五月	桂、武器購入に関して薩摩と提携する	将軍家茂、長州征伐のため大阪城に入る
			七月	井上、伊藤、武器購入のため長崎へ行く	
			八月	高杉、桜山招魂場の竣工式に参列	長州藩、薩摩名義の武器を入手
			九月	高杉、桂と共に海軍用掛となる	長州征伐の勅命が出る

西暦	年号	年齢	月	松下村塾関連事項	社会事項
一八六五	慶応元年	高杉 二六	十一月		長州藩、蒸気艦乙丑丸を購入
一八六六	慶応二年	二七	一月		薩長同盟 坂本、寺田屋で幕府役人に襲われる
			二月	高杉、下関で家族と暮らす 高杉、乙丑丸問題解決のため薩摩へ向かう	
			四月	高杉、伊藤、再度英国留学のため長崎に滞在 高杉、幕府と戦うことに決め、独断で蒸気艦を購入し下関へ回航する	第二奇兵隊、倉敷の代官所を襲う 幕府が強硬姿勢に変わる
			五月		幕府と長州藩の協議が決別する
			六月	高杉、丙寅丸で大島に奇襲をかける 高杉、小倉口で戦う	幕府、長州藩領の大島を攻撃し、幕府長州戦争が始まる 芸州口で開戦 長州藩第二奇兵隊、幕軍から大島を奪還 石州口で開戦

西暦	年号	年齢	月	松下村塾関連事項	社会事項
一八六六	慶応二年	高杉 二七	七月	高杉の体調が悪化	小倉口で開戦 石州口、浜田藩が敗走 将軍家茂死去
			八月		小倉口、小倉藩が小倉から敗走 芸州口、長州藩の勝利 長州征伐中止の勅命が出る
			九月	高杉の体調がさらに悪化 高杉、入江家へ移動 高杉、望東尼を救出させ、白石邸に迎える	長州藩と幕府が休戦会談を開く 幕府、諸藩に撤兵を命じる
			十月	高杉、役を免じられる 高杉、白石家の援助を依頼する 高杉、捫蝨処へ移動	
			十一月		孝明天皇御崩御 長州藩、小倉藩と停戦成立
一八六七	慶応三年	高杉 二七	一月		長州藩、小倉藩に勝利し講和条約を結ぶ

西暦	年号	年齢	月	松下村塾関連事項	社会事項
一八六七	慶応三年	高杉 二七	二月		仏パリで万国博覧会
			三月	高杉、林算九郎邸へ移動 高杉、新規百石の谷家創立を認められる	
			四月	高杉死去 十四日午前二時ごろ	

松下村塾の夢　高杉晋作と歌舞く

2016年８月31日発行

著　者　かぜの風太

発行所　ブックウェイ
〒670-0933　姫路市平野町62
TEL.079 (222) 5372　FAX.079 (223) 3523
http://bookway.jp
印刷所　小野高速印刷株式会社

ISBN978-4-86584-067-4